表达

你的

发现

2022

精选集

《散文》编辑部　编选

天津出版传媒集团

百花文艺出版社

图书在版编目（CIP）数据

散文 2022 精选集 /《散文》编辑部编选. -- 天津：百花文艺出版社，2023.1（2023.10 重印）
ISBN 978-7-5306-8379-8

Ⅰ.①散… Ⅱ.①散… Ⅲ.①散文集-中国-当代
Ⅳ.①I267

中国版本图书馆 CIP 数据核字(2022)第 220765 号

散文 2022 精选集
SANWEN 2022 JINGXUANJI
《散文》编辑部编选

出　版　人：薛印胜
统筹策划：汪惠仁　张　森　　封面设计：蔡露滋
责任编辑：沙　爽　田　静
出版发行：百花文艺出版社（天津）有限公司
地址：天津市和平区西康路 35 号　邮编：300051
电话传真：+86-22-23332651（发行部）
　　　　　+86-22-23332656（总编室）
　　　　　+86-22-23332478（邮购部）
网址：http://www.baihuawenyi.com
印刷：天津新华印务有限公司
开本：787 毫米×1092 毫米　　1/16
字数：330 千字　　　插页：6
印张：20.25
版次：2023 年 1 月第 1 版
印次：2023 年 10 月第 2 次印刷
定价：58.00 元

如有印装质量问题,请与天津新华印务有限公司联系调换
地址:天津东丽开发区五经路 23 号
电话:(022)58160306
邮编:300300

写在前面

汪惠仁

一

如何看待对话、根性与定力，事实上决定了一个人在未来能否获得生长。

植物能获得生长，可以理解为与天地对话而获取能量，用叶子与阳光对话，用根须与大地对话。根深叶茂，然后才能谈果实，然后才能谈瓜瓞绵延。

散文的生长性大概也是这个道理。和脚下这片土地要做不间断的对话，和母语、共同语的不同时段要有不同的对话，对话而根生，根生而身定。中国现当代文学的百年，其大背景是国家与民族追寻治理现代化、生活现代化的百年，也是中国知识分子和写作者追寻"现代之'我'"与"'我'之现代"的百年。正是"我"与"现代"的相互阐释相互编码，生成了中国的现当代文学的繁盛景观。

一个问题来了：当年何其繁茂的文学园林，如今被今人牵挂的还剩几人？凡有能力与本土对话者活，否则死。搬运来的瓶花无论当时多鲜艳夺目，都不会久长。举例来说，当年的《狂人日记》是多么奇异的文学叙事啊。此前绝没有中国人这样叙事啊——这是因为，作为叙述者的"我"与古典中国之"我"发生了决裂。而鲁迅是高明的，他知道如何在自己内部培养反对派，在社会问题的疆场上，他是一个不妥协的战士，但他并没有真正斩断和这片土地的内部连接，在《朝花夕拾》里，他又透露出温柔敦厚的气质。鲁迅天才般的平衡感造就了他非同凡人的成就与见识，在鲁迅那里，明明是与过去决裂的现代，却挣脱了流于表演的现代表相，保留了与本土、母语的对话通道。

这几年，孙犁、汪曾祺的散文类作品越来越展现出长久的魅力，两位前辈文风不同，平素生活趣味迥异，但支撑他们作品流传的最大内因是一致的。那就是：他们都是不在写作价值取向上轻易摇摆的人，都是与本土生活进行深切对话的人，都是酷爱母语、深味母语之美、维护母语纯洁性并为之提供活力的人。

二

刘禹锡酬白乐天咏老，首尾皆传世佳句，"人谁不顾老，老去有谁怜""莫道桑榆晚，为霞尚满天"。始于哀伤，止于振作，这可能适用于多数人的心理需求，却不适用于孙犁。孙犁叹老，从中年叹到晚年，实则别有所指。这是属于孙犁的"时间自治"，他有能力让有所不为的晚境提前来。

写作者得以实现时间自治，扎实的、现实的，或许也是最终的途径是：语言自治。孙犁是一个有能力实现语言自治的作家。孙犁的书衣文录中，大量段落是关于读书的。在天津市和平区多伦道的一个杂院里，几十年中，孙犁老人做得最多的事情是：购书，委托友人购书，修整旧书，包书，读书，记录读书心得。从《白洋淀纪事》到《风云初记》《铁木前传》，在革命作家群当中，孙犁显示出他独异的叙事天赋，九儿、满儿这样的女性，像未解之谜一样出现在他的逸笔之下。

但若仅止于此，语言自治意义上的孙犁还远未完成。他非常自觉地看到，仅仅依靠天赋，写作难以为继。所谓"语言自治"，当然不是指微观修辞，更不是以自我标榜来自证所谓个性；它是指在充足思想资源与充分技术准备下，写作者最终建构言语系统的能力。在书衣文录中，我看到一个困顿中谦逊的孙犁，沿着以下几个路径在补课：四库全书是一个路径，鲁迅荐读是一个路径，兴趣杂项是一个路径，苏俄及法国文学是一个路径。二十世纪七十年代末，一个经由命运磨砺、经典养育而获得新生长的孙犁，出现了——他实现了语言自治，世界与生活，凡经他叙述，便成为他之世界、他之生活。

书衣文录有着强烈的日记性质，我们还可以从中窥见一个生活自治的孙犁。他是个倔强的人，但同时又能看见自己有些"坏"脾气。书衣文录中，人生反思段落比比皆是，然而，他没有改变自己。

有个阿姨帮孙犁料理生活杂务很多年，某日孙犁忽生念头，想换个帮忙的人，第二天就把这个念头和阿姨说了。但一开口，孙犁自己就哭了，阿姨于是也哭，并最终未被辞退。孙犁怎么能改变自己呢？他一生之遭际，都是为了不改变自己。

目录

【卷贰】

【卷肆】

表达 你的 发现

○

卷壹

散文

2022

精选集

THE

COURAGEOUS

COWARD

散文

2022

精选集

朱以撒　**横无际涯**

　　毕业季已经不远了。我坐下来想的时间越来越长了——这批研究生的毕业论文究竟是什么问题，总是要想好了再动笔写个意见。教授不是超人，但此时得把自己当超人用了。学生想法千万，笔下也就万千，论文取材宽泛无边，朝代远的、本事偏的，或论一个家族文化，或钩沉一批文士交游；或作年谱，或做考证；有的想去解开一个死结，有的就做翻案文章，无有同者。如今一人一本，都到案头上来。一位教授熟悉的也就是自己研究的那些方面，更多的并不熟悉，甚至知之甚少。那么，凭什么来对这些头绪驳杂的文字提出见解，表明自己的褒贬倾向——很多问题都需要通过想而有结论。想，是耗时间的一种形式，人坐着，时间过着，反复再三地想，时日却朝前走过，不再回来。凭什么让一个人承担这个不轻松的任务？只能说，看在几十年教师生涯这个过程上。这个过程具备了无可置疑的资质，连同感觉、想象、联想这些看不见的活动，都被认为是可靠的。

　　在很多我不喜欢的事情里，给人看文章是其中之一。有这个时间不如自己动动笔，或者自己去想，沿着自己的路子，远远近近想去。每一个人都有自己的想法，一种想法出现，学生未必错，老师未必对，只是各自感觉不同。本来每个人都应该各行其是，现在我却要用自己的想法来断其正误。学生信任老师，以为为师的能给他多少点拨，却没有想到，在我阅读的过程中，我想的都是：如果我来写，真不是这个思路。

　　实际上，最后的那一段评语就是为师的那时突然冒出来的一点感受，在先前一阵蓬蓬然若太虚浮云般游走莫有常态之后，此时浓缩为不会太多的一些字句，固定下来。如果过一个月再细读推敲，可能恍惚而来的又是另一种想法，评语又是另一个模样。文章往往是如此，读不胜读，想不胜想，如果再细致到每一个字、每一个词，那这个人就因在其间出不来了。文士易老，就是想得多了，最后还是要了断，不能没完没了。

了断的背后，是这个老师曾经的很多经历的积储。

尤其时下，真没有那么多时间来纠缠。

书法竞赛的时候，每一件作品都要断出一个分数，数字是不朦胧的、不模棱两可的，有初级算术水准的人一见数字则可知谁高谁低。当时我们几个评委坐着，看着排队的选手拿着自己的作品，逐一展开在我们面前，每个评委飞快地写下一个数字，几个评委的分数平均，就是选手的得分了。选手如此之多，时间如此之短，几乎在目击作品的瞬间，思绪电光石火般一闪，数字就出来了，不再动了。一个人处于快速的时代，只能如此，你不能说——让我细细琢磨一个上午。真这样，只能回到以前的时光里。认知合于时，不管想法有多么大差异的人，也应该如此。因此像清人王铎那样的书写态是很应于此时的，捷如风雨，涌若涛澜，动作之大把观者都吸引过去了。如果把唐人虞伯施的作品拿出来，就没什么现场感，没什么可看，更没什么可想，尽管也有典范之称，还是人人散去。一眼千年——看人看物常会有这样的感受，就像人之于水果，一听到水果的名字就会表达自己的理解：有人嗜榴梿，有的就避之不及；有的正抱着杧果啃，满嘴金黄汁液，有人却开始过敏。人的感觉本就是不必相同的，由于不同而各有认知，帮助自己建立起表达的自适。

一个老师手上有一大把的分数，如何给分，就可以追问。记得有位女生拿着她的试卷来，她问的问题是很有挑战性的——为什么她得八十九分，她的同桌九十分，虽一分之差，却使她们分隔成优秀和良好两个档次。是啊，这一分之差差在哪里？就没有可能提高一点吗？我只能告诉她，当时批改时的感觉就是这个分数，而不可能是其他任何的分数。每一次改卷都是有神性的因素存在的，因为每一份试卷都是生命的物化形式，虽然无声，置于案头，却都内蕴充沛等待开启。每一次都要坚持找一块合适的时间，而空间则是自己那间静谧的书房，心理上开始清洁了，觉得无所挂碍了，那么，开始。总是会一鼓作气地批阅，每一份试卷在平和的感觉下过去。有的是片刻就可以定音的，有的则反复再三，心里温热起来，由弱到强，然后落笔，分数确定。人的感觉就是如此，真要落下，就一刹那。

如果问分数差异的理由，真没有什么好说的，只能这样。

电视剧《人世间》播放时，才看开头，颜色就大哭起来。几十年前她和剧里那些小青年一样,有过背井离乡的遭遇。其实她可以不去的,顶上有个大哥,本应该扛着。居委会领导几次来家里动员,就是冲着她大哥的。大哥总是一副无赖的神情,不愿意离开这个古城,不愿离开这两间漏雨的老房子。装睡的人永远都叫不醒,当时每个城市都有不少这样的人——既然到哪里都前程渺茫,那还是待在出生长大的地方。后来是颜色自己去报名了,到远方去——她究竟怎么想,父母也不知道。当然,很多年以后她又回到这个已经陌生的古城,已经没有她的位置了,连漏雨的房子也没她的份了。只好从头开始,倒卖服装,开小吃店,办托管班,给私人公司做饭,都谈不上成功,只够糊口。颜色是十五岁那年去当知青的,那个年龄按规定是坐在教室里读书的。直到五十岁她才透露了远走的秘密——因为贪恋于火车,为了能坐上这列绿色长龙的渴望。这趟火车一开动,她的人生就被改变了。火车开了很久,窗外许多景致快速掠过,耳际全是哐当哐当的声响。这趟火车把她送到目的地后,很快又返回了,而她要随火车返回,则是很多年以后的事了。

那些没有如她这般突发奇想的女生,后来完成了学业,有的后来还考上了大学,现在退休了,拿一份安稳的工资,有兴趣的话出去开开讲座,参加一些活动,还有一些收入。她们的晚景闲了下来,在这个古城,不少时间她们都在闲适地喝着功夫茶,不似她仍忙碌不已。

一个无法压制下来的念头,使她和她们在后来的生存中,差异大了起来。

她们和她最大的差别在于——她们第一次坐火车的时间,的确比她迟了很多年。

黄夜风起或雨来,便觉门窗外都是自然之响,有一些触动自天外来,是可以入文入书的那种,奇妙非白日可寻,便躺着,在黑暗中记住了。第二天花了很多工夫找寻,已如鸿鹄之鸣入于寥廓,便惆怅起来。文士珍惜刹那掠过的光芒,不知何来,不知所往,如果不随手用文字固定下来,往往不知所终。这和家中某些实物不见,是不一样的,它们如浮云,似烟岚,淡然尘外。而实物之实,总是不会被消化的。我只能等下一个风雨之夜,看能否再现这个契机,使远走的那些锦绣重新浮现。一个无志于冠冕、有志于艺文的人,除了寒暑无间地尽笔墨之劳,使自己具备笃实的功夫,也还是会对实在以外的灵虚满怀向往,祈盼其悄无声息地到来。这也使我书案上的宣纸终日都是摊开的,毛笔都是湿润的,随时都可挥运。我是相信有突如其来的灵异之功的,没有缘由,缺少逻辑,不按秩序,一时涌到指腕之间。于是掣笔横纵,点线交织,墨气氤氲里,神奇力量正助笔锋畅快使转,停不下来。很快,激情倏尔消失了,又回复到寻常时日的琐屑和寡淡里。再看这幅墨迹,的确是精彩,比平素用心去经营好得远,尤其是神气,如百琲明珠由一金线贯穿起来。

清人金圣叹有一个说法:"题目是作书第一件事,只要题目好,便书也作得好。"这和我所想的正是相反。常常在没有题目时就开始动笔了,就如《廊桥遗梦》中的罗伯特·金凯,"从他在俄亥俄一个小镇上成长起来的孩提时代,他就有这种漫无边际的思想"。这种"远游客"的想法,只是使人有一个大致的方向,却没有确定目标,走到不想走了,就停下来,想想给这段文笔之旅取个什么题目。题目不同于通篇文字,通篇可以挥洒得汗漫张扬不加羁勒,真如公牛闯入瓷器店,弄得都是声响。百川归海,还是需要一个题目,就如人生再草草,也需要有一个让人叫唤的名字。题目是通篇的浓缩,寥寥数字而已。世上事敷陈容易概括艰难,甚至最后就连题目也免了。李义山的诗很多人喜欢,有的是真喜欢,有的是附庸;有的人说读懂了,有的人则表明没读懂。我就是属于没有读懂的人群中的一个——一个朝代的诗那么多,有的如同大白话,是没有什么隐私可揭秘的;有的则让人永远都存疑,无法洞悉。耽延于此的人成了专门家,有了著述,但我还是怀疑他们琢磨出来的未必是李义山的真实意思——一个人都无法给自己的诗一个接近的题目,只好叫《无题》,千百年后的人如何能理清楚? 不过是著者一己私见罢了。李义山这样的人就是一个猜不透的存在,让人费猜想。所谓的"无端"就是这样,无边无际,弥漫发散,如晨雾过往不可一掬,那些幽怨凄迷的感伤总是在阅读时悄悄漫了上来——《无题》,就是最好的题目了,由于无题而无所围,让读者自任想象之翼,也许偏离主题,甚至离题太远,但有一点是让我暗暗欣喜的,那就是:它使我们长期接受教科书而陈旧、教条的情思,变得浪漫无端起来了。

我是二十六岁重返城市生活的。刚回来时喜欢在城市的街巷里走,感觉它与乡野的差异。城市的街巷总是光线充足的,即便是夜间,光线也足以照亮远方——这往往是两个空间的差异之一。典型的乡村之夜就是呈现出夜的本质——漆黑。这个让人看不到的标志可以追溯到清贫,没有哪一个家庭会让煤油灯里的灯芯挑高一点。空间不明,也就愈显空旷,那些废弃的、坍塌的、残破的院落,都是诡秘和惊恐的所在。暗夜中敏感的孩童,喜在不清晰中听人说鬼,暗中使人渺小失重,觉得无从抗拒无边之暗,那么多的阴影总是不散,那些由村上说书人夸饰起来的不可究诘的神秘,就隐藏在这些阴影里。特别是冬日一过,南方空间又开始了潮润的里程,各种声响在阴影的缝隙里填埋着,似乎随时会蹦跳出来,延伸到不安的梦境里。一个人在这样暗夜般的环境下过上几年,我的感觉是:人逐年在朝着孤独靠拢,与人少有话说,而不着边际的想法越来越多。后来读到蒲松龄的一篇自序,里面有牛鬼蛇神、秋萤之火、魑魅争光、魍魉见笑、惊霜寒雀、吊月秋虫这些阴森字眼,才明白庙堂太平之音可能什么人都可以写上一堆,而如此独异诡谲的文字,在不敏感的人笔下还真无法出现。现在,我已经习惯了明晃晃的城市生活,习惯了穿梭般交织的车流,如潮涌动的人群,还有回旋于林立高楼间的巨大声浪。城市的环境让人感到生存的舒适,还有安全——每个人都在选择中放弃其他,事实也说明长居嘈杂城市里的写手,也是具备春风词笔的才华的,不一定要回到乡野。只是作为我自己,那些曾经有过的乡野私有记忆,不时在下笔时被揭开、苏醒,漫天飞舞。

我以为,这是个人精神生活中最早储蓄下来的一笔财富了。

有人善感,有人就非善感,至于近感远感、实感虚感,万千差别。一个俗常人看到断桥垂柳,视有若无就走过去了。而一个文士却止步于此,可以想到古朴的残破和细韧的清新,全然可以内化于自己笔下。这样与实物离题的想法往往有"瞎想"之说,却不知许多瞎想使自己欢悦无量。清人李渔说自己下笔时能有幻境纵横眼前:

> 我欲做官,则顷刻之间便臻荣贵;我欲致仕,则转盼之际又入山林;我欲作人间才子,即为杜甫、李白之后身;我欲娶绝代佳人,即作王嫱、西施之元配;我欲成仙成佛,则西天、蓬岛,即在砚池笔架之前……

想象的过程何等意气飞扬,只是搁笔之后,还是一个落寞书生。有用与无用是俗常人的一种判断标准——庄子曾谈到山野中的一棵大树,遗世独立。可以描测当年有许多其他树木共同生长,后来都因为有用而消失了,它们被砍伐下来,去做栋梁,去打家具,最不济也可当柴火炊爨。而它百无一用,连当柴火也烧不起来。于是汲日月精华疯长,大过常人的想象——树径达十丈,树荫下则可供一千头牛歇息。无用——常见者皆如此说。这很像罗斯曼桥旁的那些居民。弗朗西丝卡说:"我们这里对这几座旧桥习以为常了,很少去想它们。"只有远道而来的罗伯特·金凯会激动不已:"真好,这里真美。"他来这里就是为了拍罗斯曼桥的日出。《廊桥遗梦》这本书的问世，至少会使漠视者重新审视一座被称为罗斯曼的旧日廊桥，由此任意遐想，并不需要亲自来廊桥走一趟。这棵大树也是如此，被远行的人发现了，如此高耸雄阔，气宇轩昂，挺立于寒暑风雪往来中，这是怎样一种让人崇仰的气象。而绿荫如云弥漫荡漾于天边遥远，又如何不会勾起人们对旺盛生机的礼拜？如果近前抚摸、搂抱，那冲霄的郁勃之气，是否可以鼓荡起弱者的心扉？在一棵巨木不能制成某一器物的另一面，即是无用之用，它是形而上的，不能如器物那般测量分寸的。

　　在许多大学校园里走，可以看到许多的草木。雨水多且气温高的南方，草木蓊郁，使校园显得深绿浓密。尤其是春夏日忽雨忽晴交替，使大珠小珠挂于树梢或落下，闪动着阳光的亮泽。我在楼上上课，课余就靠着窗口，俯瞰外边湿漉漉的冠盖，还是让我感觉有东西隐蔽在内部，没有被发现，便由此想到更多——这个世界有多少隐蔽的存在不为我们所知，它们一定和我们看到的未必一致。由此唤起我们对于一切可能的想象、联想。譬如一粒屑微的树种落在南方泥泞的土地里，居然长成让人不可撼动的坚固，它里面一定隐蔽着一个桀骜不驯的灵魂，不容羁绊。我希望每次上课的教室都能安排在较高的楼层上，好让我面对远方时，所思所想，横无际涯。

李汉荣　　**路遇**

鸟与狗的游戏

　　从废弃的飞机场路过,看见三条流浪狗也在闲逛,其中一条狗显得特别兴奋,奔跑着忽又停下来,汪汪叫几声,很生气的样子,接着又跑起来,好像在追什么,要报复谁。我停下来观察,才发现原委:有一只小鸟——好像是野画眉,正在与这条狗做游戏,逗它玩。

　　画眉从空中俯冲下来,落在狗面前,叽叽叽连声叫着,好像在说,快过来,快过来! 那狗扑过去,画眉却猛然飞起,升空,狗把头仰着,无可奈何地对天空汪汪汪骂几句,停下,转身欲走,那画眉又从空中飞下,落在狗前面不远处,叽叽叽,叽叽叽,莫生气,莫生气,那狗气得又追赶,画眉又飞起,升空。如此,五六遍。

　　鸟与狗的游戏玩了许久,我看了许久。我没有插话,没有参与,也无法参与。我觉得是鸟在捉弄狗,狗也感到自己被鸟耍了,就生气,很愤怒。

　　我的观感是:鸟浪漫、空灵,有美感和幽默感,有生活情趣;狗长期沉溺于吃喝、谄媚和性,庸俗而势利,对不指向实用功利的纯审美活动毫无兴趣,不理解也不参与略带艺术性的游戏,而且极端缺乏幽默感,

　　鸟聪明、灵性,又会飞,既在地上玩,也在天上玩,玩风,玩雨,玩云,在"东边日出西边雨"的良辰美景,鸟还玩过天国的豪华玩具——玩彩虹。多年前,我曾见过一群鸟,在彩虹里飞来飞去,好像在为天国的盛大节日点赞、剪彩。

　　喜欢文学和哲学的人,经常讨论人的诗性、人的超越性、人高洁的神性。我们希望通过真诚的道德修炼和精神修为,在世出世,处凡超凡,让人生之旅成为一种走向神圣和纯粹的朝圣过程,即——我们生而为人,却努力像神那样去思想和追寻。

　　其实,受制于历史时空和生物性锁链,人很难达到这个境界。

倒是鸟，达到了人无法抵达的境界。

鸟不用追求什么超越性、诗性和神性，鸟，自带超越性、诗性和神性。

鸟过的，就是神的生活。

鸟在地上觉得乏味了，有点抑郁了，就飞上天空，剪云，裁雾，沐雨，追日，拜月，数星——这些都是鸟喜欢做的古老游戏，一边在高高的天上做游戏，一边俯瞰那个叫人间的地方，却什么也看不到，只看见一片尘埃，除了尘埃，还是尘埃。

鸟见过大世面，鸟不会迷信什么神魔妖怪，鸟不会谄媚和崇拜任何帝王将相富豪权贵，鸟不承认宇宙间会有这些奇形怪状的东西。在鸟的眼里，人们崇拜的那些东西，都是垃圾，都是尘埃。

在天上一次次俯瞰尘世，鸟见过大世面，鸟有一颗天高地远的心，哪怕只是一只小小鸟，也有一颗无限心。我不知道鸟对人有什么观感和评价，但是可以肯定，鸟根本就瞧不起庸俗势利的狗。狗，除了见过另外的狗，见过争抢骨头的狗的战争，见过靠摇尾乞怜讨来的残汤剩饭，见过势利的主人，还见过什么世面吗？狗见过什么高尚美好的事物吗？

当然，这不能全怪狗。天意让狗匍匐在地，狗只能认真做一条狗。

灵性的鸟懂得这个道理，知道做鸟不易，做人艰辛，做狗更难。但每当鸟又到天上飞翔遨游一番，被"八方浩然气，万里快哉风"的辽阔气象震惊得如醉如痴，它的胸襟和心灵也被引领和扩展到无限高远的境界。可是，返回地面一看，狗却还是那"不知天高不知地厚只知哪里有块肉骨头"的混吃等死的样子。鸟就觉得匍匐在地摇尾乞怜的狗终究还是太猥琐太庸俗，境界太低了。于是决定给狗们做点启蒙教育，让狗们看看天空和无限，想想今生和遥远，超越一点，空灵一点，浪漫一点，至少，有趣一点，如此修行，此生堪慰。

可是，狗蒙昧已久，其愚在心，其俗在骨，其贪在髓。对这样的狗，开智不易，启蒙太难。

天真的鸟，就决定先与狗做做略带艺术感的游戏，逗它玩，引导它懂得一点趣味和幽默，然后，再继续唤醒和培养狗的灵性与智慧。

于是，就有了废弃机场上鸟与狗的游戏画面。

须知世上苦人多

路两旁的行道树忍受着尘埃废气的污染和丑化,固执而严肃地葱绿起来了。

远山把一抹抹青黛,渲染给古老的苍穹。

该绿的地方,都绿了。

忽然记起两句诗:顿觉眼前春意满,须知世上苦人多。

是的,顿觉眼前春意满;然而,须知世上苦人多。

在西环路十字路口,我看见一位年轻母亲骑着电动车过来。红灯亮了,车停下,我才看见车后座上坐着一个六七岁的小女孩,她背着双肩书包,右肩上还另外斜挎着一个装着画板画笔的印有某艺术培训中心标志的小书包。她双手搂着妈妈的腰,紧贴着妈妈的后背,睡着了。她显然太累了——我望着母女俩,心里猜想着女孩的情况——她刚上小学不久,父母又为她报了培训班,今天是周末,本想好好休息,但作业还没做完,又要去练习绘画。连续的睡眠不足,女孩实在太累了,可是别的孩子也是这样的,自己不能输在起跑线上。就这样,大家都被一种通用的枷锁给绑架了,生存成为一场苦役、煎熬和没完没了的挣扎。

就在妈妈骤然停车时,小女孩打了一个激灵,但她并没有抬头、睁眼,而是耸了一下身子,更紧地贴向妈妈的后背。我注意到她的双肩书包上,印有小白兔的装饰画,猜想女孩是属兔的吧,在女孩上小学的那天,父母为她买了这个快乐小兔子的书包,希望她有活泼、快乐的童年和学习生活。可是,兔子快乐吗?女孩快乐吗?童年快乐吗?兔子在山野里总是被什么东西追赶和惊吓,兔子终生都惊慌地狂奔在亡命的路上。孩子们呢?孩子们又是被什么追赶着,被什么惊吓着?而父母们呢?又是被什么追赶着,被什么惊吓着,被什么侵扰着?我注意到这位年轻母亲的目光和神色,是的,看得出来,她是有点憔悴、忧郁和焦虑,她那年轻的尚且秀气的脸上,不见有热情、希望、优雅、贤淑、安详、从容等等属于母亲的应有气息鲜明地由内向外漫溢,哪怕只是一部分漫溢也好啊,可是几乎都没有。我看到她年轻的脸上,写满了对生活的不安、恐惧、烦躁和焦虑。

绿灯亮了,车轮开始奔腾,年轻母亲的电动车和紧贴着母亲后背打盹的小女孩,还有她肩上的书包以及书包上快乐的小白兔,以及那画板和画笔,以及她那在颠簸的车上因极度疲倦打盹的样子,连同那年轻母亲焦虑的神色——这一切,很快汇入奔腾的车流人潮,湮没于沉闷的日子或喧嚣的日子里了。

但是，我总是放不下那个瞬间，心里总是担心和害怕：十字路口，红灯亮了，年轻的母亲骤然停车时，小女孩打了一个激灵，但她并没有抬头、睁眼，而是耸了一下身子，更紧地贴向她妈的后背，她在颠簸的车上继续颠簸着打盹。

我希望，女孩紧贴着妈妈，而她的妈妈是坚强和温暖的，是可以依靠的。

那么，那年轻的妈妈，她又紧贴着什么呢？又有什么是她可以依靠的呢？

我想，任何人活在世间，都多少需要依靠点什么。

人无法依靠虚无去战胜虚无，人无法依靠不公去改变不公，人无法依靠充满不确定性的命运去超越命运。

人无法背负着恐惧和焦虑的重压，去渡过人生的沧海。

我希望，妈妈们能渐渐靠近希望，渐渐贴紧希望，进而将自己变成希望。

生活果能如此，我那放不下的心，也许，慢慢就会放下来。

我想把我的心，放在我的心上。

可是，我的心，仍是一颗总是放不下、总是悬空着的心。

三亿年前的沙子钻进鞋里

从梁山湾路过，右脚底生疼，似有细物移动，跺一下脚，细物挪移，痛点也挪移。遂弯腰，脱下右脚的鞋抖几下，却不见有细物掉落。

于是坐地上，脱了鞋子，捧起脚查看，见一粒沙，沾于脚底，似欲嵌入皮肉，成为脚的细微部分，助我走路，与我同行。

忽想起此梁山，苍矣古矣！经常有山民放牛或种地时，拾到"梁山石燕"，即远古海燕之化石。

考古学家和地质学家说，三亿多年前，这里是一片大海（那时，整个上古亚洲都是一片大海），而石燕，就是古海的化石证据。

多少亿年前，大海茫茫，鲸鲨潜泳，鱼鳖穿行，燕鸥腾翔，波渺渺，云淡淡，大海蓝着远古的蓝，大海蓝着无边无际的蓝。

那时还是洪荒时代，根本还没有人的蛛丝马迹，很可能，后来才构成人的太初元素，当时正在被深海里游泳的鱼虾们随意吞吐着。

噫吁嚱，久乎远矣，那时的大海没人看，那时的大海很蓝，蓝给大海自己看，蓝给苍穹看，蓝给时光看。

风翻阅着大海的书卷，批注着盐的史诗，不停更换着雷电和彩虹的书签。

哗啦啦，哗啦啦，哗啦啦，大海的蔚蓝史诗，倏忽翻过去亿万卷。

沧海退去，青山耸峙，人烟升起。沉默着的一只只石燕，这历史的目击者，开始讲述深奥的地质学。

此刻，我从时光的皱褶里走过，我从大海的上一次退却和下一次返回之间的短暂间隙里，匆匆走过。

缄默的石燕——这历史的目击者，对我的瞬时插入无动于衷，拒绝记载和讲述。

我如一阵风，忽焉来去，刹那生灭。

忽然，那一粒沙，那一粒三亿年前的古海沙，遇到我了。

它钻进我的鞋子，抚摸并问候我辛苦的脚。

是的，三亿多年了，它一直等在路上。

它目送一切沓沓而来，沓沓远去。

此刻，我手捧三亿年前的古海。

我"观古今于须臾，抚四海于一瞬"。

一粒沙，带着我的心，飞抵时光的尽头。

路上的蜗牛

它扛着春耕的犁铧，表情严肃，脚步稳重，向原野的方向赶去。

我看见它时，它好像也看见了我，它抬头打量我，对一个在春天里两手空空无所事事的家伙，表示不解。

它轻轻斜了一下触角，但没有顶撞我的意思；又放平肩上的犁铧，对我点点头，然后继续赶路。

它对一个已经无地可耕的农人后裔，表示了同情。

但是，它忽然转过身，改变了行进的方向。可能，它凭直觉感到我走过的地方已经寸土不剩、滴露不生，那里，已没有了它所眷恋的泥土和草木。

而我去的地方是停车场、娱乐场、网吧、酒吧、股市和超市，那里，也不是它去的地方，除非它改行不再从事古老的土地耕作和绿色采摘，而是从事商业、娱乐业和博彩业，比如炒股、炒房、杂耍、摔跤、跳舞、表演、打麻将。

然而，这些它都不会，除了土地耕作和绿色采摘，它对奇形怪状的现代行业一窍不通，它对自己不得不置身其中的现代地球，严重水土不服。

向前，无地可耕；向后，无露可尝；向左，无草可栖；向右，无土可居。

一只孤独的蜗牛，彷徨于无可去处。

它从远古一路兴冲冲走来，此刻，它跌入困境，它无比恐惧和孤独。

面对僵硬、燥热、干枯的现代地球，它严重水土不服。

它眩晕恶心，它焦虑抑郁，它手足无措，它进退失据。

它举起古老的触角，它要与置它于困境的命运搏斗。

而当它把柔软的触角伸出来时，别说搏斗，连它自己都感到那只是无可奈何的示弱和认输。

泥土和草木培养的自然婴儿啊，它没有任何恶意和暴力倾向，连它身上自带的武器，也都只是温润柔软的装饰。

与一头驴相遇

在建筑工地的角落，在钢筋、玻璃、水泥、挖掘机、搅拌机、粉碎机的间隙，在大量尖利事物的间隙，我看见仅有的一点柔软之物，是你战栗着的卑微身体。

你站在满载钢筋的架子车旁，当我经过你时，我看见你身上的鞭痕，我看见你那谦卑温良的眼睛。

我是来这里看房子的，我预订了九楼的一个套间。想不到啊，你早已在为我服役了。

在泥泞里，在烈日下，你一直弓着腰，用力，用力，用力，把我一寸寸、一寸寸，驮上幸福的楼层。

我无法为你做点什么，虽然我对你心存感激，我甚至不能为你包扎，包扎你那还在流血的伤口。我实在找不到有效的药，治疗你一生的伤痛，连我自己，也是你痛苦的根源。

我只能写下这篇饱含歉意的文章，但是你不识字，我只能把这篇文章读给自己，顺便读给郊外的青草，希望它能抚慰你荒凉的命运。

我也把这篇文章顺便读给我们的城市，读给我们的文明，读给握在文明手里的鞭子和刀子。对那些柔弱的事物，请高抬贵手，下手时，请轻一些，仁慈一些。

路遇一只蝴蝶

当我从它身边路过时,它很快转过身来,热情地围绕着我,旋转了至少三圈。

我停下来,静静地站立,希望它停在我的肩上或手上,我愿意成为它歇息的驿站。

我这么想着,就急忙掏出手机,准备抢拍我与它合影的照片和视频。

也许它会成为一个网红蝴蝶,它斑斓的身影,将飞遍全网。

这里的春天也将获得无数打赏和点赞。

可是,它却失望地转身,头也不回地飞走了。

它拒绝拍照,它拒绝上网,它拒绝当网红,它拒绝与我合影留念。

也许,就在接触我时,它才发现,我不是它记忆里属于春天的事物。

我忽然醒悟:我,只是从春天路过,却并没有为春天增添任何有价值的内容,比如一缕芬芳、几滴露珠、一点清洁的气息,更没有像我父亲生前那样,出门总是扛一把锄头,揣一袋种子,按节气的线索,深情而熟练地为春天整理出清晰的思路,也顺便为问路的蝴蝶或蜜蜂,指引飞行的路线。

我无所事事地从春天走过,举着手机,不停地咔嚓咔嚓咔嚓咔嚓,好像一个无聊的枪手,对着似是而非的幻象的标靶,连续瞄准连续扫射,然后,收获空空如也的存在感和自欺欺人的美感。

总之,我没有给春天增加半点春意,春天却因为我的无所事事,也有了无所事事的空虚和无聊。

对春意特别敏感特别钟情的蝴蝶,当零距离接触我的时候,它才发现:这个从春天路过的家伙,他的身上,竟没有丝毫春意,没有丁点可爱的气息。

蝴蝶认为,这个人的到来,只是让春天的叙述出现停顿,只是让它的探春路线出现了迷失和混乱。

而且,由于这个游手好闲家伙的半路阻隔,蝴蝶严谨的春日行程被推迟了:因了我,春天的部分叙事错了,土地的部分节奏错乱了,我耽误了一种植物与另一种植物相约的时间,我耽误了一朵花与另一朵花相逢的机缘。也许,因为我的不合时宜的出现和阻隔,一种即将出现的奇异花卉,很遗憾地将永不会出现——我的出现和阻隔,导致了蝴蝶在春天关键环节的遗憾缺席。这就是说:因为我的出现,许多美好的事物或许将不再出现。

也许情况并不那么严重，因为我本身也不那么重要。那就给我留点自尊和面子，客气一点说吧——由于我的出现和阻隔，这个春天，至少有两种花蕾推迟了花期，至少有三只采访的蜜蜂和两只探春的蝴蝶，因花期被推迟，它们对春天的探访，连续扑空。

蝴蝶转身，头也不回地飞走了，望着它斑斓的背影，我感到很惭愧：在它的印象里，我该是怎样乏味、怎样空洞、怎样贫困的一种东西呀。

<h1 style="text-align:right">于坚　呼噜</h1>

呼噜

那时候单位出差,都是两人或三人合住一间,有时候还要睡通铺,十来个人睡一张很长的床,屁股对着屁股,头挨着头。大家都习惯了,那时候世界上的旅馆很少,大家也很少出差。出差是相当光荣的事,得表现好,小跑、胁肩这些动作都要熟练。一个单位的人,彼此熟悉,穿什么颜色的短裤,戴什么型号的乳罩,男同志彼此是知道的,女同志也是彼此了解的。就是谁打呼噜,大家也是知道的。出差在外,谁和那个打呼噜的同志住一个房间,这是一个办公难题,领队的乱配鸳鸯,大家不服。就私下抽签决定。有一次,轮到我和老辜同住一个房间。

老辜是个斯文之辈,面皮白净,戴着眼镜,一级科员。经常看见他坐在桌子前面,歪着脑袋拨弄算盘,有人进去报账,就抬头笑笑,无论对谁,都是那副笑脸,像个不谙世故的小青年,其实他已经四十六岁了,还没有结婚。不是讨嫌之人。有人背后说他醒着是人,睡着了是鬼,他打的呼噜太可怕了。我没有他同住过,不以为然。他拎起帆布包,很高兴与我同住。"我是倒头就睡的,放心吧。"我们这次住的是两人间。一前一后进了房间,他的帆布包里装着毛巾、肥皂、钢笔、笔记本、学习材料。开了一天会,时间不早了,他去走廊上搞个人卫生。(那时候旅馆里没有独立的卫生间,厕所是公共的。每个房间里有一个搪瓷脸盆,供旅客去走廊上的水池那里取水洗脸,热水则用篾子套着的热水瓶装着,一排地放在旁边,可以自取。)他做起这一套非常认真,先擦脸,在毛巾上抹些胰子(一种土黄色用骨头制成的肥皂),取下眼镜,把鼻头、眼眶、脖子都擦个遍,还清洗了鼻孔。然后将剩水端回房间,坐在床沿上,将那双白生生的瘦脚放进脸盆里去泡、搓洗,最后用毛巾擦干水渍。他的袜子没有味道,令人放心。当他脱了衣服穿着短裤和汗衫钻进被窝去的时候,我觉得这是

017
散文2022精选集

个干净纯洁的人,怎么会打那种呼噜呢,那个传说有点恶意。

熄灯之后,房间安静,黑暗像外祖母一样怀抱起一切。那时候,二十世纪七十年代末期,世界很原始,汽车少得就像山冈上的马鹿,月亮花朵都是安静的。一条清江就在旅馆外面。白天都看得见里面的鱼,它们晃着尾巴,就像是在大街中央漫步。

我还没有怎么睡着,他就开始响起呼噜来,像是一台收音机自动打开了,肆无忌惮地接收、调试各种波段,这个波段放一节,那个波段放一节。先像是一种哮喘发作的风在穿越隧道,越来越近,突然停住,高起八度,变成了一头野生动物嘶哑着嗓子的哀号。然后,"VOA现在报道新闻",不是说话,他发出那个神秘波段永不散去的噪音。各种旋律此起彼伏,《红色娘子军》《智取威虎山》《我们走在大路上》,被五花大绑押在案板上的公猪,黑胶唱片上沙哑的断断续续的《命运交响曲》,踢门声、拷打声、撕啮声、叫唤、小夜曲、长号,时而高音,时而低音,时而如哨子,时而"俺嘛呢叭咪吽",时而闷雷,时而狮子,时而泥石流,时而狼嚎,时而乌啼,时而咯痰,时而刺耳,时而悦耳,时而愤怒、暴戾,疯疯癫癫,毫无理性,一头被捆住的母猪,关在猪圈里被砍去鼻子眼睛发出的惨烈叫声。发疯的鲜血一边奔跑一边呐喊,他喊多响就喊多响,根本不征求我的同意。时而又轻快如阵雨,如春天的小溪,这种转折真是神来之笔……下一段要播放什么,完全自由任性,只是出乎意料,意想不到,令我啧啧称奇。我躺在旁边的单人床上,用被子捂着头,这被子臭烘烘的,七十年代还没有洗衣机,所以旅馆的被子很少洗。一个星期洗一次,用搓板搓,然后晾在旅馆楼下的院子里。那个乐团排山倒海,摧枯拉朽,听也得听,不听也得听。我试图找出一个旋律,然后顺着这个旋律入睡。根本就找不到,他就是一个大巫师,正在施法,喃喃自语,享受着胡说八道的自由,每个调子都不同凡响,都是独创。我被他的鼾声吸引住了,干脆起来披上衣服坐着听。我担心他口渴,还把他留下的小便倒在搪瓷口缸里,捧着他的头让他喝了几口,他睁开眼睛,说了声谢谢,表情就像正在指挥一场五小时交响曲的大指挥家。卡拉扬或梅塔。他用手揩了揩嘴角,然后一头倒下,坠回梦中,继续他的鼾声。我开了灯看着他睡,他的睡相相当可爱,像山羊,翘着几根黑亮的胡须。一头黑猪竖着汗毛在大海边尖叫着奔跑。我觉得这样的交响曲一个人独自欣赏未免也太自私了,就走出去一个一个房间地敲门,邀请同事们一起来听。他们都没有睡着,这支交响曲早已穿墙越壁,进入了每个房间,只是由于不在现场,在隔壁听就像一把迷迷糊糊的电锯,把每个人的耳朵都锯得七零八落,使人烦躁不安,无法入睡。我说,还睡什么睡,带上耳朵去我房间听吧。大家就穿着短裤汗衫——到我房间里来了。女同事们也睡不着,也想过来,她们说,我们穿穿衣服就来。反正睡着也没事,走,去把这个声音灭了!大家坐在我的床上,抽烟的抽烟,喝水的喝水,把他剩下的小便都喝光了。他笑眯眯地像一具尸体一样躺着,与白日里那个谨小慎微的小公务员完全是两个人,白天的那个是他的面具,这个才是真身,一位大师。我们跪在地上,幸福而深情地围着他,就像坐在维也纳金色大厅的第一排,现在他的鼾声已经进入化境。"夫大块噫气,其名为风。是唯无作,作则万窍怒呺。而独不闻之翏翏乎?山林之畏佳,大木百围之窍穴,似鼻,似口,似耳,似枅,似圈,似臼,似洼者,似污者;激者,謞者,叱者,吸者,叫者,譹者,宎者,咬者,前者唱于而随者唱喁,泠风则小和,飘风则大和,厉风济则众窍为虚。而独不见之调调、之刁刁乎?子游曰:地籁则众窍是已,人籁则比竹是已,敢问天籁。子綦曰:夫吹万不同,而使其自己也。咸其自取,怒者其谁邪?"(《庄子》)有人把会议上用的录音机搬来,摁下录音键。天快亮的时候,他忽然站起来,义愤填膺,抓住我们中间的一个,那位体重九十公斤的张副科长,三下五下就扭下了他的头,鼾声培植起来的力量可真大,他的力气大得像一头棕熊。老张像犀牛那样惨叫了几声,然后扑通像堵墙倒在地上,头颅像失去了脸的面具滚到一边。他舐舐巴掌上的血,直到它干干净净,回到床上躺下,拉拉被角,裹严身子,继续打起鼾来。我们依依不舍,围着他一直听到天亮,才各自回自己房间,争取在八点的会议开始前能够入睡两小时。但是谁也睡不着,精神焕发,神采飞扬,都在房间里等着会议开始。

他终于悄无声息,安静了十分钟,醒了。躺在被窝里,天真无邪的眼睛在枕头上眨巴着,像个刚刚生下来的婴儿。老张还躺在他的鞋子旁边,他穿好鞋子,一双七十年代流行的帆布面胶鞋,将他自己的尸体踢开些,走了出去。在餐厅里,我悄悄地告诉他:"你打了一夜呼噜,还杀了一个人,搞得我一夜都睡不着。""是吗?我从来不打呼噜,我老婆说的,我更不可能杀人了!我和他无冤无仇,杀他干什么?何况他还是个科长呢!"也对,我就请同事将录音机抱来,向餐厅服务员借来插线板,插上插头,马上放给他听。一头猪在叫唤,整个餐厅都惊动了,其他单位的人都扭头朝我们这边看。听见了吗?这都是你打鼾的声音!这是老张临死前的惨叫!他矢口否认:"是我的吗?我怎么从来没听见过?是哪个乐团?这不是我!我怎么有得起这种声音哪!你听嘛,你听嘛!我的声音是这种,乌鲁白勒……"他笑着发出来一串像是沼泽上的气泡的响声,与录音机里的歇斯底里毫无共同之处。"你是栽赃陷害。这不是我的声音!"我很气愤,就把昨晚出席这场音乐会的那八位听众,包括后来进来的女同事都叫来,他们纷纷放下碗筷,走过来做证:"就是你的鼾声嘛,就是嘛!"

他低头拌着一碗阳春面,往里面加点胡椒,把瓶子放正:"别冤枉我。"斩钉截铁。

我们八位决心已下,一定要让这件事水落石出。我们想到一个办法,当着他的面模仿他的鼾声。我说,预备……起! 我们即刻就进入白日梦状态,八个人模仿一个人的鼾声,相当于一支乐队了。我们各司其职,模仿了他的双唇音、唇齿音、舌尖前音、舌尖中音、舌尖后音、舌面前音、舌面后音、塞音、擦音、塞擦音、鼻音、边音、清音、浊音、不送气音、送气音……大家都是来开会的,开会最重要的任务就是要把会议上听到的声音原原本本、惟妙惟肖地带回去,半点折扣都不能打。我们都是开会的老手,模仿一只麦克风里传出来的声音完全没有问题。但是模仿鼾声有点困难,这家伙自己是一支布鲁斯乐队,鼾声相当即兴,完全没有主旋律。一个人的声音根本无法穷尽他的声部。但我们是八个人,一个人至少可以担任两个声部,还绰绰有余。就是从齿缝里溢出来的小爆破音我们也没有放过,应该说与录音机录下的一致,比它更加完美,连磁带上固有的影响保真度(评价一个电声系统是否达到高保真,要看该系统是否能逼真地重放现场的声音和音乐)的摩擦导致的谐波失真、信号噪声比、互调失真、相位失真……这些录音机必然产生的缺陷都不存在了。他睡了七个小时,我们就模仿了七个小时,从他入睡到他醒来。我们取消了今天的会议专门来对付他,一定要让他坦白交代打鼾的罪行。七小时后,我们完成了这场堪称伟大的模仿,"似鼻,似口,似耳,似枅,似圈,似臼,似洼者,似污者;激者,谪者,叱者,吸者,叫者,譹者,宎者,咬者"无一遗漏,准确到位。就是杀人那场戏,我们也照演不误。周围的听众无不起立鼓掌。太精彩了! 这是一致的评价。他一言不发,坐在中间喝着茶,自己给自己续水,聚精会神地闭着眼睛,就像是在做一个新的梦。时而发出一两下鼾声,没有夜里那么肆无忌惮,他还是知道这是在开会。我们筋疲力尽,七小时后才发现他对自己的鼾声有一种天然免疫力,在自己的鼾声这方面,他是一个绝对的聋子。他耳朵内部安装着一块特殊的消音器,他自己的任何鼾声碰到那里,即刻变成安静无声。连"一根针掉在地上的声音"都没有。曲终之际,他只说了一个字,用的是英语:No! 他一副不想再和傻子们多说一句的样子,拿起他开会专用的搪瓷口缸站起来走了，临出会议室，将缸子里的渣滓顺便倒进垃圾篮里，甩了几下，原来这小子喝的是枸杞泡水。

开会的时候他总是坐最后一排。发言声音很小，蚊子般的，主持人叫他大声点，他伸伸舌头，还是大不起来。后来我们开始怀疑自己听错了。也许是我们自己的一个梦，我们不过是集体梦见他打鼾并杀了一人。这个案件无法证实，因为老张那天早上也在餐厅里，边啃馒头边看文件。

我们继续一起开会，单位上几乎每个人都被他的鼾声折磨过。女同志也不例外，他的鼾声是能够穿墙而过的。我们背地里给他取了个绰号：辜不鼾。他从来不知道说的就是他，有时候我们在办公室议论辜不鼾，他听见了，端着搪瓷口缸走来，吹吹从口缸里冒出的热气："说的是谁？我们单位没这个人嘛！"大家语塞，策略是不接这个话题，王顾左右而言他。自从那次以后，我再也没和他在一个房间里住过。单位体谅同志们的苦衷，日后出差，都是安排他一个人一个房间了。这是一个相当了不得的待遇，在七十年代，就是领导出差，也是两个人一个房间，那时候的旅馆，根本就没有单间这一说。

我和他一道退休。中年以后我就失去了开会的资格，这种机会本来就不多。他开会一直开到退休，两张床的房间，他一个人住，这是我们单位的一个小秘密。

马市口

竹批双耳峻，风入四蹄轻。
所向无空阔，真堪托死生。
　　　　　　　　——杜甫

马市口？出租车司机听说我要去，笑道，你是老昆明咯，现在没几个人知道这个地名咯。马市口现在一匹马也看不见了，连马的照片都看不见，满街的明星照。如果马出现，行人要去报警。从前这一带马很多。一到赶集日，马就来了，驮着柴、茶叶、盐巴、女人什么的。夜里就和马锅头（赶马人）一起住在马店里。马锅头喜欢唱歌，马锅头在楼上唱，马匹在楼下黑漆漆的马厩里一边嚼干草一边听着。有些卸了货就不跟马锅头回去了，住在城里。城里到处可以看见马扬着屁股，傻呵呵地拉屎。垃圾车都是马拉的，每天要出现两次，黎明和黄昏，马车夫坐在辕杠上，吊着两条腿，抽着个烟锅，穿着脏兮兮的长围裙，靠着后面的铁皮车兜。马车顺着大街，跑到点就一扯缰绳，呼哧喊一声，马就站住，各家就派人来倒垃圾。那匹马头戴着红色辔头，喷着白气，面朝朝阳，活像天神下凡。我有个朋友住在马市口一带，他父亲是高老将军。民国时期，高老将军去五华山见龙云大帅，总是骑着一匹高头大马，一直走到龙云办公的光复楼前才飞腿下来，系马垂杨。二十世纪五十年代初，我父亲去五华山述职，也是骑一匹马，这匹马披一身黑缎子，我父亲穿一身旧军装，打着绑腿。马是一种生活方式。那时候，骑在马上的男人英雄气十足，很是讨女子欢心，让人嫉妒。梅家的梅花正在小阁楼的窗口看一本书上的代数公式，忽然瞥见一个小军官骑着马走在街上，这位扎长辫子的高中生就看不下去了，爱情觉醒了。六十年代，马市取缔，马锅头就不来了。流散在城里的马匹躲躲藏藏了几年，最后都被拖出去宰了。有一两匹连夜潜逃，最后一串马蹄声某个深夜在黑暗的街道上滚过，它们去了哪里，没人知道。

进步是什么，把马赶走。何止马，大地上的一切，春花秋月、鹅掌清波、风入四蹄轻、雄鸡一唱、黄鹂鸣翠柳、水果、河流、星辰、湖泊、梅花、蓝天、黑夜、小阁楼、画栋雕梁……统统赶走。甚至泥巴，现在城里连泥巴都很难见到了。我有个朋友的小孩从来没玩过泥巴，春游的时候发现泥巴好玩，大人阻挡不住，由他玩，结果两手过敏。"夫大块载我以形，劳我以生，佚我以老，息我以死，故善吾生者，乃所以善吾死也。"（《庄子》）子曰："人而无信，不知其可也。"信，首先是对大地的信，"大块假我以文章"（李白），如果不信大地，中国就不会生出"道法自然"这种真理。中国过去的诗歌绘画，无不是大地之歌，大地的赞美诗。韩干画的马，就是为马神造像。杜甫写马："竹批双耳峻，风入四蹄轻。所向无空阔，真堪托死生。"这就是信。马在韩干杜甫们笔下，不是交通工具、战车或者肉食，而是神祇。"春风得意马蹄疾，一日看尽长安花。""下马饮君酒，问君何所之，君言不得意，归卧南山陲，但去莫复问，白云无尽时。"马的黄金时代，也是诗的黄金时代。真不知道人类是怎么想的，消灭了大地，赶走了马匹，人怎么安生、写诗？又何以安死？亚当夏娃的伊甸园，是造在大地之上。女娲造人，用的是泥巴而不是塑料。道法自然，反自然很容易，但是，道也隐匿在黑暗里了。危险的时代，欣欣向荣而令人不安。

司机听我说马市口，像是底片被显影似的，半天才反应过来。彼此相视而笑，他面善,那笑容的意思是我白坐这一趟也可以的。他不知道,有匹马一直跟着我。我少年时住在铁局巷里,某一天,一匹骏马出现了,它是跟着收集垃圾的老爹来的。从此,我每天都盼望着那串马蹄声。它一到,我就跑去摸它的耳朵,揪它脸上的毛,拍拍它的屁股,我们情投意合。所以,他们赶它走的时候它就逃来投奔我,我收留了它。它叫我骑士,它喜欢看《三国演义》和西班牙的流浪汉小说,它崇拜刘关张和堂吉诃德,爱着牧羊女马塞拉。我在书上读到"厩焚……伤人乎,不问马",难受了一个下午。无论我去哪里它都跟着我,它甚至出现在我的婚礼上,我将我的新娘抱到它的背上,春天的夜里,我们在高原上飞奔。我梦想着将来成为一个骑马的人,像我父亲那样骑。我第一次骑马是在郊区,乡村之马不是都灵之马,正在槐树下面沉思什么。好像一直等着似的,一见我,就笑吟吟地晃尾巴,我抬腿上去,它像轿子一样托起我就走,我像吕洞宾那样飘起来,一直飘到草甸子边上。

我写了一首诗:

我看见草原的辽阔

在草地的边缘　我看见它
在铅青色的天空下　把草原
巨大而肥沃的躯体旋转
"辽阔"　如果面对大草原我不这么叫喊
我就只能闭嘴　像个哑巴
被某一场景的隐私弄得焦躁不安
辽阔的草原　为我拨开一支深远的牧歌
一根根质地柔韧的草　全部倒向远方
绿色导体　在往那边输送着巨额的光线
在那边　它们燃烧　进入辽阔
把那更伟大的纺织
骑着马　我驰向草原的腹地
我看见辽阔在退走　以马的速度
它骑着它的马　我骑着我的马

当我进入那火焰的中心
我发现草原的深处长满了草
由于很少人踩踏
这些草长得非常茂密

　　马市口有一家卖照相机的店,以前是国营的,叫艳芳照相馆。在我小时候就开着,以前我常去这个店里冲胶卷。家搬出老城,就不去了。前不久将最后几个胶卷用完了,找了好多家照相馆,都不冲胶卷,只接数码,新青年都崇拜技术进步。忽然想起这个店来,就找上门来碰碰运气。这是机会主义盛行的年代,做事一般都是"打一枪换个地方",怎么都行,只要有钱赚。昨天还在卖皮鞋的店,今天卖烧饼,后天又卖地沟油……去年还是工程师,今年已成了广告公司的策划,后年又在当奔驰专卖店的导购……艳芳照相馆的小招牌上居然印着:冲洗黑白冲胶,二十五元一个。真是大喜过望。只是曾经冠冕堂皇位于一楼的宽大铺面搬到了二楼。鸦雀无声,似乎没人,就像一个古董店,吹着旧时代的微风,所有东西都细细地蒙着一层灰。只有一盆兰花显得生命力十足,搁在一个角落里。还有许多从前城里多得不得了、现在都不见了踪影的尤物,蟋蟀啦,壁虎啦,蝙蝠啦,一只老鼠!玻璃柜子里摆着老式的照相机、脚架、相机包、镜头、胶卷……一只蔡司镜头,降了一半价还是卖不出去。我埋头朝镜头里瞅,里面躲着许多旧照片,就像一个防空洞,令人感伤。早二十年,这些进口机器可是趾高气扬,神气活现,见者趋之若鹜。定睛细看,才发现两个店员,东一个西一个,正低着头,藏在玻璃柜子中间的办公桌上埋着头玩手机,像是两只乌龟在荒凉的海滩上数着沙子。有匹马在某道门后面探了一下脸,喷口气,不见了。那不是乌鸦的钟吗?我看见靠墙的玻璃柜子里摆着一只卡西欧闹钟,就招呼店员,其中一位就慢吞吞地走过来,骑着一匹马,露齿而笑。老同志,穿着灰夹克,手臂上戴着两只蓝布袖套,问我要哪样。卡西欧?啊,我们卖了四十年了,是最后一个,已经两年没进货了。好东西哪,原来卖四百多,现在只要二百六。他取来钥匙,小心翼翼地打开柜子,动作庄重,取重器似的,似乎这只钟比它的实际售价要贵很多。装上电池。"瞧瞧,实木的。""声音也不刺,你听听,可不会吓你一跳。""不想闹的话,把这里关了。""一定要用南孚,这种电池不会漏液。""留好这个单子,保修是两年呢。""说明书我帮你塞在这里,你好找。"将那张印着日文和中文的说明书叠回去,塞在纸盒边的缝隙里。他摆弄这个钟，就像在伺候一头小兽。我觉得他不大想把这只钟卖给我，依依不舍，他也喜欢它，宁愿它永远待在那个亮晶晶的橱窗里。他唠唠叨叨的这些话像是在对它发表告别演说。他有点老了，但还没有老到可以退休。这个工作显然挣不到多少钱，无法先富，温饱而已。我想我遇到了一个一生的"大志"只是想当一个店员的人。卡夫卡式的家伙，胸无大志。一匹马只是想当一匹马，连"骏"都不想当。"上午德法战争，下午游泳。"他给我一种信任感，我不知道这个钟准不准，但他待人接物的态度令我信任，因此也信任这个钟。它会准的，就像卡夫卡开的保险单。趁老店员去找塑料袋的时候，我去了一趟洗手间，抬头看见小便池的墙上贴着一张宣纸，上面用毛笔字写着：骑着冲，莫当漏嘴。我觉得是他的手笔，有力道，学过爨宝子碑。

那匹马站在他旁边，灰溜溜的，偶尔歪头舔他的袖子。这是一匹灰白色的云南矮种马，从前马帮都是用这种马。厚嘴唇，黄澄澄的牙齿，眼球混浊，粗粗地喘着气，脊背光滑。我说，我本来是来冲胶卷的，没想到又买了个钟。老店员说，你不要吗？可以退的。我笑道，退不回去了。老店员问，你用什么卷？伊尔福。哦，英国货。正好，冲胶卷，我们是最后一家。伊尔福还剩着三个，四百度，你要不要？怕是城里最后三个了，十块钱一个，以前卖五十呢。我也要了。又将要冲的胶卷递给他。他取出单子来写，还是那种印着浅绿色格子的单子，顶头印着铅字排版的宋体字：艳芳照相馆。纸面已经有点发黄，大概从前迷信天长地久，印太多。然后他停住圆珠笔说，下星期来取。哪天？随便哪天，五点关门。他把胶卷递给那匹马，它用嘴接过去，一瘸一瘸地退回暗室去了。

我拎着钟回到街上，外面还是像马市一样热闹，车声、人声、骂骂咧咧的公交车站，小贩举着喇叭吆喝着，一家内衣店在唱乳罩之歌。看不见一匹马，马厩在我心深处。

徐鲁　少年的挽歌与永远的乡愁

　　一代人有一代人的精神底色，一代人有一代人的性格特征。生于二十世纪六十年代、在八十年代初进入大学时代的这一代人，被统称为"六十年代人"。在这一代人身上，有一种明显的所谓"六十年代气质"。这种气质究竟是什么样子呢？要描述出来，似乎又不太容易描述清楚。简单说来就是：性格上带着几分天然的伤感与忧郁；朝气浩荡、壮志凌云的年华里，会情不自禁地为远大的抱负和献身的高尚而感动，骨子里崇尚理想主义、英雄主义，再加上一点浪漫主义；由寂寞的乡村进入陌生的城市，对逝去的童年含情脉脉，对现实总是保持距离，对自我倾情而对未来忧心；尝到过寂寞、孤独、艰辛甚至饥饿的滋味，因此心灵并不缺少坚强的垫底的基石；喜欢在想象中经历艰难与辉煌，甚至也幻想着踏上为理想而受难的旅程，即便是"在烈火里烧三次，在沸水里煮三次，在血水里洗三次"也无怨无悔，并且期待着某一天，会有一双温柔而明亮的眼睛注视着自己，随时会为一声关切的问候或轻轻的叹息而泪水盈盈……

　　所有这一切，源于"生于六十年代"这一代人大致相似的成长经历。对于这一代人的"精神底色"，倒是可以借用俄罗斯作家康·帕乌斯托夫斯基《金蔷薇》里的一段话来作描述：

　　　　对生活，对我们周围一切的诗意的理解，是童年时代给予的最伟大的馈赠。如果一个人在悠长而严肃的岁月中，没有失去这个馈赠，那他就有可能是位诗人或作家……

　　怀旧是必然的，只是没有想到，这一代人是这么早地开始怀旧了。不知从什么时候开始,旧书、旧信札、日记本、笔记簿、手稿,甚至一些不经意留下的小纸片、老照片,这些东西只要一看到,就会引起我对过去的回忆和感念。刘欢出过一张碟,名字就叫《六十年代生人》;梦鸽也录过一张碟片,演唱的都是诞生于七十年代的电影插曲和流行歌曲。这些歌曲竟然让我百听不厌。伴随这些歌而映现在脑海的,是样板戏、《新闻简报》纪录片、阿尔巴尼亚和朝鲜电影的画面;是贫穷而淳朴的乡村小学、谷场上的露天电影、各种题材的"小人书"的记忆;是寒冷冬夜里半军事化的长途拉练行军,是在乡村简易的戏台上为贫下中农表演节目的经历……当然,时间再往后推移一点,占据我们这一代记忆的,是在二十世纪八十年代初期涌入中国大陆、来自台湾地区的校园歌曲,包括《走在乡间的小路上》《外婆的澎湖湾》《蜗牛与黄鹂鸟》《爸爸的草鞋》《龙的传人》《童年》,等等。

也许是因为我自己的外婆家是在胶州湾的海边小渔村,我的童年的小脚印,有一部分也永远地留在了海边的沙滩上,所以在诸多台湾校园歌曲中,我对《外婆的澎湖湾》更觉亲切,感情尤深。

晚风轻拂澎湖湾,白浪逐沙滩
没有椰林缀斜阳,只是一片海蓝蓝
坐在门前的矮墙上,一遍遍怀想
也是黄昏的沙滩上,有着脚印两对半

那是外婆拄着杖,将我手轻轻挽
踩着薄暮走向余晖暖暖的澎湖湾
一个脚印是笑语一串,消磨许多时光
直到夜色吞没我俩在回家的路上

澎湖湾,澎湖湾,外婆的澎湖湾
有我许多的童年幻想
阳光,沙滩,海浪,仙人掌
还有一位老船长

这首歌的曲调柔婉抒情,歌词也全是形象和细节的白描。童年日常生活中的点滴记忆,不再仅仅具有个人色彩,而成为一种带有普遍意义和永恒价值的追忆与咏唱,足以唤醒每个人的心灵共鸣,勾起自己对童年时光的怀想与留恋。

我的许多童年时光,也是坐在外婆门前的石头矮墙,走在赶小海的沙滩上,或是挽着拄着杖的外婆的手臂,踩着薄暮走向夕阳映照的小渔村的。所以,这首歌也唱出了我对外婆深切的感恩之情,歌中也有我温暖的怀想与永远的乡愁。

从音乐的角度看,三段音乐,第一、二段从中低音区缓缓进入,曲调舒缓平稳,第三段的升高和跳进,使歌曲产生了动感,形象地刻画了一老一少相挽相偕,漫步在夕阳下的海滩上,留下了两串清晰的脚印的情景,也抒发了对怡怡亲情的无限依恋。

一提到台湾校园歌曲,人们自然会想到李建复、侯德健、叶佳修、罗大佑这些代表性的音乐人的名字。我认识的一位英年早逝的台湾小说家李潼,本名赖西安,也曾是七十年代台湾校园歌曲创作的主力之一,他的《月琴》《散场电影》等,至今仍被人传唱和怀念。我在最初接触台湾校园歌曲的时候,几乎对叶佳修的每一首歌都情有独钟,《外婆的澎湖湾》《走在乡间的小路上》《爸爸的草鞋》等,词曲都出自叶佳修之手。《走在乡间的小路上》的原唱是齐豫,后由潘安邦、刘文正等翻唱并传播开来;《外婆的澎湖湾》这首歌曲是叶佳修根据歌手潘安邦童年时在家乡澎湖与自己的外婆真实的亲情故事创作,也是叶佳修第一次为潘安邦填词作曲、量身定做,由潘安邦原唱。1979年,潘安邦凭借这首歌获得年度"最佳新人奖"。这首歌同时也成为叶佳修、潘安邦两个人的代表作。

潘安邦祖籍浙江省温州市瓯海区,1961年9月10日出生于台湾省澎湖县马公市金龙头眷村,出道后素有"民谣王"之称。二十世纪整个八十年代,是潘安邦演艺生涯最活跃的时期。1989年的央视春晚上,他首次赴大陆演唱《外婆的澎湖湾》《跟着感觉走》,音色温婉而深情,迅疾赢得无数大陆粉丝的拥戴。我也是他的粉丝之一。后来看到一部拍摄于他的"外婆的澎湖湾"那个小渔村的电视片,知道了他与外婆祖孙情深的故事,对这个总喜欢戴着太阳帽的"大男孩",就更有好感。

据说,1979年,叶佳修在海山唱片公司安排下,第一次见到潘安邦,知道了潘安邦童年在澎湖与外婆的故事,瞬间感动得不能自已,很快就为潘安邦写下这首歌。叶佳修不愧是音乐才子,这首歌整个创作过程仅仅用了十分钟的时间。潘安邦拿到歌的当天,用公用电话从台北打长途电话给在澎湖的外婆。在电话里,他给年老的外婆哼唱了这首歌。可是,他唱完后,电话那头没有任何声音。潘安邦能感觉到,外婆是在那头啜泣、流泪。这首歌是潘安邦在用真情演唱自己的故事,表达对挚爱的外婆的无限感激和怀念,所以,抵达听众心中的这首歌,就更有温度,也更具感染力,也更容易唤醒和慰藉与潘安邦同龄的、"生于六十年代"的一代人心底的乡愁。

可惜的是,天妒英才。"六十年代人"似乎都与伴随着二十世纪九十年代和新世纪而来的那个越来越喧嚣的、物欲横流的世界格格不入。1993年,潘安邦竟出人意料地选择了退出演艺界,到美国经商发展,并在那里结婚生子。2013年2月3日,一代"台湾民谣王"潘安邦,因肾癌不幸早逝。与我认识的那位台湾校园民谣的创作主将之一李潼先生一样,都终于五十二岁的英年。

潘安邦去世后,家人将他的骨灰撒到了澎湖内海,永伴着亲爱的外婆,也永眠于外婆的澎湖湾。如今,凭借着一首家喻户晓的《外婆的澎湖湾》,澎湖湾已成为当地最热门的旅游景点之一,澎湖地方政府多年前特意在有着阳光、沙滩、海浪的美丽海滩,建造了澎湖湾主题公园。前来这里观光旅游的人,不仅能看到外婆门前的矮墙,还能看见潘安邦搀着外婆走在夕阳里的塑像。

我早期的诗歌创作,就深受台湾校园歌曲的濡染。八十年代初期,正是我创作起步的日子。毋庸讳言,我在这个时期创作和出版的数百首校园诗歌,都带着台湾校园歌曲的那种情调。再夸张一点说,教会我怎样"抒情"的,除了普希金、艾青、何其芳几位抒情诗人,就是台湾校园歌曲。

我的第一部诗集《歌青青·草青青》,1989年由中国少年儿童出版社出版时,就特意在封面上标注了"中学校园诗"五个字。当时在我心目中,我所追求的就是台湾校园民谣的风格,我要抒写的是一代人的少年挽歌,也是这代人心中永远的乡愁。1990年,我的第二部诗集《我们这个年纪的梦》在湖北出版,也仍然不脱校园民谣的风格。直到第三部诗集《世界很小又很大》1996年在福建出版时,才总算走出了台湾校园歌曲的那种略带忧伤的情调,进入了一个新的抒情世界。

我很庆幸于自己经过了这么多岁月的颠簸和淘洗,不但没有失去童年时代的"伟大的馈赠"——对生活、对我们周围一切的诗意的理解,相反,我倒越来越感觉到它们的宝贵与伟大。或许正是它们,教会了我如何去面对现实和热爱生活,如何在一种妥协中,与世界达成"和解"。这也许是每个人的"时代病",也是我们这一代人所不得不承受的"生命之轻"。

美国作家约翰·厄普代克在前几年里发出过这样的慨叹：

在我此生中，我的感官见证了一个这样的世界：分量日益轻薄，滋味愈发寡淡，华而不实，浮而不定，人们习惯用膨胀得离谱的货币来交换伪劣得寒碜的物质……

是这样的。也正因为我们置身在这样的现实之中，才显得昨天的那些激情、誓语和梦想格外崇高与珍贵。

今天，我发自心底地怀念和感激那一段既贫困又坚实的岁月。那些浪漫的激情和誓言，虽然只是那么短暂地出现在我的少年时代的某一时刻，但它们却潜移默化地影响着我，直到今日。它们是我坚强的意志的奠基石，是我渴望为理想献身的信念的源头，是我有时候不得不遁于内心而守护住自己的秘密的精神支柱，也是我今生今世赖以在这个浩大、纷纭和凛冽的世界上继续奋斗和生存下去的全部资本与最后的退路。

怀旧，当然不是一种"奢侈病"，而是一种心灵需求、一种情感上的安妥与释放。对于无法适应日新月异的生活潮流、生活节奏、价值观念、人际关系的一代人来说，想起过去的少年时代、青春时光比较单纯、比较真诚，人与人之间容易相处，当然就容易怀旧。怀旧，也是对过去的一种感恩。在我们每个人的记忆里，都曾有过许多小小的、明亮的瓜灯和小橘灯，给过我们温暖、光明和幻想。少年酒神与美丽乡愁，往往也会成为成年后的热情、信心和力量的源泉。所谓"最好的时光"，其实就是那种永不回返的"幸福感"。有时候，并不是因为它有多么美好而让我们眷念不休，而是倒过来，正因为它是永恒的失落，于是我们只能用"怀念"来召唤它，它也因此变得更加美好，更加让人难以忘怀。有怀念，才有感恩的心，才能更加热爱。

金宏达　丁香之殇

　　小区里种有许多树,我家在一楼,小院的栏杆外,有两棵丁香树,就是诗人戴望舒所谓的那个结着愁怨的丁香。他盼着遇见像丁香一样的姑娘,我们比他幸运,每天每时都能看到像姑娘一样的丁香。我们的丁香也有诗人欣赏的一样的颜色、一样的芬芳,却没有哀怨,没有惆怅。

　　她们(我还是给它们女性的代词吧)一棵开紫色的花,一棵开粉色的花,像穿着不一样的裙裳。春天刚到,杏花开了,玉兰花开了,海棠花开了,各种花树,都乱摇着鲜艳的顶戴玩“嗨”了,我们的丁香也不甘落后,马上加进这个春的大联欢中来,转眼间,枝头缀满了一簇簇花蕊。不过,她们真的不那么绚烂,不那么博眼球,甚至显得有些寒素,也有点娴静,像是来到了繁华、热闹之地,却又不自主地退后,要隐身在青青绿绿的大幕里。她们静静站在那里,只有风儿懂得她们幽微的芬芳。

　　我很欣赏她们的这个态度,她们确实很普通,普通得就像进城赶集的两个农家姑娘,在这个开花的时令,我看见她们,不禁想到“姊妹花”这个词,她俩相距一丈多,中间的枝啊叶啊几乎搭上了,像挽着手,一起来到这里。我无法指认她们哪个年长一点,就算右边这棵开紫花的是姐姐吧。紫色的好像更沉稳、老成,她要常关注左手的妹妹,怕有什么闪失,在这个人世间,我们不时会听到一些女孩子丢失的传闻。

　　不过,她们的心事也没有那么重,喜鹊和麻雀有时会飞过来,叽叽喳喳和她们说些什么,春天的故事多,闲话也多,说闲话也是一种休闲娱乐的方式。那只白色流浪猫会不时弓着腰从她们身边走过,她们不喜欢它那副劲儿劲儿的样子,不喜欢它那身一直舔不净的发灰的皮毛,不过,也有几分怜悯它,因为它太缺安全感。

　　雨来了,春雨的好处是“润”,是给青春的容貌再“补水”,爱美是所有年轻的生命的天性,她们放开所有花蕊的小嘴作享受的吮吸。这里没有一点怨结的空间,从古至今，多少诗人墨客都误读了——她们已经在无数碧绿晶亮的心形叶片上写满了礼赞的、感恩的话语。据说，有些动物活的年头折算成人的岁数要放大 N 倍，我们的丁香不要，她们正当妙龄，是所谓好梦弥天的年岁，她们希望爱情就像这春雨一样如约降临，滋润她们的生命。

忽然，有一天，谁也没有想到，我相信连那个肇事者也没想到——隔壁的一家装修房子，那个工人，一个毛头小伙子，出门倒垃圾，各色各样的剩余物，其中有一包没用完的石灰粉，落在了左边的丁香树旁。小妹像被人踩了一脚，惊叫了一声，但谁也没听到，在这个万物竞荣的自然空间里，她太微弱了。于是，那个白色的粉末打开了"无间地狱"的模式，闪身渗进土层里，化为无数嚣狂的火舌，伸向她的血脉与肌肤。这肯定是一场人神共愤的私刑，它在我们看不到的地方进行，受刑者撕心裂肺的惨叫声传不出来，就在那个方寸之地，黑暗锁闭着所有的通路。

血肉之间总会有灵异的感应，另一棵丁香肯定觉察到了，她也许紧急地摇动过周身的枝叶，不久，鸟雀们也知道了，全院的花草树木也传遍了，但是大家都无能为力，没有谁能给出一个答案，怎样，才能挽救一个姑娘一样的丁香？

我是一个愚钝的后知者，当我发现时，那棵不幸的丁香已经叶片枯卷，轻轻一碰，枝干就折了。有人跟我说这棵树死了，我还不信。这是一个人失亲时的常态。丁香树会从一个总根分生出两条树干，像人的左半身与右半身，我指着另一半说，看，那边还好好的，没死。我看过许多半身不遂者康复的奇迹，祈求奇迹也在这个受难者身上出现，也祈求地下会有灵泉突涌，扑灭这一场噩梦一般的灾厄。

在寒冬即将到来之前，我们还特意找来稻草，为这棵树的下半身裹上防冻服，我希望，一个暖和的冬眠或许能疗愈创伤，在温煦的春风中复苏，归来她还是风采依然。这个冬天下了一场很大的雪，有好些年未见过了，白雪沉沉地压着树枝，园子里一派琼枝玉叶景象，人们纷纷前来拍照，有个人喊道："我看这棵树不错，像个白雪公主。"审美的最高境界从来都是即刻的，不需要深究，我们的丁香，也戴上了一回公主的桂冠。

终于春天又来了，很遗憾，她仍在昏迷中，迟迟没有醒来，从根到梢都枯干，没有一丝新绿绽出，唯能让人抱有希望的是另一半，居然还冒出了稀稀拉拉的花蕾，像是一个个音符，从生命的键上迸出，加入满园春的旋律。不过，如果你细心，还是能看出，她似是有些吃力，像在攀爬，像在四顾，粉色的妆容里，透出些许惨淡的汗迹。

"这边也不行了。"妻说。这些日子里，我们都为这棵树的命运感到揪心。

果然，当花蕊坠落，另一半的叶片也开始翻卷、干枯，看来，地下的战场旗靡辙乱，偏安的边界已经失守。

于是，一位邻人过来郑重地说，这已是一棵死树了，应该赶紧移开。告知了物业，物业来人，四周看了看，说，树木的砍伐，要给园林局打报告，看看怎么批复，说话的声口颇有点衙门气。

一段时间里，她还站在那里，站在紫裳的姐姐身旁，身姿不倒——没有外力，她自己是不会躺倒的。我长久地凝视着她，脑中忽然冒出近来流传很广的一句："这世界不要我了。"不禁为之嗒然。

雕窝的月亮

不见雕窝的月亮已久矣。

京城东北有地名平谷，平谷东北有村名"雕窝"。此村当初是否确有大雕筑窝，因以为名，实不可考，我初到之时，以及尔后，完全不见雕之踪迹，是可以肯定的。

多年以前，一位朋友邀我和内人来这里玩，是个萧索的秋天，风卷落叶，遍地翻飞，艳阳高照，却也挡不住寒意袭人。村长把我们当贵客陪着。路过一户院子，大门紧锁，村长说这家主人进城去住了，房子要卖，问我们是否有兴趣。我们扒门缝往里看，坐南朝北一排五间房，院子水泥铺地，干净、整齐，立即看中了，卖价又实在便宜，便着手买下。

此村虽叫雕窝，当地人却习惯写作"刁窝"，大约也是因为后者笔画更简，我对"刁"字向无好感，想想"拨乱反正"一下，便在我买下的院子里挂了个横匾，上书"雕憩园"三个字，意思是这里无论如何也与雕的栖止有关。

"雕憩园"稍事修葺，就可以住了，那时我还在上班，常在周末过来，享受远郊山居的悠闲。在这里，可做各种养性怡情的事，而我所最爱的，就是赏月。

赏月何处不可？何以最爱此地？我的小院虽在大路一侧，入院即见一锥形之山壁立另一侧——这山也是奇了，三面十分陡峭，无路可上，与小院相距一里多远，看上去却似紧挨着一般，又像是一个奇大的山石盆景，直接搁进院来。山不知何名，问过当地人，也答不上。想来无名，既无路可上，与各人过日子无关，也懒得命名。苏东坡写《赤壁赋》云："少焉,月出于东山之上,徘徊于斗牛之间。"此山在我的小院东墙之外,当然即是我的东山。我于是就能常常看到"月出于东山之上"了。

月出的时间有早有晚,早出的光景,有时未及观看,要稍晚一些,村里人声渐息,看它静静地登上东山之顶,最为动人。

小院里并无什么陈设,只有一棵山楂树,两棵龙爪槐,东南角院墙搭一间小屋作厨房,没有月亮的晚上,它们都隐于暗影中。月亮将出未出之际,最先感知的便是它们,像是有光波在空中悄然潜入、传送,渐渐就显出了它们秀挺的身姿。这时若抬头,就能看到东山顶端,一片辉煌,那正是明月的盛大仪仗。须臾之间,它就登上山顶,由半露面而现真容了,周边的天空霎时光亮起来,天空的下方,村庄的房舍、树木、道路,也无不照亮。平日白昼看东山,也没有此时清清楚楚,它周身的每一道襞褶,岩缝中冒出的每一棵小树、小草,无不"须眉毕现",让你不能不为它的如此亮度叫绝,同时,也忽然觉悟到——原来我们的语汇中常用的"光临"一词,造词灵感却是来自这里。

月亮循着它的路线昂扬上行,村庄渐渐沉入梦乡,天地之间,一片静谧,有时连一声狗吠、虫鸣都没有。按说,这个山谷并不荒凉,而此时在冷色的月华下呈现出的寂静,却使人产生趋近往古的感觉。我披衣在院中踟蹰,想象着"今人不见古时月,今月曾经照古人"。这是读过一些古典作品的人都会兴起的情思,它们很容易把人的心怀引向无限旷远,也不免增生几许惆怅。正是这个时候,让人特别意识到这种生活场景的转移是多么的触动灵魂。月光如水,一点也不夸饰,它慷慨地涤洗下界的一切,包括人的心灵蒙上的层层凡尘。你不禁会想到,平日在城里,在林立的楼宇间作息,我们是太忽略月光的存在了,否则会避免多少沉溺与迷失。

月亮缓缓升上天顶,这是最能仰看它正大仙容的时刻,也正是在此刻,真正让人领略什么是"孤光自照,肝胆皆冰雪"。夜深了,尽管已有几分露寒,我也不愿进屋就寝。我知道,人生途中,与月亮的这般相遇,其实并不会多,古人不去说了,近人如朱自清先生,彳亍在学校的荷塘边,不也是只能玩赏些朦胧的月色,做一做"笼着轻纱的梦"吗?诗仙李白与明月的聚饮,也是"醒时同交欢,醉后各分散"。能在醒时和一轮朗月如此晤对,无论如何是要格外珍惜的。

那么,又何妨打开院门,到外头去走一走呢?路上是看不见一个人影的,路灯亮着,却无法与月光争辉。走在一条白亮亮的大路上,视野更为广阔,西边的山峦披着银辉,绵延起伏。林树浓密,明暗不一,层次繁复,不是有一句古人的词云"便欲凌空,飘然直上,拂拭山河影"吗? 啊,此时的月亮,或是要去完成"拂拭"这个规定的动作吧。前方不远处,还有一个水库,渟蓄着一方碧水,水天交映,便把这个银色的世界衬托得更加空明和碧净了。

兴尽归来,却也听得几声吠声吠影的狗叫,我知道这也吵不醒酣睡的人们,人们早已习惯于月起月落,斗转星移,他们在黑甜乡里,正枕着一个永恒的记忆。

熊亮　敦煌路途中

关于路途

我在纸上写下——敦煌的行程记录：

　　1.落地敦煌……

但是，我是怎么来的？坐的是飞机还是火车？路上发生了什么？

仅仅是几个月前的事，用了几天我也想不起来，毫无印象。

为什么会这样？也许是行程的便捷和快速，还有从忙碌工作中抽身的仓促感，都会使人心不在焉，整段路程中身体和感知都在睡，外界发生的事一丝也没透入，我想，大部分人也都是这样吧。

所以我翻看肖怀德老师日程记录，上面写满了更重要的事，每天的课程、知识、老师和参观过的洞窟和景点，以及发生的精确时间点。

来和去的事上面都没有写，路途不是重要的事，记忆中只有点，没有线。

丢失的记忆，究竟去了哪里？

看我们的行程记录，每天都有上课和参观，这些繁杂的知识，内容此刻我都有点记不起来，但可以保证，听过的每个字都会储存在记忆的架子上，一字不落，暂时搁放，随时取用——知识就是这种状态，但不会替我们去真实地感受和记忆。

关于面孔的记忆

没有直飞航班，敦煌火车站还没建好，绿皮慢速火车停在距离敦煌市几十公里的柳园站，而且是凌晨的班次。司机一遍遍揽客才能凑齐一辆中巴车，上上下下几小时才到市区,四面皆是荒滩,戈壁上很冷,也没有灯火。那天是阴历十六,月亮特别大且圆,我们像是在另一个星球上。

我从北京过来,一落地,入眼完全是戈壁,印象是颇震撼的,自然环境是一个场域,我能想象,不止是现代游客或本地人,那些古代画工和来往商队来到这里,感受都是一样的。

第二天早上四点半就出发,从敦煌市骑到莫高窟二十六公里。想在六点多看日出,计划是非常好的,但是没有路,没有路灯,到处是坑坑洼洼,不知道自己去了什么地方,只有一个帐篷亮着小灯,可能是修路的人。好歹拐上了去莫高窟的路,天已经微亮,风沙太大,根本就是原地蹬车,窄路上沙子像龙一样,飘来卷去的,路一会儿有一会儿没。

那时的敦煌,因为还保持着最初的荒凉,所以给了我一种边际感,地理、文化,甚至生命的边际。

现在有了双向八车道的高速公路、路边隔离带、整夜亮过星空的路灯、机场、火车站,各种场所,甚至虚拟空间,自然环境被掩盖和推远了。我倒不是反对基建,不过,快捷高速的生活,确实失去了可观察的细节。

这就是我为什么想不起 2020 年的敦煌之路,却能清晰记得 2006 年细节的原因——我还做了几篇非常详尽的旅程记录。

普通人与罗汉像

画画时凭的是手眼控制力,动用直觉,把握平衡,画与文字是头脑里的不同分区,所以谈到绘画时不免口拙,只能将诸多关于画像的念头逐一罗列。

去敦煌前,就想好了:这次,画脸孔。

我要为普通人造像,放到大幅画面上,就像洞窟里的罗汉像。

罗汉是我儿时的人物画的范本,但家里却是有基督教影响,所以那时我心里默念着耶稣,想象出的信徒形象却是罗汉,他们面容极尽奇崛,初看可以说很丑,正是这种惊诧感吸引了我。

这一段是我二十年前写的关于对罗汉像的感觉，今天看来仍算合适：

我想画一张有着更多涵盖的脸。罗汉的脸从表面上看不悲不喜，是一种抑制，但又是复杂的表情流露，还得有全然安静和神思畅游。

罗汉像总是很像正在写一首诗，当然，他也像诗歌本身，并不是确定的。

罗汉像总是显得很怪异，这是因为他不只与世界，甚至同自我，也保持着距离。

他那忘我般的慈祥，使他能更深入地发现生活的本相。他眼中看到的世界，自然与别人所见完全不同，所以他得暗暗地表情诡异。当然，他从没有高高地飘浮在生活之上，一种真实的感情，牵动着他衰老的脸上的每一丝皱纹。

十岁那年，奶奶与外公在我的房间里探讨人类起源。一个是唯物主义加达尔文主义者，相信人是猿猴变的；另一个说是神创造了世人，亚当和夏娃是所有人的祖先。接下去说到人死后去向何处的问题，一个说上天堂，另一个相信湮灭，所以这种探讨没有结果。

作为一个旁听者，我只记得那时，光线从窗口斜射进来，暗蓝色的傍晚光线。

之后两年，他们先后离世，外公去世时我还是小学生。作为男孩，我们必须守夜，看着最熟悉的人一动不动进入死亡，然后再对着他的身体整整盯一晚上。

一个孩子的生活本来应该是指向未来，从那天起就变成了漫长的倒计时。

我忘记了哪首诗说，死亡每夜躲在你屋子的窗帘后移动。

2015年罗汉像，一直挂在我画室，朋友问我，这幅有原型吗？这幅，恰恰是我的画像，并且是我整个童年的画像。

小时候读到威廉·布莱克的诗集序，他的弟弟夭折时，他能看见弟弟的灵魂穿过屋顶冉冉上升，在窗外的院中，与小天使们一起,在欢喜中拍着手。死亡如果有幻象可以安慰,对他而言就是树上栖满的小天使。对我来说,则是一张受苦而平静的老者脸孔。

这是我小时候爱上罗汉像的原因。我第一次看到贯休的《十六罗汉图》,我觉得那就是我外公,他们长得像患病而悲伤的老人。

罗汉的深意我理解有错,我知道他们是证悟者,但不知道证悟是什么,我画他们,可能只是因为跟死亡的预知有关。

敦煌的祈福者

十几年前,莫高窟九层塔大佛前是有香炉和垫子的,方便信众或游客祈福,这一点延续了古代莫高窟的真正用途,但近来被取消了。

民间的各种祈求都有不同职责的神灵来达成,但佛陀就和老天爷一样,有着无远弗届的权限,面对大佛,你什么都可以交托出去。

祈福者,虽然一开始祈求的只是平安与财富,但一个人膝盖落地,就是某种彻底的谦卑,身体伏向尘土大地,你当然会意识到潜藏的命运、自我消亡和离别等。

我喜欢观察他们的脸,他们举起香,双手遮盖下,闭目的、肃穆的面孔,这是生活里少有的静默一刻,他们的脸应该是重叠的、呼喊的,然而他们自己是完全不自知的。

我在 2009 年画了一批涅槃窟的水墨罗汉头像。中国的甘肃、新疆,日本馆藏的涅槃图,弟子围绕佛陀哭泣的场景,童年时的送葬队伍,都对这组作品有启发,但直接的来源就出自对莫高窟祈祷者的印象。

这组作品中的人脸是他们在苦海中沉溺过的纹理,每一张年轻的脸也是老人,不是衰老,而是叠加,爱憎离别喜悦痛苦叠加,像恒河挟沙无数次流过。

表情重叠的脸,情绪的线条,交叠的痕迹,笔墨对我而言,是写一首关于人的诗歌。一次聚合,就是一张狂喜的脸。

这些面孔曾挂在画室墙上，每次经过，画面都散发出一种询问感，这很好。

现在谈论死亡或涅槃也许比古代更缥缈，那时的吞黄金服白玉，变成了今天的生命科学和人工智能探索，也许很快，穿越奇点、永生不死的秘密被解开，意识可以作为信息下载；也许，经变画的佛国世界通过科技手段就可以体验，想要悟道或得极乐体验就安插脑机接口，会有更多的新图景来掩饰死亡。

人像的创作笔记

罗汉像另一个吸引我的地方恰恰是难画。初中时同学来找我玩，我说不想出去，是因为有点沮丧，临摹石涛的《十六应真图》失败，其中一幅脸部怎么都画不好。同学仔细看了墙上十几幅罗汉脸，疑惑地说："这不都一样吗？"

大不一样。差之毫厘则气质全变。

人像的最大秘密在于"瞬间"，将变未变，欲转却静，喜泣之前……将这样的瞬间以静止之态截画下来。

我在童年经历了一次葬礼，印象最深的一幕是，在整体的悲伤气氛中，小舅妈却很松弛，胖胖的，脸色红润，穿一身厚呢子大衣，刚烫了一头蓬松的过腰卷发，站着背靠桌子，开始说一些家常，以度过长而闷的时间。

然后我看见她整个人忽地明亮起来，好像敦煌佛像的背光一样熠熠生辉，墙壁像天空般放亮，她的头发被后面的烛火燎着了，迅速燃烧起来，大家都惊叫起来，而她却一无所觉。

这幅画面给了我生动的启示，什么是人像的最佳状态呢？似是而非，人物开始燃烧,在未被灼痛的前一秒,她的微笑,时间裂成两半,一半在流动在发生,一半进入永恒,留下截面。

一张具有启示意义的脸,本人应该是完全不知道的,甚至处于相反状态。

说实话,我在初唐窟里看到菩萨的画像时,心里说:这我认识! ——就是她的脸。

大部分壁画内容是令人向往的佛国,死亡是缺席的,只有涅槃窟直接表现哀悼,窟形像个巨大棺椁的内部,出殡的队列在棺壁,而我们从侧边的一个小洞里进入。

一五八窟建于吐蕃统治时期,丧葬心理状态与中原不同,对死者或说上师的依恋展现无遗。

执迷于表现死亡的画,并非我趣味阴郁暗黑,而是有死亡迫切存在,人的面孔才能显现出活生生的本相。从这点说,其他洞窟里无论佛菩萨弟子还是天王及众护法们,都有些超越生活。

但我总觉得群像画得不够好,感染力差一点火候,太夸张太表面,导致不够动人。这不怪画家,因为罗汉们的恸哭和各国王子们的自戕,不是为了引发观者悲哀,而是表明他们因缺少智慧无法理解涅槃,艺术家则恰当地完成了这一要求。

洞窟的重心是涅槃像,这是最完美的创作,在我心里是无与伦比、不可直视的,从任何角度看,嘴的起伏与折角,绿色的眉毛,饱满的面颊,倾泻下来的衣褶,每一处都是世界上最圆润和温暖的弧线。他死去,但进入涅槃,看起来仍像在呼吸,慈悲继续铺展。他脸上的表情是看到未知世界的一扇门对他开启,说着:来吧,越过这道槛,你会发现痛苦和记忆也是幻觉。

只要一看他,我就会禁不住颤抖,所以我快速逃离洞窟。

如果由我来画这些哀悼者群像,会是什么样的?

吐鲁番的柏孜克里克千佛洞里也有涅槃图,那个窟损毁严重,佛像被盗,墙上只剩一些罗汉残影,表现力却令人战栗:他们没有挥舞双臂或咧嘴流泪,都是静静的,但每位罗汉的瞳孔都不一样。不需要激动的表情和动作,光表现眼睛就够了,经历过至亲故去的人,眼睛里都会永远地望着一个方向,又像什么也不期待。

这里的壁画不掩藏悲伤,相反,他们在强化氛围,我每次都待很久,盯着他们的眼睛看，火焰一般的涡轮，在墙上显现，在幽暗的窟中燃烧。

然后，重新回到阳光下，视线忽然明亮起来，看着门口卖瓜的大叔和姑娘，我都觉得他们的脸异常清晰好看，又有了新的体会：只要如实地观察一个人的脸孔，他们所有的生活都会涌入细纹和沟壑。

眼睛反而可以是不重要的，放空和淡化亦可，不要迷信点睛传神，目光炯炯，反而会看不到人的面貌。

其实不需要表现悲伤，只要画出一个人最专注或最自然时的状态就足够了。这就需要把握一个度，虽然画中人物睁着双眼，但脸孔却仍像是紧闭双眼的状态。

眼睛是重要的部分，反而不用强调。

敦煌在地者的造像

一位研究工匠史的老师，我先是拜读了他的书，然后在北京的一个小旅社见到他，旅社的门是木头的，门锁仍是旋钮式的，门和窗户都有插销和挂扣，窗框是油泥封边的，一切都是古老的，我之前从不知道北京还有这样停留在计划经济时期的旅社。

他兴致勃勃讲了些古代工匠的故事，壁画中几乎没有署名，信息都是从敦煌文书的片段中慢慢总结出来的，窟主、供养人、僧侣、都料、博士、生匠、泥工、开窟的石工、买油饼的人……所有湮没的人，似乎都被他一一还原勾勒出来。

最后他说："每次在单位里，受了委屈，就跑到宕泉河的芦苇丛里，想想那些辛苦而无名的工匠，什么烦恼都能忘记了。"

我在宕泉河的芦苇丛前，用地上的泥土和河水，作了这幅画。

另一位老师是研究佛教史的，他在头脑里复原了一整个莫高窟和榆林窟。肖怀德老师说他的样子就像一个僧侣，的确。

我以为他大我很多，不是说他显老，而是他"无龄"，你会觉得这样的人生来属于历史。我不禁好奇：他平时除了学术，还有其他爱好吗？

"看二人转。"他笑起来，"放松，好玩。"

在河边沙地上，我用地上的盐碱，混合墨与蛤粉，为他作了一幅画像。

这位老师是莫高窟的守护者，也是意义发掘者，莫高窟同样赋予他价值感。每次听课都颇有收获，但我觉得他不好接近，如果在古代，我身上的气息属于行旅或漫游者，而他像是一位当地望族。

他散发出的，是尊严还是骄傲？

作为一个游离在团体外的艺术从业者，我对敦煌这个地方有一种特别的感受：它是一个孤悬在广阔戈壁和宏大历史中的小小体制单位，也许需要某种更跳脱的眼界，才能不为其囿役。

这位老师的状态恰是如此，对自己的固执和局限有充分警觉，时刻处于开放的状态。我画得不辨性别，其实她是一位女性，女性在自我成长方面比男人要好得多。

接着，在戈壁的寒风里待了两天，用地上的沙粒、泥土、盐碱调色，在结冰的画面上完成了几幅人像。

最后那天，由于摄影师去拍别的老师，我一个人无法搬动五幅大画及画材，也不敢离开，只能一个人等到九点多，没有食物和御寒衣物，手机电量只剩个位数。夜晚越来越冷，我躲进一个低矮的天然洞穴里避寒，看着星空，喝着最后一包酸奶。

不观察状态，反而会成为其后写作的契机。

记忆具有闪忽的特质。你努力观察并记录的，都会被忘记；而你被动经历的事，比如抛锚、错过时间、迷路、偶遇这些意外，反而有可能留下印象。

2020年发生太多事，对我个人而言是倾覆之年，不会没有印象，只是我现在还无法去回忆。刚经历过的事，我们都看不清，要过上很久它们才会再次浮现，纤毫毕现，变作双重的体验。

2020年再见。再次与这段记忆相遇，也许是2040年以后了，又或是在我生命尾声，而当下的每一天都与这一年重叠着，永远不会过去。

叶梓　**石湖册页**

石湖草堂

出石佛寺,往南走,拐一个弯,就是石湖草堂。

草堂者,简单的茅屋而已,用现在流行的话说,是太有"草根性"了。历史上的阅微草堂暂且不说,单单诗人杜甫的草堂就几乎是颠沛流离艰辛生活的隐喻。后来,不少文人为了表达对隐逸的向往,就渐渐引为斋名。建于明嘉靖元年(1522)的石湖草堂,却是智晓和尚浓墨重彩的一笔。他于寺后筑石湖草堂,供文人雅集,虽取名草堂,但景色雅致,是真正的风流蕴藉之地。

此刻,我就站在草堂前的斜坡上。

往事深处,是文徵明、唐寅等吴门文人的风雅。万历七年(1579),文徵明的次子文嘉作过一画,以画记事。这一年,距草堂筑成已有五十余年,王宠、蔡羽、文徵明等人也相继离世,草堂盛况不再,文嘉也是垂垂老矣。而他笔下的草堂群峰葱翠,溪涧萦绕,良田广陌与村舍相连,太湖烟水万顷。显然,他有意回避了物是人非的落寞,也许,他内心强大,是个不怕孤独的人。

我是怕孤独的人吗?

不知为什么,这几年越来越不敢去寻访一些旧时古迹了,生怕纷披旧事弄得人徒生伤感。于是,在杂乱的书籍里找出蔡羽的《石湖草堂记》,闲时翻翻:

> 吴山楞伽、茶磨并缘于湖,茶磨屿为尤美,北起行春桥,南尽紫薇村。五步之内,风景辄异,是茶磨使之也。上为拜郊台,下为越来溪,缘溪曲折旋入山腹,其林深黑,治平寺也。夫登不高不足以尽江湖之量,处不深不足以萃风烟之秀,于其所宜得而有之,草堂所以作也。夫平湖之上,翳以数亩之竹,崖谷之间,

旷以泉石之位，造物者必有待也。使无是堂，则游焉者不知其所领，倦焉者不知其所休，是湖与山终无归也。辛巳之秋，治平僧智晓方谋卜筑。事与缘合，乃诸文士翕至赞助经画，不终朝而成。明年改元嘉靖壬午，王子履吉来主斯社。爰自四月缩版，尽六月，九旬而三庑落成，左带平湖，右绕群峦，负以茶磨，拱以楞伽，前却修竹，后拥清泉，映以嘉木，络以薜萝，翛然群翠之上。于是文先生徵仲题曰"石湖草堂"，王子辈以记属羽。夫湖胜也，尤萃于茶磨，茶磨之胜则以能容深林也；尤深于兹竹，则是堂也，胜将焉让，且地微，人虽灵奚传？人微，地虽高奚发也。山犹是，湖犹是，竹犹是，而游不兼息，息不兼，游人与地得无病？今也，林不加辟，地不加升，而湖山在函丈，禽鱼在尊俎，游于是，息于是，暝观霁览集于是，人与地不亦皆遭乎。喜二者之遭，作《石湖草堂记》。

——我承认，我是用阅读向一个风雅的时代默默致敬。

石佛寺

我的家乡杨家岘，在一个半山腰上。山下就是赫赫有名的三阳川，三阳川是个统称，下辖中滩、石佛、渭南等三乡——以前是乡，现在都变成镇了。我在中滩中学读过三年书，但最亲近的却是石佛，因为大姨嫁在石佛镇的杨庄，小时候经常去。她家家境好，去了总能吃上带肉丁的臊子面。村边还有条葫芦河，那时候的葫芦河，水大，又没有桥，去大姨家时还得挽起裤腿过河。一个贫寒人家的少年，关于河流、美食的全部记忆，都跟石佛有关。我现在迁居南方，偶尔吃面，自己又懒得和面，就吃千里迢迢带来的黄庄挂面——黄庄是石佛的另一个村子，离杨庄不远。所以，知道石湖的半山腰有座石佛寺，分外亲切，就跑去看。

寺依山而建。山是茶磨山。

这里是上方山东北处的结脉之地，三面临水，位置绝佳。现在见到的寺，是新修的，两端为二层小殿，下为观音堂。而它的历史要上溯到宋代淳祐年间。当年，尧山主持在此开建，于山崖岩壁间凿出观音像，规模虽小，却颇得佳境。后几经重修，其中明代的一次重修与天水的胡缵宗有关。嘉靖四年（1525），胡缵宗任苏州知府时因爱其胜迹，主持重修，雕石观音像一尊，并题"石湖佳山水"匾额。据《苏州府志》载，他还给寺前的一泓涧水题过"崖石涧"三字——我专门寻此遗迹，未得见。史载，民国初年寺尚有大殿，后毁于火。"文革"时所遭的破坏更大，寺阁、盘道、石梁均被砸毁，据野史记载，观音像也被砸成三段，落入山下洞内。所幸二十世纪八十年代重修时，疏浚洞中淤泥，发现石观音像，于是从洞中捞出，清洗修补，恢复原貌。石佛寺的点睛之笔，就是这尊观音像，立于山崖裂隙之间，神态逼真。

也许，寺名就是由此而来吧。

我来的这一天，恰逢秋雨淅沥，刚好可以洗洗蒙在我心里的尘埃。这些年俗虑太深，是该多跑跑这样的古寺。元代有个叫陈基的诗人到此一游，写过一首《登观音岩》，颇有意趣：

> 普陀山枕海波宽，古洞谁移此地安。
> 岩下碧潭常侵日，云根瑶草不知寒。
> 楼箕鹦鹉呼人语，伏涧蜿蜒听法蟠。
> 山兀石桥方广路，也须一虔姿盘桓。

乾隆皇帝数次下江南，也造访过石佛寺，不仅题写了匾额"普门香梵"，还撰联一副：

> 愿力广施甘露味
> 闻思远应海潮音

观音殿的石柱上，至今还是这副对联。

石佛寺，又名潮音寺、海潮寺、潮音禅院。

横塘

越来溪经越来溪桥，北流过横塘。

横塘是哪里？

就是北宋诗人贺铸在那首《青玉案》里用"一川烟草，满城风絮，梅子黄时雨"描述过的地方。贺铸晚年寓居苏州的盘门一带，但他在石湖边的横塘有一处别业，所以常常往返于两地之间。他的这首词写的就是从姑苏古城到横塘的途中所见，像一首爱情词，有衷肠欲诉的哀怨，而重点却是怀才不遇的一片闲愁。这首词后来成为宋词典范，贺铸也有了"贺梅子"的雅号。就是现在，每至梅雨季节，朋友圈里总有人会把这句话引用出来。可以毫不夸张地说，《青玉案》之于横塘，不亚于《枫桥夜泊》之于寒山寺。可是，为何寒山钟声至今仍不绝于耳，而《青玉案》里的横塘却渐渐成为被人们遗忘的地方呢？

横塘离我住的地方不远，所以常去。更多的时候，是路过。横塘是个三水交汇之地，就像浙江萧山的义桥镇是钱塘江、富春江、浦阳江交汇处一样，横塘是胥江、古运河与越来溪的汇合之处。义桥有渡口，横塘也有渡口。当然，这是水汇之处的必然。因为水，因为交汇，往往就会造成一个繁华之地。

横塘，曾经就是一个古老的繁华小镇。

早在春秋战国时，这里是吴越争霸的烽火战场。隋朝的时候，杨素率军灭陈后，将苏郡移至横塘以南的新郭，横塘的繁华自此而始。而现在的横塘和狮山街道合并了，这也就是说，横塘镇这个名字已经从行政区划的版图上淡化了。但在人心和记忆里，横塘，永远不会被忘记。

自古以来，横塘驿站一直就是文人墨客寻幽访古的地方。

重建于同治十三年（1874）的驿站，只存留一个大门、一驿亭，主体建筑馆、楼、庑、台均已无迹可寻。但这仍是苏州古驿亭里仅存的一座，弥足珍贵，1990年被列为江苏省文物保护单位。它也是研究我国邮传历史的珍贵资料，1990年，它就出现在一枚名曰"姑苏驿"的邮票上。

驿亭的南门，左右石柱上有联：

客到烹茶旅舍权当东道
灯悬待月邮亭远映胥江

既为驿亭，自然也是古人折柳送别的地方。诗人范成大晚年归隐石湖时，就在此送走了一批又一批客人。他有一首《横塘》这样写道：

南浦春来绿一川，石桥朱塔两依然。
年年送客横塘路，细雨垂杨系画船。

这里的石桥，大概就是彩云桥吧。

驿亭不远处就是彩云桥，以长堤相通。

蟋蟀记

苏州谣曰：

　　赚绩瞿瞿叫，
　　宣德皇帝要。

为什么会有这样的谣谚呢？

还得从"赚绩"谈起。苏州方言里，蟋蟀的发音是赚绩。如此一讲，歌谣的大意也就清楚了。大约在明宣德年间，宣宗因各地上贡的蟋蟀太小而不满意，遂下诏书，让苏州知府况钟替他专选苏州的蟋蟀。

蟋蟀又名促织。古代中国，饲斗蟋蟀之风从南宋末年宰相贾似道于秋壑堂大开风气之后，迨至明清乃至民国，同好者甚多。被后人戏称为"蟋蟀宰相"的贾似道撰写过一本《秋虫谱》，从赋、形、色、斗等方面对蟋蟀详细论及，也算是第一部研究蟋蟀的专著。彼时的江南，养蟋蟀之风盛行，正所谓"促织盛出，都民好养"。曾在苏州做官的袁宏道在《促织志》里写道："京师人至七八月，家家皆养促织。余每至郊野，见健夫小儿群聚草间，侧耳往来而貌兀兀，若有所失者。至于溷厕污垣之中，一闻其声，踊身疾趋，如馋猫见鼠。瓦盆泥罐，遍市井皆是。不论老幼男女，皆引斗以为乐。"可见风气之盛。

喜好杂玩的苏州人，自古就有养蟋蟀的传统。清顾禄《清嘉录》卷八《秋兴》云：

　　白露前后，驯养蟋蟀，以为赌斗之乐，谓之秋兴，俗名斗赚绩。提笼相望，结队成群。呼其虫为将军，以头大足长为贵，青黄红黑白正色为优。大小相若，铢两适均，然后开栅。

所谓"提笼"，当为"提罐"，虽言为"笼"，只是沿袭古称而已，实则是用于盛放蟋蟀的陶罐或者泥罐。

旧时的石湖一带，此风尤甚。

乾隆《吴县志》云："出横塘楞伽山诸村者，健斗。"

相传，有人曾因进贡楞伽山下的黄大头而连续受宠，以至进贡蟋蟀成了晋官升阶的一条捷径。然而，世间万物总是物极必反，蟋蟀甚至因此成了老百姓的负担。《聊斋志异》里的《促织》讥讽的就是这种现象。蟋蟀之斗也造成饲斗工具越来越追求精致高雅，其中以陶制者为佳。因此，它带来了瓦盆业的发展，也就有了"陆墓盆"之说。据明代李诩《戒庵老人漫笔》记，"宣德时苏州造促织盆，出陆墓邹、莫二家"。用现在流行的话说，兴盛的瓦盆业要算是蟋蟀的下游产业了。

我在苏州博物馆的"风雅吴中"展厅，见过一只明代宣德年间的青花蟋蟀罐，色彩艳丽，器身饰以青花缠枝的花卉纹，底部款曰：大明宣德年制。与之并排的，是一只同时期的澄泥蟋蟀罐。

现在，在石湖一带游逛，已经少见玩蟋蟀的人了。在这个热衷于赚钱的时代，倘若一个人"执迷不悟"于蟋蟀，大抵在家人朋友的眼里就是不务正业了。可我并不认为这是玩物丧志，倒觉得每个人该有点自己的小趣味。大玩家王世襄有一本《中国历代蟋蟀谱集成》，汇集历代的蟋蟀谱专著十七种，弥补了蟋蟀谱古籍整理的空白。不仅如此，他还加句读拟提要，更有《秋虫六忆》畅谈自己一生的养虫见闻。现在的人差不多清一色地喜欢起养狗养猫，所以，很难再见到"提笼相望，结队成群"的壮观景象了。

夜访蠡岛

石湖越堤的中部有一小岛，曰"蠡岛"，是为纪念越国大臣范蠡而建——相传，功成身退的范蠡偕西施就是从石湖泛舟出发，归隐太湖。也许，这只是后人的附会，不说也罢。不过，镶嵌于湖心深处的蠡岛，坐拥长堤绿水，若碰上细雨绵绵，一眼望去，山岚氤氲，如梦若幻，甚是江南。

而今夜，我披着夜色去蠡岛，却是一趟听琴之旅。

几年前，有缘结识青年琴师吕继东——他是我所认识的琴师里最不会耍酷，同时也最内敛低调的一位。最近几年，古琴似乎火起来了，尤其是苏州，自称习琴的人越来越多，更有不少趋之若鹜者行为张狂，装疯卖傻一般，惹人生厌。而吕继东却一直安静从容，如如不动，算是一位真正的琴师。2016 年，他组建石湖琴社，我有幸参加揭牌仪式，当时就有点想不明白，琴社明明在苏州工业园区独墅湖畔一家颇为高档的住宅小区，缘何又以石湖名之？后来才知中间有一段小插曲。2001 年吕继东从厦门大学中文系毕业后寓居的沧浪新城，在姑苏城西南角，毗邻石湖。吕继东因对范成大晚年归隐石湖的高逸品格仰慕有加，遂盗用其号，将石湖居士移作网名。久而久之，琴友们就直呼他为石湖了。后来琴社成立，他也就顺手牵羊引为社名。人间尘事，冥冥中皆有缘，就在琴社成立两周年之际，他于石湖蠡岛觅得雅室一间，辟为琴社，算是琴社的分部。不日，他在此开门授徒，空下来的时候，一个人抚琴喝茶，不问世事，隐士一般。抱憾的是，半年多来我的生活兵荒马乱，以至于心向往之既久，却迟迟未能成行。

是该去听听琴了，琴声是对烦躁内心的最好修正。

通往蠡岛的湖堤上，夜行者多。他们都是晚饭后的散步主义者，悠闲自得，任凭湖风吹拂。偶有夜跑者汗流浃背地从身边经过，气喘吁吁里充满对生活尤其是健康的无限热爱。有一个老头的步伐，跟我的节奏仿佛，边走边听评弹，我尾随其后，体悟晚年生活的美好。约二十分钟后，右拐，即至蠡岛。琴社就在岛上一间临水的房子里。

推门而入，琴社真是雅致。

吕继东正在抚琴——真是抱歉，冒昧的到来打乱了他的节奏。寒暄过后，他继续弹，我坐下来听，偶尔会望一眼外面，看夜色如何笼罩了湖面。他弹了三支曲子：《秋风词》《良宵引》和《阳关三叠》。《秋风词》略有悲伤，《良宵引》清雅和静，《阳关三叠》的轻重缓急把握得极好，让人不禁怀念河西走廊的风声与沙枣花。毕，一起喝茶，他顺手送我一册自编的《古琴入门二十四讲》。书是自印，但制作精美，薄薄的一百余页里字字饱含他的习琴甘苦。粗翻之后，以为精到处有三：一是每一讲既有学习提示、练习要点，还有小结，章节之间相互勾连，由浅入深，循序渐进；二是既有指法的具体指导，更有琴曲的独到理解；三是选择性地穿插了一些与琴有关的古画以及虞山琴谱《溪山琴况》的要点，这真是有心之举，颇具画龙点睛意味。

一座湖，通过涟漪将古琴的声音传递出去，是件美好的事。前几年，因为写一本有关茶的闲书，翻检了不少古画，常常能碰到文人雅士携琴前往湖中的场景。蠡岛的石湖琴社，就让这样的雅致在当代复原，真是令人惊喜。想想，在这个车轮滚滚的时代,携一架琴,朝着一座湖而去,然后在一座岛上弹琴品茗,是多么风流蕴藉啊。

以前的蠡岛有一个华南虎培育基地。后来,基地搬到上方山动物园了。现在,蠡岛回归了岛的本身,湖水,迷离的夜色,临水的古建,以及石湖琴社里传出来的隐隐琴声,让蠡岛散发出古拙、自然的美。

回家的路上,忽然落雨了。

稀疏的雨点打在盛放的荷花上,唰、唰、唰,像一首读出来的诗,脉脉诉说石湖的温情,而我,似乎还沉浸在刚才的琴曲里。

数枝雪

石湖的梅花开了。

当万千游客奔向光福古镇的香雪海时,我独自一人来到石湖赏梅。不是因为这里的梅花更好看,而是石湖的梅花有寂寞的意味。梅花清幽,不喜热闹,我喜欢它冷清和孤独的样子。这几年,梅圃溪堂的梅花年年看,每次都有旧友重逢的感觉。

"你好吗?"

"老样子。"

——在一树梅花下,我莫名地会臆想出这样的交谈。

范成大爱梅,写到石湖的梅花时用到了"数枝雪"。数——枝——雪,这样的标题让整个南中国隐隐有了雪意。

湖风的颂歌

经过吴堤的时候,风吹来,一派清新。风夹杂着早春的气息,有蜡梅的淡淡清香,也有竹笋破土的声音。花了一个小时,我从吴堤走到上方山顶,仍能感到湖风吹动,带着一丝丝甜美。风吹着湖面,湖面有时动,有时不动,无论动与不动,石湖都在那里,静静地守着自己的梦与灵魂。

风吹着浮世。

风,也吹着石湖。

这几年,我在石湖之畔,闻过初夏花草的香,闻过秋日的浓烈桂香,也闻到过早春的梅香,甚至也闻到过浓烈刺鼻的鱼腥味。这都是风赐予我的世界,一个生机勃勃的世界。唐代有位并不著名的诗人写过一首五言绝句:解落三秋叶,能开二月花。

过江千尺浪，入竹万竿斜。绝句题目就叫《风》。他描摹的也正是风的力量，让晚秋的树叶脱落，又能催开早春二月的鲜花，经过江河时能掀起千尺巨浪，刮进竹林时能把万棵翠竹吹得歪歪斜斜。时间过去了这么多年，风依然是风，朝代更迭，风依然吹着。

吹落范成大老宅一树梅花的那场风，会穿过时间的长廊，吹到我的脸庞吗？

我会在石湖之畔，被风吹老吗？

我闲散地在湖畔逛，总有风吹来。从行春桥吹来，从越城桥吹来，从郊台吹来，风吹向我的时候，它不再是风，而是秘密的信使。有好多次，我就是在石湖的风中听到了家乡的消息，天水落雪了，杨家岘的土坡上又多出了一个坟头，庄稼丰收了，村子里又娶来了一个新媳妇——这些家乡的消息，都是风传递给我的。

故园与石湖之间，是风，让我真实地存在着。

文河　**凭栏**

凭栏

　　凭栏是眺望和凝视。心如止水的人不会凭栏,只会静坐。凭栏的人有莫名的惆怅,身有依凭,但心无着落。心是一只鸟吗? 绕树三匝,无枝可依。为什么这样呢? 总会有那么一些时刻,那么一些微茫的尖锐的时刻,一只飞翔的鸟,就算拥有整个森林,也感觉自己找不到一个栖止的地方。

　　凭栏是入世的,和渔樵式的隐逸不同,但又不全是入世的。它和万物有联系,但又不是一种行为上的热切介入。凭栏有一种孤回的意味。庄子《逍遥游》中的大鹏,背负青天向下看,尘埃飞扬,游氛如马,而人群如蚁,甚至看不见了。这个视角是居高临下的俯视。能够这样做,这就意味着:必须让自己置身于一个极高的地方,高得远离尘世,冷眼旁观。李贺的诗句,"遥望齐州九点烟,一泓海水杯中泻",就是这个视角。

　　可是,这种视角究竟是非人间的,艺术性的。在现实中活着,一日三餐,油盐酱醋,就必须有所介入,要么是行为上的介入,要么是情感上的介入。老子说:"万物并作,吾以观复。"我还是觉得这种全息式的视角才算最好。观物,是对规律的发现和对世界的认知,由此产生了人类的文明。人的自我意识不断强化,就会自我审视和自我校正,这就会观我。"照花前后镜,花面交相映",这里面含有人的自我珍重意识。一个懂得自尊自重的人,无论经受什么样的苦难,都不会自暴自弃。

　　总有一些事情,是个人无法改变的;总有一些东西,是个人无法把握的。那登高的人,登到了峰顶,看过了天高云淡,总得下来。那走出的人,走远,再走远,有一天却又从另一个方向,山一程水一程,慢慢返回来了。凭栏久,看夕阳缓缓落下。落下,才能再次升起。一个又一个周而复始的日子里,我们好像什么都经历了,又好像什么也没有经历。然而，不知不觉，人却变老了。青春仿佛还在隔壁，但侯门一入深如海，从此萧郎是路人——就算你念念不忘，也和你没有关系了。

有僧问首山省念和尚："莲花未出水时如何？"首山答："遍天遍地。"问："出水后如何？"答："特地一场愁。"

生命未开始时，只作为一种形而上的存在，就有无数种可能。生命开始后，就成了一个绝对的事实。生而为人，也无非是七情六欲，喜怒哀乐，风风雨雨，盛开与凋零。但不能因为这样，就拒绝生命，拒绝活着。超脱不是远离和逃避，而是接纳和顺应。莲花出水，在忧愁风雨中，嫣然自笑，开得格外美丽。首山和尚是慈悲的，他不打诳语，只是指出了一个人生的事实。

凭栏更是一种感性的动作，抒情的姿势。情不知所起，一往而深，活着，总会爱着一些什么的。由于情感的充裕，便觉万事万物都与自己有关。江山有思，有古今之思，也可以有儿女之思。凭栏一望，天地辽阔，风景无限。然而远处，更远处，终于还是看不清了。看不清的地方，一片苍茫。清风满襟，今日何日兮，使人恍然若思，怅然若思。这人间，越是完满，越让人感到意犹未尽。

李煜的词，"独自莫凭栏，无限江山"，国破家亡，忧思难忘，无限感慨，无限沧桑。世界是冷的，只有这么一点点自己是热的。那独自凭栏的人，什么也没说，又什么都说了。

潇湘

潇湘，抒情的，婉约的。云水潇湘，是一个地理名词，更是一个美学意象。是古老中国的心灵境界，浩渺而空灵，幽远而明澈。与其说它是实有的，不如说是玄虚的。

仁者乐山，智者乐水。可是，如果我们把仁者和智者看成是截然分开的两种人，那就太机械了。仁者和智者，往往是合而为一的。潇湘，流波潋潋，水汽氤氲，一直存在于古老中国的诗情画意里。

碧溪清远，苍山暮雪，中国传统的山水绘画，说到底并不是抽象，而是意象。它所传达的意境，其实是心境。万法唯心，心生则万境生。它是象而离象，是一个"如"字。就像佛教中的如来，来而非来。不错，我们的文化是世俗文化，但我们的心灵却又能超然物外，不为物役。倪云林画中无人，但一枝一叶、一石一水，却又处处都是自己。处处都是自己，却又山河无限，空寂无我。《诗经》里说，委委佗佗，如山如河。

天地浩大，你眼里心里，那个人无处不在。

　　林黛玉本质上是诗性的，作为一个文学形象，她本质上也是一位诗人。她居住在潇湘馆，绿竹森森，别号潇湘妃子。曹雪芹把娥皇女英哀感顽艳的千古相思悲情接续下来。一个家世遭遇过天翻地覆巨变的人，你从他的作品中却看不到什么冷嘲热讽，更没有丝毫怨意恨意。相比之下，现代文学所提倡的批判性之说，境界还是显得狭小了。文学达到极致，如天如地，如神如佛。

　　郑交甫适楚，于汉水遇神女，趋而求佩，神女含笑相赠，忽然又玉佩神女皆无，江水悠悠，徒留一腔惆怅。中国古典诗词中，总是有某种挥之不去的怅然。这其实是对人生的深刻依恋。沈从文也曾感叹，美丽总是使人愁。我想到潇湘这一意象，总感觉其深幽处，有一丝恍惚迷离的悱恻之情，是《九歌》里的光影徘徊，愁思无尽。

　　《诗经》的世界，有阳光朗照；《楚辞》的世界，多的是云烟萦绕。"袅袅兮秋风，洞庭波兮木叶下"，落叶纷纷，这阵风，吹远了，吹进一部分读书人的胸襟，便是萧疏，便是淡远。然而，那心境又非死水无澜，而是波光粼粼，有着一丝丝敏感的悸动。贬谪中的柳宗元，写诗怀友："美人隔湘浦，一夕生秋风。"今年的秋风，仿佛还是去年的那阵秋风，千山万水，又吹回来了。

　　风吹来吹去，风大的时候，风波便涌起来了，历史的长河惊涛裂岸。在你浑然不觉的时候，风就已经改变了很多事物，改变了这个世界。昨夜大风，吹折门前一枝松。你知道吹折一枝松就行了。这是一个既成的事实。很多事过去了，就过去了，既往不咎。我们的历史文化就是这样缺乏反思的精神。你可以说这是一种精神缺陷，但也可以说这是一种生存智慧。如果你要问吹折的是什么松，在禅宗中，这是要吃棒的。

　　西风残照，汉家陵阙，气象苍凉阔大。秦汉强雄，气质刚硬。秦尚法，峻峭严酷。大乱之后，休养生息，无为而治，汉初政治倡言黄老。到了武帝，则独尊儒术，汉人的生活态度，执着而朴素。到了魏晋，这种气质便转化为魏晋风骨。五胡乱华，衣冠南渡，南方明山秀水，云烟雾岚，中国文化中则多了那种叫气韵的东西，变得柔润起来。潇湘的美学意象什么时候开始形成的呢？其词最初见于《山海经》，到了唐代，已经被诗人们密集地使用了，这一意象也在众多诗词中变得更加丰富饱满。

　　斜月沉沉藏海雾，碣石潇湘无限路。如果你去找一个人，知道那个人在潇湘，但你是找不到的吧。有的人，你不能接近，也无法寻找，只能远远地想念。那个人在潇湘,潇湘又在哪儿呢? 但它存在着。我们很早就悟出了"无"的妙用。有些东西不说,并不等于没说,而是意在言外。有些东西没画,并不等于没画,而是作了留白。

夜深了。

雁声远过潇湘去,十二楼中月自明。

芦苇

春天的芦芽好看,秋天的芦花好看。

我们这儿是平原,河流水沼少,芦苇不多,小时候村子里却家家编芦席卖,作为一项家庭副业。每年初冬,父亲就和村里叔叔伯伯们结伴,拉着木板车,到外地买芦苇。装得满满的,小山一样,拉回来堆在院子里。接下来,我和母亲就每天坐在墙角,一根根把芦苇的皮叶剥去。从根往梢剥,剥到尽头,是一团毛茸茸的芦花,摸着很温暖,然而又很飘忽。为了赶工,有时会剥到深夜。一盏马灯在房檐下挂着,小小的一团光晕,风一吹,整个夜晚轻轻晃动。

冬天没有棉袜,黑棉鞋穿旧了,里面空荡荡的,又硬又凉,在里面垫上几团软软的芦花,就暖和多了。记得我好像还枕过芦花枕头,童年的冬夜又冷又漫长,深夜醒来,能听到饥饿的老鼠沿着房梁窸窸窣窣来来回回地跑动。枕着芦花枕,可以做个好梦。

帕斯卡尔说过,人是一根会思想的芦苇。思想使人强大,可是思想有时也使人变得有一种不自觉的残忍。有那么一种过于自我的人,总喜欢一刀一刀地细细解剖自己的生活,却把自己的生活解剖得支离破碎,最终伤及了自己最亲密的人。也许生活并不需要那么多所谓深刻的剖析,而是需要一种质朴单纯的爱。生活已经很破碎了,需要有力的爱使其完整。

很多时候,我们只需要好好生活就行了,并不需要去分辨什么,也无法分辨,我们和生活,汤汤水水,原本就是浑然一体的。禅宗里有个比喻:白马入芦花。这个意象多美啊。

单个的芦苇,弱不禁风,但多了,就成了势。八百里水泊梁山,芦苇茂盛,无风时杀气隐隐,有风时杀气腾腾。但见他起高楼,但见他楼塌了。白发三千丈的古中国,一治一乱,一乱一治,但见其从卷帙浩繁的二十四史里,高一脚低一脚,风尘仆仆,一路走了过来,好辛苦。中国的人,好辛苦。

浅水一湾,芦苇数丛,芦花飞白,夕阳静静照着,深秋的风静静吹着,那萧瑟,那苍凉。仿佛整个时代就要结束了——但又没有结束。人在秋风中站着,心里反倒有一种奇异的平和柔顺,隐隐又有一种无来由的不安。我读晚唐诗,就有此感。年轻的时候,有段时间很喜欢晚唐诗人,中年之后,觉得还是李白杜甫最好。

　　《诗经·蒹葭》:"蒹葭苍苍,白露为霜。所谓伊人,在水一方。"婉转流丽,如清秋玉笛悠扬,在十五国风中,真是一个奇迹。我一直把它当成一首爱情诗来读,及至看到流沙河先生的考析,才知道原来是祭祀求仙。了解了事情的根源,反而丧失了更多想象的空间。从这个意义上来讲,不求甚解,甚至误解,也未必就全是坏事。

　　林黛玉就常常误解贾宝玉。人生中很多美好的故事,往往就是从误解开始的。

甜

　　喜欢"菠萝蜜"这个名字,般若波罗蜜,真好,有佛意。菠萝蜜硕大椭圆,看上去也法相庄严。但我不喜欢吃菠萝蜜,太甜,甜到嚣张跋扈的程度,有压迫感。

　　早晨和妻子逛菜市场。有个汉子用三轮车拉着小瓜在卖。小瓜,是指本土的瓜。线瓜,小香瓜,小甜瓜,黄金瓜,羊角酥。还有一种瓜,叫面瓜,又叫老婆瓜,意指掉了牙的老婆婆也能吃,不太甜,熟透时都是沙瓤,一口吞下去,能噎住,现在已不常见了。妻子买了两个线瓜。卖瓜汉子说,好吃,甜。回来切吃,不熟,味道寡淡。别人承诺的甜,不一定就甜。

　　花皮西瓜的甜,更让人猜不透。有时你明明知道里面应该是甜的,但不打开看看,不亲口尝尝,好像还是有点不太敢相信。当然,猜不透的事情太多了,很多东西远远比西瓜复杂。这个世界,既然猜不透,那我们就坦然面对好了。

　　水蜜桃好吃,甜而不腻。桃嘴处那抹成熟的秀色,那种诱惑性,直接而坦然。秀色可餐,原来并不是夸张的话。闻一闻,芳香一缕,超凡脱俗,让人尤难忘怀。几年前,在厦门的一家水果店里,我曾吃过,印象深刻。但在我们这儿很难买到,不是有点生,就是过熟。看来,遇到一种甜得恰到好处的水果,也不是一件那么容易的事。孔子说,过犹不及,说的是分寸感。人与人之间,人与世界之间,都需要保持一种恰到好处的分寸感。但我们却常常不是太过,就是不及。

　　男欢女爱,人之本性。好的艳情,如落花依草,绮霞映水,自有动人之处。前段时间读《花间词》,发现写艳情,也不是一件那么容易的事。有那么一种华丽深密的暗,是灯火下楼台。紧锣密鼓的肉欲之欢，被重重帘幕给遮掩住了，你看到的，只是春庭人静，月光花影。笔触所至，浓一分则涉亵，流于低贱；淡一分则近俗，流于庸常。反正都难以脱俗。这里面，还是牵连到一个艺术表现的分寸感的问题。分寸感，不是靠把握，而是靠感受，某种生命的直觉，是天赋，也是修为。

甜是一种味觉，甜意则是一种境界。当然，这种境界的瓜果，可能太理想化了，我至今还没有尝到过。文学的世界，悲情满满。我也读过许多小说，觉得只有废名的《桥》，隐隐有某种清爽的甜意。

小时候生病，在母亲的胁迫下，咬牙切齿地喝草药，熬得浓稠的头一遍的草药。喝过之后，母亲随手递来一片甘草，急忙放在嘴里咀嚼，甜啊。只有苦过了，才会更懂得甜，珍惜甜。苦瓜青的时候，很苦，清热祛火。但熟透变黄，变红，反而甜了。记住，熟透的苦瓜要生吃，如果炒吃，会苦上加苦。

生活之树常青，生活之藤绵绵，但生活之树上的果未必都熟，生活之藤上的瓜未必都甜。明白这一点，人生中就可减少几分不切实际的期待。

王月鹏　**海水与火焰**

入海口

这是夹河入海口。站在桥上望去,河水与海水似乎并不在同一平面。夹河一路跋涉,沿途吸纳了太多支流,才奔波到这里。鸥鸟在风浪中穿行。滩涂时大时小,有人在挖蛤蜊。他们时而弯腰,时而抬头,像在耕种大海。某一天,大水突至,有人没来得及躲闪,就被冲进了海里。那些面向大海抒情的人,这才意识到,这个叫作"入海口"的地方竟然藏有如此险机。附近海域,若干年前曾发生过一起海难,船在距离海岸不远的地方缓缓沉没,那些落水的人,看得见岸边灯火,却无法也无力靠岸。

"入海口",对他来说并不仅仅是一个地理概念。它在他的文字中起初是模糊的,后来渐渐变得清晰,他试图赋予它一种品格,用以承载一些别处无法承载的东西。虽然,他并不确切地知道它能承载一些什么。一滴水,融入了大海,才不会干涸。人海之中,他是一滴出走的水。一滴水与另一滴水的相遇,是件难以说清的事。而他的所有努力,都在试图说清这件事,有时超越于意义之上,有时又深陷所谓的意义之中。

黄河路上车来车往。这条海边的路,却是以河命名的。这是入海口。距此百里之外,是黄海与渤海的分界线。能够隔开两个海的,该是一种怎样的力量?

那天下雨,他站在夹河桥上,看夹河远道而来,汇入浩荡的大海。雨一直在下,那些雨点落入海中,想必激起了若干涟漪,它们很快就被更大的水和更多的涟漪吞没。他站在桥上,俯瞰入海口,不知道是心中装下了这水,还是一颗心被这水淹没。时光变得恍惚。雨在不停地下,就像那些陈年往事。

他洞悉了入海口的秘密,却从未说出口。

给鱼留路

磨坊水坝,阻断了鱼群的路。

苏格兰于是颁布了一道法令,所有的磨坊水坝都必须留下足够大的开口,好让鱼通过。这道苏格兰法令是在 1214 年颁布的,距今已八百多年了。这期间,太多貌似重大的历史事件都已烟消云散,"给鱼留路"这个细节却留了下来。我们常说"海阔凭鱼跃,天高任鸟飞",其实海已经不是那个海,天也不是那个天了。不管海里还是天上,"网"无处不在。在海边,我经常看到有人在一条小河入海的地方撒网,想到那些向往大海的鱼,却在入海口扑入了网中,不禁心生悲悯。

那个撒网的人站在海边,像是一道峭壁。

这里的海岸极为平缓,没有峭壁,也见不到乱石,我总觉得这是一种遗憾。想象别处的峭壁巉岩,临海而立,海浪一次次涌来,然后被峭壁弹回,成为一道飞溅的风景。在阻与被阻之间,所谓的"美"出现了。浪涛把阻遏自己的巉岩分解成了若干石块,这些石块被海浪推着来回滚动,最终变为鹅卵石的形状。当我手摸光滑的鹅卵石,内心却是桀骜不驯。峭壁下的这方海域,曾经乱石滚动,犹似战争,海里的生物和鱼类不得安宁,要么消亡,要么逃离此地。我们所看到的,仅是宁静的海滩,洁净的鹅卵石,其间的过程都被略过了。那个黄昏,我从海边带回一块鹅卵石,摆在书桌上,伏案写作的时候,眼前常有乱石穿空惊涛拍岸的幻觉。

有些时候,我把那幢临海的楼房视作所谓"峭壁",想象乱石滚动,虚构一场又一场的战争,然后我到海滩上试着察看鹅卵石,却始终没有见到。海滩上,有人在徘徊,有人在用手电寻找沙蟹,一束光不时在海面晃动,把海浪分割成了千万份。

海中的"峭壁"随处可见,比如流网。这种网被置于水中,呈墙状,随水流漂移,把游动的鱼挂住或缠住。有专家认为,中世纪海洋渔业的兴起与"流网"的发明有关,这种网就像是浮在水中的一道墙,可以截获鱼群。

从网上摘鱼其实是一件很麻烦的事。网里的鱼再多,渔民也不会嫌麻烦,想想也是,还有比下海更麻烦的事吗?他起初从网上摘鱼时心里是有些急的,是那种按捺不住的急,后来就不急了。鱼进了网,上了船,一般就可以放心了。从网上摘下来的鱼,被丢在船舱,鱼尾击打船板的声音,白花花响作一片。

鱼缸是另一种墙。鱼在缸里游动,看上去自由无拘,整个家也有了动感。猫在鱼缸旁边玩耍,时常与缸里的鱼对视。听不懂它们在说什么。它们一定是说了些什么的。我时常喂猫一种精致的小鱼干,猫对此似乎并没有热情,甚至有些抵制。在渔村,人们会把吃不完的鱼晒成鱼干,挂到屋檐下,用网兜套住,显然是防备馋嘴的猫。猫瞅着网兜里的鱼干,目光温和,有些不解。很多时候,人是被自己编织的网所缚住的。

防护林

在这个城市与大海之间有一道防护林。许是因为树木长得参差不齐,我曾以为它们是野生的,后来才知,这是几代人种下的林子。这片盐碱地上散落着十四个村庄,风从海上来,时常卷起漫天黄沙。

他们种下的这些树,以槐树居多。每年到了五月,海浪声中弥漫着槐花的香气。养蜂人从远方赶来,率领万千蜜蜂,就像一个人指挥着千军万马,在防护林里奔突。

后来我再也没有见过那个养蜂人。槐花依旧,开了一年又一年。大海依旧,海岸依然保持了平缓的样子。脚踩细沙,想到曾经的巉岩巨石,有一种时光感。抬头看海,海天一色,看不到彼岸。退潮后,海岸重新裸露出来,它已被大海赋予一些新的内容;也有一些东西,被大海遗落在了沙滩上。在海浪的巨大徘徊中,唯有海岸知道它经历了什么。有一天,我一个人在海边,看海天迷蒙处,突然就听出了海浪的节奏。那个时刻我觉得自己是一个给大海把脉的人,从潮汐中辨出了来自彼岸的声音。这是大海的密语,它让我突然理解了身后的这座城市,理解了大海尽头那个看不见的地方,也理解了我自己。

想到那些记录于生死之间的航海日志,它们简洁、残缺,是最神秘的也是最珍贵的文字。正是那些亲身的经历、残缺的记载,拼接出了一份关于海的"认知"。他们的船,按照他们所发现的规律,在海上行驶。对于浩浩荡荡的波涛而言,岛屿、海岬,甚至也包括海岸,都是障碍。那些从山上跌落的水,因为急遽注入大海而产生的冲击力,让浪涛变得不再规则。船在其间穿行,很容易就被淹没。抑或,在人类所设定的航线里,一个浪头从侧面打来,船可能就沉没了。

海上看雨。海浪涌动,跟雨帘交织成了若干的"点",我觉得我所在的船,恰与那些"点"是重合的。这不是发现,是想象。这样的想象让我心生恐惧,觉得大海更加变幻莫测了。

下雪时是另一种感觉。那个风雪之夜,我在楼上的窗口看到那海似乎要被雪填满了。海面与天空之间积满了来不及融化的雪,渐渐堆垒成一座山,向岸边移动。风卷动着浪,浪携带了风,固执地拍打岸边。往日那些面朝大海抒情的人,都不见了,只剩下愤怒的海,还有拒绝融化的冰。天亮了,海边一片狼藉,浪把岸边的石头都拍碎了。而防护林依然保持了原来的样子,狂野的海风,没能彻底穿越它们。我似乎理解了这片防护林的意义。

更多的时候,临海的那扇窗是洁净的,大海看上去纤尘不染。一束花,插在窗前的花瓶里。金色阳光落在藤椅上。在花瓶里的花与大海的风浪之间,隔着一层玻璃。这个简单的场景,总让我想到那些更为复杂的人与事。可以不在意海上升起的一轮明月,最深刻的思念并不需要借助外在的事物来寄托;可以忽略海上的风与浪,淡忘风浪里的远航,一叶小舟停泊在心港,它惦念着别人看不到的那个彼岸;可以面向大海,忘记你的名字,忘记了来时的道路……只是,不该在窗口挂起帘子。这样的窗口,向着天空和大海敞开,不需要任何的遮掩。

窗户对面的墙壁上,悬挂着一张地图。我曾无数次站在地图前,目光随着手指越过千山万水,抵达一个又一个期待中的城市。然后,我累了,坐在藤椅上,背靠着窗口。窗外是海。这面阳光照不到的墙壁上挂满了涛声。夜深人静的时候,一面墙,就像站立起来的海,那个难眠的人成为一枚被海遗忘的贝壳。想象海上巨大的浮冰,宛若一座移动的岛屿,它的断裂和融化,在海上引起风暴。我们愿意把大海比作母亲,恰是因为无论怎样的风暴,都不可抵达和动摇大海的深处,很多生物是在那里孕育的。

风浪之下,是一方安宁的空间。

一片防护林,隔开了大海与村庄。年复一年,生生不息。

我的所谓阅读与书写,其实都是为了构筑这样的一道精神"防护林"。自我的主体性,倘若不能有效建构起来,就很难抵御外界的侵扰。那片防护林一直在,它已超越了功能与审美的意义。

与一艘老船合影

沙滩上有一艘老船。我走过去,请朋友为我和老船合影。

人来人往。他们只是看到了大海。不曾亲历海上风浪的人,不要说懂得大海。这艘被废弃的老船,它沉默着。透过破漏的船体,我试着去看不远处的城市,那是我安身立命的地方,一个变得有些模糊了的所在。我从那里走出,终将回归那里。就像这艘残船,正在一点点把自己归还大海,它是海的一部分,以前是,现在是,将来也是。

这艘老船,成为海边的一道风景。我没有觉得它是风景,我只是觉得自己遇到了另一个自己。海还是那个海,是我们共同的背景。一些风浪从破损的船体中释放出来。这艘船走过的路,写在风浪里,也被风浪抹去。风浪是一只神奇的手,它挽留一些东西,也拒绝一些东西。在大海面前,人们往往只愿理解一朵浪花、一个贝壳、一只飞翔的海鸥。海成为这些事物的背景。作为背景的海,是被真正理解了的海吗?

只见树木,不见森林;只见浪花,不见大海。想到那些写作的人,他们笔下倘若缺少了一种作为背景的"整体感",那些碎片,也就只能是碎片了。

一棵树,在山中成长,然后被砍伐做船,行于水上。船体在风浪中日渐朽掉,最后在火中化为灰烬,成为土的一部分,成为另一些树的养分。一艘又一艘的船,驶向大海。波浪与波浪之间闪烁的光,犹似利斧的锋刃。一棵树的不同的生命形态,在某个时刻交织到了一起,并且被我发现。

海是包容一切的,包容它所喜欢的,也包容它所不喜欢的。这世间的所有困惑,海都以自己的方式给出了解答。懂了的人,自然是懂的;不懂的人,再多的解释也是徒劳。

这艘废弃的老船,其实一直在讲述。而他们以为它是沉默着的。

船已老去,而海仍年轻。一艘老船的孤独,不在于海浪的巨大徘徊,而在于一个人的渐行渐远。那个人的背影,带走了那些风浪里的秘密。

人邻　**眷念三题**

老城的味道

　　老城，好吃食很多，大多是带汤的菜。酒席，叫水席。北宋时候的汴京没有铁锅爆炒，多是用汤水来蒸煮，也就影响到临近的洛阳。

　　叫人吃饭，老城人是说，来家喝汤，不说吃饭的。也因此有外地的人开玩笑，说晚上来家喝汤，顺便带俩馍。

　　小时候在老城的南门槛喝过牛肉汤、驴肉汤。牛肉汤最好是冬天喝。远远见一家小店，一掀门帘进去，硕大的汤锅在灶间滚着，舀汤师傅用白铜的大勺子呼啦一下、呼啦一下在锅里上下舀着。食客的碗里是切了细条的死面薄饼。师傅大勺子里的滚汤倒进碗里，勺子扣住薄饼，把滚汤滗出来。滗两次，薄饼烫透了，才正经浇上浓浓的热汤，撒上胡椒、葱花、芫荽。汤的鲜热，饼的半硬半软的嚼头，真是好吃喝。老吃家还要多加胡椒，呼噜呼噜一大碗下去，一脑门的大汗。

　　也喝过"不翻"。小时候，好长时间弄不清洛阳老城话的"不翻"是如何二字，大了回去，特意问了，原来是"不翻"二字。师傅舀一勺绿豆面糊，在平底锅里摊成三四寸的薄饼，不翻个儿烙熟，所以叫"不翻"。一张"不翻"好了，叠起来，放入大碗里，浇上滚烫的猪骨汤，再抓上一把猪骨汤炖过的粉条、黄花、木耳，另调上醋、胡椒，几滴香油，喝起来又酸又鲜又辣。胡椒的辣，跟辣椒的辣不同，尤其是天冷时，喝一大口，屏住气，慢慢呼出，通了气，舒服得很。"不翻"不占肚子，白日夜市里女人们闲逛着，累了乏了，就着小桌坐下来，热热地喝一碗，算是歇脚，也算是解馋。男人们喝了酒，就着半明半昧的路灯，喝上一碗"不翻"，也解酒。

　　水席，自然是讲究的。小时候去，水席有没有，记不得了。应该是没有。"破四旧"，地主、资本家、有钱人吃的东西，该"破"，于是把老字号都"破"了。前几年陪父亲回老城,吃了一次"真不同",燕菜,连汤肉片、焦炸丸。父亲说,还是以前的味道。若我们一家人不去西北的话,应该是住在中和巷,这几样,该是会常吃的。

母亲说,人老几辈的"真不同",是跟我的三姨夫于家祖上有牵连的。后来花开几朵,不知怎么,跟于家没了关系。"真不同"前几年在老城建了博物馆,我查了资料,对于家只字未提。三姨夫于长松也早已去世了。先前教书的他,后来戴了"右派"的帽子,平反时候,孤傲的他拒不接受,不回学校,靠着在街道"拉攀",也就是拉架子车谋生,一直到去世。

那次去,陪父亲在南关的街上走,满街铺着新錾的大青石条,各家店铺花花绿绿,吵吵闹闹的烦人。路过一家卖红薯面条的,想尝尝,可父亲不愿吃,也许是家道败落之后,红薯吃伤了。

路的南头,快到贴廓巷口,有一家卖牛肉汤的。父亲念旧,停下看着,于是陪他喝一碗。牛肉汤是两种,咸汤、甜汤。父亲说,不加盐的牛肉汤叫甜汤,只取其汤的鲜。这样的甜汤是别处没有的。问饼子,这家却不卖。卖的一家跟这家连着,中间有一个通着的门。这边卖汤,那边卖饼,搭伙各做各的,两不耽搁,和睦得一家人一样。

另一天,陪父亲喝了丸子汤。丸子,是素丸子,煮熟的粉条剁碎,掺了淀粉、五香粉和盐,做成手指肚大小的丸子,在油里炸两遍,炸酥。汤是鲜香可口的骨头高汤,丸子酥脆,有少许的青菜豆腐、黄花木耳,配上薄饼,素汤荤味。

老城也有臭杂肝汤。杂肝汤有淡淡的、类似猪大肠那样的味,有人——尤其是有的老辈人——专好这个。那次陪父亲回去,匆忙来回,也是忘了,没能尝尝。也说不定再来老城依旧是忘。忘了,也就忘了吧。人没办法什么都记着。

南门槛过去,是外婆住的贴廓巷。小时候路口有一家卖浆的铺子,门脸比一般的铺子深,吊着一盏小灯,昏暗暗的。从外面往里看,看不清楚。刚进去,什么都还看不见,却忽地有人从暗处出来,接过几分或一角钱,大舀子在很大的木桶里哗地一下,舀上来一大勺子浆。这浆跟西北用芹菜、面汤发酵的浆不一样,是用绿豆磨碎了加水发酵的。酸浆煮沸,面条下锅,快煮熟了,加芹菜,头一天泡好的花生或黄豆,再放入盐、花椒面、葱花,出锅时再淋上一点香油,满锅的酸香。这间小小的浆铺早没了。当年外婆要吃浆面条,经常是我拎了一只小桶去打浆的。

浆面条,暑天吃最好。酸味解暑。男人盛上一大碗,门口蹲着吃。门口有点风,边吃边跟对过儿蹲着吃饭的街坊说话。一大碗浆饭吃完了,要回去添饭,那家的女人却过来接过碗,有时候竟然是亲亲热热地抢一样。不值估啥,不值估啥,女人大声说着,意思是浆饭又不值钱,不由分说,拿着空碗,就去自家灶上盛了一碗。小舅就经常这样,端着碗出去,跟街坊说着吃着。一顿饭下来,有的人也许就走了好几家。那样的人跟人的亲,现在已经没有了。

那一次去老城,回来的时候带了老家的名产银条。银条又叫草石蚕、罗汉菜,茎白色,脆嫩,凉拌最好。小时候吃过银条,是酒席上吃的。那时候没什么饭馆,结婚都是在家里做席。请了厨子,再就是家里人和亲戚邻居帮忙。四舅结婚的时候,记得他自己也帮着厨房做菜,咣咣咣地剁着粉条,因为要做烩菜,烩菜里面要放一种粉条做的丸子。新郎娶亲,自己给自己做菜,现在想想好笑,那时候就是这样。

带回来的银条,已经不脆了。父亲皱皱眉头说,不好吃。这本来鲜脆的,滚水里轻轻一过,脆嫩鲜香,一点盐,一点香油、醋,就极好吃。带回来的,面了。似乎随着岁月的流逝,一切都不新鲜了。

老宅

前几年再回去,是因为政府拆迁,要在老城建造四合院观光区,陪父亲处理中和巷老宅留下的两间老屋。

因许多人家的搬走,中和巷多数屋子空着,没有人气,自然就破败了。还住着人的屋子也不加修缮,在等着最后的拆迁。我们的两间老屋,门楣断了,椽子也朽坏了,屋顶的瓦也塌陷下来,风烛残年,老迈不堪了。屋顶生着的杂草,干枯着,更少了,似老人稀少的白发。父亲看着老屋,不说什么。他十八岁离开这里,转眼六十多年过去了。祖辈留下的这座老宅行将就木,父亲的脸上竟是木然的。也许,他早已无奈地丢下了这一切。祖父母去世太早,虽有一个姑姑,但父亲的心境,多年来该是孤儿一样的吧。

父亲小时候家境颇丰,他给我看过我奶奶抱着他的照片,绸子棉袄、虎头鞋帽,富贵喜庆得很。爷爷奶奶中年得这一个独子,该是十分娇贵。爷爷去世很早。奶奶在父亲十三岁那年也去世了,她老人家该是怎么也想不到,她的孩子后来竟然会去了那么遥远近乎荒凉的西北。母亲后来常说一句话:宁往东一千,不往西一砖。这话,是母亲听别人说的。说的人,也是从东边去了西边的人。

拆迁手续很快办完。离开的时候，我转回去又看了一眼，知道这就是最后一眼。若说这老宅子是根的话，从此我们一家人，在老城的这条根就断了。再回来，新建的四合院，是别人的。别说没钱买，即便有钱买，也不是自己的老根了。

　　回到贴廓巷，四妗子一个人在家。从前院穿过来，经过一个暗黑的上面有阁楼的过道，一直到后院，就是四舅的家。前后院原先有近十户人家，现在仅剩了四舅一家。大舅和小舅，也早搬走了。贴廓巷也要拆迁，虽然还没有确切的时间。别的人家也已早早搬走了。四舅外头没有房子，租房子要花钱，舍不得。晚上，天快黑了，四舅拿着手电，巡逻一样，到处照照，无事，就把前后门一锁，这个长到近乎百米的前后院子，就只有四舅和妗子两个人。

　　父亲出来，对我说，像是《聊斋》，荒草都生了快一人高了。

　　贴廓巷的小街上走着，忽然想起外婆院子里那两棵树。那两棵高大的树，桐树和皂角，就在四舅屋子和外婆的灶房之间，可四舅后来为了儿子结婚，往旁边扩建的时候，竟然把那两棵树砍了。

　　没有树的院子，算是什么院子呢？

　　井呢，也填了。四舅说，那井后来没水了。

　　外婆也已经走了十几年了。上一次去，我要给外婆上坟。四舅说，那都寻不着了。我问，不是有碑吗？四舅说，就是一片地，没有立碑。我回来对母亲发牢骚，四舅也太不像话了。

　　去年陪父母再次回去，我跟父母说，得给外婆上坟，还有外爷、爷爷奶奶的坟。

　　爷爷奶奶的坟，多少年从没有人上过。父亲说，爷爷奶奶的坟，七八十年了，早就成了人家的地，去哪儿找。

　　那天，表弟带着我们去找外婆的坟，找了好久，找到一片田，表弟指着说，就在那儿，差不多在那儿。

　　我跟表弟带着纸钱香烛过去，为了不踩人家的地，在田垄上摆了供果、香烛。表弟点燃鞭炮，鞭炮在清寂的空气里炸响，有几分凄凉。我给外婆磕了头。我想外婆了，想外婆烤的馍馍片了。外爷的坟呢？更早，也大概是在这一片，也磕了头。我没见过外爷。没有见过，也是我的外爷，虽然从没想过他。

　　父母年迈，翻过的田里，疙疙瘩瘩不好走，没让他们进来。他们在地边上给老人磕了头。五六十年了，父亲母亲还是第一次给我的外爷上坟。外婆去世十几年，他们也是第一次来。父亲年迈，勉强跪下去，是我们搀扶着的。母亲的身体不好，更难，跪下，起来，都得我们两边搀扶着。本不想让母亲磕头的，她太难了，可这几乎就是她最后一次回老家，最后一次给她的父母磕头，还是遂了她的心吧。看着他们颤巍巍地跪下、起来，心里想，这一别，就是最后了。

再走，去找爷爷奶奶的坟。父亲还记得那个村名，说小时候跟账房先生来过。七十多年过去，乡村道路变化很大，边走边问，好久才找到那片地方。父亲还有记忆，说，就是那边，以前是咱家的祖坟地。时间过去很久，但大概的地貌还在。可我们的路走反了，这边过不去，一条沟横着挡住了。就在这边吧。父亲说。

因鞭炮的炸响，引得人家出来，他们的祖辈是认识我的爷爷奶奶的。

父亲跪下，磕了头。这是父亲离开老家去了西北，多年来第一次给父母上坟。看着老迈的父亲跪下，爬起，明天还要跟我们一起回到遥远的大西北，回到兰州，忽然想起一句话：谁一旦离开故乡，就永远是异乡人。

想想，真的。

回来的路上，父亲说，跟我一起去西北的人，差不多都走了。

父母的墓地也已择定在兰州。百年之后，他们将永远在那儿安歇。

大弟一家，前几年因为孩子，去了西安。我的女儿去了广州。兰州、西安、广州，我们兄弟三人过些年自然会分居三地。三处皆是异乡人。"有弟皆分散，无家问死生"，这是谁的诗句，我读来有几分不忍。

新乡

新乡。那时候可能还没有我。

父亲参加工作，是在新乡的车辆段。我见过父亲那时候的照片，一身铁路制服，戴着有铁路徽章的帽子，穿着半高的皮鞋，半蹲着照的，精神得很。父亲后来离开新乡去西北，跟姑父有关。支援大西北开始，姑父给调到甘肃的武威。姑姑、姑父要去西北，是姑姑问起，还是单位上有人问父亲，不知道了，反正是有人问：你姐姐姐夫去西北，你去不去？父亲从小跟着姑姑长大，说，那就去吧。

母亲自然是不愿意的。可母亲没有表达反对的习惯，只是顺着父亲。你爸去，我也就去吧。你爸问过我，我说，你愿意去，就去吧。

母亲的婚姻，也是这样。当年相亲，母亲说，我没有看上你爸。不愿意。我问为什么。也不为什么，就是没看上。那你怎么不说？不好意思。母亲说，我等着他说不愿意。可是，父亲没说。父亲没说，俩人就这么成亲了。

母亲跟我说过，离开新乡怎么那么干脆，几乎什么都留下了，就带走了几块床板。这几块床板，有一块还在。那是一块一尺略宽有三分厚的桐木板，掂起来很轻，六七十年过去，却没一点变形。那些清晰可见的纹理，*丝丝毕现*，似乎没有随着岁月衰老，而是越发有骨气一样。这块桐木板，是要收藏起来，算是一件过去的纪念物的。也许，还可以拟几句话，请人刻下来，放在我的书房里。

除了这块桐木床板，父母还从新乡带来一个雕漆描金的首饰盒。这首饰盒该是我奶奶的遗物，里面装着几枚清代的铜圆、玛瑙珠子、玉的什么，似乎还有簪子、戒指之类。也许还有别的什么，记不得了。铜圆那些后来不知道弄到哪儿去了。玛瑙珠子，我却记得。现在想实在是可惜。当年孩子们弹弹子，也就是弹玻璃球，我没有，竟然会想到去那个首饰盒里找出那些玛瑙珠子去玩。一边玩，一边还埋怨上面有孔，不好玩。那些珠子，都给我玩丢了。

新乡，从没去过。后来认识几位新乡的文友，说起来，他们说：赶紧回来看看吧，老街道老房子，都要拆光了。

一次去郑州，火车路过新乡停靠的时候，我打开车窗，看着站台上熙熙攘攘的男男女女，看着几个跟我年纪相仿的女子，忽然想，若不去西北的话，这些女子中的某一个，也许就会是我的妻子。我将是一个新乡人，说着一口地道的河南话，生养了同样说着河南话的孩子。

人的一生，真的有无数可能。那偶然的，奇怪地因为了什么，就成了必然。也因此，美国诗人老弗罗斯特在一首诗里无限感慨：

> 那天清晨，两条路都铺满了
> 落叶，未经脚印污染。
> 哦，就把第一条留待来日吧！
> 但一想到条条道路相连接，
> 恐怕我难以再回来。
>
> 也许多年以后在某个地方

我会轻声叹息着说起这件事：
树林中分出两条路，而我——
而我选择了人迹少的那一条，
这，就造成了天大的不同。

看来，不管哪里的人，都有同样的无奈。

赵瑜　**往日叙事**

之一：母亲的食物

　　我的母亲是平原食物的爱好者。每一个有乡愁的孩子，都有一个饮食习惯固执狭窄的母亲。比如我的母亲，多年以后，她曾经在海口生活过数月。不论我请她吃海南的任何食物，她都是拒绝的，本能地觉得不好吃。

　　母亲素不喜欢吃鱼，而海口的饮食，以鱼为鲜。母亲的饮食口感是以盐味重为上，而整个南方的饮食皆以素淡为主。母亲不理解海南人为什么会吃得如此的简陋。她自然不知道，在海南人的理解里，那么好的食材，任何过度的烹饪都是对食物味道的破坏。而从物质贫乏时代里走过来的母亲会觉得，那么好的食材，不好好地用各种调料加工一下，岂不是浪费了那食物的珍贵吗？

　　这不只是对食物理解的差异，这几乎是一种处世哲学的差异，是一种价值观的差异。

　　这不是母亲的错，她的饮食习惯是个人生活多年所形成的一种文化的自觉。而这种自觉，是她的舒适区域，是她多年人生妥协的结果。她喜欢吃的每一种食物，都有一个远大于食物本身的故事。

　　我的母亲所做的食物，大都和时间、力气有关。母亲几乎是一个村庄的代表，我记忆中的村庄里，有数不清的平原上的炊烟，属于母亲的空间极小，院落——田野——菜地。这空间宽阔且狭窄，方圆六里地盛放了母亲的半生。而我人生最初的认知，也都来源于这几公里的庄稼和牲畜。但对于我来说，这就已经足够丰富：黑夜的黑，月光的颜色，大雪过后的乡村的模样，秋天里的云彩，夏天时河水里的鱼，以及瓜田里每年成熟一次的甜蜜。

在旧年月里，一个村庄，就足以安放一个人的一生。我的母亲，在四十岁之前几乎没有离开过我出生的村庄。所以，一说起母亲，就会打捞出以下的折叠——我出生的院子、村庄，以及村庄外属于我们家的几块麦田。这些劳作和生活的场景，就是母亲的全部内容。

母亲煮的粥，是我出生的那个村庄所有女性煮的粥的味道。母亲做的馒头，是我们村庄里所有麦子的味道。母亲可以用心将最为朴素的食材做出大于食物本身的味道。同样是一碗手工面条，母亲会提前将面团好，饧几次，又反复将面团摊开，又团在一起。这反复和面的过程，让面的筋道得到了刚刚好的拉伸。等面条用刀切出，下到锅里，煮熟以后，面条就是母亲的味道了。

不能简单地用"好吃"来形容母亲的食物。我十八岁出门，以后的三十年，吃过全国各地的面食，却很少能吃到母亲做的手擀面的味道。母亲对面的态度是虔诚的。她是在给自己的孩子做面条——这一份心思，大于面食本身。母亲的食物，与其说是"好吃"，不如说是母亲在一碗面里，传递了爱。这既是哲学的，也是属于内心的。

一个人最初的胃部记忆十分繁杂，很难准确梳理。在年纪尚幼的时候我就知道，村子里许多孩子的母亲做的食物比我母亲做的好吃。我的母亲不擅长腌制咸菜，不大会炸油条，不会做很多花样翻新的菜肴。然而，母亲做的蒸馍，对我来说，是对食物最初的启蒙。

从种麦子开始，一直到麦子收割，母亲全程参与了麦子的成长过程。她珍惜每一粒麦子，面粉打出来以后，母亲会用一种规格极细的箩再次对面粉进行细筛。这样，粗的面粉被做成一种馍馍，供父母和我们兄妹吃。而细箩筛过的白面做成的馍，是专门给爷爷吃的。

食物的贫乏，让面粉也有了身份的差异。那时的乡村，强调长幼有序，尊老才会获得社会的认可。所以，母亲的做法为她挣得了不错的名声。随着年龄的增长，麦子不再紧缺，我们这些小孩子渐渐也能吃到专供给爷爷的细面馒头了。细面馒头需要细细地吃，偶尔在吃馒头的时候，可以听到一声鸟鸣，实在是太好吃了。以后的时间里，只要吃到馒头，都会以母亲手工做的馒头作为参照。母亲的馒头，成为一个地址，一个标签。

　　母亲的食物是众多颜色中最清晰的白色，大雪的白，馒头的白，面条的白以及米粥的白。母亲的食物，是众多河流中最宽阔的那条，是一年四季中最为舒适的秋天，是秋天的树叶落在地上后的沉醉，是我不论走多远都洗不掉的黄河的底色。母亲的食物，其实更像是一幢关于爱的碑刻，一刀一刀地刻在我的味蕾上，是魏碑，是汉隶，也有可能是酒醉后的一纸行草，不论我离家乡有多远，都能在瞬间接到食物的信息。

　　作为一个中年人，在外面漂泊多年，饮食习惯早已经改变了最初的狭窄。然而，母亲的食物对我来说依然有效。很难解释，人的身体记忆为何如此固执。如果说母亲的食物是一种文化的铺垫，那么，我们的一生中总有一天，将超出母亲的认知范围。然而，食物的记忆却会打破这样的循环。食物打破身份的限制，我们对母亲的接受，其中相当大的一部分包含着食物味道的捆绑。吃到母亲的食物的那一瞬间，我们被时光遣返回多年以前，我们复又变得柔软而单纯，我们成为一个陈旧的自己。

　　母亲的食物，有时候又只是属于一个人的。这些食物无法向全世界推广。比如，我母亲的食物，无法让我的出生于湖南的同事周建国所接受。说出周建国的名字，几乎也就说出了他的母亲的食物，和他的家乡的名字。

　　母亲，有多么具体，便有多么抽象。在城市生活多年，大多数时候，我已经成为一个说普通话的人，然而，一旦回到县城，回到母亲的生活圈子，我立即又开始使用母亲的方言。那些字词，像一道道的食物一样，既养育了我，又温暖了我。这个世界有很多东西可以用简单的好与坏来进行评论，而唯有与母亲相关的东西，比如母亲的食物，我们无法评价。它是我成为我自己的一个最初的起点，没有这个起点，我将成为另外的人。所以，我无法否认自己，哪怕我早已经远离了起点。

　　母亲的食物，是一个文化意义上的比喻，它和温饱有关，和爱相关。实际上，它大于文化，也大于审美。母亲的食物是一种植物，时光越长，长势越好。中年以后的我，自然而然地开始喜欢朴素简单的东西。而这样的喜欢，和母亲的食物是多么一致。

原来，人生就是这样循环守衡。疏远和回归，需要时间需要距离，我们离开故乡，是为了确认自己已经不再单一。当我们足够丰富时，最初的简单的食物却又渐次清晰。

离开才能丰富，丰富才能回归，回归才会简单。人是如此，食物也是如此，故乡呢，也是如此。

之二：小县城白描

也是很久以前的事了，哥哥部队转业回到小县城工作。一开始房子租在火车站附近的一个旧院子，院子方正，但距离火车的轨道极近。每天晚上，都要听着火车嘶叫的声音入眠。我在那个小院里住过不止一次，夜深时万物寂静，火车路过的声音被夜色放大，整个院子和铁轨共振，让我的耳膜有被撕裂的感觉。天亮时问我哥，他说，久了就听不见这声音了。

后来，我哥婚后搬家到了城北，距离火车站很远。父母亲因为帮助照顾哥哥的孩子也住到了他们家。过年时，我从省城回到小县城里，住在哥哥家，问他，这下终于可以睡安稳了？哪知，母亲插话说，你哥已经半年没有睡好了。我大惊诧，问为啥。我妈说，你哥已经听习惯火车叫了，这一搬家，每天晚上听不到火车声音，反而睡不着了。

当然是大笑，然而，我也第一次知道，人一旦适应了环境，就会无视恶劣。

小县城的生活规则能够塑造一个人。我哥在火车站附近居住的时候，邻居家有一对年轻夫妻，每天吵架。哥哥从中说和多次，成为朋友。时间久了，双方便不再有隐私。某个中秋节，我回到县城，我哥出差未回，邻居家一见我敲门，出来一看，说，是弟弟吧，和你哥长得真像，然后回家便拿出我哥的院门钥匙为我开了门。那时候，县城的邻居常常相互备一把钥匙，以便家里有紧急的事情时，邻居们好帮忙。

在小县城与人建立亲密关系，靠的就是和人分享自己的隐私，这种无边界感的信任，几乎是县城生存的密码。在小县城里，如果两个人说话时不时地骂上对方一句，我们就可以判断，这两个人是亲密的。而说话很客气的两个人，则大概率是陌生人。

我哥刚工作时,单位的电话还不能随便拨打长途。电话机被一把锁锁着,要打电话必须向办公室主任说明理由,还要登记在案,才能拨打。那时候我刚工作,有一天早晨,刚上班便接到了我哥的电话,问我在省城没有遇到什么麻烦吧。我那时候虽贫穷,但无比欢乐,告诉他一切都好。我哥这时才长出一口气,说他昨天晚上做了一个噩梦,是关于我的,有些担心。才求了他们领导半天,给我打了一个电话。那时,人与人之间的联系最常用的手段还是写信,有紧急的事情才打电话。哥哥的这通电话让我感动了很久。这也是他在小县城里生活的基本态度,他对人好,是发自内心的关心。

　　我哥的县城生活,很大程度上是为了别人而活。他的工作是因了我的舅舅帮忙而解决的,所以,他大多数时间都在帮着舅舅家里干杂活。舅舅家的厨房要加烟囱,我哥学会了和泥、垒砖、砌灶。舅舅家院子里要盖一个公共厕所,我哥学会了和工人讨价还价。舅舅家空调打洞时没有钻好,要补一下墙洞,于是我哥又忙活了一个周末。

　　小县城的人际关系像一张渔网,我哥在这样的网中活得滋润而欢喜。他对人大方,不欺软弱,为人也仗义。所以,他友人的身份,混杂而丰富。

　　我哥的每一个朋友都是他支付了自己的时间换来的。他的一套房子要装修,于是认识了装修工朋友。装修工的弟弟结婚,哥哥开着自己的车子忙前忙后,封了厚厚的红包。装修工呢,在为哥哥装修房子的时候,也一样倾力付出,忙前忙后,不收费用,只喝了几顿酒。

　　县城的生存法则就是如此。在小县城里活着,人与人之间的亲密与疏远,不仅仅是用亲戚和朋友来测量,还有一种江湖的义气参与其中。我哥对他的很多朋友的评价就是一句话:那人很讲义气,够哥们儿。

　　具体是如何讲义气够哥们儿的呢?这便是他们日常接触的细节。哥哥和他的朋友们,用一件又一件细微的生活细节织生命的网。在县城里,大多数和哥哥一样的人,与人打交道都是宁愿自己吃亏,也不能亏待朋友。这是小县城的一种公共道德。然而,这种道德的门并不会对所有人开放,他们需要遵循一套严谨的县城叙事。对什么样的人,采取什么样的人生态度,是所有在县城里生活的人的共识。

我哥有时候会抱怨他的一些朋友,说,那家伙"忒猴"。说一个人精明、小气,我们老家人会用这个"猴"字,意思是有点滑头。说完后,我哥也会补充一句:唉,他们家确实也不容易。这就是我哥人缘比其他人好的原因。他有理解别人的能力,不会太过计较。在县城里,能做到这样,算得上是通透了。

小县城里的事,大多数时候都不分明。这些看起来很"猴"的朋友,我哥也都真诚地和他们交往着。时间久了,我哥发现,这些人对别人滑头,却唯独对他无比厚道。所谓人心换人心,在熟人社会是成立的。

小县城最坏的地方是,熟人才会骗熟人。每隔几年,必然会有我们认识的亲戚被他的好友骗了一笔钱跑路了。在大城市,这样的事情都是要靠法律解决的。然而在县城里,不用。我哥说,但凡是跑路的家伙,都是做好的手脚,他名下的财产都空了。而且一定是只剩下孤儿寡母的,任谁去看了,都觉得可怜。他们,是有套路的。

我问我哥:那怎么办? 就没有办法再要回钱了吗?

我哥说:有的,要等那个人赚回钱了,才能还。

一辈子都赚不回了呢,要是?

那就要不回了,总不能把他杀了吧。

小县城的人情,在这样的是非和利益面前,就是如此模糊,充满了自我欺骗的善良和怪异。明明自己是受害者,最终却还要替那个害了自己的人圆场。经济上的事是如此,日常生活中的很多争执,也是如此。

在小县城里活着,是非观念不能过于强烈,不然,可能就会没有朋友。我哥的生存哲学是这样的,他眼睛里没有坏人,有的只是那句:他,也是没有办法的事。

我经常被我哥的这句话感动到,因为我总觉得,我哥可能是我们县城里最善良的那一部分人了。因为,他几乎没有为自己活过。

之三:乡村与城市的关系

已是多年前的事了,那时我刚到省城郑州工作。单位在经五路上,有梧桐树与鸟叫声。我那时写诗,执着而痴狂,给生活中的任何事物都写过诗,是一个抒情过度的人。然而那时候,我对城市略有偏见,因为租住的都市村庄破败、拥挤。我所怀念的东西,大多还在乡村的世界里。

多年以后,我明白了,乡村像一个热爱盖印章的书店管理员,而我们这些自小在乡村或小镇长大的孩子,是被盖章售出的一册册封面不同的图书。我们一生都在与自己的出生地做对抗。我们通过多年的行走,逐渐洗净自己身体里的泥土的味道。然而,来自于胃部,或者和母亲有关的细节,一旦被激活,我就仍然是故乡的俘虏。

那时在很多人的心里,乡村的温度是大于城市的。比如我,每年回到乡下过完春节,都要带一些吃食回来。那时的郑州,多半人口户籍都在乡下。在省城里,我们活在各自忙碌的身份里,我是某一册杂志的编辑,邻居家的老三是菜市场摊主。而春节时,我们统一成为"在城里工作的儿女",负责回老家做父母的听众。大部分城市里的居民在春节的时候返回故乡,这是乡村对城市的一次大规模的搬运。工作了一年的乡下人,买空了城市,用各种各样的方式,将一种城市生活搬到了乡村,或者小镇。

那时乡村交通不便,公共交通更像是一部部电影剧本。每年春节,不仅票价翻倍,也常常会有各种各样的骗子和小偷混迹车站。回家,几乎是一场小型的战争。然而,即便如此,城市里的年轻人,还是在每年春节的时候一头扎回了乡村里,用结了冰的水洗脸,在寒冷中回到自己的童年。

那时节,每一年如果不回到我出生的那个乡村院落,第二年我便会缺少力气。乡村,是我的人生磁场的开始。必须熟悉一下乡村的语言、邻居的样子、门前的树,我才能确认,我是一个从乡村走到城市的外来者。我要走得更远,用我的诗句也好,用我的行走也好。总之,那时的我,是一个理想丰富的人。

乡村究竟是什么时候开始变得面目模糊了呢?

对于我来说,是因为父母亲的搬家。他们搬到了小县城里,因为要照顾哥哥的孩子。个体与时代的关系,有时候很模糊,就像我,早已经忘记了父母亲从乡村搬到县城的时间。有时候又那么清晰,比如,我清楚地记得自己在省城里买房安家的时间。

　　乡村包含着我的成长记忆，也包含着父母亲讲述的邻居的故事。我和乡村的关系，借着父母亲的讲述一直在延续。那些少年时代和我关系亲密的人，如今他们的人生，我也是想知道的。人都是由复杂的记忆组成的个体，进入城市以后，我尤其理解那些回家乡寻找记忆的人。可惜，父母亲搬到县城以后，再到春节，我只能从省城回到那个陌生的小县城。村庄的记忆越来越少，记忆的抽屉合上，沉默而渐远。那个盛放着我整个少年时代的院子如今住着我的邻居，他们帮着看护院子，打理院子里的柿子树和菜地。

　　城市一点点地接受我，我在城市里不断地更换住处，认识了越来越多的人。有那么一段时间，我能感觉到，城市正打开一个装满诱惑的盒子，而我是那个有钥匙的人。我从城市里获取了太多营养。我出差到全国各地，所见识的人事，都是我生命的延伸。我写了不少文字，这些文字将我的名字带到不少陌生人面前。我由最初的那个单薄而怀旧的乡下人，变成了一个逐渐面孔清晰的城市人。这些城市的经验碎片，正一片一片地覆盖掉乡村的美好。我的精神世界里仿佛有两根绳子，一根来自乡村，另一根来自城市。我被两面争抢着。一面有着我无知且善良的少年得失，一面是我在城市里遇到的丰富的故事。成长，让我成为我自己的陌生人。

　　在省城工作几年后，我买了第一套房子。这是我与城市亲近的开始。我不再是一个漂泊者，我是这个城市中万家灯火的一缕光。又几年后，我的孩子出生在郑州的一家医院里，我几乎忘记了自己的乡下人身份。我用普通话和孩子说话，给他讲故事。只有在与陌生人交流时，被人问到老家是哪里，我才会想到我的老家，河南省东部一个叫作董堂的村庄，以及那个曾经填满我记忆的院子。

　　父母进城的同一时期，我生活的省城开始扩张。道路的延伸与铺垫，既打通了城市和乡村的隔阂，也丰富了人与世界的关系。是宽阔的道路让原来要走五个小时的距离缩短，原本因道路阻塞而耽误了医治的病人，现在得救了。乡村到城市的道路拓宽的过程，也是我的心在城市逐渐安放的过程。最初，我将我的内心存放在经五路的一棵梧桐树上。后来，我将我的心存放在了我书房的灯光里。再后来，我将我的心存放在孩子的第一声啼哭中。我在城市里安家,扩大了自己,有了爱人、孩子和更多只属于我自己的地址。我走过了许多的河流和山谷,在多个城市长住或工作过。我从一个乡村出发,离故乡越来越远,从青葱时代走到了有惑的中年。

这些年,乡村和城市的关系开始错位。原来一到春节的时候,城市就会出现大面积的空阔,三分之二的人选择回到家乡温故自己的青春。而现在,越来越多的人选择在春节的时候留在城市,乡村的故事也被父母带到了城市里。乡村里留守的人越来越少。那一份乡愁被城市的一声汽笛覆盖,成为一个故事的叹号。而我则越来越老,常在深夜时想起少年的事,想起乡村的孤单和深情。

马温　篱笆

一

古人绘制的地图，有村落、桥梁、庙观、驿路，细辨还有军营、官衙、护城河，但没有篱笆。篱笆类似于水洼、车辙，参与了对大地的形塑，却没有资格作为地标符号进入地图。

河南有一种窑洞，不是依山开凿，而是向地下挖，土名叫"地坑院"，我觉得新鲜，就去看。有一个窑洞住的是老汉张来旺，看到我，就从大笸箩里抓出一把山核桃，搁在地上用铁锤敲开，一边说："吃！吃！"从头至尾，他没说过其他话。院子里有一棵桐树，一盆西番莲，窑洞里很暗，窗户纸是破的。看完了，我参照老汉的风格，也安静地走了人。

这儿叫庙上村，找了个窑洞住下，一宿无梦，天刚亮我就出了村。村外是山，高高低低的，也不知哪儿是塬，哪儿叫峁，黄土高原的这些术语比黄土高原本身花哨难懂。村口是片苹果园。吸引我的，不是枝头垂着的青青苹果，而是那道篱笆。一些植物的枝条或疏或密地栽在土中，就成了这片果园的篱笆。不能说这些枝条是无生命的材料，因为它们是活的，而且活得开心，篱笆上，这儿，那儿，都星星点点开出许多小花。怎么小？比蜜蜂还小，比七星瓢虫还小，蓝的、白的、黄的，凑近了，仿佛能听到它们的花语。

这是很有古风的篱笆。古人造篱笆就如插秧，将木槿、柳树、黄杨或女贞的枝条插入泥土，吸了土气，又吮了雨露，这些枝条就还魂，横着缠，竖着蹿，长成了绿篱。枝条中混进了一些藤蔓，主人也不驱除，随它们长，结果就开出蔷薇、牵牛和野菊，这样的篱笆叫花篱，又古风，又诗意。

太阳初升，村子还没醒。篱笆外面的小路上，撒着的还是昨天的羊屎豆。我在想象一群羊会怎样和这道篱笆打招呼。通常是几声叫唤，要是不通常，就是有只羊会伸出舌头舔舔篱笆上的小花，或者侧过身子在篱笆上蹭痒。这是动物和植物之间的亲切交流。这次交流的遗存物，是一些新鲜的羊屎豆和碰碎的花瓣。花瓣落在篱笆脚下，羊屎豆散在路当中，这个时候，它们虽已脉脉含情，中间却隔了距离，直到来了一阵风，把羊屎豆吹向篱笆，这个秩序才被打乱——我们悄悄走开吧，以风为媒，它们的手指已经悄悄地捏在了一起。

庙上村的这条篱笆，除了那一群跑到村外找草吃的山羊，谁会惦记它？中国有数不清的篱笆都是这样，它们只被几棵树、几头牲口或几只昆虫当成念念不忘的朋友。它们太平常，平常到你根本不知道它的存在。

二

农耕社会最基础的居住单元是由房屋和篱笆共同构成的。茅屋的封闭性让主人活得踏实，而篱笆是发给私人领地的一张物理标签。篱笆虽然低矮，可是承担着大使命，它守护的是私有财产、私有意识和自尊。

住在这种单元里的有陶渊明。他家的篱笆在中国名气最响。"采菊东篱下，悠然见南山"，就是这一道。先生站在篱边，看几眼南山，就开始采菊。一朵，一朵，又一朵，放在瓦盆中，泼些冷冷的山泉，端正地捧着，走回屋中，供在书案上，又捵捵衣襟，坐下，往石砚里注上水，开始研墨。墨色不浓也不淡了，就开始书写，写"采"，写"东篱"，又写"悠然见"。这是先生那一天的私人日记。他的日常，却成了后辈永远追慕的清雅人生。

诗人杜甫也不例外，他家也有茅屋，也有篱笆。篱笆没什么名气，名满天下的是茅屋。它毁于"八月秋高风怒号"。对这场风灾，杜甫的叙事是"茅屋为秋风所破歌"。在歌中，杜甫梦到了广厦千万间，还梦到寒士俱欢颜。这种幻觉无益于灾后重建，却有助于慷慨陈词。杜甫说，只要梦境能成真，那我家的茅屋，破就破掉吧。依托这样的叙事手法，这间茅屋成为难以逾越的道德高标。

我们去朝拜杜甫草堂，其实是不应忘记他家的那道篱笆的。时常有朋友来看杜甫，杜甫就拉住人家的手，说不准走，今天我们喝个痛快。杜甫有热情，可是酒量不大，喝不过朋友，就想搬救兵。他对朋友说，我的邻居也是海量，要不要请来助兴？朋友刚点头，杜甫已经站在自家篱笆前向邻居发出邀请。这件事在杜诗中查得到："肯与邻翁相对饮，隔篱呼取尽余杯。"救兵搬来了，那朋友怕是要被灌醉吧？这是猜想，到底醉没醉，杜诗欠我们一个清晰的交代。

看杜诗常常会有这种不过瘾的感觉。比如"朱门酒肉臭，路有冻死骨"，写得触目惊心，可是我们还想知道，那朱门住着的是哪个显贵，那冻僵的躯体又是卧在哪个路口？杜甫没有满足我们的欲求，我们也不能要求他做得更好，因为他已是唐朝胆子最大的调查记者了。他的长焦镜头瞄准着生离死别、鞭笞哀号、废墟中翻滚的硝烟和捆绑壮丁的一根根绳索。这些，这些，主旋律的总谱上从来不见它们出席，它们是唐朝的一粒尘，杜甫死死地盯着这粒尘，看它飘，看它坠，看它轰然落地之时到底砸死了多少人。他是一段历史的目击者和撰稿人。他不是被篱笆困住的桃树李树苹果树，他有腿，他把篱笆留在浣花溪畔，他走出茅屋，走进时代的褶皱和罅隙。杜甫是同时在两个维度上活跃着的真实生命，一个维度是他对民间疾苦的普世情怀，另一个维度是与篱笆有关的烟火生活，哪怕是和二三友人的一次小酌，他也要喝得有声有色。

三

一片果园或一座庄院可以用篱笆围起来，但更大的东西，篱笆就无能为力了。

说到底，篱笆还是格局小。

它围不住草原。

任由篱笆野蛮生长，再投入国家意志，还有青砖、石料、红柳、沙土和糯米汁，篱笆就成了长城。长城还是管不了草原。一边是农耕文化，一边是草原文化，长城在两种文明的冲撞下忍气吞声、支离破碎。

还有高楼崇阁。我们去黄鹤楼、岳阳楼，可曾看到篱笆？它们是不同阶级，坐不到一起。

我们有高楼情结，我们甚至崇拜高楼，觉得它能给我们一种额外的加持。高楼是江湖中的庙堂，登楼远眺，好像被魔法击中，不忧天下不行，不放飞自己也不行。中魔，就是被洗了脑子。一般的游客，匆匆来又匆匆去，下了楼也就恢复本性，忘记了刚刚在楼上浮泛出来的慷慨激昂，他们只是短暂被俘。可是诗人逃不掉，诗人有一种傻傻的节操观，甘愿在高楼阴影的碾压下戴着镣铐跳舞。好多旷世名篇就是在这种创作流程中诞生的。这让人百思不解，又屡试不爽。

我去鹳雀楼，正是中午。眯起眼睛看，远远的，一条线，闪着琉璃光，那就是黄河。附近的村子，家家都备着一条小船，平时靠在墙边落灰，到了农闲，两个人一前一后，把船顶在脑袋上，走到黄河边，就当起渔夫。这么小的船，诗人王之涣自然看不到，如同他看不到河中有条鱼。凭栏驰目，扑面而来的都是大气象、大概念、大局观和似真似幻的大人生。人所贪嗔痴的东西，高楼给了他，他正好是王之涣，就碰撞出石破天惊。"白日依山尽"是上帝视角，"黄河入海流"是天使在飞。我们不是第一读者，第一读者是鹳雀楼，王之涣的登高诗，是献给这座楼的。

四

浔阳楼在九江。在中国所有的楼阁中，浔阳楼始终抬不起头，因为流传至今的登高诗中，唯一一首反诗就写在这座楼里，你说，它应不应该自卑？

那首诗是宋江所写，其中有杀气腾腾的口号："他年若得报冤仇，血染浔阳江口！"

宏大的建筑物，通常都是体制的同谋，它为体制背书，也避免让体制难堪。登高而赋的诗篇，也有嘲讽，也有颓靡，也有不合作，但从未喊过造反。一首反诗将浔阳楼打成了文化异类，也让我们看到了极端的政治倾向如何将曾经的追求抱负扭曲成了仇恨文字。

那一天是日全食，我正好客寓九江。站在窗前欣赏城中那片树叶形状的湖泊时，天色突然惨淡，日全食开始了，昼成为夜，令人印象深刻。

我对浔阳楼没有兴趣，我是因为白居易的《琵琶行》来找一条船的。浔阳楼让城市有了杀气，而这条船给这座古名江州的城市带来了超越时空的人性暖流，最终，杀气被暖流消解。这条船如今就泊在水中，离岸很近。这肯定不是白居易邂逅琵琶女的那条船，它只是对那段历史的粗糙附会，可是我当了真。那是我和白居易最亲近的距离，我们之间只隔了一些流速缓慢的江水。在唐元和十一年（816）的那个秋夜，我和岸边的芦花枫叶，共同目击了一段文学情话在那条船上欸乃摇橹又唏嘘掩卷。嘈切的琵琶暗默后，白居易退出船舱，一身青衫，胸口被泪水打湿。

五

汉武帝时，文章司马迁最好，辞赋司马相如第一。这是鲁迅的评价。

赋这种文体,现在没落了,可是并未绝迹。隐约有种风气,越是庄严的场所,越是隆重的仪式,越喜欢用赋来烘托氛围。

好像赋是正装。

其实早已不是了。

在我看来,赋就是民国时期的清朝遗老,共和时期的长袍马褂,祭孔大典上唱的歌、跳的舞和主祭人穿的戏袍。

我对赋没什么好感,但我喜欢司马相如——他是才子啊,还是和佳人配了对的才子,这样的优质男,我是羡慕的。

他是汉赋第一大家,这个话题我不想展开,还是说说他的情色故事吧。他会弹琴,有一天,他到一户人家演出,唱的是《凤求凰》:"一日不见兮,思之如狂。凤飞翱翔兮,四海求凰。"歌词质朴,文采却不足,很像早期的白话诗。可这段有待提高的歌词却俘虏了一颗少女心,她叫卓文君。她对老爸说:我要嫁给弹琴人。老爸横眉冷对:你敢!有什么不敢? 卓文君勇敢地牵着司马相如的手就私奔了。

奔,就是跑。不经训练,我们跑步的姿势是不好看的,但这对年轻人,硬是在西汉的沙石路上跑出了电影《庐山恋》的感觉。

两人盘了一个门面,文君当垆卖酒,相如洗碗刷碟,这个小酒馆,据说就开在四川临邛。

前几年游四川,车过临邛,当然会想到这家酒馆,但下车游览的心情却没有。两千多年,已经抹掉他们的所有物理痕迹,"文君井""文君酒"只是旅游的周边产品,你可以在他们的传说中发思古之幽情,却不必手扶"文君竹"发痴。

六

当代农民,种菜的不会种粮,养猪的不会养鱼,这样的农民,在汉朝会被人耻笑。农耕时代的一大特点是分工不细,个个都是多面手。你不是全能型,还怎么小农经济、自给自足? 农耕时代的文人也有这个特点,司马相如会写赋也会击剑,会弹琴又能作词。私奔的路上,他展现了自己的体育天赋,做了小老板,又证明他还懂得商战。

又比如白居易,他虽不能操琴,可他是超级乐评家,他对琴曲的理解和分析,他所用的词汇和比喻,"嘈嘈切切错杂弹,大珠小珠落玉盘",一直被模仿,尚未被超越。

司马相如和白居易的生命史上都有一把琴。这琴也是他们人生的高光。有一个词：琴挑。司马相如是主动态，以琴挑人，白居易是被动态，为琴所动，被琴所挑。

司马相如的那场演出，用今天的流行语说，就是"撩妹"。撩，就是挑，司马相如只凭一把琴，轻拢慢捻，低眉信手，那一夜就成了文学史上的名场面。

相如、文君这一对是双赢。他们的故事是三幕话剧：第一幕惊险刺激，第二幕是励志式的自主创业，有钱的卓老板在第三幕向两个叛逆青年低了头，送来一大把银子，让他们过上了好日子。才子佳人有美满结局的，历史和传说中都很少。他们太成功了。

一比较，白居易和琵琶女这"一对"就没那么幸福了。浔阳江头分别后，琵琶女守着空船继续在江水寒中漂泊，任由泪痕弄污了脸上的脂粉，这是她日复一日的生活。白居易没有力量帮助她走出这个困境。这是她最盼望的现世安稳，可是白居易给不了她。白居易的诗篇让这个女子成为不朽的文学形象，可是，在文字之外，在不朽之外，那抱着琵琶的女人啊，仍旧承受着灵与肉的煎熬。

悲悯之光，常常刺不穿昏暗。

现在，我想问，这两男两女，谁家有篱笆？谁需要篱笆？

白居易的人生并不写意，一会儿贬到这儿，一会儿放到那儿，动荡不安，他不需要篱笆。

琵琶女的家就是那条船，跟着从商的老公辗转流离在不同的渡口，她不需要篱笆。

相如在遇到文君之前，追名逐利，书剑飘零，他也不需要篱笆。

最后来问卓文君：你家可有篱笆？《凤求凰》中有一句关键唱词，说相如得了相思病，约文君幽会："无奈佳人兮，不在东墙。"却原来，这卓家没有篱笆只有高墙。卓家富足，住在成都，生活早已城市化，筑了一道气气派派的围墙，中间藏着他家豪宅。

现在想，文君私奔的难度真大，我们不知道她是如何设计逃出了这道高墙的。

比文君晚生一千多年的另一位女子，《西厢记》中的莺莺，她家也有一道高墙，莺莺却不敢学习文君，和高墙决裂去追逐个人幸福。莺莺想出来的是折中办法：让张生爬过墙来，偷偷地云雨一番。

谁的私生活过得更爽更嗨?

七

篱笆是一道微笑。

遇到微笑,我们要还之以礼。

这个礼就是——我们要在篱笆外站住。

没有主人的邀请,我们不能擅闯。那是别人的家园、别人的地界、别人的尊严。

这是农耕时代的朴素文明。很朴素,但也是不应侵犯的底线。

篱笆不是硬隔离,它很像文章中的虚拟口气。它有门,可是一推就开。它不是防御工事,踹一脚它就有了缺口。它围住的那块地方,其实是"不设防城市"。

篱笆是窗户纸。武侠小说中常有这样的描写,一个男人舌头一舔,窗户纸就破了,点燃一支香伸进去,只消片刻,屋内的人就被熏晕,是男的会被劫财,女的就被劫了色,这偷香窃玉的人叫"采花贼"。

我家鸡公跳到你家篱笆上卖弄风骚,你家鸭婆撞开我家篱笆门寻衅滋事,猫钻进来,狗追过去,这都符合农耕时代的礼节。篱笆是过小日子的象征。

篱笆首先安慰的是它的主人。篱笆是示弱的,但有了它,主人会觉得安全。

篱笆是第一道安全屏障,房门是第二道安全屏障(通常也是最后一道)。

两道屏障之间,是缓冲区、外交斡旋区、人道主义绿色通道。

距离大,安全感就高,舒适度也更好。

这个距离,就是隐私的厚度,或曰丰度,或曰冗余度,或曰手上有了闲钱。

有了这个距离,人和人相处才得体,不至于彼此尴尬。

现在好像叫"适度的社交距离"。

这个原则,农耕时代就确立了。

那是一个相信道德的时代,也是一个遵守规则的时代。

刘关张桃园三结义,场面感人,效率不高,二十多年过去,还是颠沛流离、前景堪忧,正因如此,才引出三顾茅庐的故事,否则,这三人是不会低三下四跑到卧龙岗去受那篱笆的冷遇的。篱笆里面,那个茅庐里,据说诸葛亮昼寝未醒。若是平日,豹头环眼的张三爷早就一脚踢倒篱笆,再一掌就把房门拍得山响:哎,我家主公来了,你你你你丫还不起床!但今天,他们不敢造次,他们是来向诸葛亮表达敬意的,但首先,他们要尊重这道篱笆。他们谦卑地站在篱笆门外,这个动作传递的信息是:我们遵守游戏规则,我们不会胡来,请先生放心。

篱笆成了刷脸机,看访客是不是值得交往。

篱笆是形式主义的产物,它不是土围子,不是掩体,不是堑壕。它没有杀伤力,甚至也不会拒绝。它努力形成一个闭环,只是想证明它没有攻击性,它是无害的。你不能用篱笆来宣示主权——它实在太弱。

篱笆是农耕社会最典型的logo(标识)之一,处境却类似街头涂鸦这种亚文化,合法性不够。在风吹草动的忧患年代,个人的篱笆是扎不紧的,它随时会被否定被取缔被入侵。这时,一定有黑暗的事已经发生。唐朝怎样抓壮丁,我们来看杜甫的记录。《石壕吏》开头四句是:"暮投石壕村,有吏夜捉人。老翁逾墙走,老妇出门看。"这里有两条动线:一条是官兵来抓人,一条是老翁要逃脱。老翁名义上拥有篱笆和门,可是防不住官兵,他们直接就把房门踹开,官兵的动线凶恶可怕,而合法居住人老翁反而需要鬼鬼祟祟地翻墙逃窜,他的动线真是悲惨又可怜。

八

过去有隐士,还分两种:大隐隐于市,小隐隐于野。

我有更通俗的理解,大隐和小隐,就差一条篱笆。

篱笆外是喧嚣的城市,便利的生活;篱笆内是荒僻的山野,艰辛的用度。

篱笆外诱惑飞舞,篱笆内尘根斩断。

篱笆内当小隐,形式与内容一致;篱笆外当大隐,过的是人格分裂的精神生活。

小隐是单兵作战的狙击手,心无旁骛,认真修为就行。

大隐要在两条战线上同时作战,既要坚守志向,还要坐怀不乱,刺激并难熬着。

小隐受的罪少些,大隐受的罪多得多。

李白不能受这些罪,他不做隐士,做的是谪仙。

天上掉下来两个人,一个是林妹妹,住进了大观园,另一个是李白,我们能让他住在篱笆里?

李白是作为一个美丽的错误从天上掉下地的。天上没有篱笆,只有波谲云诡、电闪雷鸣,这是李白的遗传基因和往世经验。还有谁有? 谁也没有,只有他有。

我不问他犯了什么天条,我只知道他的长衫上是黄河的水沫,肩头上是蜀道的风尘,胸中奔流的,是轻舟穿行于万重山峦的快意。

这样的人不需要篱笆。

篱笆给李白的印象很糟糕。

他觉得篱笆很丑——"可叹东篱菊,茎疏叶且微。"

也不美——"酸枣垂北郭,寒瓜蔓东篱。"

他也不喜欢住在篱笆里的人——"龌龊东篱下,渊明不足群。"

李白是篱笆的反对派。

对篱笆,他是嘲笑,对巍峨宫阙,则是轻慢和狎亵。将一手好牌打得稀烂,有两种情形:一种是抓到好牌就战战兢兢手足无措;李白是第二种,他率性放达,恣肆汪洋,有人咬他耳朵,说千金散尽是回不来的,他就干脆将最后一枚开元通宝也掷下了地。读李白的诗篇,时常听到这种金属声。

"我本天地一过客。"我们说这话,并不真诚,我们渴望永生,只有李白真诚地将天地当成他的逆旅。他有厉害的第三只眼,见我们所未见,言我们所难言。他把许多极端的、极限的感觉和感受化为诗句,让我们的审美也比从前高出了一分。

谢谢这位不喜欢篱笆的大诗人。

表达 你的 发现

散文
2022
精选集

王开岭　**静止的春天**

一

怎样才算拥抱过一个春天呢?

我觉得,有一道仪式不可或缺,它须在某个春日里发生,否则,你的春天即不合格,就像洞房花烛之于一桩婚事。

　　　暮春者,春服既成,冠者五六人,童子六七人,浴乎沂,风乎舞雩,咏而归。

孔子师徒留下的这番话,在我看来,堪称春天的一道谕旨,亦是对"春"最美的广告和代言。它督促你,莫负明媚春光,到户外去,敞开身体,沐浴天泽,领取那一年一度的大自然福利。

惜哉,2020,我有负这天意了,我们。

那是一场只能叫作"等待生活"的生活。

在一只鸟眼里,那春天并无殊异,山川依旧,星光依旧,杨柳依旧,仍堪称岁月静好,它唯一的好奇是:怎会这般寂静,这般空旷? 人群呢? 喧声呢? 车水马龙呢? 天上的风筝呢?

是的,人类第一次把自己关进了笼子里。除了房舍,人类把地盘最大限度地还给了野生动物。水里的鱼多了,林中的兽多了,天上的翅膀多了,曾见新闻视频:在欧美一些城镇,熊、鹿、獾、野猪们,大摇大摆地信步街头,那模样不像闯入者,倒像归来者,像合法业主在巡视自家的领地,在检阅自己治下的动物园。

看那些颤晃的镜头,感觉有点怪,后来醒悟:那是囚徒的视角啊! 那是失去自由的人,在羡慕铁窗外的世界。

是的,这是一场仅限于人类的不幸。

对于人间,对于自负的地球文明,这是个怎样的春天呢?

一个寂静的春天,一个蒙面的春天,一个惨烈的牺牲的春天,一个彼此呼唤又充满敌意、同病相怜又相互诅咒的春天。

2019岁末,在圣诞福音和爆竹声响起时,谁也不承想,人类会开启这样一种极端生活——

世界成了一座巨大的病房,无数的呼号、无数的惊悚、无数的悲鸣,从各个角落,从千万间紧闭的窗户里飘出……瑟瑟发抖的我们,无从辨识,只能把一切消息翻译成坏消息,翻译成梦魇和世界末日。

那是地狱模式的地球,那是灾难电影里的人间。那个熟悉的世界变得扭曲、抽象,像一个酷刑下的巨人,因剧痛而狰狞。

在最初的眼泪和温情之后,在仓促的悲悯与慈悲之后,人们开始相互厌恶和指责,谣言、口水、怨声、戾气……发泄、攻讦、栽赃、羞辱……政客的粗鄙、族群的殴斗、资本的冷漠,还有逻辑的变形、价值的坍塌……

比肉体受难更深的,是理性和信仰,是文明和常识。

那是怎样一幅世界地图啊——

爱与恨一样多,祈祷与诅咒一样多,感恩与怨恨一样多,呻吟与谩骂一样多,理智与癫狂一样多,悲剧与闹剧一样多。

我们前所未有地看清了时代的真相,它的虚弱、迷狂,它的撕裂和藏污纳垢,它的极端和自暴自弃……

我们目睹了人类最深重的愚蠢和昏昧,见识了语言所能织出的最丑的脏话与谎言,我们窥见了人性所有的褶皱和棱面,它的溃烂和闪光……

我们见证了有史以来最伟大的良知和牺牲,那些扑火的白衣飞蛾,那些背负氧气和药瓶的逆行者,那些服务真理并清晰吐出每个字眼的人,那些值守病榻为临终者安魂的祈祷士……他们履行的是神职,是使徒的角色。他们以"保卫生命""保卫生活"之名,宣誓着这个星球上最后的力量、道德和美。

我们挣扎，但不绝望。

想起了斯蒂芬·茨威格，那个高贵、敏细和忧郁的人，那个曾用尽全力和深情来生活的人。

那个春天，我又翻开《昨日的世界——一个欧洲人的回忆》，这是一本告别的书，一个人对世界最后的审美与幻灭。

他动情地追忆了自己的青春，二十世纪初的欧洲，那个以安逸与创造、自由与艺术为标签的时代，那是维多利亚的文明之巅，那是欧罗巴的迷人之夜，蓬勃、平和、温煦，这种气候和秩序，让一切理性主义者和浪漫主义者皆感舒适。"暖风熏得游人醉"，大家甚至开始厌倦这种恬静和柔腻……可谁承想，这竟是落日前最后的光辉，是断崖之上的峰顶驻足！接下来，两次世界大战，经济凋敝，贫困饥馑，政治瘟疫，意大利法西斯，希特勒神话，族群仇恨与暴力美学，纳粹集中营，国家主义的狼烟，排山倒海的民粹，疯狂地吞噬理性和肉体，绞杀自由与道德……

人类的微笑冻结了。

这对于一个优雅的绅士、一个宁静的和平主义者、一个在性情和经验上都不熟悉野蛮的人而言，是何等残酷！

"一个人必须服从国家的要求，让自己去当最愚蠢的政治的牺牲品，使自己和共同的命运绑在一起。"

"我在战前享受过最充分的个人自由，现在却品尝到了数百年来人类最大的不自由。"

他失去了物质和精神的故土，沦为荒海一桴。

他在巴西靠岸，并以此为终点。

在那封深夜遗书里，他和夫人祝人类好运——

　　对我来说，脑力劳动是最纯粹的快乐，个人自由是这世上最崇高的财富。我向我所有的朋友致意，愿你们在经过漫漫长夜后迎来灿烂的朝霞，而我这个过于性急的人，先你们而去了。

于世俗，这是个牵强和费解的理由，但于一个唯美和诗性的人、一个守护内心秩序的人，则很容易成立。

他不仅热爱生活，他更致力于活在一个光明的世上。

而他的那份祝福，至今活着。

二

我的印象里，这个春天似乎只有时间，没有空间。

哪怕在时间上，它也和寒冬粘在一起，像块冰坨。

作为春，她的脸竟苍白得没有一丝红润。

整个春天，我滞留山东老家，原本回去陪母过年，不料一待就是三个月。

春节刚过，家乡的郊区暴发了一起监狱疫情，近两百例感染，还上了央视新闻……

你能觉出，小城猛地颤抖了一下。

一夜醒来，大街小巷，马路天桥，路面上的事物全消失了，仿佛退潮后的沙滩，只剩鱼腥和浪沫。各小区门口扯起了绳索、篱栅、标幅，皆有捍卫最后一方净土之意。

它取消了道路，取消了步履，取消了一个人通往另一个人。

墙，无所不在，连空气似乎也变成了砖，被用来砌墙了。每家每户自成堡垒，并因此获得一种安全感：你是清白的。

你被无边的空寂所占领。

窗外即马路，但罕闻车辆声，尤其夜里，一丝响动也没有，恍若置身荒野。你盼着有意外发生，比如，一辆车由远而近驶来，哪怕是大货车的轰隆声，哪怕是急刹的刮擦声。

静，干枯的静，憔悴的静，茧房里的静。

"在做什么呢？"

手机里收到最多的话。

是问候，是探视，也是无聊和空虚，是同病相怜者在交换目光，是无意义者在寻找意义。

是啊，那个牢笼里的春天，你，在做什么？

每天在家具中间踱步，如笼中兽，起初还有"奔""走"之意，后来，身子越来越滞,如同被黏住,成了家具中的一员。

微信朋友圈里看到,有人在跑步机上漫游,有人借视频连线对酌,有人用望远镜逛街……

寓所是一幢临街楼,东西向,隔着马路,是当地的博物馆,院子里有两处古建:一栋叫"声远楼"的古钟阁,一座九层的铁铸佛塔,皆造于北宋。逢雨天,雾珠迷离,醉眼蒙眬,影影绰绰中,总让我想起那句"南朝四百八十寺,多少楼台烟雨中"……

这画面大大缓解了我的焦躁和寂寞,让我浮想联翩,遁入另一时空。

九岁的儿子在上网课,背的是朱自清的《春》——

盼望着,盼望着,东风来了,春天的脚步近了……

我也情不自禁跟出了声,隐隐动容。

春,我知道它来了,它已悄悄爬上了窗台,那是灰白枝杈上的润青,那是流苏一样的杨树穗,那是越来越密的鸟雀啁啾声……

但它和我隔着墙,隔着护栏和玻璃,有些生分。

这不是我想要的春。

我要的是可触可染、耳鬓厮磨的春,是"出门俱是看花客""人面桃花相映红"的春,是"傍花随柳过前川""斜风细雨不须归"的春,是"春风十里扬州路""乱花渐欲迷人眼"的春,是"陌上花开,可缓缓归矣"的春……

身在茧房,你尽可"小楼一夜听春雨",但难及的是下一句"深巷明朝卖杏花"。

这两者合起来才是春,春之身,春之心,春之事。

我最饥渴的,其实是阳光。

东西向的楼房,最大困扰是光照,一天里,被太阳直射的机会只有两次:朝阳和夕照。

足不出户,对于小孩子来说,是一件残酷的事。

他在长身体,他需要晒太阳,他需要合成维生素 D……

每个黄昏,赶在太阳落山前,我打开后窗,叫儿子过来,让他踩上一只高凳,撸袖敞领,尽可能裸露肌肤,去追一天里最后的紫外线。

天冷,每天十分钟。

儿子兴奋地问:这算不算夸父追日啊?

自此,一个儿童踮着脚、伸长脖颈看夕阳的画面,就定格在了我的脑海里。至今,闻某地疫情封控,我第一个念头就是小孩子如何晒太阳……那幅画,像弹窗一样跳出来。

那些天里,我最羡慕的,是楼下门口的执勤大妈,红袖章,测温仪,别人坐着,她不,大踏步地折返走,大弧度地甩胳膊,阳光亲热地缠着她,虽蒙着口罩,我仍能看到她满脸的红润。

三

年末,在北京一场读书会上,主持人问嘉宾:2020年你最难忘的事是什么?轮到我,我说是4月的一天,在山东老家,在室内闷了三周之后,我作出一个决定:带九岁的儿子下楼去,去走马路! 去晒太阳! 去看春天!

那个午后,我们出发了。

一出户,明晃晃的光扑上来,人犹如撞在了玻璃上,眯起眼,一股暖流涌贯全身,我幸福得一哆嗦:啊,太阳神!

儿子冲着地面直跺脚,像踩着了什么稀罕玩意儿。

没有车,马路阔得惊人,像一条大河遗下的枯床,无声无际。忽想起2003年"非典"时的北京街头,也是春天,一样的冷寂,一样的空荡,一样的沉默……你坐过空无一人的地铁吗? 是的,我坐过。十七年了,本以为那样的春天和大街永远不会再有了。

除了主干道,所有巷口皆封,商铺闭户,公园自然也去不成,我们选了朝阳的一侧,慢悠悠,无目标地走。

空气清凉,风有微棱,父子俩挽起衣袖,摘掉帽子围巾手套,仰起脸,虔诚地,像朝圣者那样,把自己献给太阳。

儿子蹦蹦跳跳,他觉得很梦幻,整条大街都是他的,仿佛掉进了乐高城市……

忽然,不知从哪儿冒出一男子,迎面走来,他,脸上竟一丝不挂! 你怔住,身子发紧,拉响了警报。和你一样,对方略有迟疑便作出了反应:提前变道,像车辆紧急避险那样。

你捉紧儿子的手，疾步掠过。

那人的身影，也像是逃走似的。

儿子频频回头，似乎舍不下这路人。

我能不戴口罩吗？儿子跃跃欲试。

不是每个人都有口罩。你警告他。

你有点羞愧，为方才对陌生人的心思。你发现自己的目光变成了一名警察、一个审判者，不仅虎视眈眈，甚至有举报和指控的意味。

口罩是一层纱、一面盾，有时也是一堵墙、一座山。

你未曾料到，在不久之后，一具躯体对另一具躯体的戒备和敌意，将成常态。

在生物界，完全可信赖的，或许只剩下草木了。

沿着阳光导航的直线，我们走了很远，终于，在一个十字路口的拐角，激动人心的事物出现了——

红色！粉红！是桃花！

一声欢呼，父子风一样追上去。

红晕的枝条，像女子的纤臂，从松塔后懒懒地伸出。

一盏盏，一朵朵，一瓣瓣，那桃色，清澈，灼热，羞涩，像胭脂，像朱唇，像恋情。

情不自禁摘下口罩。

刹那间，一缕清风冲进鼻腔，那股消毒水、无纺布的味道没有了，那股在肺里盘踞了很久的化学味。

我张开嘴巴，大口地深呼吸。

儿子很兴奋，凑上前，贴住最近的一簇，贪婪地，使劲吸鼻子，那花瓣颤了一下，我几乎听到一声尖叫……

哎，轻点，别把她弄疼了。

哦，留点花香，给蝴蝶，给蜜蜂……

"村南无限桃花发，唯我多情独自来。"

这是今年我注视的第一株花，于她，不知算不算"初见人"。

这个春天，最寂寞者恐是野外的花了，没有目光和脚步，无人赏，无人宠，无人折……

人面不知何处去,春花无主向谁开?

告别她,我们继续走,在一处河畔,遇到了垂丝海棠,还有迎春花,还有两行绿水荡漾的烟柳……

那个明亮的下午,是我们的节日。

晚上,儿子写作文,提到了与花的亲热,我略改两字——

"摘下口罩,我闻见了春天的味道。

而春天,看见了我的脸。"

我说,儿子,你会写诗了。

终于,夏天来临时,我穿着冬天的衣服回到了北京。

乘高铁前,遵专家提示,N95口罩、乳胶手套、护目镜,儿子全身披挂,像个盔甲武士。

临走,我还做了件事:去街角的小卖部,叮嘱店主一声,往后别再进某牌子的香烟了。那是我请他上的货,本地人不抽它。

我把剩的两条都拿了,拆开一包,请店主尝。

俩人摘下口罩,算是正式照了面。

他嗫了一口:这烟软,劲小,你是外地来的?

我点点头。

回京后连续多日,我和儿子天天冲下楼,去广场,去公园,踢球,骑车,撒欢,除了吃饭睡觉,不舍得回屋里。

我们以一种近乎复仇的方式,索取露天里的一切,阳光、风、叶子、鸟虫……

月季在开,鸢尾在开,木槿在开。

苹果、桃树、山楂,忙着坐果。

蝶纷飞,蜂嗡叫,阳光刺来,我眯起眼,流下几滴泪。

我知道,生活暂时回来了。

我知道,许多人留在了春天里。

四

"瘟疫是如此残酷,它惩罚的竟是自由与亲密。"

整个春天,除了这句话,我没有任何写作。我把它发在了私人微博上。

这个蒙面的春天, 你可曾遇见一张生动的脸? 可有一份明灿的笑让你春意盎然?

这个牢笼里的春天,寂寞者,除了花开花落,还有女子的容颜。

网友笑曰:大街上终于寻不见美女了! 口罩面前,人人平等!

他不知道,这是春色最大的损失。

和花儿一样,没有爱慕,没有目光的饲养,容颜会枯萎。

据说女士们都懒得化妆了。

是啊,当无纺布成了人的另一层肌肤和表情,美貌即显多余了,她们被打入冷宫,犹如冰箱里的水果。

在平等面前,我们停止了对脸孔的想象与探索。

这是审美的灾难。

有什么能抵御悲剧与虚无、死亡与恐惧?

除了宗教,恐怕唯有爱情了。

那个禁足的春天,那个面壁的春天,备受煎熬、亏损最重的,恰恰是浪漫与爱情。

私以为,没有"旅行",即没有爱情。

(我指的是爱情的发生,并非它的维系和保养。)

爱情,是一个人"出远门"的结果,像着床的蒲公英。

没有身体的移动,没有灵魂的飞行,没有目光的漂泊,即无爱情之奇遇。和留在故乡的亲情相反,爱情是"异乡"的产物。从起点上看,所有爱情都是突发,是意外,是陌生场景下的哗变,是生命被打破某种稳定、失去平衡的表现,是一种由异性掀起的热浪、一种空前的喜悦和震颤……较之友情的舒适、亲情的安全,爱情充满惊险和动荡,它意味着,你踏上了一条激烈和颠簸之路,赴汤蹈火,身不由己。

爱情是一个事件。它首先是一个视觉事件、身体事件,然后,才是一个美学事件或灵魂事件。

一个人，若停下脚步，就不会发生爱。

我相信，那个春天，人间的浪漫少了许多。一见钟情的故事，很难上演。

它删减了行走，取缔了远方，解散了人群，阻止了邂逅。

它拦截了一个人走向另一个人的冲动。

它叫停了激情。它把"间隔"定义为舒适与安全。

它警告一切和亲近有关的诱惑，比如握手、约会、依偎、爱抚……比如影剧院、咖啡馆、酒吧、舞厅、沙龙……

这些，被视为地狱的开关。

它改变了身体之间的关系，颠覆了那种天然的向往和信任，它不仅把身体打造成一个个碉堡，戒备森严，门户紧闭，还使之相互拒斥，充满敌意与憎恶。

那种距离，那种冷漠，就像在山林里，一只野兽撞见另一只野兽，彼此敬畏，又相互恐吓。

那个残酷的春天，最受虐的，莫过于情侣，尤其是异地之恋。

那些天各一方的情侣，那些不同空间的热恋中人，相爱却不能相拥，闻语却不能面对，即使同城，也要忍受天堑之隔，犹若当年的"柏林墙"。

他们是 2020 版的"牛郎织女"。

电话和视频，只能缓解对"存在"的焦虑，却暗暗加大对"实体"的饥渴。友情和亲情不依赖实体，爱情则不然，它需要目光，需要体温，需要抚触，需要鲜活的实体，它试图消灭一切距离，包括缝隙。

看到一组照片：在德国和丹麦的边境线上，隔着铁丝网，两位老人热目相对，手温柔地握在一起。老爷爷在德国，老奶奶在丹麦，两人恋爱已有一年，疫情暴发，边境封闭，老爷爷每天骑车八公里来此处，他们读报聊天听音乐，眼含幸福，直到夕阳落山。

网传，在一湾之隔的深圳和香港，有不堪相思的情侣，竟循着当年私渡客的足迹，攀上相邻的山头，来到最近的滩涂，对着依稀的人影，挥手呼唤，或在望远镜里相看泪眼。

又看到一位西方艺术家的画作：疫情下的街头，两个火热的年轻人忘情拥吻，而身体一侧，是两具搂抱着坍塌的骷髅。寓意很明显：激情，在死神的注视下。

如果这幅画需要一个名字，我想称之为：哭泣的身体。

是的，它们在哭泣，那些凋零的身体，那些失散在异乡的身体，那些在孤独中日渐憔悴的身体，那些在生疏中火苗渐熄的身体，那些被淡忘和失去信任的身体……

它们呼唤完整，呼唤热焰，呼唤欣赏和赞美……

是的，人类身体里的微笑正在流失。

自由、亲密，这世间最美好的东西，也是最后之际才不得不放弃的东西，再后，就轮到生命了。

我丝毫不敢嘲笑那些拼命活和拼命爱的人，那些奋然不顾去维系日常生活的人。那是一种不怕死的"贪生"。

那种不愿意同往常分手、与旧时光恋恋不舍的样子，多像一个孩子——他拒绝丢下自己的玩具！

我为之动容。

"生活"和"活着"，是两回事。

五

午后，照例去日坛公园散步。

途经一片使馆区。

一座座围院，栅门紧闭，明明是前庭，厚厚的落叶却给人一种后院的感觉，且是废弃的那种。没有风，各色的国旗垂耷着，写满了颓唐与乡愁，我想起了那句"寂寞梧桐，深院锁清秋"……

入园，"北京健康宝"扫码，广播里用中英文提示戴好口罩、保持社交距离。

银杏一片橙黄，天空蓝得感人。

忽然，排椅上的背影吸引了我。

一对情侣隔着口罩轻轻触面，女孩仰着头，阳光吻着她。

这让我想起了一幅照片，2003 年，北京"非典"期间路人抓拍的，流传甚广，我做节目时还用过，它和眼前情景一模一样，连衣着和神态都像。

转身欲去,忽听女孩的一声叹息——

"好想回到那个不戴口罩的时代……"

心里咯噔一下,她用了个词:

时代。

王陆　**夏至过后**

　　大学同学在外相聚,是小范围。

　　不握手。

　　口罩拉到下巴颏。

　　自觉不远不近相就座。

　　吃点什么? 随便。

　　喝点什么? 就来壶茶。

　　喊服务员把窗户都打开。窗外一侧是山,另一侧能看到海上坨岛,岛上有零星的树。

　　大连真好,过了夏至,海风吹脸,还觉得冷。

　　大连守在二十五摄氏度,最像大连。

　　而同学是守不住的,都老了,最大的七十二岁,最小的也有六十周岁。

　　最后一个同学到了,是一个比我大几岁的女同学。她穿着带褶皱的绿色紧身小衫,下身是蓬松的白色长裙,就像一大扎裙带菜硬塞在一个小塑料袋里。

　　姐,你又年轻了,跟春苗似的。

　　天天练芭蕾啊。

　　戴口罩也练?

　　练,我这有抖音,看,能不能找到我?

　　这是你? 我嘞个天! 这腿抬的,跟天线似的。

　　同学聚会就是这样,不愿看到年老。

　　同学不会冷场,也不会厌倦,当然,也谈不到振奋。在校时话少的,现在话都多,在校时话多的,现在话更多。往日一次次重复,而演变的痕迹在每一个同学身上都一横一竖地刻着,则更加清晰。

原来的感情,如果还有,也是熄火后的余温。

原来的思想,如果还有,也不过是山前山后,一两声虫蝉。

感情问题和思想问题,都不是现在相聚或不聚的理由。

那么理由是什么呢?

岁月催老,需要勉强保持一点相互映照。

人老了,说到底,是承认心老的,就像老墙皮,剥落着灰土露出着斑驳,懂得自己在时间里的身份。我不喜欢"老骥伏枥,志在千里",所有的挡路聒噪,都是狰狞的本性。

我喜欢我这些同学,许多是高大乔木,但到了季节则心甘情愿呈落叶之色。因为啊,面苍,发白,步履不定,还有,屎尿会不期而降,就是在催促你赶紧点吧。一个同学老哥笑眯眯告诉我,这次参加聚会,他穿着纸尿裤。

从尿频到纸尿裤是再自然不过的。无论你是谁,无论你有怎样的根本,一切都保不住。

知道保不住,才能谦谦君子,卑以自牧。

同学里谦谦君子居多,也正因为如此,相聚并不多,倒不是因为江湖规矩,而是心底自觉,怕某个不经心的触动,戳出尴尬。

婚姻? 不能问。

工作? 不宜问。

住处? 不便问。

其他? 心领神会,再劝一杯。同一批次的填鸭一个个都老掉毛了,虽然在全聚德高端论坛还有插几句嘴的才华,但也深知不便。

某同学为什么选择死? 想知道,也没问。

想和同学留个影,手机握在兜里,都焐出汗了,也没好意思说出来。

想问儿女子孙,环顾一圈,很知趣,就给闪过去了。

只有身体,好像可以问一问,因为在座者都有身体。一下午,就谈身体。谈完了血压,谈血糖;谈完了血糖,谈心脏。心脏也谈完了,有一个男同学不知怎么把他袜子脱了,让我们看他的脚。他说你们看你们看我他妈这脚。

都伸过头看。

他的脚是大锅算子形。

他说他的脚血管最近凸起，而且曲里拐弯。

哦，是，是，血管怎么跟粗粉条似的！这脚趾盖是不是也有问题？怎么跟海蛎子壳似的！

大家又讲一番海蛎子壳脚趾盖。另一个同学说他也有海蛎子壳脚趾盖。

我也把袜子脱下来，扒拉自己的脚血管和脚趾盖。老土豆喽，哪有不长芽子不生疮的？

窗外不知不觉天就暗了。

却不觉得凄凉。吃饼子就着咸鲅鱼，进入高潮，话题转到钓鱼，又很快拐到诗。先拐到庾信《拟咏怀》，有那句"虽言梦蝴蝶，定自非庄周"；又拐到当年梁小斌《中国，我的钥匙丢了》。中国的钥匙我们各自都配了好几把，结果他却怎么也打不开门了，一下病得很重，又忽然发现没钱，让人唏嘘；又拐到当年，谁谁谁办过先锋杂志，谁谁谁写风云文章惹出麻烦；等等。这类等闲之谈，就像几条鱼，在一片海滩退潮之后，一口一口地吐着泡泡。

突然觉得，鱼在退潮之后能吐出泡泡，也很不得了。泡泡所剩不多，证明一个时代曾有过辽阔的演化。

夏至往后，夜晚越来越长，没有几天就是立秋。这是必然性。但立秋之后，另有演化，这也是必然。

人到冬天

我不大懂节气。别人说今天立冬，我想，哦，应该吃饺子。别人说今天冬至，我想，哦，又得吃饺子。

但一个地方的冬天并非都按节气走，在大连，我更看重景象，景象比节气更准确。像我家小院，前一天还铺满银杏黄叶，那栅栏上的蔷薇还有一朵红花硬挺着，可一夜之间起了风又落了雪，第二天再一看，什么都没有了。只是金银花树顶梢还有那么几根绿痕，但瑟瑟的样子，很难看。

这时，我才承认：哦，冬天来了。

把秋菜买回来吧。孩子们不在家，就少买些。白菜来二百斤，萝卜来八十斤，雪里蕻来二十斤，大葱来一捆。妻子在远地看护小外孙们，年底才能回来，等不得她。

渍一坛朝鲜菜,再渍一缸酸菜。酸菜留到腊月正好渍透,那时女儿一家四口回来,都能吃得上。对了,还要买些刀鱼和鲅鱼,撒上盐,晒八分干。蒸的时候,配上萝卜干,再烀些饼子,非常低端的,但世上什么好饭也不换。每到风雪连天的时候,我眼前连连的都是父亲弄火渍菜的样子。父亲天生卑微,一辈子的愿望就是能躲着灾躲着难,别让谁给欺负死。他奔波到老,从山东奔到朝鲜又奔到大连,就是为了这。往日历历,记忆依然养护着生活往前。我相信,我渍的菜我做的饭与我父亲当年的味道肯定不同,但饮食感情基本一样——预备着最冷的节气。

买一条厚棉裤吧。我已经几十年没穿棉裤了,但今年特别想有一条,要厚一些的,宽一些的。立冬那天迎东北风去海边游泳,上岸后觉得腿骨是冰透一样的寒冷,就想念起小时候母亲年年给缝的厚棉裤。我小时候好俏,死活不穿棉裤,母亲就数落我,说:"身上不着棉,老了骨里落风寒。"1969年深秋,街道干部天天来我家,拿最高指示"人人都有两只手,不在城里吃闲饭"逼我父母下乡,母亲不答应。那天街道领我父母单位领导一大群人来,宣布停我父母工作,限令三天迁户口。母亲坐炕上在给我和五姐絮棉衣,她一边拍着棉花絮子满屋飘,一边说,等入了冬,儿女身上穿上了棉,就领着儿女一路讨饭到天安门,问问看,天下哪有儿女在边疆扛枪,父母弟妹给一鞭子赶到农村的理儿。街道主任是一个侏儒,她火了,摁着炕沿跳起来,把母亲手里的针线活都给掴了。母亲没打愣,从炕上直扑向她,一起摔在地上。母亲的手是掂炒勺的,掐了她的脖子,谁也拽不开。母亲耍泼,汹涌四方,就解决了问题。我想,天下母亲都是敢于抵命的人。还想,天下再伟大的东西,也不能够用母亲作比。

把院子收拾一下吧。这院子一春一夏都没顾得上,横枝竖权的。柳枝得剪下,蔷薇枝也得剪下,杏树、桃树和山楂树一直没侍弄,这两年就没结出一颗饱满的果儿,从这冬天起应好好待它们,先用编织袋子把一棵棵树根给包起来,中间塞满树叶。这是一个风口坡地,冬天护根最要紧。等过了冬,应抽出时间施点肥,浇些水,要对得住这些最本分的生命。

给麻雀留一片地方吧。枯叶枯草不要扫净,风雪之后,草窠叶下总是能隔些寒,兴许还能扒拉出一些种子果核。院墙根下有一个泥洞,前几天傍晚,我见过那里爬出来三只老鼠,一大两小,都是浅灰色的,看到我,窸窸窣窣,又钻回洞里。我厌恶老鼠,按过去,一定是要扒它的窝,捣它的巢。现在呢?我给泥洞蒙了些草叶,加了些土,怕野猫来找。人所厌恶的生命,就不让它过冬吗?最低端最卑贱,就没有权利守着自己的窝吗?

说今年冬天高冷,还说大连会有百年不遇的风雪。我很担心。东北有一个词很温暖,叫"猫冬",可见冬天之于人是怎样的寒冷,也可见人之于人性应有怎样的拓展。人到冬天,应该懂得更多。

不过生日

我生日是农历二月初九,大连桃花刚出骨朵。

可我不过生日。

生命出之,岁月轮之,怎么能不过生日呢?

因为父母在世时就不过生日,久而沿习,转为基因。

父母是山东人,一直到老,从来不提及生日的事。儿女长大,有孝心给二老过生日,父母不过。顶多同意吃碗面,面条卤上飞个鸡蛋花或者漂上几片肉片,不让添菜,不让添酒,更不许我们说"长命百岁"之类的话。

我有印象是1977年冬月。当时父亲患病瘫痪,是母亲跟大姐说,你爹累了一辈子,这次给他过个生日吧,六十六,吃闺女一刀肉。

大姐割来一刀肉,我要去招呼其他哥姐来,父亲坚决不让。看大姐已经做好了红烧肉,父亲就说,那就凑合给我擀块面吧,细一点,软一点。

这大概是父亲过生日唯一一次的要求。大姐做的是鸡蛋金丝面,给父亲端到炕头上,但父亲执意坐起来,非要摆上炕桌,跟我们一起吃。父亲还把碗里的肉统统捯到我的碗里。我想说一句祝寿的话,但就是没有说出口。当时就是这样。

我记忆里,父母生活并不拮据,但二老对过生日似乎有一种禁忌。

到底禁忌什么呢?二老从没说,但随着年岁颠簸,我也能体悟些细微。父亲念叨过:"祸灾可记,福寿不求。"大概可以解释其中缘由。

后来我发现,我岳父岳母二老也不爱过生日,他们也是山东人。

记得岳母八十周岁的时候,儿女们在饭店给她老人家张罗生日,她挡也挡不住。为应承儿女这一片心,老人家吹了蜡烛,切了蛋糕,但回到了家念念不安:"人老就老了,怎么能这么张罗?"

后来岳父岳母要到九十岁的时候,儿女们聚一起商量选哪家酒店过寿辰,二老坚决摆手:"老柴火,不撑架!"

岳父九十岁生日那天，我们都赶过去，做些寻常饭菜，说些寻常往事，虽然简素，也是欢天喜地。老人家饭后高兴，要人把他扶起来，在书桌铺纸倒墨，写了两幅大字，一个是"静"，另一个是"俭"。笔墨浅涩，但结实有力。

岳父大人寿至九十一岁，是自然辞世。岳母大人见老伴辞离，便不吃不喝不语，到第七天也随之仙去。

这一"静"一"俭"二字至今还挂在我家中，好像一直在嘱咐我：生活不易，当静心俭行。人不宜过颂，命不宜过庆。

转眼，我这草命素人也入了六十岁老人之列，越发自觉到每多活一天，都是天赐福寿。生命阶段，应有自觉。孩儿降临，当庆贺生日，当年年谨记生命出之，岁月轮之。而年老如我者，应该越往前越回避。每当生日，我怕提及，生怕透露出贪婪，天帝会收走了我的福分。

前辈留辙，后辈沿行。妻子这边的哥姐，还有我这边的哥姐，纷纷过了七十，还有的进了八十，彼此牵挂，但都没有隆重庆生的来往。怕自己招摇，怕别人麻烦，这算不算一种生命默契呢？

草命素人，本该如此。那么庙堂侯门呢？我身矮眼低，是看不到那处的。我细看过《红楼梦》第七十一回，见识到贾母八十寿庆。咳，任贾母这种骨灰级聪明，到年老时也是一样糊涂。

千秋排场，能留得下什么呢？

毕星星 大哥1947

大哥大我十九岁,生日又比我大,家里面说起,经常顺口说大二十岁。家里有一个大过二十岁的大哥,他就成了连接上一辈和小弟之间的中转,我家上一代的家事,有好多都是从大哥那里知道的。

大哥年轻时从军南下,1950年就定居在成都。那一批南下干部,后来大都成了当地大大小小的领导。他们之间的友谊也很深。

1949年从军,到前两年,像他这样的离休干部在世的已经不多。我呢,这几年从山西去找他,来来回回也就是想闹明白一个问题:依照家里的生活,我家也不是一个穷家,那些年,他怎么就能选定自己的道路,参加了革命?我们那里说这个,都叫"跟了八路军"。

大哥从军以前是运城师范的中学生。

民国时代,运城地区就那么几所中学中专,运城师范前后改过几个名字,晋南中学、太岳中学等,不管怎么叫,在运城都是首屈一指的好中学。近几十年,山西全省都知道运城的康杰中学高考了不得,它的前身,就是晋南中学。

能进这个中学的子弟,大都家境较好,有的就是富甲一方的大财主。我家不算富,七八口人,二十四亩地,二十二间房子,土改时确定成分为中农。可我家早早扎下了让子弟上学这个根子。高祖曾祖那一代,他们就决心供祖父进北京上大学,不惜变卖田产。父亲也是极力供养孩子上学,大哥就这样进了当时城里的学堂。那时十里八乡难得有这么一家。

二十世纪四十年代,运城都已经是新式学校。一个中学生,经历了日据时期的奴化教育,接着又是国共内战。那时,他还没有什么理想,也谈不上什么信仰。

大哥对八路军最早的一点印象,是在抗战开始。日本人来了运城以后,山西国共合作抗战，薄一波领导的牺盟会在稷王山组织培训，父亲参加了集训。回村以后，父亲积极宣传抗战，买了红纸，裁成许多小条条，用毛笔写了"打倒日本""不当亡国奴"，在村里到处张贴。有上一辈的老人说，嗨，这娃张狂啥哩，咱老百姓，谁来了不是纳粮？父亲立刻变了脸："这一回可是亡国灭种哩！"1942年，一支八路军的文工队路过高头村，演街头剧《放下你的鞭子》，教唱《保卫黄河》《在太行山上》。队伍也曾经想把大哥带走，终究因为他还小，父亲说，你还是上学吧，还是送大哥去运城上了中学。

这支八路军给大哥留下的印象非常好。大哥说，他们队伍整齐，人精神，心气旺，一支仰起脸盘唱着歌走向未来的队伍，那歌唱得好啊，我就没有听国民党军唱过什么好歌。老阎（阎锡山）那时倒是有歌，一听就是粗制滥造，愚蠢又拙劣。

1947年冬天，解放军包围了运城，开始攻打这座山西南部的中心城市。

运城不算大，在山西，那时最多也就算个中等城市。可是运城攻坚战在国共战史中赫赫有名。查《毛选》四卷，几次强调过。我想应该是因为运城的攻坚战出现在解放军战略反攻初期，国共力量对比还没有形成一边倒的优势。艰难地攻坚，打不下再后撤，积蓄力量再打，如是者三，史称"三打运城"。

国共两方，在山西的西南角捉对厮杀，城外炮火连天，师范的中学生，就被困在了城里。炸弹枪炮就在耳边轰鸣，飞机从头顶掠过。这一群中学生当然要想：自己到底该怎么办？

大哥也曾想到逃离。一家远方亲戚的孩子也在运师，和大哥同班，他提议逃到西安去，西安还没有战事，他叔叔在西安做生意，躲一躲再说。大哥最终还是没有去。西安，在胡宗南手里，安全吗？靠得住吗？

羊驮寺飞机场，城北的据点都攻下来了，胡宗南从黄河南岸调兵增援，解放军后撤。这就是"一打运城"。

战火稍歇。大哥他们溜出城，回了家。

我们村在峨嵋岭坡底，这一带还驻着后撤的解放军。我们家里就有一个长官几个兵。院子打扫得干干净净，水缸里挑满了水。听说这家的学生回来了，几个当兵的笑脸迎上来：这家有一个中学生，上师范的！一个像是小排长连长的也围了过来，知道这是个乡村的秀才，一个一个过来说话。

部队里也有识文断字的，来了一个指导员什么的，听说大哥是师范学生，拿来了几本解放区的书，《蒋党真相》《四大家族》《人民公敌蒋介石》，陈伯达编写的。还有任弼时的《土地改革》：你是师范学生，能看书，自己好好看看，看不懂的地方问，我来讲。

大哥的一些中学时代的图书，一直存放在家里，二十世纪五十年代还翻出来过，后来就遗失了。

围城的风声越来越紧。城门城墙十分坚固，一时半时攻不破。听说解放军在城外开始挖坑道，通过坑道迫近城墙，城里一下慌了。城防开始组织城里人工"反坑道"，就是守城的先在城外围绕着城墙挖一圈坑道。这样，一旦攻城坑道挖过来，就会透底透顶，城里立即组织火力阻击。挖坑道是个劳力活，城防组织民工，人手不够，吆喝师范的年轻学生也挖沟去。长期被围，城里已经开始挨饿。他们这些青年学生呢，出城挖壕的，城门口搁一个大竹筐，装满了白馍馍。上工可以领一个吃，挖一天土，回城还能领一个吃，总归能填了肚子。

城外的坑道越挖越近，城里也就越来越风声鹤唳。在城门洞附近，城防都挖了大坑，放进一口大瓮，夜深人静布置人值守，耳朵贴着大瓮听动静，一旦有"嗵、嗵"的挖洞声，立刻通知戒备。好几次双方挖得碰了头，马上火力全开，大炮轰平，封锁了洞口。

守卫运城的国军，主要是胡宗南的钟松部。过一阵，陕北也是战事吃紧，胡宗南决定调出一部分部队回援。听到这个消息，守城的阎军保安团大惊，知道自己根本抵挡不住。运城十五专署于是发动了一个"运城市民挽留国军"的行动。打听到国军出东门，挽留的人群布置在东门聚集，拦路哭求。现场有人主事，举行了杂闹的挽留仪式。主事者站立高处领仪，先说明了国军留守的重要，然后带领聚集的民众哭求，面对回撤的国军，"一鞠躬""二鞠躬""三鞠躬"，再喝一声"哀——"，于是四周围观的人群都开始放声大哭。这个仪式，活像乡下死了家人办丧事。来这里的人，也不全是装模作样，好多小商小贩不了解解放军，想象城破以后的乱打乱杀破门抢劫，十分恐惧。人越围越多，哭声哀求声响成一片，最后胡部只有开枪，才闯出东城。

三打运城，是一场十分惨烈的拼杀战，双方都杀红了眼。在这一小块肥沃的土地上流足了血。

挖坑道，铺门板，一声呼唤，运城周边的乡村，家家户户拆门板，送到战场的门板有十五万块。1947年冬天的凛冽的寒风里，运城周边农村，家家户户门框都开着黑乎乎的孔洞。

战场需要,拆了房子,大檩条、木椽,在城外杂乱地堆成小山。

各村已经打好的棺材,纷纷抬过来放在前沿阵地。那些选进突击队的小战士,他们前年还是爹娘的宝贝呢,这会儿抢着在棺材上写上自己的名字,就算是占下了。那是抱定必死的决心,预先看到了自己的死地。

1947年12月27日,运城总攻战打响。

云梯登城失败,尸体填满了城壕。

坑道挖到北门,三千斤炸药炸红了天,北门一节城墙崩塌,攻城部队一拥而入。

1948年12月28日早晨,运城宣布解放。

大哥他们还在课堂上,老师告诉学生,趴下,趴下,趴在课桌上,两手抱住头。

一个解放军指导员走进了教室,招呼大家:同学们,你们是运城师范的学生吧,大家不要慌乱,运城解放了,这下不打仗啦,大家安心。

开始有人群拥上街头,敲锣打鼓欢迎解放军。老师对一班同学说:咱们也去欢迎解放军去,排队,一个跟一个。我走前面,喊口号,你们跟着我喊——

老师喊:欢迎"共匪"!

同学们跟着一起喊:欢迎"共匪"!

每一次大哥讲到这里,我们都会一阵爆笑,接着神色凝重起来。多么可笑的欢迎队伍!大哥感叹地说,长期在国统区形成的习惯,不是一朝一夕就能改变的。解放,更不是那么容易的事情。不是每一个人,都明确地向往新世界。1947年的中国,两种力量、两种命运还在较量,胜负未见分晓,犹疑旁观、裹足不前的人很多。走向新时代的人们,依然因袭着许多旧习惯、旧脑筋,步子也不是那么轻盈的。

大时代的列车不由分说,轰隆隆地驶过来,形势逼人,每一个青年,都必须尽快地回答这个时代之问。

蒋阎统治区的腐败,解放军的英勇无畏,从运城百姓的毁家支前中看到了民心,这个运城师范的小青年,心里的趋向日渐明确。

1948年解放以后,土地改革立即在新区推行。大哥在村里积极投身土改,他开大会,呼口号,从村门到关帝庙会场一路拉满了自己写的标语,画上了讽刺地富剥削的漫画,还和一个同学登台表说自己编写的快板——

阎锡山,不是尿,

山西叫他闹了个穷——

这个中学生已经不再犹豫,他心里有了主见,已经做好了选择。经历了 1947 年和 1948 年的洗礼,他的心思一片澄明。

新生的政权很喜欢这一批师范学生,毕竟在当年,能够上到高中的年轻人还不多,部队需要这样年轻的文化人。

1949 年 1 月,大哥参加了中国人民解放军。

1949 年 8 月,新兵到临汾集结,大哥进入新成立的西北军政大学教育科,当干事。

我曾经问过大哥,你的同学中间,参军走的有多少?有不愿意去的吗?

大哥沉思了一会儿,说,参加解放军的三分之一,离校回村的三分之一。

正是这时的选择,开出了他人生的鲜花朵朵,成就了一段一段五彩年华。

大哥在老家邻村还有两个同学,运城解放以后他们回村躲了起来,就这样成了农民,后来勉强做了小教,早年负才使气终于泯为众人。

多年以前大哥回乡探亲,这两个同学赶来聚会。有个叫陈铭三的悄悄地对我说,你知道我为啥起这样一个名字?

铭三,就是铭记三民主义呀!多年了,我从来不敢跟人说。

大哥他们的西北军政大学,归属贺龙所部的西北野战军。1949 年奉命进军大西南,大哥成为那一批南下干部。当年 12 月,大军解放成都。大哥在军管会,奉命接收各艺术院校,组建四川音乐学院、四川美术学院。

在成都街头,大哥插旗,招募音乐学院的工作人员,有一个华美女中的女生来报名应征。大哥教育她,要认真学习"菜延安文艺措谈会的讲话","要图抄夫理的小雪"——读赵树理的小说——这个北方人,那时还不会说普通话,一口运城的土腔。

这个女中学生,后来成为我的嫂嫂。

挟胜利之师的威风,这个小青年志得意满,他俨然就是锦绣山河的主人。那一年,大哥二十岁。

2021 年刚开春,侄儿告诉我他爸住了院。

大哥已经九十二岁,这个年纪入院,叫人担心凶多吉少。

我连忙赶到成都。大哥九十多岁,依然眼不花耳不聋,反应灵敏。他还是喜欢和我对谈,翻检四十年代的岁月往事。

痛心的是,这一场对话,我们没有能够说完。大哥双腿水肿,一看就是比较麻烦的病。侄儿悄悄对我说,是癌。

我回山西不久,就得到大哥去世的消息。

关于四十年代末我们的国事家事,运城那一场战事,许多的线索由此中断,许多混乱的线头、许多朦胧的面目我还在吃力地追寻,大哥却是把它们决绝地带走了。

每一个人离去,都要带走很多记忆。它们是财富、宝藏。我追到千里之外,挖呀淘呀,还是没有赶在太阳落山之前完工。咣当一声日落西沉,只留下无奈的惋惜和哀戚。

在成都,我是多么想和他多谈,再多谈。那情形像是面对一个弥留的亲人,在生命的最后一刻,拉住他的手,焦急地讨要存折。

这些年来天各一方,兄弟间很少对坐畅谈。大哥去世以后,我开始搜检关于三打运城的历史资料,也是想厘清一个家庭的来龙去脉,极力拼出一个完整丰满的青年大哥的形象。1947 年到 1948 年,我们这个家,走出了一个年轻的革命者。

刘厦　大娃和小朵

大娃和小朵

　　大娃并不大，才十一岁，只是有了小朵之后，奶奶就在"娃"字前面加了个"大"字。小朵确实小，不仅只有四岁，而且长得瘦小。这两个小名都是奶奶取的，当然叫得最多的也是她们的奶奶。但写下一篇关于她们的文字时，我还是选择用这两个小名。因为我知道，她们长大后，不会有人再提起她们的小名，大娃、小朵，将永远留在她们的童年。

　　大娃和小朵相差七岁，小朵不懂的事正好大娃刚懂，但又还不懂小朵不懂很正常，所以正好组成打架的拍档。可是世界上最难平息的战争，就是孩子之间的，因为无论谁对谁错，双方都是无辜的。大娃和小朵常常为了一块糖、一个游戏的输赢打起来。小朵会哭得泪帘子似的寻求支援。因为力量过于悬殊，我们都觉得大娃在欺负小朵，但大娃又何尝没有委屈呢！自从妹妹出生后，大娃保存多年的玩具，一一被破坏，大娃唯我独尊的领地，逐渐被占领。当大娃被气得发疯时，却被别人说：你那么大了，还跟她计较。这样的评判难免让大娃把矛头转移到评判人身上。好在经过几年的磨合，她们找到了相处之道，也互相塑造了对方。大娃更加独立了，小朵嘴巴更甜了，她们这些特点自然有它的两面性，但无疑会成为她们各自的生存能力。

　　一个家里长大的兄弟姐妹，经常出现性格上的多极分化，想必就是那一点点不一样的角度造成的吧。人生就是这样，刚开始的一点不同，走着走着就是天壤之别。

　　大娃对小朵的"欺负"，也别有一番趣味。

　　小朵要姐姐给她贴一个大拇指彩贴，大娃不给她贴，她就像别人教大娃时那样说：姐姐你让着我点，我还小呢。大娃带着坏笑说：你小啊，你是小人吗？小朵：是啊。大娃：你是卑鄙小人吗？小朵：是啊。大娃咯咯地笑起来，把一个大拇指彩贴倒贴在小朵额头上,大笑,小朵也开心地笑起来。

不过小朵也有用无邪把姐姐打败的时候。大娃率领小朵给我们变魔术。大娃在一张纸上用彩笔画了个大嘴,折起来放在手心里,让小朵站在她面前,装腔作势地捏一捏小朵的脸,再扯一扯小朵的耳朵。再从手心里拿出那张纸,展开竟是一张白纸。当我们正表现惊叹时,小朵突然从帽子里拿出原来的那张说:在我的帽子里呢。大娃瞬间被气得晕倒在沙发上。我们笑开了。大娃缓过神跳起来指着小朵说:变魔术呢,不能说,你这个笨蛋。小朵一脸认真地说:好孩子不能骗人,我是好孩子。大娃再次晕倒,自掐人中。我们大笑不止,小朵不知怎么回事,只知道把我们逗笑了,也开心极了。

大娃和小朵虽然总是打打闹闹,但那天一个平常的画面,让我感动。

那日午后,小朵在里屋睡觉,我在外屋正和来访者谈话,母亲正好去送来玩的邻居。这时小朵哭着从里屋跑了出去,可能是醒来看到屋里没人害怕了。当我正要让来访者帮忙去叫一下母亲时,只见大娃抱起了小朵,一边拍着小朵的背一边说:不哭,姐姐抱,我们回屋啊。小朵依在姐姐的肩头,立刻就不哭了。大娃的这个怀抱虽然比父母的矮,这个小身板也比父母的单薄,但足够给小朵安全感。大娃这个调皮的孩子,此刻身上却是满满的担当和爱。我的眼睛湿润了。

没有人像大娃一样欺负小朵,而当没有大人在身边时,也没有人像大娃一样保护小朵。

任何情感都是有期限的,父母陪你前半生,儿女伴你后半生,唯独兄弟姐妹,可以与你相依相偎一辈子。

这是何等的缘分啊。

初心

在我们这个说话土得掉渣的家里,小朵竟然是一水儿的普通话,这让我更加确信社会文化可以直接造成基因突变。或许正是这不一样的腔调,更让我们感觉小朵是一个远道而来的天使。

我常常为小朵的神来之语惊叹。小朵把一个枕头放在肚子上说:枕头踩着我的肚子呢。在她眼里,一切都是有生命的。小朵看到一只满身泥土的小猫说:它全身都是脏。脏,又何尝不是一个名词呢? 每次父亲喂我吃药,小朵都要求由她来把药放在我嘴里,她总会说:你先尝尝水,再尝尝药。

　　小朵无意间把彩笔帽戴在了手指头上,手指弯一弯,像小人鞠躬。小朵像发现了宝贝,跑去给爷爷奶奶大姑小姑看。她又开拓性地把每一个手指都戴上笔帽,手指就变成了五颜六色的,她就又惊喜地奔走相告。小朵把笔帽摘下又戴上,再摘下来再戴上,反复七八次,一个人快乐地玩了一上午。在小朵眼里,每一个人都是可爱的,一切都是新奇的。不像大人们只盯着有用的东西,对太多"无用的"东西已经看不见了。成人所谓的乏味无聊,并不是世界苍白,而是我们自己屏蔽了有趣的世界。

　　每次爷爷从幼儿园把小朵接回来,奶奶会先给她做点吃的,摊闲食,煮挂面,炸豆腐丸子。小朵总会一边吃一边带着夸张的小表情说:这也太好吃了吧,我最喜欢奶奶给我做的这个了。这让她奶奶有满满的幸福感。很多时候,为别人付出并不需要有回报,有个回应就足够了。

　　小朵让我相信,我们给予孩子的温暖,远没有孩子给予我们的温暖多。奶奶腿疼,走路多了就更疼了,有时候奶奶疼得不由自主地叫娘:娘啊疼死人了。小朵听见了,就问姑姑:奶奶的娘呢? 你奶奶的娘早就去世了,奶奶想她妈妈了。听到这个解释,小朵开合着长长的睫毛,若有所思。有一天,奶奶又疼得叫娘,小朵便说:奶奶,要不我当你妈妈吧,你腿疼的时候我哄着你。听到这样的话,奶奶笑出了温暖的泪花。

　　小朵的情感非常丰富,她没有受过任何道德教育,看白雪公主被毒苹果害死了,却会伤心地落泪。她反复问我:那个人为什么要伤害白雪公主呢? 我说:因为那个人是坏人。她理解不了什么叫坏人,依然问。我说,那个人嫉妒白雪公主的美丽。她听不懂什么叫嫉妒,反而让我开始疑惑,为什么嫉妒就要伤害别人呢? 跟小朵解释原因,我感觉就像阳光不知道什么叫阴影,当我将阴影拿到阳光面前给它看时,阴影当然也就不存在了,阳光怎么会见到阴影呢?

　　人性本善。同情他人,用自己的力量去帮助别人,是人的本能,并不是因为什么因果。善有善报,只是因为成人在功利淹没了内心之后,把善当成了一种生存工具,说到底,还是自私的逻辑递推。不能为他人的苦难而悲伤,没有帮助他人的冲动,不能不说是一种能力的丧失。可见,一个人成熟的过程并不仅仅是获得,更是慢慢地丢失。

　　我们越活越狭隘了。

或许,只有孩子才能看见世界的本质,山就是山,山只是山。或许,只有孩子才是这个世界的核心角度,除此之外,都是局部的,偏狭的。

七个小矮人

大娃小朵降临到了我身边,让我可以再一次走近童年,而更多时候,她们让我体会到的是为人父母之心。

在过去的近十年里,大娃除了在学校和晚上睡觉的时间,在我们身边的时间最多,细细想来,没有什么惊天动地的事,有的只是平淡的时光,只是这时光中的点点滴滴。

无论我在干什么,只要大娃故意闪着小泪花说:小姑你跟我玩不? 我都会把所有的解释咽回去,立刻答应她。因为要让一个孩子伤心实在太残忍。那些年,我写东西都会安排在晚上九点以后,只要大娃在,我们就陪她做游戏、给她讲故事。等我知道的故事都讲完了,我就开始即兴创作,讲着上句想下句,但大娃倒听得津津有味。大娃让我们有了一个爱好,那就是给她挑东西买东西,能够让一个孩子多一些欢喜,是多幸福的事啊。她的姑姑虽不能动,却可以给予她安全感。不管什么事,她总会问一句:小姑,是真的吗? 记得她妈妈逗她,如果爸爸妈妈离婚了,你跟着谁? 大娃说:跟着爷爷奶奶。那爷爷奶奶也离婚了呢? 跟着大姑小姑。

大娃第一次发现了雪的美丽,她惊喜地奔跑在屋里屋外,制作一个又一个小雪球给我们看。大娃第一次不再害怕过年放炮,她把我们都推到阳台上去看爷爷放烟花。大娃第一次跟我们逛商场,当拉货的小板车叮叮当当路过我身边时,三岁的她使劲护着我。多少个普通的上午,我们陪她摆积木;多少个普通的下午,她在我的故事里安然睡着;多少个普通的傍晚,我们陪她写作业;多少个普通的早晨,我被她站到我面前时的呼吸声叫醒。

看着大娃娇小的身影,听着她稚嫩的声音,我明白了什么叫疼爱——这种爱,的确伴随着莫名的疼。大娃看到棒棒糖的欢喜让我心疼,大娃睡着后的样子让我心疼,大娃自己会梳辫子了也让我心疼。当我想到,她终归要独自面对人生的磨难,去为生计而奔波,去结婚生子,去为功名利禄悲喜,就更加心疼了。我甚至觉得,世界上的一切是配不上大娃的,让一个孩子长大成人,是对她的羞辱和摧残。我多么希望她的世界里只有平安和快乐,然而,我又能给予她什么呢?

如今大娃已经不那么黏我们了,她更愿意在自己房间做自己的事。或许她觉得和姑姑玩无趣了,但我知道,她已经看到了更多彩的世界,她的未来即将打开。

有位作家说过,世界上最无情的就是孩子,无论你对他多好,他长大后都会忘记,变成另一个人。是的,大娃也终将会成为另一个人。我和那个人将有什么样的关系,更多取决于外部环境,以及她的性格与价值观。而小时候的记忆也将在重新定义的过程中慢慢烟消云散。当大娃再去回忆那些点滴,想必就像我回忆老房子里那贴了十多年的画一样,我记得它在那儿,却不记得画的是什么了。因为太熟悉,所以被忽略不计。关于这个非生命主根的姑姑的一切,将隐含在她记忆的长夜中。当然,她总会记得一些,但对于成人的世界来说,那些恐怕已是没用的东西了。这样想也并不消极,这是一种生长的必然,生命终将要丢下一些东西,去接受更多新的东西。我将用祝福目送大娃远行,并替她保管好曾经的美好时光。

我和大娃,就像七个小矮人和白雪公主一样。白雪公主不是为了七个小矮人而来到小木屋,也不会因为七个小矮人而留下,但真挚的情感将留在他们心中。

细细想来,其实有很多白雪公主来到过我们的小木屋,或短暂或长久,但她们终将离开,去寻找自己的王子。我多少次目送她们,就有多少次伤感,自己为什么总是那个被路过的人。然而,我的生命中,又何尝没有七个小矮人呢? 他们也永远留在我的生命中,铸就了我的生命形态。那点点滴滴,温暖着我未来的一个又一个冬天,影响着我如何爱别人,决定着我的进退取舍。很多时候,我忘了感恩,忘了怀念,却始终不曾忘记他们给予我的力量。

人世间的情感,除了那些被命名的,还有很多没有被命名的,它们,那么无私,那么纯粹,就像春天的野草一样,让这个世界充满希望。

蔡舒晓　陪病记

　　学生公寓总共二十层，我和李菲的宿舍在第十九层，是朝北背阴的两人间，两张床竖接着挨墙靠在一起，占据了房间一半面积，床对面另外两张高砌至天花板的书桌填满了另一半，中间留下一条窄窄的过道，宽度刚好可以铺开一张瑜伽垫。去年开学初搬进来的时候是夏末，假如没有打开前门窗，即便是天黑以后，仍然能感觉到钢筋水泥缓慢散发出白天储存的光照热量，被关在昏暗房间里的空气迅速膨胀扩张，用李菲的话说，是"你有没有感觉到热到血管和心脏都要停跳了"。

　　好在我们还拥有一个视野敞亮的北阳台，虽然，倘若两个人一起出现在阳台眺望远方的五角场或者观察楼下的篮球场，无意间互相触碰到的胳膊肘，就会提醒我这是个不足一平方米的空间，但是从这里能看到灰扑扑的高楼大厦、地铁口鱼贯而出的人群和正在继续填铺扩张的城市高架，是我和李菲晚饭后站立消食的第一选择。

　　李菲去俄罗斯旅游已有两周，一个人在宿舍时，我时常在瑜伽垫上将自己扭成各种形状的结来活动肌肉与骨骼，在每个动作的静止保持阶段，我的眼睛无事可做，只能反复捕捉李菲的藏书封面。《第二性》《房思琪的初恋乐园》和《阁楼上的疯女人》，它们封皮的边角翘起，可以想见李菲曾捧着它们在图书馆苦读、与同学进行专业辩论，用花花绿绿的印刷字围筑起一个清凉美妙的世界。

　　走去学校需要经过一条梧桐大道，太阳从树荫间隙投射到皮肤上，仍然带来灼烧的感觉，李菲却发来消息说她的行程已经到了西伯利亚，很快就回来了。选择短暂逃离9月份的上海是一个明智的决定，西伯利亚，仅仅是听到这个词都能想象到连绵的寒雨与蓝色的冰河，还有鼻头冻得通红的人们。

　　这天早晨我还没有醒透，在房门口响起一阵丁零当啷的钥匙碰撞声后，我看到一只巨型行李箱被推进来，李菲轻声地喊了我一声，把脸忽地凑过来。隔着蚊帐密集的菱纹，能看到她的小雀斑随着笑容舒展开，长途旅行后的眼下长出一条深色的叠纹。她放下背包就开始急切地脱靴子脱衣服直奔浴室，皮质棕色短靴的鞋面上比从前多出了褶皱和泥点，软软地搭在椅子边。水声结束后，她扒拉开蚊帐坐到我的床沿上，一个伴随着短暂喉擦音收尾的名字带着沐浴露的香气出现在我耳边：奥勒格。

李菲带给我的特产巧克力上印着一个包裹着头巾的婴孩，纯度很高的黑巧克力在嘴里慢慢化开伴随着奇妙的发热感。李菲说她和同伴、高中同桌的女生小波，一到俄罗斯就遇到了连续五个雨天。对于体重不到九十斤的她来说，除了红菜汤和大列巴外，还需要通过摄入这些便宜大块的巧克力支撑自己拖着行李箱走在风雨交加的街头，铅铁一样厚重的云块和俄式建筑物上层层叠叠堆砌的花纹带给她巨物恐惧症一样的压迫感。对刷成砖红色的墙壁、镏金吊顶的天花板和花色繁杂的床单桌布的审美疲劳以及日渐干瘪的钱包，让她们决定从来到莫斯科伊始，就住进价格便宜的青年旅社，正是在这间旅社略显陈旧和杂乱的公共厨房里，她遇见了那个叫奥勒格的俄罗斯人。

当李菲和小波用本地生产的巨型土豆和青椒炒出一盘酸辣土豆丝慰藉思乡之情时，奥勒格忽然出现在厨房里，对异香扑鼻的新奇菜式和两位中国女生展现出极大的兴趣。在用整脚的英语进行简单沟通后，他立刻坐下来自来熟地分享起这道中国菜，然后手舞足蹈地将她们夸上了天。李菲说奥勒格是一个工程师，估摸三十来岁，因为他的年假与她们的行程在时间上完全重合，因为他对以中国菜为代表的中国文化的强烈兴趣，奥勒格提议接下来的三天由他为她们提供义务导游服务。

"遇到奥勒格后，天气忽然就好了起来。9月份的俄罗斯整体是一种色彩饱和度很高的感觉。莫斯科是他上大学的地方，哪里是隐蔽的地铁入口，哪里可以买最便宜的套娃，他都知道，每个犄角旮旯他都熟悉，我和小波忽然觉得这次旅行有趣起来。"李菲轻声细语的描述，像小众电影里摇摇晃晃的开场镜头一样，让我眩晕而神往，仅是对着这些美妙的画面和词汇，就能设身处地、自然而然地补充起故事里的诸多细节和主人公的细碎心情。莫斯科不下雨的天空大多数时间呈现出一种遥远的蓝灰色，和本地人的瞳孔颜色相近。灰蓝色瞳孔的奥勒格带她们坐长长的下行扶梯感受前卫的、充满艺术冲击力的地铁站，参观鲜艳明快的、金碧辉煌的克里姆林宫和红场,拐进生活区的小巷子,向坐在路边摆摊的老大爷买自制果酱和牛肉汉堡吃,味道纯粹浓烈。他们一路聊两个国家的历史和现在,聊中国菜的主要菜式和做法,聊大学生活和就业打算,就这样打发了两天。

"然而这种轻松友好的气氛终于在第二晚我们去喝酒后彻底瓦解了。"奥勒格带她们去了他大学时代常去的酒吧,糖浆冰龙舌兰酒下肚后,一首爵士乐响起来。"那是我很喜欢的一首英文歌,我忍不住摇头晃脑起来,奥勒格露出了吃惊的笑容,然后用手指指酒吧中间的小舞池。"奥勒格眼神亮晶晶的,用磕巴的英语告诉李菲他很爱这首歌,于是他们离开座位走进舞池和其他年轻人一样拉着手跳起了扭扭舞,旋律结束后他们意犹未尽,趁着热度又跳了两首。两个人喘着气大笑着走回座位的时候,感觉四周发生了一些微妙的变化,顺着小波闪烁的眼神向下看去,李菲发现她和奥勒格的手还是牵在一起。

我看向李菲,作为室友客观地说,她确实很有东方美人的特色,黑色的齐耳短发,白净面孔上几粒小雀斑,笑起来的时候丹凤眼和薄嘴唇格外迷人。按照之前的计划,后天她就要启程去西伯利亚,在莫斯科的时间还剩不到二十四小时,奥勒格和李菲开始后知后觉地珍惜且规划起来,喝过酒后的两个人首先想到的紧要事情是让奥勒格下载了微信。第三天的旅程成了李菲和奥勒格的专场,他们站在人来人往的街头争分夺秒地对视、互相讲述着当下的心境,小波略显尴尬地跟在不远处。"我觉得小波还是有一点不开心吧,可能是因为我在异国把她撂在一边,也可能是因为别的。"虽然此刻李菲已经洗去了从莫斯科带回来的所有尘埃和气味,放松地靠在我旁边,但是她的眼睫毛在宿舍白炽灯的照射下快速跳动着,湿漉漉的眼睛告诉我她仍沉浸在那时那刻的幸福感里,同时也友善地对没有充分关注小波心情这件事进行了自我检讨。

李菲回来了,我与她的和谐舍友生活重新启动。她在学业上仍然是那么用功,在对着沉重的专业书挑灯苦读的间隙,甚至还给自己添了一项学习俄语的额外任务,时不时对着借来的俄语入门书发出一两个难以捉摸的颤音。李菲另外一个显著变化是睡前对着手机的时间明显长了,我们开始打哈欠的时候,处于东三区的奥勒格在那一头应该才刚下班。可能是因为两个人都要字斟句酌地拼写英语单词,拖慢了互诉衷肠的进度。有时我半夜醒来,还看到她蒙眬着睡眼捣鼓手机,以至于白天她偶尔有些沉默和恍惚。在晚饭后站在阳台消食时有一搭没一搭的聊天中,李菲又鼓起热情与我谈起未来的打算,比如近期攒够钱买飞去俄罗斯的机票,比如现在学好俄语去当地读个博士的可行性, 比如科学研究表明文科和工科的情侣组合是最有利于感情发展的,比如下次可以请奥勒格在冬天带我们去看贝加尔湖偶遇棕熊。"奥勒格"这个名字逐渐成为我们黑白日常生活快速放映时的一帧彩片,成为沉闷空气里可以探出头看看远方放飞思绪的北阳台,成为一根时常跳动、提醒自己与遥远的东三区存有联系的敏感神经。

转眼已经是 10 月末,空气中的热度逐渐消退,当自来水管流出的水触手微凉时,这个城市一年中最惬意的季节到了。

遇见小波实属偶然,那天我早早下课,路过宿管办公室的时候被眼尖的阿姨叫住,说我们宿舍有访客在这里等着。小波是个自来熟,没聊几句我就惊讶地得知,她不仅是李菲的同桌,两个人还是远房表姐妹关系,她手里提着的虾干鱼干特产就是李菲妈妈带给她的。我把小波带到宿舍,等她放下手里的东西后,宿舍就显得更加小了,于是我只好领她去阳台透透气。我想聊聊俄罗斯旅程应该是个不错的话题,于是自顾自地开头了,9 月是个好时候,天气不冷不热,莫斯科的地铁站个个特色不同确实值得多去几次之类。当我说到奥勒格的时候,小波也露出了诧异的表情,她问我怎么会知道奥勒格这个人,我只好说李菲跟我详细讲过他们认识的过程,回国后也一直在联系。小波哦了一声,说奥勒格是莫斯科青年旅社的老板,确实很热情友善,入住的晚上煮了热腾腾的红菜汤给她们吃,八十多岁的年纪还非要带着她们两个中国女生上旅社旁边的街区转转,但是没想到回国后老爷爷还在和李菲联系。是打电话吗? 我忽然感到一阵眩晕。小波止住话头伸出胳膊指向楼下,李菲迈着轻快的步子,正在梧桐树荫间影影绰绰地出现。

王威廉　原点

因为疫情以及工作的原因，居然有一年多没有见到父母。原本计划 6 月份去西安看望他们，可那时广州出现了一波新冠疫情，不让出省。等到 8 月份，再次启动休假事项，可南京又来了一波，蔓延多地，于是，广东也再次不让随便出省。签批好的休假单放在桌面上，眼睁睁看着它失效。

熬到 10 月份，到北京做完小说集的活动之后，就赶紧踏上了前往西安的旅程。但就在这一天，新闻报道说西安出现了病例，防控政策开始收紧。没办法了，硬着头皮也要闯进去。

乘高铁约下午五点到达西安，这才发现两天前做的核酸检测，刚刚超过四十八小时。前方排着拥挤的队伍，不知会如何处理？好在只是让排队做核酸检测，做完之后就可离开。

坐地铁到航天城站，父母开车来接。父母的状态跟去年见面时差不多，健康状况较佳，心下稍安。父母带我到小区后门吃菠菜面，陕西人以面食为主，一日不吃面条，就觉得没吃好。面店里挂着一道红色的横幅，上面写着："要不是手工面，朝我脸上泼。"陕西人的这种愣娃性格，让人哑然失笑。

不过，此行不住市区，要回祖屋去。因为疫情，我有两年没见外公了，他是我祖辈中唯一在世的了，马上就要接近百岁。

回到终南山下的柿园村（自户县成为西安市鄠邑区后，官方名称已经改成柿园社区），祖屋一侧的墙上刻着祖父写的字："世事洞明皆学问，人情练达即文章。"章草体，一般人不认识，每每需要祖父给解释一番。但在这个过程中，我也有幸听祖父多讲了几遍。但是这字迹已经变得有些模糊了，也就是二十一年的光阴。

空气清新，但极冷。这波冷空气，让中国北方提前入冬了。蜷缩在祖屋的二楼房间里,很晚才睡着。深深体会到寂静与安静是两回事:一声鸟叫在安静中是和谐的,但是寂静中的一声鸟叫,不亚于一声枪响。

去祖坟抚碑。祭拜了祖父母,以及曾祖父母。然后才提着礼物去看望外公。外公跟小舅住在邻村。他的记忆大部分都模糊了,看着我认不出,但依然用亲切的笑容看着我,不时向一旁的小舅询问:"这是谁?"

外公的皮肤都快变得透明了,里边的骨头像是玉一般光滑。他的耳朵早在好多好多年前就老化了,给他配了助听器,他却不乐意戴,所以跟他的交谈是困难的。扯着嗓子喊几声,他也许只能听清十分之一的内容。于是,只能我对他笑一下,他对我笑一下,这个时候,他已经完全认出我来了,因此很开心。我看到他炕边的瓷片掉了几个,询问之下,才知道有一次他偷着抽烟,结果不小心把被褥点燃了,然后他用拐杖使劲抽打,把瓷片都给打掉了,幸好家人发现得及时,才没有酿成大祸。听完这个事情,我看着面前这个挂着孩子般笑容的老人,悲欣交集。人越老就越返回童年,这真是一个闭环。

中午在小舅家吃扯面,地道正宗。饭后走去给外婆上坟。那一年,我在北京鲁迅文学院突然收到外婆过世的消息,很震惊,因为她身体尚好,只是得了一场感冒,谁也没有料想感冒也能如此凶残。那一年外婆八十五岁。

我还想跟外公再多待一会儿,但外公大部分时间都在昏睡,此时他又陷入了昏睡。父母带我驱车上山,访新兴寺。因前几天有泥石流,寺中仅有一人留守。今年天气异常,整个北方一直大雨不断。寺门口有塔,上刻有创立者女尼的碑记。女尼是本地高僧,她的丈夫早亡,她独自将孩子拉扯长大后遁入佛门,几乎是以一己之力建造了这座新兴寺。其中故事,让人不能不为之触动。

寺庙建在山腰上,四周都是原生态的山野。父母自幼在乡野长大,看到不远处的山坡上有柿子成熟,便给我摘野柿子吃。放入嘴里还是有些生涩,但毕竟让口齿生津。这时有个公众号要对我进行一个访谈,是关于小说集的,在这荒郊野外吃着野柿子,谈论小说集,似乎是一个极错位又极恰当的地方。

晚上铺了电褥子,这才感觉好多了。一夜冷雨,早上方停,白色的雾气在周围弥漫,湿度极大。西北有如此大湿度的天气比较罕见,堪比我常年居住的广州。我的鼻子发痒,喷嚏连天。父亲提议去翠华山看看。祖父曾经在国共合作时期上翠华山受过抗日游击训练,那是他人生的一大转折。他在翠华山受训后,便前往山西前线。在一次侦察任务中遇见日本敌机，他匍匐在地，纹丝不动，另外两人惊慌失措，乱跑起来。敌机发现后，用机枪扫射，两人皆牺牲。因此，祖父是一个幸存者。可这只是个开端，然后，他也一直是一个幸存者，一次又一次从人生的巨大危机中逃脱出来。

外公跟祖父在这一点上是相似的，因此就在几年前，他们同时获得了有关部门赠予的牌匾，上面写着"抗战英雄"四个大字。随着时间流逝，那场战争距离我们越来越远，亲身经历过的人也越来越少，终究会有一天这世上再也没有人是亲历者。而那场惨烈的战争，也将再无血肉之躯的见证者。

我曾经无数次跟祖父谈起他的战争经历，但是我从未问过祖父内心的细微感受。我跟祖父的感情非常深，在他临终前，我从广州匆匆赶到，他已陷入弥留。他听到我的呼喊，眼睛不能睁开，但是流下了泪水。那年，我的孩子尚在妻子腹中，祖父在清醒时一再询问。如果我能更早一些赶到，能够等在他清醒的时候，跟他再说说话，那该多好。这成了我心底很深的遗憾。

那就去翠华山。可是，等车开到了山脚下，才发现峪口被拦着，还有执勤人员驻守，因为西安出现疫情，现在不能上山。那就徒步在近山流连，没想到竟然看到了被拆除的秦岭别墅的残迹。这是前几年的大事，惊动了中央，村里面也议论纷纷，说此地岂是能随便乱建的。实际上，不远处还矗立着一片符合规定的别墅，证明并不是建了就要拆除，而是要符合相关的土地法规。那几栋别墅确实很漂亮，让人不免心生艳羡。住在这里，也许真的能得到天地灵气的眷顾？

终南山下，人杰地灵，柿园村的西边数公里是楼观台，是老子写《道德经》出关的地方；东边数公里是草堂寺，是鸠摩罗什翻译佛经的地方。

翠华山在东边，离草堂寺不远，便去草堂寺吧。走过那座冒着烟雾的千年水井，第二次看到了鸠摩罗什的舍利塔。想到他说自己因为译有真经而在涅槃之后舌头不化，浑身涌起一阵感动。这个从西域来的异乡人，在这里成就了他一生最大的事业与功德。

晚餐后再去看外公，他又睡着了。妗妗把他叫醒了。他睁开眼睛，微亮的眼神茫然望着我们。他再次认不出我们了。妗妗说我们来看他，他忽然大声说："有啥好看的，就跟死了一样。"他的这句话犹如当头棒喝，我的心脏被刺痛，然后又感到了一种奇特的安慰。他的意识已经处在一种恍惚状态，但对于死亡已经无所畏惧。

第二日中午，我跟父母去看大姑。大姑独自在家，亲自下厨，还是地道的陕西扯面。她今年已快八十岁，身上却全无暮气。大姑父跟三个孩子，全是教师，而且小学、中学、大学皆有。祖父对此深感骄傲。我们一边吃面，一边聊天。大姑讲了一个村民的事情。那个人得了晚期胃癌，到了医院准备做手术，但是切开之后发现已经无力回天，又给缝回去，家人就骗那人手术很成功，于是就很开心，出院后又是跳舞又是打羽毛球，可后来病情一下子恶化，人就走了。大姑说这个故事时的语气很平淡，生死的事情在这片土地上天天都在上演。不远处的一家人，就将祖坟安置在自己的后院里。生与死在同一个空间，也不觉得忌讳。只有现代城市，才会想尽办法处理干净死亡的痕迹。

下午又去看三姑，她在家附近的葡萄园里帮忙。那里种植的是"阳光玫瑰"这个很流行的品种，她专门采摘了新鲜的葡萄请我们品尝。葡萄汁液饱满，香甜可口，确实非常好。她前几年有些病痛，现在身体倒是越来越好，人的生命里充满了神奇的力量。

从她家出来，没想到与鸠摩罗什大师再一次相遇。

通过导航看到不远处有村叫罗什村，不知道跟鸠摩罗什有没有关系。但是出于强烈的好奇心，我们前往罗什村一探究竟。原来，那里还真是因为鸠摩罗什而得名。村里有一座寺，就叫鸠摩罗什寺。进寺后发现里面并无僧人，只有一位管理者。据此人说，这里就是晋逍遥园遗址，是鸠摩罗什翻译佛经的地方，草堂寺是后来才建，建好之后，鸠摩罗什这才搬迁过去。历史的细节早已湮灭在时间的尘埃中，正如这寺中那两个巨大的唐代莲花石座。这至少证明这座寺在唐代的时候就已经存在了。但是，即便没有确切的证据，我也依然相信鸠摩罗什曾经在这里生活和工作过，因为在这片历史极为丰富的土地上，一个命名往往已经蕴含了太多的历史信息。

返回的时候，夜幕已经笼罩了关中平原。

短短几日，白驹过隙，又到了离别的时候。在这几天里，只有我自己跟父母在一起，我便也重新变成了一个孩子。

第二天清晨，父母开车送我到西安北站，走高速仅用一个小时。很多年前，我的祖父为了报考西北革命大学，背负行囊，从凌晨出发，步行整整一天，到夜幕降临时，方才走到西安市区。那一年关中大旱，祖父走在将近一尺深的浮土里，深一脚浅一脚，每一步都扬起漫天的尘埃，像是曾经在丝绸之路上走过沙漠的僧侣。而他怀里揣着的三块银圆,是解放军在祖屋里借住之后,硬塞给家里的。也许正是因为这笔巨款来自革命,他决定把这笔巨款重新用回革命。

我坐在高铁的座位上,准备给手机充电。这几天,我的手机快充线在家里一直充不上电,不得不花了四十元买了一条普通的数据线,我知道肯定是买贵了,但似乎在心理上也愿意买贵一些。路途上还有大把时间,我便掏出那个坏的数据线,试着插进了高铁上的插座,结果立刻显示充电已连接。这根数据线是完好无损的。难道是村里的电压不稳定?还是别的什么原因?但这表明,太过精细的电器,在乡村的粗犷中可能会变得没有用武之地。这是一个现实,当然也是个隐喻,而且,还是一个准确的隐喻。

中午时分,我问父母回到家了没,他们说没有回家,又去泾河县看了"中华人民共和国原点"。我第一次知道,世界上还真有"原点"这样的地方。大地有原点,就像我们的人生也有原点——我们的原点就是我们的父母。

茨平　**命运符咒**

　　在宋城某纸厂打工时,认识了一位湖南妹子,叫秦小蓉,在厂里做清洁工。

　　她应聘的本不是清洁工。填好应聘表,校验身份证毕业证时,人事胖脸姑娘把她的毕业证扔了回来:你这个是假的。她一下子慌了,很是夸张地说:怎么可能? 初中毕业证怎么会有假的? 又不是大学的,这是校长亲手发给我的。胖脸姑娘笑笑,说:那我考考你。她在纸上写下 @b≌,说:你说这是什么? 一下子把她难住了。她想起老家道士画的符,跟这很相像,便说:这是一道符。说得一点底气都没有。围观的人们哄然大笑。

　　秦小蓉的毕业证是假的。她只读了小学四年级。毕业证是十七岁那年在东莞从假证贩子那儿花二百元买的。没办法,没有毕业证进不了工厂。假毕业证帮她敲开了很多工厂的大门。有次她跟我说,那么多地方都没事,怎么在这儿就露馅呢? 我说,哦,哦。她说:王师傅你讲讲,到底怎么回事? 我说:这事没法讲,只能用"命运"两字来讲。她向我要了纸笔,认认真真地画上 @b≌,问:你知道这是什么鬼字吗? 我怕到别的地方又拿这鬼字来考我。我也是初中未毕业,这东西也不认得,只好摇了摇头。她轻轻地叹了一口气。

　　她很不甘心,跟在胖脸姑娘身后不停地说:求领导高抬一下贵手哈,求领导高抬一下贵手哈。胖脸姑娘说:做清洁工不? 厂里还少一个清洁工。她点了点头说行。后来她跟我说:其实扫地比进车间好,车间管得死死的,扫地自由一点,就是钱太少了。

　　一次我从她身边走过,掏烟时钱包掉了出来。她在后面喊:师傅,你钱包掉了。从此我们成了好朋友。她也是我老婆的好姐妹。有次老婆洗会议室的茶杯,不小心摔坏一只。管后勤的拉长脸骂。老婆差点哭了。秦小蓉走过去说:有你这样骂人的吗？要老天保佑你一辈子高高在上。老婆说她讲义气。她时常跑到我家蹭饭吃。星期天或夜间，时有几个工友来我家里打麻将。有角色，她坐在一旁做看客，没角色就顶角色，有时会看到散场，就在我家里睡。她说，王师傅你睡地铺哈，今晚我要跟姐姐谈恋爱。

她是湖南省耒阳县人。很小她就知道，长大了要有出息只能靠读书。可她父母不让。她上有哥哥下有弟弟，父母重男轻女。她记得很清楚，九月开学时，哥哥弟弟从父亲手中拿了学费走了。她走过去，看着自己的脚趾说：爸。父亲说：别念了，家里负担不起。她再喊一句：爸。母亲大吼一声：还不赶紧去打猪食草。她扭头抓起书包就往学校跑。母亲从后面追上来，揪住她往回拖，把马路拖出两条痕线，竹鞭子噼里啪啦抽过来。十七岁时她出来打工，母亲送她去镇上坐班车。在山路上走着走着，母亲突然停下来了。她回头，见母亲坐在那儿呜呜地哭。她说：我一下子心软了，从此原谅了她。

在外面，她有一位好姐姐叫宋艳，在绿皮火车上相识的。她们相对而坐，说起同是耒阳人，一下子亲热起来。假毕业证是宋艳帮她买的。初始，她和宋艳进了一家电子厂。那厂好大，打个来回要半个小时。走进车间时她惊呆了。车间犹如一个巨大的水族馆，灯光雪亮，一条一条流水线循序摆开。每条传送带前都坐着一列工装女孩。女孩都皮肤白，像鱼肚皮一样白，凑近了能看到脸上细微的浅蓝的血管。车间里很安静，一下子把她镇住了。她刚从山里出来，脸是黢黑的。她想，要是我能长那么白就好了。她的工作是往电路板上插二极管，每三秒钟要插上五个二极管。流水线上每个员工的工作量都精确到秒来计算。二极管很小，只有米粒那么大，两头的管脚细得不比头发丝粗。就这么小的东西，要在花花绿绿的电路板上精准地插到两个细小的孔里，真的很难。一个月后她仍然无法完成三秒钟插五个的任务，可想而知，她被电子厂扫地出门。她很沮丧。宋艳跟管事的吵了一架，也出来了。宋艳说：我怕你这傻丫头没人照顾，会被人坑了。

她喜欢城市，高高的楼房，夜晚灯火辉煌，宽阔平坦的街道，绿化树都经过打理修剪，很好看，不像山里的那样野蛮生长。可她还是很想家。想哥哥的学习成绩怎么样了。想弟弟放牛砍柴会不会碰上吊脚蜂。她以前砍柴就碰过好多回，柴刀砍过去，吊脚蜂轰地一下飞出来，直叮人。天下雨了，她就想老家是不是也在下雨，就担心爸爸田里干活会不会淋雨。在山上砍毛竹就麻烦了，淋雨是少不了的，特别担心爸爸会跌倒，雨天路滑，山上更滑。她也上山砍过毛竹，跌倒过好多回。有一回跌得好惨，从山坡上滑下去，坐飞机一样。

后来她去了足浴城上班，那儿能多赚点钱，又不像工厂那样管得死死的。家里太需要钱了，哥哥要讨老婆，弟弟要上学，爸爸又不能赚钱。她本不想去，在那儿上班遭人看不起。可宋艳她们去了，天天在她面前数票子，今天三百明天四百。宋艳说：傻丫头别死心眼，趁着年轻赚到点钱来，将来找个好人家好好过日子。钱这东西诱惑力太大，她抵抗不住，加上姐妹们拉拉扯扯，就去了。在足浴城上班，她人长得好看，这就免不了要做那样的事。足浴城是个大染缸，什么红的白的，都能染成绿的。后来有个长得挺帅气的男人扔了一大沓钱给她，有五千元，她数钱的手都在抖动。有了一次就会有第二次，对金钱的渴望使得她也觉得要放开些。钱的确赚到一些，但那些钱都归了家里，帮哥哥娶上了老婆，家里建起了一栋两层的砖混房，外墙贴上瓷板，挺洋气。

后来，她结婚了，嫁在邻乡，媒人介绍的。她谈过两个外省男孩，一个湖北的，一个重庆的，家里强烈反对，特别是母亲，拿着绳子要去上吊。她理解父母，女儿嫁得太远了就等于卖掉了。她也没做更多的挣扎。

男人叫谭小青，个子不高，一只脚长一只脚短，不是残疾，人的脚都一个长一个短，他特别明显些而已，走路给人一拖一拖的感觉。人倒是粗壮，就是五官搭配不怎么匀称。过年回家去相亲时，她打心眼里不愿意，自己的锦绣身段就交给这么一个人？可母亲说她，挑什么挑，坏了名声的人，你还能再挑吗？在足浴城上班的事，村里人都知道了。在乡下，这是叫有破败，让人看不起。

谭小青好像不在意她在足浴城上班，定下亲后，还跟她到足浴城做保安。再后来她怀孕了，腆着大肚子回乡结婚，然后就在家里带孩子。日子似乎要这么平淡地过下去，虽不富裕，但也波澜不惊。

她身上的钱不多，孩子出生，开支大起来。谭小青没有外出赚钱，守在家里，山里种那几亩瘦田，只能赚到吃，没有钱用。谭小青不是勤快人，时常跑去村街上打麻将。看他一点也不为家里的经济担忧，秦小蓉忍不住就骂他没本事。开始，谭小青倒能逆来顺受，后来就不是这个样子了，挥拳相向。打她的第一拳是吃午饭时，谭小青外公第二天八十大寿，要准备钱去贺寿。两人为贺礼的事吵起来了。谭小青说他没钱，而她身上的钱也快归零了。平时的开支都是她拿钱出来。谭小青说：钱不就是花的吗? 留着干吗? 秦小蓉说真的没钱了,然后就拿存折和打开箱子给他看,再数落他没本事。谭小青确认她真没钱后就跳起脚来骂。秦小蓉回骂。谭小青揪住她头发一顿拳打脚踢。她与他对打,然而,女人终是打不过男人。她遍体鳞伤,哀吼几声跑了出去。

她跑回娘家,希望得到娘家人的抚慰,去讨伐那个没良心的东西。可娘家人并不支持她,说两口子过日子哪有不吵嘴打架的,做女人就该委屈点。言语间,或明或暗地说她,曾经在足浴城上过班,女人就该低眉顺眼。她心寒到了极致。娘家是待不下去了,就这么没皮没脸地回去了。

她没脸没皮地回去,无疑给谭小青壮了胆,娘家人没有来声讨他,他觉得占到理了。以后的日子,有恃无恐的男人变得脾气很不好,动不动就开口骂脏话,拳脚相向。她变得低眉顺眼,偶尔也会反抗,但遭到的是更凶狠的殴打。男女间的厮打,吃亏的永远是女人。每一次她都遍体鳞伤。挨了打她再不会回娘家了,那不是她疗伤的地方。

时间一年一年过去,孩子会走路之后她又出去打工,进过很多工厂,也上街卖过烧烤。她去哪儿,男人就跟着她。谭小青似乎预感到这个女人想挣脱他,家庭暴力也是愈演愈烈。她会来到宋城,其实就是想挣脱。宋城名气小,她没来之前还不知有这地方。她是瞎走来的。她想,这儿好,死男人打死也不会想到我跑到这里来了。可她失算了,她进厂五个月后,谭小青已站在厂门口。她与我老婆说说笑笑走出厂门,猛然见到他,脸色就变了。如果不是我老婆架住,她会烂泥一样瘫倒在地。

那个死男人是配不上秦小蓉。吃晚饭时,老婆跟我说。

以后常看见她神情憔悴,我知道,又挨男人打了。她是个向往快乐的女人,聊天时说到开心事会哈哈大笑,还会做各种怪动作逗我们开心。我心里有点难受,却没办法帮她。谭小青在外面租了个房子,她不愿意回去。但这没用,谭小青会追到公司来。那会儿生活区还没有院门。她躲他还有一个办法:来我家打麻将。她说,王师傅今晚有活动没? 我知道她的意思,便会约两个朋友过来。有天晚上谭小青追到我家来了,一来就伸手想扫麻将。我大喝一声:你想干什么? 他的手受惊似的缩回去,良久才弱弱地说:我来接我老婆回去。我说这不是三缺一嘛,别扫兴好不好? 次日秦小蓉直夸我:王师傅你太酷了,一下子把那鬼人镇住了。我不是狠人,但知道家里要威风的男人外面多是懦夫。秦小蓉说:王师傅我问你句话,不可以打谎。我说你问吧。

她说:你喜欢我吗?我说:当然喜欢呀。她说:那我们私奔吧。她几乎是脱口而出。我愣在那儿。她突然哈哈大笑起来,说:看你吓的。

我表面看起来憨厚,但内心还是有些野想法。十八岁曾有一次离家远行,跟余华写的那个少年一模一样。我有时怀疑他写的就是我。就是现在四十多岁了,夜深人静时依然会瞎想,想与一位红颜知己共骑一匹快马闯天涯。第二天,生活是怎样还是怎样。

三个月后,也就是发了工资的第二天,秦小蓉没有来上班。我们都以为是让谭小青打伤了,你一言我一语骂谭小青不是人。晚八点,我接到一个陌生电话,是谭小青的声音:秦小蓉在不在你那儿?我说没有哇。

秦小蓉跑了?她到底没有死心,要挣脱。我想,她是很难挣脱的,除非带上孩子。可一个弱女子,带上幼小的儿子就没办法工作。没有工作,生活又怎么办?这是个死结。

我想起胖脸姑娘给她的考题:@b⌣是什么。她的回答没有错:它就是一道符,命运符咒。

孟大鸣　电影往事

　　招工进大厂的第三年,我在车间当三班倒的工人。我们班叫重油三班。七台油泵,三台备用。只要仪表盘上的指针不乱摇晃,运行油泵均匀地发出嗡嗡声,八个小时有六个小时天南海北扯闲谈。班上四条光棍儿,最小二十三岁,最大虚岁二十八。说是天南海北扯闲谈,其实多是交换一些未婚女孩的信息,有车间的,厂里的,还有附近纺织厂的。高矮胖瘦,恋爱历史,性情爱好,类似于友好国家的情报机构互享成果。交换信息后,还有一项重要任务,就是做地下选美评委,为自以为熟悉的未婚女孩打分。车间十七个未婚女孩,只有苏姑娘不要去掉一个最高分,一个最低分,大家商量好了似的,一致九十八分。我们把这种罕见的统一,叫英雄所见略同现象。

　　之所以只用苏姑娘相称,而不连姓带名,是因为我的故事时代久远,某些细节难免不被时间修改;还有我二十多岁研修新闻时,老师说过,同一时间、同一现场发生的事件,十个记者就有十个不同的模样,因此,我无法保证当事人对叙事的认同,也为了省却一些麻烦,每个人都用一个字来称呼。下文里凡是遇到人名同一道理。那么苏姑娘也不一定姓苏,就如新闻里常出现的化名。

　　苏姑娘用爱对虚岁二十八的翔强攻猛打。翔有了女朋友,他招工来大厂,是女朋友的父亲他未来的岳父一句话成就的事实。翔说他和女朋友命定是夫妻,除了阎王老子没人能把他们分开。翔还说,我不会在岳阳当一辈子工人,一生不搞个一官半职那就太亏了。我们见过翔的女朋友,就见过一次。这次见面,也产生了一个唯一。唯一一次没给未婚姑娘打分。打高了有辱我们的审美水平,如果实事求是一旦传出去又怕伤了翔的自尊心。苏姑娘看到翔的女朋友后说,只要没结婚,就有公平竞争的机会。苏姑娘相信,她的样貌是攻无不克的武器。

　　我的一个叫南的朋友,也是翔的朋友,他说,苏姑娘天天晚上进入我的梦里,白天闭着眼睛,也能看到她的微笑,甚至还看到一只光滑的小手伸到我的手旁。南身高一米七八,比翔还高一厘米。秋冬季节,南除了上班其他时间都是一件谷黄色风衣,比《上海滩》里的许文强还帅气。我和翔商量,要把苏姑娘岸上的鹊桥搭到南的岸上去。

我们从收集的情报中分析,苏姑娘爱看电影。大厂第一食堂旁有个灯光球场,可以同时打四场篮球。每星期三和星期六晚上,球场上有露天电影。我们的情报显示,不管下多大的雨,只要放映员敢放,就是淋雨苏姑娘也不会缺席,且不会早退。当时大厂的喇叭里天天响着电影《甜蜜的事业》的插曲——《我们的明天比蜜甜》,还有《小花》里的《妹妹找哥泪花流》。两年多时间里,《甜蜜的事业》和《小花》两部电影在灯光球场至少分别霸场十次,苏姑娘场场不缺。

南的远房舅舅在八一电影制片厂当导演,尽管远房舅舅从没来过岳阳,我们也没见过,但我们计划把南塑造成电影通(现在的话叫电影达人),就有了让人信服的背景。我和南还有翔,三人收集了百来部电影信息,包括故事概况、插曲、主人公、经典对话等等。南用了一个月时间,如同迎战高考巧记强背,果然,一个电影博士横空出世。

雪后放晴,山上的树叶从寒风中缓过神来,一片片地舒展着接受太阳的抚爱,并发出晶亮的光芒。翔邀苏姑娘郊游,苏姑娘兴奋得两腮上长出一片胭脂红。南仍是一袭谷黄色风衣,深灰色的毛衣里仿佛隐藏着一口温泉,不断地朝外散发热气。一起郊游的是两女四男,除了苏姑娘,我们都明白郊游的任务。翔为了不抢南的风头,特意穿了一件蓝卡其布中山装,胸口和衣袖都洗出白颜色了。不管什么场合,翔一开口说话,就必定成为众人的中心,翔明白他必须退出中心。一天的郊游,翔说了十句话,有八句是我和他的私下交流。

如果只有我和南两个人,南的话匣子打开就关不上,一旦遇到三五人以上的场合,想打开南的话匣子,就算用金子引诱都是枉然。南一个月的功课没有白做,不管说到什么电影,都好像他比那部电影的编剧和导演还要了解。

想看《人生》吗?我问苏姑娘。苏姑娘说,想,可惜要到下个月才能看到。厂工会的电影海报提前一个月排出预告。南知道我在当一个捧哏的角色,便接过话说,听我舅舅讲,电影《人生》的男主角高加林是周里京扮演的。苏姑娘用怀疑的口气说,你舅舅?我说,南的舅舅是八一电影制片厂的导演。苏姑娘啊啊地答了两声,明显流露出羡慕之情。南说,高加林的民办老师被大队书记的儿子挤占后,抑郁不平,告状又无门,这时,他遇到了一个从内心到外表都无比漂亮的姑娘刘巧珍,两人热恋后,高加林又找到了前进的方向。他业余写作有了一些名气后,便有了一个去县城工作的机会,高加林在人生和爱情面前不得不做出选择。苏姑娘质疑地说,你又没看过电影,瞎扯吧。南说,我看过路遥的小说。又说,看电影前先看一遍小说,对看电影有很大的帮助。南继续跟进说,我明天把路遥的《人生》送到你宿舍来。五秒钟的沉默,南的眼睛不敢看苏姑娘。好吧,我上午九点在宿舍。

第一步郊游大获成功。第二步计划放在灯光球场看露天电影。开始仍是老套路,由翔约苏姑娘一起看电影。

冬季晚上七点开始放映,六点前灯光球场凳子展览似的:有圆的,有方的;有圆靠背,也有方靠背,还有没靠背的。高矮几乎一致,大概在七十厘米,适合放在办公桌旁坐的。即算高矮不一也只有二三厘米的误差。曾经有人在灯光球场摆放过吧台椅,将近一米高,后面的观众只能看到吧台椅上的后脑勺,因而引发了一次骚乱,电影停放了一个小时。保卫处的工作人员把吧台椅和吧台椅的主人都带去了保卫处。凳子的颜色红、黄、黑、白都有,上面的名字有手板大,字体颜色和凳子有夺目的反差,有的站在球场外都能看清。

食堂晚饭五点开餐,我们在五点前就把六把凳子放到了灯光球场。我们的计划是:电影放映后十分钟以内,翔先坐苏姑娘身边,等到电影进入高潮,灯光昏暗时,再悄悄退到一旁,由南顶翔的缺。要实现这个计划的首要条件,就是翔的周边要有足够空间。因此,在翔的前面安排了自己人,翔的后面摆了一张空凳子,空凳子后面和左右都是自己人。南坐在翔的右边。以前,我们都是离放映还有五分钟才进入球场,这天我们提前了七十分钟各就各位。五点多至六点,坐在灯光球场等放映的都是儿童和子弟学校的学生,我们几个成年男人坐在其中,心中有种怪异的感觉。为了确保计划不出漏洞,我们只好低着头,眼光尽量不投到球场以外。

南说,如果苏姑娘要和我说话怎么办?最初设计时,没考虑这个因素,在完善计划时,大家一时也想不到好主意。我问翔,你女朋友看电影时她和你说话,你怎么办?翔用左手摸了一下自己的后脑壳,大家都看着他,其间不知谁放了一个屁,都说臭,这时,翔用手指头压在嘴唇上"嘘"了一声。好!我们要南学着翔的动作做了一遍。我们差点就灰心了——差异大得足以让计划流产。南跟翔学了三天"嘘"的动作。我们三个评委验收时,都用毛巾把自己的眼睛蒙上,南和翔每人"嘘"一声,最后判断哪声是南哪声是翔。结果,三人一致说,南以优异成绩毕业了。

这个动作还是白练了,最后没用上。我们低估了苏姑娘专注屏幕的精神。只要球场上灯一熄,屏幕一亮,对面就像一块磁石一样把她的眼光吸住了,此刻即算天塌了地裂了,只要不在她的头顶或者脚下,都无法令她分神。

这晚的电影是我们期盼了半年的《庐山恋》。听说《庐山恋》是爱情题材的一次大解放,有男女主角口对口亲吻的镜头,我们当时的观念中这种镜头只有黄色电影里才有。我们选择这部电影,其实就是选择那种暧昧的氛围。当电影进入高潮,观众都处在激动的情绪下时,南就去牵苏姑娘的手。

一切都在我们的计划中,但有一个动作不在我们的计划之内,那就是苏姑娘主动牵着南的手,却是陶醉在和翔手拉手的幸福中。男女主角准备口对口亲吻时,灯光球场上仿佛进入了一个真空世界,没有任何生命和物质发出一丁点声响,只有模模糊糊的东西刺激体内的某种激素。当屏幕上男女主角嘴唇与嘴唇触碰上时,静默中突然响起一声嘹亮的口哨,如雷霆一样穿过耳膜。紧接着,无数的口哨声,一声接一声,成了森林,成了大海,最后,我感到哨声发出一股火箭升空时产生的力量,把灯光球场抬了起来。

南后来说,借着口哨声壮胆,他把手伸到了苏姑娘身边,后来缩了回来。第二次把手伸过去时,手心中有汗液沁出。口哨声正进入高潮,他还是不敢主动牵苏姑娘的手,就在犹豫时,苏姑娘主动握住了他的手。

我们的计划是,牵手时南不主动暴露自己,两次三次后,让苏姑娘发现这双她牵过多次的手竟然是南,从而观察苏姑娘明白真相后的反应。

南和苏姑娘第三次牵手是《八千里路云和月》,那是一部二十世纪四十年代的老电影。好像是女主角江玲玉和男主角高礼彬的恋爱戏进入高潮时,放映机突然坏了,屏幕上一片雪花似的斑斑点点。头顶上白色的灯光从天而降,仿佛不仅仅是灯光球场,似乎整个生活区都被这灯光照得彻亮。这灯光不但把暧昧的光线下发生在肢体上的小动作暴露了,同时也把内心中的小动作摆在雪白的背景下任人展阅。

苏姑娘发现真相后的反应,我们预设了三种:一是顺手给南一个耳光;二是先一声惊叫,然后边哭边骂流氓;三是什么也不说,好像什么事都没发生,脸上甚至还泛起红潮。根据苏的性格,我们认为第一种可能性几乎为零。

南说,当白刷刷的光像照明弹一样刺向眼球时,他全身一抖,这时,苏姑娘的头往右偏,两人的眼光同时相遇,配合默契地轻轻地从对方的手中抽离。苏姑娘的脸上果然一片潮红。放映机大概十来分钟就修好了。苏姑娘的双眼一直望着屏幕,再也没转过头看南一眼,十来分钟都盯着雪花不动。

后来,苏姑娘仍和我们一起看电影,只是不再和翔或南比邻而坐。南对苏姑娘的爱情攻势从露天电影转移到她的宿舍。只是苏姑娘的态度是,不接受,也不反对。两个月后,翔从岳阳坐六个小时直快列车回到他家乡的地级市,和那个我们不忍给她打分的姑娘,完成了人生最重要的仪式。又一个星期以后,苏姑娘也不和我们一道看露天电影了,一同从我们身边消失的还有南。苏姑娘和南坐到我们不站在凳子上四处寻找就发现不了的位置。

又过了半年,翔调回到了他的家乡,十五年时间就当上了局长,后二十多年我们就没有联系了。南和苏姑娘举行婚礼时,翔专程来祝贺。

现在,南和苏姑娘的儿子在北京当导演。南说,我儿子导的几部电影票房都是十亿级的。

谢沁立　**陪你变老不变吵**

陪你变老不变吵

晚饭时分,一号巡逻车接连两次出警,报警人竟然都是八旬老人。

第一起警情,民警赶到事发地,敲开房门,一对老夫妻正在吵架。老奶奶拄着拐棍,老爷爷甚至很难站稳。报警的是老爷爷,看样子处于劣势。现场并无第三方,老两口又异口同声拒绝民警联系儿女。因为无法调解,巡逻车将两位老人带到派出所。

调解室里,值班民警和老两口一问一答,一边记着笔录,一边耐心劝解。老两口情绪激动,争着和民警说道理站在自己这一边。

值班室与调解室一墙之隔,我在值班室里听明白了事情的来龙去脉。

老两口过了一辈子,也吵了一辈子。老爷爷八十二岁,老奶奶八十五岁,几个儿女都不和他们住在一起。

年轻时,老奶奶出身好,初中毕业进了工厂,虽然文化水平不高,但能干好强,性格泼辣,经常戴着大红花上台领奖,为全厂职工作报告。久而久之,她由工转干,且一路升迁,退休时已是副局级的集团副总经理。

老爷爷大学毕业,生在资本家家庭。不是"根正苗红"的他个性清高,专业出众,退休时是副高级工程师。

两个反差强烈的年轻人组成家庭后,初期还能包容,渐渐地就觉出了各种不协调。退休前还相安无事,毕竟各自忙碌,眼不见心不烦,然而退休后,天天处在一个屋檐下,眼中的对方都是一身的毛病。

两人争执的焦点和矛盾的由头就是到底谁的级别高。老奶奶说我是副局级,你得听我的。老爷爷说,你没什么文化,我是高级工程师,你得听我的。老奶奶不屑地说,你怎么不把那个"副"字加上呢?

今晚做饭时，老奶奶一边在厨房洗菜，一边又扯起陈年往事，最后的结论还是老爷爷的级别低。就是这个车轱辘话题，双方吵闹升级，最终坐着警车到了派出所。

老爷爷探探脑袋，对民警说，看，老婆子拿拐棍打的。

老奶奶伸出胳膊，对民警说，看，老头子咬的牙印。

别看民警才二十多岁，却老成地对老爷爷说，爷爷呀，要我说，您是男人，什么事情不都得让着女人啊。接着又对老奶奶说，奶奶，您怎么也比爷爷大几岁，不得让他一点？再说了，您二老都退休这么多年啦，职称和级别那都是个符号，哪有您们身体健康硬朗划得来？我说啊，爷爷，您听我这个晚辈的，给奶奶道个歉，人家奶奶还辛辛苦苦给您做饭呢。

老两口闹到现在，气已消，腹已空。听了民警劝解，老爷爷给老奶奶道了歉，在调解书上签上字，相互搀扶着走出派出所。

我看见调解书上民警写的是："双方因为做晚饭的问题发生纠纷。"

第二起警情，也是老两口，也是因为晚饭引发的纠纷。

老太太在厨房做饭，老先生在客厅戴着花镜看报。

老太太不由自主地唱起歌来："啊！牡丹，百花丛中最鲜艳……"

"啊！五环，你比四环多一环……"这一句，是老先生顺着老太太的旋律唱出来的。

这一唱一和，本是多么美好的情景，却瞬间引起了一场争端。

老先生唱完"五环"，老太太的歌声戛然而止，怎么也想不起来下一句歌词，嘴里不停地念叨着"四环、五环、六环"。老太太急得关上煤气灶，走到客厅，一把扯掉老先生手里的报纸："你唱什么你唱，牡丹呢？我都找不着牡丹的词了。"

老先生也很是生气。我唱"五环"怎么了，天天小岳岳在相声里唱"五环"，就是"五环""六环"。"啊！七环，你比六环多一环……"老先生又不服气地唱了一句。这下彻底惹恼了老太太，她先把茶杯摔到地上，又挥手冲老先生打了过来……

眼见无法收场，又担心老伴气坏身子，不知所措的老先生报了警。

警察出警到了老两口家里，听清事情原委，劝导一番后，老先生主动认错。

离开前，民警帮着老太太在手机里找到《牡丹之歌》的歌词，截图留存，说了一句：这下，爷爷再怎么"五环"，您也不会忘记"牡丹"啦！

有一盏灯，始终暖在那里

到派出所工作第一天，我就注意到这个奇怪的女人。

她六十多岁，花白短发，白皙皮肤，眉眼间透出年轻时的清秀。

她穿着黑衣黑裤，安静地坐在值班室休息椅的一角，双手交叉叠在腿上，超然地看人来人往，听嘈杂人声。她的身边立着一个粉红色拉杆箱，还有三个帆布袋靠在墙角，鼓鼓囊囊塞满东西。

看上去很正常的一个女人，却似乎又不那么正常。

老民警告诉我，她姓李，六十二岁，大家都喊她"李姐"，名下有一处两居室，但很多年她都不敢回家去住，她认为安全的地方只有派出所，在派出所值班室一住就是三年。

每天早晨八点钟，她离开派出所，拉着拉杆箱，背着、抱着、提着她的帆布包；晚上八点钟，她又带着这些家当回到派出所，子夜后就睡在长椅上。三年来风雨无阻。严寒阻挡不了她出去，酷热也阻挡不了她回来。有段时间的深夜，值班室另外一把长椅上躺着个男人，一身酒味，臭气熏天。李姐嫌他脏，说：你不应到派出所过夜。男人怼她：你能住我就能住。李姐无话可说，捂住口鼻和衣而睡。值班民警一边处理警情，一边看着呼噜山响的两个人。

巡逻民警说，白天巡逻有时会看到她在街上，拉着她的"家当"埋头赶路，但不清楚她去向何方，也不知道她又从哪里回来。

住到派出所之前，她曾多次报警，说自家住房里有强烈辐射，照射得她浑身是病。同时，还有很多看不见的陌生人要害她，站在身边骂她，骂得特别难听，即使堵住耳朵也听得清清楚楚。她让民警去制止辐射、阻止辱骂她的"那些人"，但"那些人"是谁，她说不知道，也没见过。

民警出警时去她家里看过，只见门锁损坏，玻璃碎裂，桌椅蒙尘，完全没有家的样子。她说，这都是"那些人"破坏的结果。

所里民警都知道她的事。她的父母早已去世，她独自居住，没有监护人，也不承认自己的病情。她的一个侄女曾到所里看过她，劝她去精神科就诊，被她断然拒绝。侄女无奈，盛邀姑姑去自己家住以便照顾她，但李姐说：我不能去，我去了就会把辐射带到你家。侄女不愿介入长辈的纠葛，只好顺其自然。

所长接待李姐时，问她，你怕把辐射带到侄女家，怎么就不怕把辐射带到派出所，我们民警也是普通人，也有家人啊。李姐说：你们警察不怕坏人，更不怕辐射。

李姐的故事，有些"清官难断"的意味。

她从小受宠，终身未嫁，生活能力几乎为零，照顾母亲力不从心，都是弟弟弟媳安排着老人的吃喝穿戴，可母亲去世前突然将房本改成李姐的名字，拮据的弟弟自然恼火，希望姐弟均分房产，只是李姐偏不松口。气愤不已的弟弟就隔三岔五地捣她的门锁，有时还深更半夜站在房门外骂骂咧咧，吓得她不敢回家，只好求助居委会。但事属家庭矛盾，居委会无从插手，就一直搁置了下来。

李姐有退休金，本应过着滋润日子的她，却活出了一种另类样式：去公共浴室洗澡，到小吃店喝水、吃面，最后落脚派出所睡觉。她宁肯流离失所，也不愿踏进家门一步。

来派出所办事的群众进门第一眼就会看到她，然后稍加打量她的装束和行李，再默不作声地移开目光。不用推测，就能猜到她不是正常人。

在值班室值班那天，空闲时我问她，李姐，您怎么不回家啊，家里多舒服，这派出所人多杂乱，也不得休息。

她说：我怎么不想回家啊。但不行啊！不能回啊。你听，现在，就现在，一群人正骂我呢。

值班室外的清晨，春意正浓，阳光明媚，除去几声鸟鸣，哪里有什么辱骂声？

李姐，没人骂您啊。

你们听不见，也看不见。你看，他们把我脸上打得都是伤口。她指指自己的脸。我看见她的脸干净得连一粒老年斑都没有。你看，我腿上，这些疤痕都是他们殴打后留下的疤。她卷起裤腿，只不过腿上根本没有疤痕的踪影。

这些幻听和幻视表明，应该是她的精神方面出了问题。

为了彻底解决李姐的心病，社区民警老焦穿针引线，苦口婆心地解开了她弟弟的心结，终于将她带去精神病院诊察。

后来，听老焦说，李姐被诊断为严重精神分裂症，正在接受正规的治疗。

三年，一千多个夜晚，李姐都在灯火通明的派出所中入睡。在这个她意念中世界上唯一安全的地方，她放弃了家的温暖，寻求着警察蓝带给她的温暖。盼望她尽快好起来，耳畔有鸟鸣，心中有花开，派出所，这个家外的家，还会一如既往地守护着她真正的家。

周荣池　依靠

一

　　我和父亲彼此交流很少，虽然时而见不到他我也慌张。他把自己的手机号码用血红的油漆写在墙上，这是独居多年的他应对访者不遇的一个好办法。我对于他以及村庄，有时候也像是访者。他有一群我永远搞不清楚数量的鸭子，在他认定的河流里跟着他来来去去。河水在他的叫喊声里流淌，就像村庄苍老的血管，也是带着酒味的。他常常戏称，在这个家以及村庄，"畜生是比人多的"——那"一大趟"鲁莽聒噪的鸭子，也是他一生的依靠。倔强的父亲没有什么朋友，他"一大趟"的兄弟姐妹已远去城市很少来往，他们当然也有各自要依靠的生活。但父亲每一段时间总会有一个很好的酒友，这个人是谁也并不固定，每个人不同的年纪也有不同的依靠。他曾经有个面容清癯的酒友叫黎先生，只是个劁猪的兽医，酒量大且喜欢吃劁猪所得的秽物。那时候家里总要养猪，黎先生拎着皮包来做完"手术"，父亲拿香皂给他洗手上的血污，然后用一顿酒抵他的工钱。父亲后来讲，有一次中午他们就着一只小公鸡喝了五斤酒，喝完在门口草堆边睡到天黑——说这话的时候，黎先生已经不在人世，父亲也没有什么悲伤，但总记得和他喝过的酒。这个性格暴躁的男人，认定酒是他的命数，能和他喝酒的人，才算是他的朋友。

　　我到家常见到门开着，他对这个依靠了一生的村庄毫无戒备。见他的车不在，就知道人也出去了。现在，三轮车代替了他放鸭的独木舟。本族的大伯母坐在门口，就像守着自己家门一样亲切。这些老得忘记了过去的人们，把这个村落的每一处都当成自己的依靠。他们没有了悲伤或者喜悦的情绪，过去曾经有过的亲近或恼怒也像从未发生过一样——他们和土地一样，终于变得沉默寡言。

二

隔壁邻居老正松早就故去,留下院子里的草木枯荣没有了任何实际意义。这曾是村子里最令人羡慕的人家,也是我见过的最为"细作"的村户。令村民羡慕的是,老两口皆是早年去上海讨生活又退休回来的,每个月邮电所的人都送来一笔不菲但不知道究竟多少的"劳保"。这笔被村里人看成"不劳而获"的收入是令人眼红的。寒暑假期时,他们的子孙从沪上回来,带着一口上海腔和一些后来才知道并不昂贵的小物件分给邻里。比如上海牌的肥皂、大白兔奶糖或者木头制的搓衣板——有些甚至可能只是某个村庄远销城市回流的手作。

邻里们的关系并非完全如人们说的"邻居好,赛金宝",实际上,大家多少有着彼此的不满。这户女主人会背诵"老三篇"的人家总是关着门,人们称他家的院门"关得铁桶一样"。不过即便是他家的门开着,也没有太多人愿意光顾,因为那门内的生活和村里是不一样的。他家的院子地上是用青砖铺的,种的是据说北方才有的苹果树,这些在村子里也是罕见的。菜园子里的菜是本地的,但打理得过于井井有条的样子也很令人隔膜。大多数村民在菜地里并不花太多心思,很多时候不过是撒些"懒棵子"任由它们生长,人们更在意庄稼的丰歉。这就像人们并不关心自家孩子读书的事情,而更在意孩子们什么时候能成为田地里的"大劳力"。所以,老正松家将种果蔬作为一种正事盘算,是令人非常不满意的。更为恼人的是,因为老正松很有些侍弄花木的手段,果树的长势又非常喜人,每到收获的季节有乡里卖水果的人来收,这又是一笔让人觉得非常不合理的收入。人们不愿意吃他的果子——当然也吃不到,所以就偷偷地在背后说,这些果子是"换了钱打药吃的"。说这些话的,不仅有我父亲及邻人,还有老正松自己的亲兄弟们。

孩子们总是不信邪的,趁着老太婆打盹时,去摸几个果子回来尝一尝也算解恨。而后自然是庄台上响起一顿带着上海口音的谩骂。他家的骂声并不会令人们不安,大家会都偷着高兴,还有人不屑地说:"都是孩子摘的,孩子不顽皮那就要装在'盒子'里去!"这里人说"装在盒子里",就是死去的意思,死人才不会顽皮。他的孙子从上海回来,在村子里到处好奇地转悠,却没有孩子和这个穿着凉鞋的上海人玩。他站在猪圈边盯着那肥长的丝瓜发呆。我们就悄悄在丝瓜上掐几个深深的印痕。老正松发现的时候,我们都佯装无辜说是他孙子自己掐的。那个说上海话的孩子和我小名一样,叫"小兵",但并没有和我们任何一个人成为朋友。

我亲眼见过父亲和老正松抄着农具打架的样子，他和自己的亲兄弟也有这样的场面。不过那时候农人打骂也是司空见惯的事情。日子太憋屈了，打骂或成为一种辛酸的解压方式。其时，我觉得他们永远不会再来往了，然而他们还是一起坚定地生活在这个乏善可陈的村庄里。

　　我喜欢老正松家的院落及菜地。

　　他院子里种的是青皮的苹果，春天会开那种优雅浅白的花朵。不同于路边乡气的野花，那些花朵像是听不懂意思的上海话，总给人一种很高级的感觉。他在树下的墙边种了几丛枝枝蔓蔓的菊花，那些花朵很干净也很贴切，让人想到陶渊明的诗句——这些是父辈们无从理解的高妙。他家还有一棵蓬径巨大的桂花树，那是我闻到过的最深切的香气。老正松曾经讲过菊花的很多种类，他比其他农民更细致而优雅，这也是他无法被理解的原因之一。

　　老正松家屋后有一个不小的方塘，四周的埂子都仔细整理过，岸坡用水泥板牢靠地护着。塘里养的是常见的鱼种，但总让人觉得像公园里的水池。那些鱼会在令人气短的晨昏浮出水面四处游弋，看了让人无比地心静。日后我见过很多景观里的锦鲤池，都觉得没有那口池塘使人心醉。岸边种着几丛月季和万年青，根边泥上还有锅灰的痕迹。村里人知道锅灰是极好的肥料，对于月季和万年青尤是不二选择。伸出枝头向水的柿子树，偶尔有掉一两个果子在水里，就有鱼儿不停地追逐着嬉戏。

　　他的菜地在门口，与院门隔一条东西向的庄台路。这是村庄里大体一致的格局，而他家菜地是可以当着景观来看的。他不用芦苇做篱笆，因为久了朽坏会生难缠的灰黑。这和邻居们也是不一样的，并非全是因为芦苇轻贱。他在菜地的周围隔段种上榆树小苗，半人高的时候便"杀头"留桩，这样用网子围起来一劳永逸且干净。这种"活桩"上生长着郁郁葱葱的生机，就像是主人细致悠闲的心思。老正松菜园里的部署是整齐划一的，就像我们后来说的"网格化管理"这个词一样严密而精致。韭菜的行列就像用尺子量过一样，让人一看就无比舒心，似乎他的土地里不是生长而是列队。夏天生长最丰茂的时候，自成小林的辣椒、茄子与豆科一类，伏地冬瓜、南瓜和菜瓜一类，架子上牵藤的豇豆和黄瓜又是一类——他又在靠水的护坡种上忘忧草和菊花，这无人问津的一切有着诗意，是对一个孩子意外的美学启蒙。

　　桂花开时，我心里总是痒痒的。母亲给我买过一种廉价桂花香味的梳头油，那种味道乡气而又顽固。我不知道听谁说这些细碎的花瓣可以泡酒，便偷偷踮着脚扯住几根出墙的枝条，一把薅下来想拿来泡父亲视之如命的"粮食白酒"。因为紧张仓促，枝上的花瓣被震动得所剩无几，但那种香味仍令人兴奋无比。我把这些细碎的花瓣带着尘土塞进了玻璃瓶，草草地埋进自家屋后的泥地里，就像是把没有完成的作业藏起来一样。

这些自然会引来争执和不安，好在"三要不抵一偷"的俗话，还是让我"逍遥法外"，好在吵闹曾经一直是南角墩有趣的日常。

三

老正松断气的时候，我在城里忙碌未能归来。我知道父亲几次打电话告诉我，是想让我回去磕个头的，除此之外并没有什么更要紧的事情。父亲也许还有一种隐秘的情绪，那就是他对自家子孙的提醒。他觉得有出息的子孙在外面再风光，最后却不能在父母身边，这到底不是什么周正的事情。父亲是想以自己的这些行动告诉我们，子孙是他最终的依靠，只是倔强如他说不出煽情的话语。

父亲的苍老是从酒量上显出来的，虽然他坚持不听医生的话断了"一顿二两五"的念想。我知道烟酒的危害是真实的，但也不曾断过对他的"孝敬"。老正松走后，自家门口被他用水泥浇筑成平地，作为鸭子们的"作场"，而老正松的菜园子成了他无可争议的领地。那些已经苍老的树桩每年依旧长出新芽，只是园子里的菜蔬都是父亲一贯粗糙的手笔。他没有耐心像老正松那样伺候泥土，只是随心所欲地撒上一些顽强的种子，任那些菜蔬疯长在四季的轮回里。老正松家的院子也永远关门上锁，锈迹斑斑地守候着一段早已结束的光阴。

我时常带女儿推一推那扇已经朽坏的门，里面的生长已经放肆得失去了过去的体面，而我讲的事情，孩子也没有什么兴趣了解。那些树木已经苍老得不再挂果子，疯长的杂树骄傲地占据了一切，它们竟然成为这个院落最后的依靠。屋后的塘口也被填上大半，残余的水边被父亲随意种了几丛茭白，和野生的蒿草一起望天收地生长。水边的那棵柿子树也无人问津，挂了几个有气无力的果子更没人留意。到了快熟的时候，父亲就摘回来放在自家的米缸里催熟，等我和孩子回家的时候给我们"杀馋"——这里的一切，某种程度上已经都是父亲的了，但他也并未显露过一点兴奋。

早年老正松把自家院子里桂花树卖掉的时候，我就体会到了一个老人的灰心丧气。我知道，他并不缺这几千元的"外快"，但当我看见他数钱时候嘴角的苍老笑意时，心里也就明白这一切是他对这个村庄最后的满意，除此之外，他不再有任何依靠。看着他把一树芬芳卖了，我就知道，一个老人决心不再留恋过往的时候，一切是谁的都已经不再重要，他也已经不再指望和依靠谁，毫无情绪可言的票子，用手帕卷着塞在腰包里，也许更为可靠。

　　父亲不在家的时候，我见到狗在屋后跳跃，它是没有任何情绪的。父亲原先只觉得这不过是些畜生，可养狗之后他又像变了一个人，每次出去吃酒席都会像带着孩子一样，让它坐在自己的三轮车上。当一个男人变成老人，一切好像都不需要再去争取与解释。他们可以把过去岁月里的血性和倔强全然放下，就由着一个牲畜蹦蹦跳跳而乐在其中。突然有一天，父亲黯然地打电话给我，说小狗丢丢走失了。他围着三荡河沿线找了半个月，只找到了半根绳子，断定它是遭遇了不测。我也回去找了很久，也看见了父亲怅然的表情。我知道在他的心里，丢了狗就是丢了某种依靠。后来丢丢居然又跑了回来，他激动地打电话给我，说它回来的时候像个失魂落魄的孩子。他给它下面条吃，埋怨地咒骂它不知好歹——大概他心里也会想，这里，才该是这只狗的依靠。

　　村子里的房屋越来越少，而失去更多的是曾经辛勤而热闹的人。过去那些赤膊争斗的人们，现在和手里苍老的拐棍一样倚靠在墙边。他们不问亲疏，不问恩怨，不问男女，甚至不问人畜，都成了彼此最后的依靠。

周洁茹　心火

我们爱的荔枝

虽然从来没有因为吃荔枝上过火，却总是担心这个后果，于是每次吃荔枝，真的是用数的，绝对不超过十颗。至于次数与次数之间，往往都是开雪柜门时正好看到，于是现取一颗，再开，再取……所以十颗之限，好像也只是自我安慰。

口干舌燥、心烦易怒，就是上火的症状，可是我吃不吃荔枝都是这个状态：口干舌燥、心烦易怒。于是十颗或者三百颗，对我来讲都变得无所谓。

突然想到有人用荔枝蘸了生抽吃，是为了不上火？好似牛油果蘸青芥辣，为了那口三文鱼味？红姜配皮蛋，蟹黄味？还有著名的花生米与豆腐干同嚼而来的牛肉味。

来到岭南也有十年余了，又很爱吃荔枝，按照苏东坡的诗意，我也很愿意成为一个岭南人。只是很多地方我都没有去过，唯有惠州，去了又去，每次去总生出一个别人生不出来的感受——惠州真的好像我的家乡常州。这恐怕是惠州人和常州人都不会同意的一个观点，专属于我私人的一种念想。潮州也只去过一次，那时已吃素，好多美味看到吃不到。一道糖醋两面黄，面煎至两面金黄，吃时撒白糖点陈醋，一口，家乡味瞬时爆发。源自江南的面菜，我在家乡的时候竟是从来没有吃过的，现在坐在潮州吃这一道苏州面，简直泪目。

荔枝会上火，那就龙眼，十颗吃完也不心烦，却有些心乱。上网查了一下，龙眼也上火，而且比荔枝还火，荔枝不要超过十颗，龙眼最好不要超过五颗。还是吃荔枝吧，吃到透彻。火不火的，网上也讲了，一碗绿豆汤就能祛火。于是12月就开始等待5月。5月，新荔枝到来的月份。

去年5月买的第一单荔枝，收到正是5·20，纯属巧合，送到的时间，没有人知道,卖的人自己也不能够确定。已是傍晚,只好放入雪柜,隔了一夜,鲜红色都变了黑色,吃起来像是一颗一颗冰碴子,也许是雪柜的温度调得太低。

只知道香蕉不可以放入雪柜,不知道荔枝也是不可以放的。不是这里长大的人,就是会把糖水当午饭,也会将荔枝雪藏。后来想想,若是荔枝也能够冷链运输,也就不存在"一骑红尘妃子笑"了,古代也是有制冰术的,古人那么智慧。

只去过惠州,还是刚刚来到岭南的时候。罗浮山也只爬过一次,爬之前并不知"罗浮山下四时春"的罗浮山,就是这个罗浮山,现实与诗,总有些距离。

惠州对我来讲为什么这么像常州?我后来想想,会不会是因为苏东坡最后的时光是在常州度过?吃多了冷饮,又吃多了黄芪。身边没有人,东西不能乱吃。我说起这个事件来就是这么简单。身边有没有人我不知道,只知道他曾经有个妾,就是讲他"一肚皮不合时宜"的那个妾,王朝云,死在了惠州。于是这是一个事实,苏东坡来到常州,身边有没有人不知道,反正是没有了那个妾。

惠州西湖也似常州运河,惠州苏东坡纪念馆也似常州的藤花旧馆。有一阵子我常路过那个馆,不见紫藤花也不见香海棠,馆门紧锁,不欢迎任何人的意思。

惠州的纪念馆去过一次,走走停停,也只记得那位王朝云。苏东坡遣散了所有的侍妾,甚至还有怀了孕的,也不知道是哪里乱看看到的小资料。总之事实上苏东坡的身边是没有女人了,到了最后。为什么呢?会不会是因为多数女人太过势利,去岭南?会死哦,不去。最大的可能是,那时候的女人并没有什么选择,叫你跟着就跟着,叫你走你就走。亦舒说的,我想要很多的爱,如果没有爱,那么就很多的钱。没多少爱的,即使有孕,小小的钱也可以走吧?终于挣了个自由。王朝云应当是真爱,也真的死在了惠州,三十四岁,还是很漂亮的年纪。那时苏东坡多大?六十多了吧,还写诗来纪念,有爱。

纪念馆外,很偏的一个地方,放了一尊王朝云石像,好似在抚琴,不大记得了,只记得好像细眉细眼,没有什么表情,一定是匠人的手艺有差,一个会讲"一肚皮不合时宜"的女人,怎会面无表情?朝云墓在哪里,我不知道,墓前一座六如亭,也未见到。之所以叫六如亭,因为王朝云临终前反复念诵"如梦幻泡影如露亦如电",听起来很像是真的。可是啊,这一世已经终了,又非要追一个正妾的名分给她,果然"如梦幻泡影如露亦如电",也不知道意义在哪里。在我看来,人生难得,但若来世又修了个女身,不如不来。

要讲荔枝的,讲了一堆妻妾,心火都要讲出来。十年前了,加州时候的好友过来香港,住在旺角东的一间酒店,我在大围的街市买了荔枝,拎去送给她。为什么是荔枝?因为她说过一句,自从出了国就没有吃过好吃的荔枝。那也是我第一次在街市买荔枝,装荔枝的红色塑胶袋对我来讲都有点神奇,对于香港,我还是一个新人。

那一天也有点神奇,搭车的时候见到另外一个拎红塑胶袋的人,袋里也是荔枝,出闸的时候又看到他,头上顶着一本书,我知道说给谁听谁都会不相信,头顶着书。但就是这么神奇。

那一天,那一场见面,十年没有相见的我们,也没有拥抱,我们都变成含蓄的中年人了。我们有点距离地站着,微微地笑,可是我们曾经一起度过那么艰苦又那么美的时光,那么难忘。

加州朋友后来跟我讲,她都没有把荔枝带回美国,她在上飞机前就吃光了那袋超级好吃的荔枝。她有没有上火?口干舌燥?心烦易怒?我的想象里,当飞机飞越太平洋时,她的心里开始燃起小小的火。她想到了送她荔枝的我,她开始回忆我们在加州的岁月,我们挥洒在那里的青春与泪水。她心底的火和她的嘴角,也许都会有点上扬。

好吧,如果一生也只有一次,那就上个火吧,一起。

果冻橙与砂糖橘

我一直都分不太清楚橘子和橙子,就好像凤梨与菠萝对我来讲都是一样的。

印象中橙子往往用来榨汁,若是一整个当作饭后水果,马上就能生出一种"监狱风云"感,橙与碟头饭,标配。也想过为什么是橙而不是苹果或香蕉。网上查了一下,原来只是因为橙的维 C 多,所以就它了。

一直记得一种血橙,果汁也是红的,真的好苦,若不是有个朋友跟我讲喝苦橙汁很减肥,我是绝对不会买的,可是真要减肥,为什么还要喝橙汁?有的橙子是比橘子还要甜的,比如果冻橙,真的好像果冻,又像蜜橘,又甜又冻,都不像是一个真正的橙子了。

更爱吃橘子,尤其一种砂糖橘,甜到写意,连吞十个,心火都要燃起来。不爱吃甜的人,为什么单恋蜜橘,也许是因为小时候吃过的蜜橘罐头,装在圆肚玻璃瓶里,妈妈一勺,孩子一勺,那么甜蜜,整个童年都是甜甜蜜蜜的。

<h1 style="text-align:right">黄亚明　一壶</h1>

初秋居然赶了两趟苏州，缘分到了。

不意老吴中有此荒荒大水，水如巨壶，天地一收。在东太湖畔，苍天白云汤汤湖水，归帆点点，落日和湖水卿卿缠绵。天上半壶，太湖半壶，天与湖合，一壶烟色水色日色，夕阳有桃花色。晚宿湖边酒店，芦苇习习生凉，但见湖天一色，月色照眼，不能一枕山，一枕水也要惜福。想起张岱当年湖心亭看雪，一人一舟一芥子，茫茫雪意，似要从老画里拍翅而出。斯夜天上月光如芒花，湖边芒花如雪拥，苇子随湖水轻荡，轻荡的湖水如帘间旧梦一颤一颤，陡生壮渺而幽微之思。天地，一大壶也，人在湖中，人亦在壶中。人生匆匆过往，月色不变，秋风不弃，以中年心意观湖，也是斯文美好的一景。

湖边启园新新旧旧，旧的是民国二十二年（1933）的建筑，近百年山水结缘，新的是葱葱林木，茶树成片，橘树成林，枫樟错荫，年年池中花发藕结，新新旧旧是太湖水。登镜楼一眺，群岛隐伏，波影流光，湖风披襟，大有秋风吹我百忧空之慨。

园林之好，亦在收放于心。园内天地小，眼中乾坤大，大大小小，小小大大，一草一花，数石一池，如人身小天地，却横陈了丘壑精神。

花开花落，草枯草荣，都是天上月色的人间作答。

启园三景之一，乃东山康熙御码头，康熙上题"光焰万丈"，但昔日皇家言行早被烟雨濡湿无影，颇可观处，是于右任的手书一联：

　　湖海尚豪气　松柏有本心

世间观湖，心魄极大者，多蕴一壶滔滔豪情，鸣如钟鼓，最难得还是如松柏本心自在，荡而不溢，放收自如，所谓寸心不昧，万法皆明。于右任在道眼前景，也在提点人心。

启园西北处，是洞庭东山的莫厘峰，含翠吐碧，云起雾涌。莫厘峰的情意在山在水在一派粉墙黛瓦，红土黄土上及岩隙旁竞放的茶树、杨梅、绿竹，肥沃到耀动人目。名茶碧螺春，人称"香煞人"，正是出自莫厘峰。我喜欢明前茶，那种好，二十年前苏州的学生请我尝过，此后念念难舍。

昨夜的一场雨淋湿了院中的香樟树，淋湿了花花草草，淋潮了脚下的石板小径，也淋绿了老宅后门墙上的青苔，绿幽幽的，似乎还沾着几丝水珠，那剥落粉刷层的砖墙在细数往古。

抟泥为壶，宜兴的丁蜀古镇，亦是太湖水滋育的梦境之所。

丁蜀是美器之城。所产陶器以日用为大宗，苏缸、酒坛、砂锅、壶、杯、碟、瓶、花盆，质坚耐用，装饰淳朴。日用之美，不似宗室王孙乌衣子弟，倒像个寻常书生，碗粥杯酒，素朴抒怀。瓶瓶罐罐，是过日子的道理。

均陶是春来堆花的富贵气象，彩陶是姹紫嫣红的繁闹岁月，精陶是小家碧玉的素服芍药，青瓷是清透莹亮的饱满柔润，紫砂陶是桃叶供春的清香养神。

均陶是好日子锦绣，彩陶是日子里锦绣添花，精陶是好日子过了还有余味，青瓷是将好日子过得云淡风轻，紫砂陶是好日子连着好日子，唇齿留香。

在丁蜀看紫砂壶，红泥一壶，紫泥一壶，绿泥一壶，栗子核桃花生菱角是一壶，慈姑荸荠荷花青蛙亦是一壶。一粒珠、龙蛋、四方、八方，壶壶香透；梅扁、竹段、鱼儿龙、寿星，壶壶永在焉。壶以有天趣为嘉，人生如养壶，少不得天趣，少不得神趣。

回望太湖如盆水覆地，古镇如芥浮于水。人舟如蚂蚁依附于芥子，以为绝境，须臾水干涸，才发现道路通达，无处不可去。

一把紫砂壶，尽是太湖秋韵。

江南是书生骨子里的安魂地。天地远行客，一壶相送君。

离开丁蜀之后，我找了一处远离湖岸风雨的老宅子，要了一壶老黄酒，温热后，就着太湖白鱼鲞，一口一口，一个人，慢慢地喝。

读古诗，心灯不夜，道树长春。

明人周是修《一壶酒歌》，满腹悲寂，又有徜徉山水的余情：

一壶之酒三四客,阁暖炉红窗月白。

围炉把酒但饮之,须臾相顾皆春色。

酒亦何美,意亦何长?

人生百年内,嘉会不可常,且乐今夕同徜徉。

飞霜落尽衡阳树,哀鸿叫下潇湘浦。

潇湘浦,九嶷云隔苍梧路。

帝子香魂招不来,空余竹上啼痕处。

放歌一曲壮心悲,天涯漂泊我何为!

明当径度禾川水,却望庐陵山翠归。

山水中,浮云落日,青泥盘盘,悲鸟绕林,枯松倒挂,磴道盘峻,砅崖万转……大道青天,独不得出。这是古人的苍凉,这是今人的苍凉。天地一壶,山水一壶,兜兜转转,徘徊复徘徊。来处,出处,在山,在水,在人间。天意从来高难问,却不得不问。

庄子逍遥,神思渺游。庄子是一味忘情药,古往今来,我们都曾虚拟壮游,愿随夫子上天台,闲与仙人扫落花。今来古往,庄子是一场千年大梦,梦中梦梦复梦,恰恰用心时,恰恰无心用。云烟世界,生灭须臾,如真如幻,但见明月当空,叫人不觉哑然,无言观水,默对江心一轮月。

时忧时喜,也不知此山水是否彼山水。有人在小说里写道,此方天地不过是武道大神所造,或者说是神的遗弃地,想来不可思议。但宇宙之大,或许偌大海洋仅是烈酒半壶,广阔陆地仅是酒杯数个。

在古中国的传统里,总是酒气多多。酒气是神气,是剑气,是仙气,是孤独之气,还是杀伐之气。漫步天地,难以超脱,其中多郁闷多惆怅,不可释怀,阔大与虚无一时滞塞心际,只好仗酒为剑,倚杯问天。

金克木二十四岁时,心事浩茫,有诗叙心:

星辰不知宇宙。宇宙不知人。

人却要知道宇宙,费尽了精神。

在生命之尾时，他又仿佛有所预感，写下《黑洞亮了》一文："从前我曾经夜夜眺望灿烂的星空，作一些遐想，对那些发光的明星很想多知道其中的奥妙。"

人生自是渺渺，所有的勤力与创造可能只获取点滴，但那也是一己之全；纵是全然淋漓的失败，也堪视为一种盛开；又抑或看似饱满整全的收获，依旧只是点滴，却又是一种可以称之为开端的物事。总有一种大于我们的东西存在，存在于未来，却也是一种遗产，不断赠予，不断收回，无以名状却又令人神往，在某一刹那仿佛《奥义书》中所言：

　　　　全中取全后，所余仍为全。

长江之滨。古雷水暴礴，如一只浩大的时间减速器，梦境的蓝雨倾披，定格在近一千六百年前的诗人鲍照身上。

湖上莲荷浮翘的波纹，渐渐激荡出南方的忧郁秘密，以及，对岸的江西——泛黄史册中的"归去来兮"——尚青郁地挂于彭泽县某某地。若从望江县华阳镇坐船涉江，便是池州（李白《秋浦歌》和杜牧的"杏花村"熠熠闪亮）香隅镇，皖南的一个乡镇，广袤南方的一个特异分支。我们乃于十月渡湖。地标高士镇武昌湖，一百余平方公里，大水汤汤。

湖的命在一条船上。我坐在船上，船在湖上走，走的是水路。公元 439 年，鲍照随刘义庆出镇江州，走的也是水路，舟楫停靠此岸时，他写下《登大雷岸与妹书》：

　　　　南则积山万状，争气负高……东则砥原远隔，亡端靡际……北则陂池潜演，湖脉通连……西则回江永指，长波天合……

古雷水之行于鲍照是异乡之旅，波诡云谲，充满不确定性。古来诗人多畏异乡如虎豺，愁意牵系，前景未测，哪怕山水草木的细微变化在心际亦狂若巨浪。鲍照既在写实，亦在写心。

鲍照当年的水路我在走。无数人曾经走过。无数人走走停停。庾亮来过，黄庭坚来过，倪模来过。

水路也是尘世的一条路，另一条路是陆路，都是通向未知的异乡，但终归有抵达的一天。是船，将湖和我的日子分成风、霜、雨、雪，分成二十四个节气，分成喜、怒、哀、乐。湖之路因船行而充满机会、乐趣、风险、期待。走在湖中的船，其实是微缩的湖，它披着一湖月色、日光以及鱼族的企盼，往春天走，往夏天走，船的身子唰地一拐，就是秋分和霜降。湖蟹潜伏在水下，也许八个爪子就贴着船底，像个偷渡客，它也要往一个梦中的地方去。而我在船上，像一条站着睡觉的狗。我很少见过这么大的湖，湖就是我的远方。所以我只能用假寐来保持足够的警惕，不能让船稍稍偏离方向。

湖没有围墙，但四面八方都是水的墙。

此时湖面却绸缎一样温软、宁馨，温和的桨声"唧唧""唧唧唧"，使人心神迟疑恍惚，产生异乡即故乡的松弛倦怠。

这是我的湖，这是我的水路。

倪家墩、金家墩、饶家墩，泥湖、双塔湖、毕踏湖、周赛湖，雷池周遭的村落、地名被桨声一遍遍阅读……仿佛什么都没有了，连声音也消逝了。我已忘记这是雷池，眼前唯有千年的大湖，千年的大壶，那种银质的绿，历经岁月沉淀，如此安静。

九歌　柴火

一

　　我家祖籍蓬莱，一大家子开着木匠铺。吃饭人多，高祖爷爷图省心，让几个儿子立伙单吃，钱放他手里管着。我曾祖父手艺好，年轻气盛，还没成家，因一抱刨花烧炕，耍斧子伤了堂兄一条胳膊，血溅棚上案下，以为出了人命，别着那把伤人的斧子，纳头扎向关外。

　　走走停停，吉林省梨树县落下脚。先打零工，后开铺子，立业成家。

　　我问过母亲，咱家在吉林过得挺有，咋搬大荒片来了？母亲说，扑柴火窝，梨树那边人多地少，缺柴。

　　当年东北地广人稀，獐狍野鹿、狼虫虎豹出没，人手不硬之家轻易不敢涉足。我祖父在三兄弟中居长，领着两个兄弟五个儿子俩侄儿，开荒占草，戳窝棚立屯子，扎下根基再没搬过。祖父选的地界甩手无边，几十里内没人家。

　　父亲五十岁那年回过一趟关里，回来说，关里日子过得皲，一家二亩地，两季填不饱肚子，庄稼连秧带根拾收，柴火棍不剩，烧的还显不足。

　　我姥姥家原本也住关里，没吃没烧，姥爷挑挑儿领着姥娘和我舅舅下到东北，第一站扎在黑龙江塔子城，后搬到燕窝沟扛活为生。燕窝沟离我家窝棚不到三十里。

　　我母亲出生于东北，最远到周边县城，没坐过火车。

二

　　父母年轻，土地也年轻，房前屋后蒿草没腰，秋日割晒，晒干依然铺在地上，烧水做饭，现烧现抱。二哥十八九的时候，屯子里已经聚了上百户，分了东西两个生产队。我家在西队住屯西头。人稠柴草稀，打草搂柴得奔屯西五节地以外。生产队仅拴两挂马车，拉柴排号，一排一两个月，接济不上，东家背两背，西家抱几抱，绕街借柴火。

家里东西屋有两铺大炕。二哥和母亲嘀咕，让母亲省柴细烧。屋里一帮孩子敲碗等着吃饭，门外一群猪拱门讨食。细不了，母亲细不下来——年轻时候柴火足，惯了，冬夏敞开了烧。

二哥十六岁下庄稼地，头一年即挣满工。掰苞米，一下掰不掉，连根带秆薅下来往车上撇。队长见了直闭眼。二哥干啥像啥，没少往家倒腾柴火，柴火垛码成小山。

那年秋上，我求二哥给我穿张小耙，与二哥去西山搂柴。耙齿总往土里跑，搂不动。上去，二哥说，坡上往下搂，少搂勤捯。

冬天大雪封山，地里的庄稼茬子让雪埋了半截，垄背扭扭拐拐在雪野上画出老长老长的线。拎上斧头，我去地里打茬拐。头晌一筐，过晌一筐。贴着园子墙码了一溜儿。茬子扛炼，容易开锅。西院王大娘来家串门，夸："哪个孩子呀，打回来这大一垛硬火？""我老儿子。"母亲说。

转过年开春，我不念书了。刚分田单干，二哥一个人忙不过来。

夏末，我骑着老红马，到西山外打草。草密裹刀，东打几刀，西打半趟，转圈占草甸子。边打边等，等二哥忙完地里活，放开刀，唰唰往前推，几天剃掉半个山头。草趟子干了，码成柴草码子，略沉几日，拉进家垛垛封尖，一大垛柴戳进柴火栏里。乡人实诚，有人占了甸子，宁可前走二里半地，绝不伸一刀。马也实诚，不戴笼头光板骒骑稳稳当当。高马芟镰，人也威风起来，个子小，可我的刀利马大，路上没人，影子在草地上滑过，黑一片；路上有人歪身子闪躲，怕我削了他们耳朵。

一日拄镰正看天边云朵相翻，见有人来，扛着刀的人越来越大，直到将我眼里的云朵都挤了出去。搭话，是北屯老刘家外甥，东北沟住，听说草好，想过这边打两车。自己说是个木匠。身小力薄，觑着眼瞅他。他抄起刀，唰唰唰，不歇气推出去十多步，抹头回来，行到草趟子另侧，接着唰唰唰，一条起脊的草龙立立正正铺在眼前。盯着他的刀看，刀刃青白，青白处挂着几滴草汁沾着几条草叶，他把手里的刀递给我，换过我的刀去，晃晃脑袋，说了一句——磨刀不误砍柴工。他从挎包掏摸出磨石，蹲下便磨，指甲盖挡挡刃口，还回来，示意我打几下。果然飞快。我学会了磨刀，也记住了磨刀也是砍柴。

三

秋后，庄稼拉进场，早上把马散放出去，晚上找回来，无须跟马屁股后头转悠。

掮上二哥给我穿的小耙，前山冈南去搂柴。冈南坡下是前屯。前屯有个老杨家，把屯子边。口渴去他家找过水喝。那家里没儿子，一帮小姑娘。院子里养了一群猪。杨家女主人听说我在她家后山搂柴，打算用猪换柴火。一车柴换头半大猪。搂了半冬，拉回家两车，留下最肥的一车，换回一口猪。柴车进家，母亲凑到车前看了看，知道是老儿子搂的。我和二哥最后一趟，赶着空车从南山下来，母亲以为出了啥事，迎出当院。瞧着车筐箩里随着车摇晃着一头哼哼唧唧不安的猪，攥着猪耳朵往下拽猪，跟母亲解释说是柴换的，那个乐。

换回来是头黑猪，大骨架子，肉少毛长。母亲拎着猪食瓢摩挲着猪脊梁，说，有骨头不愁肉，过年肥了呢，来年过年就肥了呢。

猫冬过了春节也没看长，开春还是不见长，眼见着瘦。入了夏，母亲撺三姐四姐轮班去打猪菜，烀熟喂也没起色。

母亲灰心，瓢撇上窗台，坐炕边骂老瘦杨白吃食。我和二嫂隔窗户听。二嫂说自己过门这些年，没听老太太骂过人，这回点名道姓开了斋。

母亲生老杨家人气，拿头病猪蒙柴火。母亲心疼她老儿子。

母亲天天如数喂那口猪，一直没死心。地里的庄稼快熟的时候，王大娘在当街不住声地喊母亲。母亲正在做午饭，拎着烧火棍跑上当街，见那头猪长脱脱趴在地上，前腿前扒，平拖着两条后腿，土路上一道白印子。猪是从西边爬回来的。

王大娘拽母亲往西走，两丈多远，指着地上的东西让母亲看。一团一溜，黑不黑红不红的软东西。烧火棍扒拉，是一根大虫子。母亲说那虫子又粗又长，没看过那么大的虫子。王大娘说虫子刚掉地上还会打鸣呢，脑袋顶上长着冠子。事情到了王大娘嘴里总有一番另外的生动。比如我家一只芦花鸡总爱钻柴垛里下蛋，它下蛋的地方自己卧出了一个不大不小的洞，隔段时间去掏，总能摸出七八十个。柴足够烧，抱柴的时候，甭管是谁，都离芦花鸡的蛋窝远处扯，怕把它的窝扯瘪了。这事到了王大娘嘴里：老徐家可不得了，柴垛里有黄大仙，一住好多年不走，怨不得他们家越来越旺兴。

打那以后，那头猪扯开秧长，年底杀了三百多斤，一巴掌膘，翻肥。

四

放了三年马，年龄一天天大，心里开始装事，我琢磨着不能放一辈子，更不愿种地。又到了打草的时候，想起小木匠。

小半日，三十多里山路，日头偏西时摸到小木匠家门。小木匠笑呵呵把我迎进屋。屋不大，一道矮墙隔出里外间，土灶连着屁股大一铺小炕，靠北墙盘着，一件家具没有。炕上坐着个白白胖胖的女人，头发披散，穿一件跨栏背心，身后戳个半大孩子，怀里搂个小不点儿。粗声大气，一嗓子，唬人一激灵。

小木匠进屋也没说话，掀锅摸出俩馒头一个鸡腿，塞我手里，领着我出屋奔了房前的小树林。小树林里支个案子，立个躺柜，柜面上摆着工具。我来之前，小木匠正在做活。我的到来，让他很高兴。

晚上，小木匠把柜面推推，铺草垫，示意我睡上面，他把案子腾出来，光板躺了上去。躺在柜上，翻来覆去睡不着，小房里传来胖女人吓孩子的声音。蚊子围着我嗡嗡。

后半夜露水重了，蚊声渐稀，昏昏沉沉睡去。不知过了多少时候，一阵嘈杂把我惊醒。日上三竿，我一骨碌起来，蹲井旁洗了把脸。进院一帮人，抬一头半大死猪扔在院心，往靠墙支着的铁锅倒水塞木头，木头火旺，不等锅里水翻足了花，几个人吵嚷着把猪架锅上煺毛。

小木匠一边抹汗，一边招呼我："老兄弟，咱吃两顿饭，肉烀好多吃点。"看明白了，死猫烂狗啥都吃。

一大盆肉蹾上马凳。小木匠拉我坐，我不肯。递我一块，没接。小木匠也不虚让，进屋拿俩馒头揣我手里，蹲到凳边拼酒去了。

透过敞着的窗户，瞥见那个胖女人正抱一大块骨头埋怀里啃，两个孩子东抓一把，西挠一把，搅得她直拨浪脑袋。

后半晌，小木匠才晃下桌东一下西一下干活，干了几下，累了，仰面朝天大睡。

第三天，人还是一帮一帮来，有拿酒的，有办伙的，吃吃喝喝。猪肉回锅爆炒，香味里有一股子钻心的腥味，那也阻拦不住那些人吆吆喝喝的快乐。

在小木匠家那两三天，没看他干啥正经的活计，东家补扇门板，西家换个凳子腿。我心里打鼓，寻思指望不上。引起我注意的是，木匠家应当不缺柴火，整日整日与木头打交道的人，过日子居然缺柴，这木匠学起来还有啥意思。

回家没几天，暑期开学，我收拾书包，回到学校上课。两年以后，考上了市里的师范学校，毕业被分配进学校做起了老师。

五

在乡下教书时，母亲帮我照看孩子，一起过了四年。没车没辆，工作也忙，我年年买柴烧。冬天去集上买几车榛柴苕条备足。母亲夸我买的柴硬，烧火的时候念叨——肩膀有劲养活一口，心里有劲养活千人。

调到县城工作以后，母亲留在了乡下，舍不下她的老火炕。二哥二嫂陪伴。二哥肯干，种十多垧地，秸秆也多，烧柴不愁。

又过些年，回乡下看母亲，看她披着棉袄坐炕头打哆嗦。掀开褥子摸摸，炕不大热。二哥知道母亲愿睡热炕，哪年都把柴火备足，这是怎么了？问二嫂才知，二哥不种地了，自己那四垧地也承包给了别人，包地户一垧地给一车玉米秆，不够烧。二哥开三轮车捡秆摔了一跤，那几天柴没供上。

我趸到屯里买回几车玉米瓤，留给母亲烧炕，叫人送来两吨煤，让二哥烧锅炉。

当天没走，给母亲烧炕多添了半筐。玉米瓤火硬，前半夜给母亲铺一领毡子三层褥子，还热，干脆娘儿俩穿衣服坐起来唠嗑。

蜷腿炕上对坐着，我捧着母亲的手看，手小了瘦了，左手食指二节根上有一个月牙疤，一摩挲，白印清晰可见。这是我十二那年，母亲背着大侄，领着我和小妹南山割条子，大侄在他奶奶背上一挣，刀滑到手上，险险断了一指，血淋在绿条上，眼见着变了黑紫色。

母亲见我瞧着那道疤愣神，好像想起了什么，掀掀我的线裤，后脚跟往上三指处也露出一道疤，黄豆粒那样圆，中间塌个小坑。这是十三岁那年打茬子，回来走到大门口，大黄狗往怀里扑，铁叉头子没拿住，顺肩滑落，叉齿扎的。

那天傍黑，没风，满屯子烟囱竖脖子往上吐烟，烟柱攀上树梢了，攀上山尖了，顺着云梯攀到月亮上去。烟云在天，高了，淡了，散了。袅袅腾腾。柴火在灶膛里还一闪一闪地舔着火苗的时候，母亲在炕上睡了。

母亲九十二岁离世，离立屯百年尚差八个春秋。

那年雨水好，山上绿茂，墓地左近柴草齐腰。

干亚群　**薄秋**

　　先是看到那只鸭子，一身油光的羽毛，色彩斑斓，头高高地抬着，脖子上还有一圈漂亮的金毛，是非常有象征性的那种金黄。我开始并不知晓那是鸭子，还以为是一只鸟，但它走路蹒跚的样子，打消了我的错觉。

　　然后，我看到了她，年龄跟我差不多，说不上漂亮，可也不难看。她坐着在玩手机，一脚在门外，一脚在门里，火红的衣服跟血红的"洗脚"字样遥相呼应。许是跟人在视频，嘴角挂着笑容，不时说上几句，末尾吊着"啊哈"，也可能是"啥啊"。我听不懂，感觉应该跟我小县城习惯于句尾有"郎哉"差不多，类似于语气，而且是越开心，"郎哉"出现的频率就越高。

　　这是一家小得不能再小的洗脚店，也就两张床位，与大街上洗脚店的纵深相比，只能说是单薄如秋，几乎毫无优势可言。而且，她的店陷在各种美食美容店铺中，既没有声势夺人的招牌，更没有暧昧的灯光或门帘，我敢说，任何有点非分之想的人都不会把脚伸进这儿。

　　我正准备一步跨过去时，她突然放下手机，喊了声"亚亚"。我一愣，有些茫然。她又喊了声，还是"亚亚"。我像是被谁敲了一下，咚的一声，余音的震颤把我的脚跟紧紧拽住，带着惶恐。她起身舀了一勺清水，放到离笼子稍远的地方，还随手轻轻敲了敲勺子。那只呆头呆脑的鸭子仿佛回过神来，扭着身子凑近水勺。

　　原来，是"鸭鸭"，不是"亚亚"。

　　到底还是没忍住，跟她攀谈起来。

　　其实那天我心情很糟。父亲摔断了腿，起因倒是很简单，只不过是为了盖鸭舍。打电话给我的是小姑，她告诉我父亲腿受伤了，现在在她家里，让我有空回去一趟。我问伤得怎么样。小姑说，右脚跟肿得很厉害，她已用了冰块给他敷着。我听到父亲在旁边说话，意思是没事，不让我回去。父亲一向很熬痛，身体上有什么不舒服自己先忍一忍，至于主动提出来看医求药，几乎没有。父亲可能不知道，他越这样会熬，我越不放心。

我把父亲就近带到同学的医院，在那里拍片、检查，尽管有同学的照应，但过程仍费了些周折。因没有轮椅，我跟小姑搀扶着父亲从急诊到放射科，又一趟趟地来回缴费、拿单子。途中，我责怪父亲这么大的人，还爬那么高，为了几只鸭子把自己搞成这样。我越说越多，明知道不应该这样数落父亲，可那时的情绪根本容不了"冷静"两个字。父亲不言不语，只有坐下来的时候嘴唇忍不住地往里缩。小姑到底没忍住，批评我不像话：你爹痛成这样，你还怪这怪那的。父亲说：让她说吧。她说出来会好受些。我忍了忍眼泪，把父亲安顿在门诊大厅，自己跑到外面继续给同学打电话，希望能早点拿到报告。

我隔天去一趟医院，去之前先跑到菜场，每次都要经过那个洗脚房。她可能不知道自己这一养鸭，似乎让她的店独立了出来，如同聚光灯拉近了些，照亮了更多的东西。她的店门开着，门口站着那只雄鸭，扁扁的嘴巴闲闲地对着来来往往的行人。我不清楚她的生意如何，但从她的门面也能略知一二。

父亲恢复得很快。三天后出院了。我暂时不用跑来跑去。大约半个月后，我去老房子里写点东西，又路过那家店。结果发现店门关着，门前一片零乱，那只雄鸭不见了，门前挂着一块"转让"的牌子，字写得歪歪扭扭，在风里撞来撞去。可能过不了多久，这里会叮叮当当一阵子，有人会重新开张，她的痕迹也就荡然无存，改头，也换面，仿佛时光依然簇新地炙烤着每一个人的行走。

偏偏那条街的街名充满了历史感。这是一条子陵路，以纪念严子陵。街上的一切当然跟严子陵已丝毫没有关系，包括那句"云山苍苍，江水泱泱。先生之风，山高水长"，也是写在另外一条街的一面墙上。那面墙的背后原是村民的住宅，现只留下一片废墟。也就是说，这块土地虽然不长什么，但它被圈养得比种什么都好，待到挂牌出让时，地价被人一锤一锤地敲出来，最后敲得肥肥的，让每一个挤进去的人看到生活的富丽堂皇。

有人翻墙进去，开垦出一块地。很快，跟进一批人。只要邻居有两三个人在种菜，他们就会很快结群。尽管各自熟悉，仍在各自的地块上做好标记。数步之外车水马龙，而她们撅腚弓背地种下一棵棵菜。这块地种完了，她们继续拓展地块，还共享信息，每天拎着水桶、小锄头，寻找着遗落在城里的空地。为了种上有机作物，她们在家里用痰盂、用一只塑料袋装着去施肥，像是维护着一个农民的尊严。种出来的作物，大多自己吃，或送给亲友，有时也会去菜场卖。

子陵路如果一定要和严子陵有某种联系，只能算是那家渔具店了。店家不是本地人，在子陵路上开这家店纯属巧合。他卖钓竿，也卖鱼饵。生意咋样，不太清楚。能把店开上三年，应该不算坏。现在钓鱼的人挺多，且投鱼所好，不断改进鱼饵的芳香。有的一个人直接管理十多条钓竿，竿上系着铃铛，鱼一咬钩，铃声即大作，随之一阵手忙脚乱，神色慌张如遇贼。

离子陵路不远的地方有一座山，山上有子陵亭和子陵祠，里面的布置也是多次更改，但"高风亮节"一直是严子陵的一个符号。或者说他被"高风亮节"润养了两千多年，也养出了许多诗人的感慨，久之，在一些文人心中长成了结节。在失意的时候，用这个结节养一养自己的心灵，从历史的幽微处取些许烛火，再喝上几杯淡酒，那些长在灵魂里的脂肪颗粒，便慢慢得以融化。

有一年县戏剧院排了一出戏，在取戏名时专家们的意见不一，有说《严子陵》，也有说《严子陵与刘秀》，持后一种意见的认为严子陵假如没有刘秀这个同学，就极有可能湮没在历史的尘埃里。凭严子陵大冬天羊毛反穿手持一把钓竿，怎么说最多也只是一个怪人而已。奇人异人，以前有之，现在也有之，再怎么奇特或古怪，纵化于历史其分量也不足以让人为之停驻。因此，刘秀成全了严子陵倒也合情。从另一个角度说，严子陵也营养了刘秀的声誉，两人同卧一榻，严子陵把脚搁在刘秀的肚皮上，第二天天刚蒙蒙亮，钦天监官就惊慌失措地进宫启奏，说是昨晚客星冲帝星。刘秀笑声朗朗，连说"无妨无妨"。然后，两人在大殿上你来我往，一个坚持封官许愿，一个坚持拒不出仕，戏剧的冲突由此走向高潮。

扮演严子陵的是戏剧院的院长，姓寿，三十出头时便是国家一级演员，在行政岗位上也有近二十年的经历。寿老师为了剧院的生存，跻身于官场，也厕身于江湖，做到进退自如，且洁身自好。他既有耿介的不羁，也有睿智的宽容。他自己说因为很小就进剧团，文化课基本没怎么上，所以坚持每天读书，还练书法。寿老师担任过许多剧目的主角，也捧回了许许多多的奖项，然而，对他来说最满意的是两个人物：一是王阳明，另一个是严子陵。两个人物跨越时间大，所处的历史方位截然不同，支撑他们的世事背景也不一样，一个是已经入朝为官，另一个还是书生自处。一个修为在内心深处，用致良知解释遵命与尊卑，一个以自然滋养身心，在得舍之间走平衡木，且走得逍遥自在。寿老师说，王阳明的戏突出了"人是要讲真话的"，守真如守拙，看似笨拙甚至迂腐的人，其内心干净、光明。演过严子陵后，他对"适合自己的就是最好的"有了更切身的体悟。

那晚，寿老师在台上谢了三次幕，第一次以严子陵的形象，向台下的观众拱手，分别向三个方向致谢，笑意盈盈，眼睛明亮；第二次以书生的形象，拉长袖子朝席下作揖，观众掌声如雷，他频频还谢；第三次，他在台上向大家鞠躬，热泪已盈眼眶，那时已说不清他是严子陵，是王阳明，还是他本人。《严子陵》，成了寿老师的封箱之作。

看完《严子陵》后，我一个人默默地走回家。沿街的店门大多已关，街上空荡荡的。剧院门口的热闹一下子变得依稀。已过了中秋，夜晚渐渐充入凉意，并悄悄滑向萧瑟。落叶扑簌簌地下来，忽前忽后，且无声无息，像是某种暗喻，如同戏剧舞台，当戏达到高潮的时候，离曲终亦已不远矣。

想看星月，可什么也没看到，苍穹之下，只有灯火直直地矗立着，有些僵硬。

有些热闹令我很不安，尤其是那些真假难分的酒局，让我感到很窘迫，因为总有那么一些人，习惯于用宏大的词汇喂养着酒桌上的主宾，在主宾不知所终的微笑里极力逢迎。我知道那是江湖，不能当真。可长时间劝自己不能当真，也难免圈养出坏情绪来。所以，饭局一旦结束，我比谁都跑得像鸟兽散。

当然，自己也有江湖，里面是小我与大我，还有自我，要唤醒本真的自己，谈何容易。原以为已经忘却了的一段经历，还是被那天的一声"亚亚"推醒了。

我读卫校的时候跟一位男同学交往过，他跟我同一年考入中专，念的是农校。只不过他重读了一年，说起来还有点沾亲带故，是我堂姊的侄子。在堂姊的牵线下我们开始通信。初时信写得很普通，互相汇报着学校里的一些情况，无非是抱怨学校里的菜难吃，或者是内心的孤独与寂寞。明明知道是强说愁，却又只能依赖于这愁那愁的。也因为这些愁绪，似乎让对方误以为知己便是自己。慢慢地，信写得有些热切，甚至出现了"思念"之词。

有天，他突然来信说星期日想来看我。我有些紧张，也有些期待，但又不敢被人发现这个秘密，只能装出勤奋学习的样子，捧着《解剖学》，用力背诵身上的组织器官与神经系统。我根据他信上的时间去火车站接他。火车站的出口形同虚设，每个车厢下来的人沿着轨道很快走散。我在站外等着,眼睛盯着车厢连接处。那天下着雨,我撑着一把饰有流苏的黄伞,跟琼瑶小说里的女主角似的,在车站等着所谓的意中人。但一直等到暮色四合,也没有等到他。我有些惆怅,可又似乎松了口气,沿着江边返回学校。

第二天我独自去教室温习功课,当然,心思有些浮皮潦草。正当我在纸上画一块块骨头时,门突然被推开,是他。他拎着一只包,手里捏着一束花,是塑料做的。我一惊,也一喜,问他怎么知道我在教室里。他涨红着脸,说是他摸到了寝室,是寝室的同学告诉他的。我有些局促,他也是。两个人不知道说什么好。短暂的冷场后,他把塑料花递过来。我接住,有些激动,但又觉得太招摇了,于是,啪的一下放进了课桌。他说,他现在准备回去了。我说,我送你。两个人在路上一前一后地走。我说,昨天你来的啊。他说,是的。我说,我去接你了。他说,他也找了。之后再也没有话了。这一路,先前的期待,以及书信上的热烈,被他的沉默冰冻了。

之后又通信了一段时间,他开始叫我"亚亚",言辞也越来越大胆。我发觉自己开始了解他的性格,沉闷、死板、固执,是我最不喜欢的类型。于是,我提出结束交往。按理说,我们是算不上谈恋爱的,那些所谓的恋与爱也只是停留在纸上。谁知,这一决定完全暴露了他性格上的缺陷,他在信里威胁,说是见信时已经见不到他了云云。吓得我赶紧去信安慰。他的信来得很快,说我肯定不会让他失恋。我有一搭没一搭地去一信。一阵子过后,见他状况挺好,再次提出结束交往。他故态复萌,在信上涂满血字,看得我心惊肉跳。与他终止交往的过程,弄得我精疲力竭,心力交瘁。

一辆三轮车在我身边"吱嘎"立住,问我要不要坐。他把小县城的方言说得有点半身不遂。见我拒绝,他似乎有些失望,不过还是很快骑远了。是的,他不是踩,他的三轮车加装了电动。他们呼喝着在车流与人流中拐来拐去,似乎有一桩桩悬而未决的事等着他们。现在难见到一辆坐起来慢悠悠的三轮车了。他们在奔波,坐的人在颠簸,与城市的喧嚣彼此相通又相轻。

在小区门口碰到了一条流浪狗,它立住,抬头看了我一眼,那眼神跟两年前差不多。我曾经喂过它,有时是吃剩的东西,有时从购物袋里取一些。次数多了,它便认得了我。即使我手里没有东西,它也陪我走到楼梯口。我上楼,它望着我。我喊它"汪汪",它不回应我,只是摇尾巴。时间长了,一进小区我就会寻找这条狗。许是感应,它就悄无声息地出现在我面前,非常乖巧。我似乎从没听过它的叫声。哪怕猫在撕心裂肺地叫着时,它也是安安静静的,离开时永远是低着头。

　　我也习惯低着头走路,形式上有些目空一切,而一个人静下来时也常常陷入心情的幽微。我并不是一个用往事来泡养自己的人,觉得一切都是当下的最好。那份好,非常薄,却总抵挡得住厚重的撞击。

程鹏　　**从酸辣粉到麻辣烫**

　　我的故乡重庆,有名的当数酸辣粉,辣出名字,酸出省份。而我其实是怕辣的,每次吃辣,虚火从鼻孔冒出来,也使我胆下藏刀,脾气也蹿上来,变得尖锐,失去理智,得罪了人都不知道。

　　1995 年,我在深圳的一家木材厂打工,年底放假,工厂给编制内的员工减免车船费,这事在工友中引起巨大轰动,所以厂中很多员工都要回家。我是编外员工,享受不到这个减免,但我想回家,想回家看看母亲。

　　我扛着一个大木箱,身子飘飘荡荡,影子支离破碎。我的表妹是一个青涩丫头,扎着马尾,个子很小,但她比我先来到南方,来到这个木材厂,她已经成为编制内员工。我和她挤在返乡的火车中,这火车是个闷罐车,哐哐作响。大家挤成一团,不分年纪,不分男女。有人憋不住了,方便的时候,大家别过脸去,假装不知。终于有人笑出声,于是大家都笑出了声,方便的尴尬了一阵,也笑出声。声音纠结着空气,闷罐车的透气窗外,依然是蓝天白云,还有青草、大地与河流。

　　下了火车,岳阳的夜色洗刷着我们这些返乡的人。我们被拉上了中巴车,狠狠地被宰了二十元(岳阳火车站离城陵矶码头不到三公里路程),那时的二十元还是很值得重视的一笔钱,但是大家只求平安到达,有反抗的,就重重地挨了一耳光,很响。挨了耳光的,没有得到我们的同情,大家背地里说这人不长眼睛,出门在外看不清事。城陵矶的候船室,上厕所的排成了长队,而女生队更长,花花绿绿像一条巷子。坐下来的都在骂劳动局来接应的人员,因为车船票是他们团订。有一个工作人员走过来说,春运啊,春运,能回去就不错了。人人表情麻木,眼神呆滞。寒气从我们的领口窜进来,于是大家围着一个小摊购买白围巾、红帽子和黑手套。终于盼到船来,大家高高兴兴地上船,想到船上至少会有一张床,有被子,有枕头,有热水。结果呢,船上到处堆满了人,百分之九十是返乡的打工者。我和表妹在厕所的过道找到了一个位置,挤在一起,躲避江风扑打。

我的心始终悬着,唯恐这个难民船会突然消失。闭眼和睁眼之间,日光灯的光晕和江边的曙光杂糅在一起,昏昏沉沉。就这样过了三峡、神女峰、白帝城……看得到故乡的县城了,越来越近。

上了岸,一种味道揪住了我的鼻孔,那就是酸辣粉了。

我和表妹坐在路边的小吃摊上,每个人要了一大碗酸辣粉,肥肥的粉,像一条条虫子,透明的能看到豌豆坐在里面,像一尊菩萨。一呼啦在嘴里,辣,辣,辣,把我们的鼻涕和眼泪都呛出来了。

在桥头的生活是模糊的。以前一直住关内,过着打工人的群居生活,每天都去找最便宜的快餐。到了关外,我吃遍了桥头的每一家小饭店。我狂热的爱吃炒米粉加点河粉混炒,只需要轻微的一点油——从去年六月开始,我的身体横向发展,我的胃口也开始抵制起油来。

时间的时针指在冬天的时候,天气时暖时冷,不管怎样,我对炒粉都失去了兴趣,只感觉到它的油腻。每天我在楼上跑上跑下,指挥着木工、水工、电工、油漆工、泥瓦工,跟业主沟通,和设计师核对图纸,时而被老板骂上一句。每天回到租住的地方,两条腿都沉重得抬不起来。

累了,就是不知道吃什么东西,吃,真是人生一件极大的麻烦。不知道什么时候,我又开始吃到了酸辣粉。

我们公司刚开始成立时,办公室只有三个成员。两位设计师,是女孩,一个嘴巴像刀子,一个头发留得像凤凰卫视的陈鲁豫。另一位就是财务,是个刚入社会的年轻人,仗着某种关系,会对我们这些施工人员说些伤人的话。但他实在稚嫩,禁不住我的老奸巨猾,我会用不伤人的话顶回去,他也就服帖了。时间久了,大家都熟了,为了跟他们搞好关系,我常常请他们吃些东西。

我跟那位刀子嘴设计师租的房子在同一栋。有一天下班,刚好在出租屋门口,我说大家一起吃吃饭吧,她建议去吃酸辣粉。

面对着吃,她说起话来显得温柔,跟在施工现场对我们这些施工人员呼来喝去时判若两人。我们跑到一家"天下第一粉"的摊上吃酸辣粉,那种味道使我一吃就爱上了它,特别是汤,在我的肠子里荡着,萦回缭绕。

在建筑工地上,工友请工友吃饭,莫过于鸡煲了。特别是工友的生日,一锅鸡煲麻辣杂陈,一豆炉火顶着锅底子,四个五个的喝啤酒。这是最雄性的场景了,我往往与他们显得格格不入。工友们就说我"酸",我被他们骂得够了,就跟他们赌喝啤酒,没想到,他们却醉了。他们醉眼蒙眬地看着我,那眼睛就像烧红的死鱼。

鸡煲应该是南方的著名小吃,好吃又实惠。金威啤酒喝了两瓶,大家就乘兴行起了酒令,划拳,二呀嘛二鸿禧,三呀嘛三桃园。

不知是因为啤酒,还是豆大的炉火,所有工友的脸膛都红彤彤的,像被打铁铺烧红了的月亮。大家开始相互骂对方。骂完对方的弱点,又扯到工地上的事,扯到工程上的事就开始说哪个的技术差,压水晶头跳线错位,在墙角撒尿被安全员逮个正着……反正只要是丑事就统统被端了出来。

有人进出一句:他妈的,我今年都三十了,还光根一条。

他妈的,你不要赌。

我他妈的不赌,也是没钱。

大家闹一阵笑一阵,把锅底的鸡骨头都捞出来啃了,付了钱,沿着清凉的月亮摸回工棚。

2007年年底,我一个人甩掉观澜高尔夫别墅的水电工程——如果再干下去,把家人卖了都不够工人的工资。我丢盔弃甲,连工具都不敢去拿,就从那个"富人区"里逃了出来。为什么说是逃?因为每次进到高尔夫球场里,是泥头车拉进去的,寒风刺在脸上生痛。两旁滋长的杂树伸出树枝,要切割我们几乎冻僵的身体。真冷啊,手指抓住泥头车的栏杆。我们要经过一道又一道的检查,施工出入证是关键,如果有人反抗,小心他们的狼犬。

我们在里面相当于坐牢,晚上也不能越出施工现场的周围,如果越出一步,就有保安牵着狼狗过来,警告你这是富人区,闲杂人不得到处晃荡。没有自由,大家的心都在散,况且又到了快过年的时候。从其他工地借调来的人散完,最后跟我常在一起干的几个人也在借故走人。人要走,我心下慌了,没有工人等于没有一切。在一个岗亭,我央求保安帮我拦了一辆车,从那个"富人区"里逃了出来。

逃了出来，我打电话给施工甲方，叫他把那几个工人的工资结了，谎称明天找另一个工地的人来做工程。我外表憨厚，没有引起施工甲方的怀疑，他们给了钱。

工友们都回老家过年去了，我睡在工棚里，每天泡方便面吃。从睡觉的地方到厕所有几米距离。我提着红色的塑料桶去厕所打水。一个瘦骨嶙峋的建筑工正在用冷水冲凉，他的牙齿打着战，居然还唱着歌。我奇怪的是冷水从他的背脊淋下去，为什么还会冒出一股热气来。这个在寒风中冲凉唱着歌的建筑工友，他大概和我一样，不知道一场雪正把众多的打工人拦截在路上。夜晚来临，南方的寒冷还是穿透棉被，我在被子里拿出笔，写出了《冲凉歌》《大铺歌》和《工棚》。

鞭炮声响了，鞭炮声远去了，新年来了。那几天里，我从市民中心的工棚穿过寒冷的空气，到岗厦西去吃最便宜的快餐。这个时候，我那个具有法律效力的妻子联系上了我，跟我来到市民中心工地，跟我谈离婚的事。

我说，你找到幸福了我就答应你。

她说，你不跟我离我怎么去找。

我带着她去岗厦西吃了一顿鸡煲。我们挤在一堆外来人员间，我的女人长得还有几分精致，头发直而长，擅长装扮自己。我听见有一个人喊我，甚至叫出了我的小名。竟然是我青梅竹马的小伙伴，小时候我们还通过情书，已经十多年没见了。我瞪着她，假装不认识。她见我不应，以为是认错了人，悻悻地走了。

我的工作性质让我成了一个居无定所的人，工程在哪里我就住在哪里，如果工程完结，就只好自己找地方住了。

蛇口的工程一交底，工地就开始拆工棚。香港师傅给我们结清了工钱，我就住到园岭工地。

我就暂时闲散着，整天在荔枝公园转悠，跟人家打牌，围着圈子跟人家跳舞，但也有人围着唱歌，都是老歌曲，我自然不喜欢唱，也嫌他们吵。

在这个时间段，我与爱情擦肩而过。一天下午，我在网吧上网，跟一个女孩聊了起来，她的美丽和亲近是动人的，牵动着我，也牵动着那个紫色的下午和云朵。是凑巧还是缘分，我在通家乐超市旁边遇见了她，我们相视一笑。

我说，你这么美。

她说，你像个傻子。

每次我们出去玩，就是泡酒吧。我们也不是特别地想去喝酒，在苦闷的周末，那个地方就是一座天堂。反正，星期六，就是那么回事，泡酒吧。盛大的夏日，啤酒倒入嗓子，有一种豪迈和畅快。当震耳欲聋的迪士高响起，我会冲上舞台，和分贝一起嗨起来。

她在台下大叫我的名字，很多的荧光棒都抛向我。

她在通家乐对面租了个单间，只容纳两个人的世界，夏天强烈的气浪热透我们。从她的房间到我的工地需要二十分钟，每次走到工地的草地上，我都要她在那里等我。我不想让她看见我的住所。那时下面的工棚被甲方利用起来做了工程办公室，我们被赶到还没拆除的铁皮房。夏天，铁皮房里闷热异常。很多时候，我在荔枝公园里转悠到晚上十一点才回去冲凉。

她就在那里等我。在草地上。

我跑过保安亭，看看保安不在，就冲了进去。很快接到她的短信：在这个城市里百分之八十的人都是打工的，你不要自卑。

我没有自卑，我一口气跑到楼顶，拧开水龙头，水哗哗地流出来，淋透了我的背。哗——哗——哗——我的泪也出来了。

她了解我。

我们都透着一股傻劲——那就是良善，这也是我们给对方的礼物。她叫我傻子，我叫她傻瓜。我和她的骨子里或多或少地有种相似的东西，那是孤独吗？她说，人的一生都是孤独的。

我说，你不会，会有很多人爱你的。

她仍然说，人都是孤独地来，孤独地去。

她又说，我老了肯定是孤独的。

我洗了个苹果给她，说，你老了我会去看你的。

她说，不要对我这么好，会伤害你自己的。

我突然哭了。大雨下着，我冲进雨中，她追下来，想抓住我，今天就住这里，她喊。

我咬着嘴唇不语，拦了一辆的士，大雨洗着红色的的士车。她抓住我，抓住的士车门，雨水洗掉了她的脸。

我们爱上了一种食物，就是麻辣烫，每天我们都要去吃一次，老板递过来红色的篮子,黄色的篮子,我们就挑了自己喜欢吃的菜在篮子里,每一串是一元,用细小的竹签串着,有菠菜、油麦菜、大白菜、鸡蛋、牛肉丸、鱼丸、香肠……它们混成一锅煮,再加上两元的粉,真是一道十足的美餐。

每次吃完,她都像匹美丽的驴子,打着响鼻。

我们对麻辣烫有个共同的口头禅:这麻辣,滚在舌尖啊,有点——烫。

有一天,她说这城市真好玩但不是穷人过的。

有一天,她说她在酒吧一个男人给了她一千块。

有一天,她说她要挣一套房子的钱。

终于有一天,她搬走了,我帮她搬的。

我知道我给不了她什么,我只是一个普通的打工者,很多时候我变得很坚强,几近坚不可摧。但是我其实是一个弱者,我清楚这一点。

我还是去那个巷子,在那个麻辣烫店里,接过篮子,要了菠菜、大白菜、牛肉丸、豆皮、腐竹。

店里很静。我坐下来,给她发短信:傻瓜,我在这里吃麻辣烫。

她很快回短信:傻子,我现在不能陪你吃了。

表达

你的

发现

2022

精选集

王彬　青帝白帝

1995，华山

一万只虫鸣还没有将夜色啃尽，刚刚凌晨四点，我们就被叫起爬山了。

虫声唧唧，雨点一般洒落，带来许多寒冷的气息，仿佛有数不清的微明光斑把我们湮没，把我们托起，又落到黝黑的山径上。

山，是西岳华山。我们昨天来到这里，专门为了爬华山。说是专门，其实并没有任何装束准备，而且当时也并无缆车，我们只是做好在一整天的时间里爬山和下山的准备而已。

迷迷糊糊中走过一座山谷，之后的山路基本是五十度的倾斜状态。有一段几乎是九十度，我们手脚并用地爬过去。同行的人说，如果在这里设一道关卡，就真的是一夫当关。天色大亮时，看到前面有一道苍翠的山岭，在薄如刀刃的山脊上开凿一些纤细粗浅的石阶，一侧装有铁索，而另一侧没有任何防护。后来知道，这儿就是著名的苍龙岭。对面是金锁关，有一处叫"韩愈投书处"，说是韩愈来到这里被惊吓得痛哭，写了一封与家人诀别的遗书，于此投下，可见其地势凶险。

韩愈为什么会来到这里不得而知，韩愈是否在这里写下遗书，也不得而知。中国的名山大川往往与文人结缘，在笔走龙蛇的烟霞中升华，而后者也因此不朽。韩愈与华山却是一个例外，一座名山吓到一位文化名人，则是个异数，不知这背后包孕了什么历史真相。

进入金锁关，山路开始平坦，再前行便是西峰，上面有一方巨石，旁边有一块小石，中间是一条缝隙，一只大铁斧被一条铁链固定斜倚在巨石脚下，石上镌刻：沉香劈山救母处。西峰附近是南峰，在去南峰的山路上，有一处凹陷的石窝，里面储水，有文字说这儿就是玉女洗头发的地方，看罢令人哑然。而长空栈道则令人惊惧，两位道袍装束的男人站在栈道上俯瞰对面山谷。

与泰山和黄山相比较,泰山宽博厚重,青松茂密而有君子之风,黄山空灵妩媚,罗衣飘飘而有美人之态。华山呢?莘确雄奇如万刃锋出,天兵森列,凛凛然使人产生敬畏之感。记得李白在诗中吟哦黄河像丝线一样从天际远远飘来,奔流到华山而被阻遏了,"盘涡毂转秦地雷"。然而实际的地理状态是,黄河与华山并没有交集,但这对李白这样可以上天摘星的浪漫诗仙来说,也算不得什么,用咆哮的黄河衬托"西岳峥嵘何壮哉",有什么不可以?

> 三峰却立如欲摧,翠崖丹谷高掌开。
> 白帝金精运元气,石作莲花云作台。

白帝是传说中的五帝之一,为"司秋"之神,处于西方,西方属金,颜色白,因此称白帝。而华山被视为白帝的栖身之处,因此李仙人说这里是"白帝金精运元气"。还有一种传说,上古时期有五帝,白帝是其中之一,他建立的国家在山东日照一带。西汉末年,陕西扶风茂陵人公孙述割据四川,称其驻地为白帝城。公孙述,字子阳,故而又称子阳城。这当然与华山无关,而李白把华山喻为莲花,则是关乎华山形状的描述,所谓"石作莲花云作台"。无边的云朵漫涌恣肆,淡青的山峰在云端上翻滚,无论如何都会使人产生美丽联想。然而,为什么不是云作莲花?云想莲花,花作山,让云在嶙峋的石头上绽放花朵,美人如花隔云端,而石头追随着,也怒放莲花一般的云朵呢?

在我的印象中,似乎画家与华山的关系更为亲近,他们喜欢用各式皴法摹写华山的孤耸与肌理。我最喜欢的是明人王履,他用简洁的小斧皴一笔一笔地勾斫山石,以写生的手法,将华山石质的坚实与文理邃密描摹得精准到位。1903年,三十九岁的齐白石与友人进京,三月路过华山,正是桃花盛开之际,齐白石登上万岁楼"面对华山,看个尽兴",在《白石老人自述》中说:"一路桃花,长达数十里,风景之美,真是生平所仅见。"晚间,齐白石画了一幅《华山图》团扇,题诗曰:

> 看山须上最高楼,胜地曾经且莫愁。
> 碑石火残存五岳,树名人识过青牛。

日晴合掌输山色,云近黄河学水流。

归卧南衡对图画,刊文还笑梦中游。

齐白石从湘潭出发,先是到了西安,觐见樊樊山。樊其时是山西的三品臬台,齐刻了几方印章想送给他,但因为没有递门包,门子不给通报。后来旁人跟樊樊山说了才见着面,樊樊山送给他五十两银子作刻印的润资,又替齐白石订了一张刻印的润例,亲笔写好交给他。此时,齐不过是一个乡间画师,而樊不仅是金镳玉络,而且是耸动南北的大诗人,可见樊的胸襟。在晚清覆灭前夕,樊曾在江苏暂属巡抚,但未到任清廷即覆灭了。晚年他欲去天津卖字,被金梁讥讽,铩羽而归,不久便与世长别。为了酬答樊樊山多年延誉的雅意,齐白石给他画了一幅《双蝶图》扇面,樊赋诗回赠:

一双蝴蝶蘦蘦至,犹恐相逢是梦中。

知我平生非酷吏,故人相赠只清风。

慈禧供奉红颜老,湘绮门墙白发新。

珍重先朝双画手,齐山人与缪夫人。

齐一生邂逅了五位贵人:一是湖南的王湘绮,教他作旧体诗;一是樊樊山;一是陈石曾,即陈衡恪,陈寅恪的哥哥,启发、指正他改变画风;一是林风眠,聘请他做北京艺专老师;最后是徐悲鸿,续聘他做北平艺专老师,其时改称教授。齐在《华山图》中题写的七律有句"碑石火残存五岳",其中的"碑",位于西岳庙里,是一方制于武则天时期的巨碑,毁于黄巢兵乱,现在尚有残石。我们那一天从华山回到宾馆,已是夜间十点,难以拜谒。第二天,我们去那里,当时还没有完全开放,我们进去时暮色开始密集,在山门右侧看到了那座石碑残骸,不久有房间亮起灯光,使人感到亲切,但西岳庙大部仍沉沦在灰色的薄明或乌鸦翅膀的夜影里,泛散着一种神奇的朦胧微光,而远处的华山,虫声舒朗,黑暗而美丽。

不知天上宫阙

泰山有三处庙宇引人瞩目。

一处是岱庙，一处是玉皇庙，一处是碧霞元君祠。

岱庙位于泰山南麓，创建于汉代，建筑布局取宫城样式，大门是城门形状，高耸的墩台上矗立巍峨的城楼，大殿称天贶殿，供奉东岳大帝。"贶"是赏赐的意思，"天贶"就是"来自上苍的恩赐"。东岳大帝居于东方，在季节中对应春天，五行中对应树木，五色之中对应青色，因此又称青帝，与居于西方的白帝相对。东岳大帝属于春神，是五帝之中最重要的神祇。唐人黄巢有一首歌咏菊花的诗，认为菊花被规定在秋天开放是不公正的，但自己手中没有权柄，改变不了这个现状，如果自己做了青帝，"他年我若为青帝"，那就"报与桃花一处开"。这当然是黄巢"借他人酒杯浇自己块垒"，但中国历史周而复始地胡乱折腾，也正与黄这样的人物密迩难分，而中国底层的无穷苦难，用张养浩的表述是"兴，百姓苦；亡，百姓苦"，也成为一种周而复始的周期律。

岱庙的建筑基本是明清形态，但是宫城门洞上方则是宋人的覆斗形状，只是覆斗不深，折檐甚浅。折檐上敷设灰色筒瓦，其下是一根与折檐平行的桁木，再下是一根平直的桁木，桁木之间是两根短柱。无论桁木还是短柱，都涂饰红颜料，使得灰色的砖城焕发几分明丽。穿过岱庙，便是爬山的石阶，有人统计要爬六千余级，穿过中天门、南天门、天街，到玉皇庙，此时腰腿关节似乎被重行组装了一次。这当然也只是我的个人感受，不足为训。

玉皇庙在泰山顶部，虽然是祭祀最高级的天神，但庙的规模不大，有山门、大殿。山门是随墙门，红墙灰瓦，门洞是拱形的，门是朱红色的。大殿也是朱红色的，供奉玉皇大帝。在大殿与山门之间端踞着几块灰色的石头，那就是泰山的主峰，曰"极顶石"，海拔一千五百四十五米，是泰山最高点，所谓"泰山极顶"，就是这里。清光绪年间为了保护它，在周围架设围栏，后来改为石栏，一位叫王钧的人题下"极顶"二字。因为这个缘故，我特意走出山门，前后左右端详玉皇庙形态，的确是围绕泰山顶部修建，而在庭院中特意露出那座不大的浑圆的山顶。如果是今人出手，或会把它砍掉，把山顶削平筑为平地而于其上构建殿宇吧。

玉皇庙大殿神龛上方悬挂一块木匾，题曰"柴望遗风"。古云"柴望秩于山川"，所谓"柴"，就是燔柴祭天，"取玉与牲置柴上烧之"，让牛羊一类食品被烤熟后的香气飘浮云巅，以使上苍歆享。这个祭天的做法与犹太教一样，亚伯拉罕也是把公羊放在柴上烧烤用来祭祀上帝。而所谓"望"就是望祭山川，不仅祭天而且要祭山河。

这个做法被后来的帝王继承，故曰"遗风"。据说，极顶石西北便是设坛之地。玉皇庙内有两座小亭子，东曰"观日亭"眺望旭日东升，西曰"望河亭"纵览黄河金带。黄河金子一样在天际隐约眨动，旭日呢？当然是金色加红色，蝉蛹一般在云层里慢慢蠕动，蓦地耸身一跃，跳上苍穹啦！

玉皇庙前方有一尊形制古朴、黄白颜色的石碑，光滑平整，没有任何文字，相传此碑立于秦代，里面封存有金简玉册。明人张铨有一首七绝："莽荡天风万里吹，玉函金简至今疑。袖携五色如椽笔，来补秦王无字碑。"早些年，在北岳恒山的崖壁，有一位药农捡到一方武则天祭天时的金简，在当时颇为轰动，那么在泰山，祭祀上天的金简怎么会封存在石碑里呢？

玉皇庙的西南是青帝宫，是东岳大帝在山上的庙，西侧是他的寝宫。作家杨朔登泰山时便住在这里，他在《泰山极顶》中写道，"我们在青帝宫中寻到个宿处"，用旧式的表述也就是"庙寓"，而那一天山上忽然漫起"好大的云雾，又浓又湿，悄悄挤进门缝，落到枕头边上"，又听见零星"几滴雨声"。虽然担心明早天气不好，但第二天他还是冒着早凉起来观日，一位须髯飘飘的老道人指点远近风景给他们看，惋惜地说："可惜天气不佳，恐怕你们看不见日出了。"听了这话，杨朔"心却变得异常晴朗，一点都没有惋惜的情绪"，而"沉思地望着极远极远的地方"，当然，是他那个时代远方的远方。

1961 年 5 月 10 日，郭沫若登泰山看日出也未能如愿。头一晚，夜空美丽宛如碧海，月朗星明悬挂中天，次日清晨却突然泛起白雾，顷刻之间云朵翻滚，日出当然看不到了。郭沫若《在极顶看日出未遂》诗中写道："飞雾岭头急，稠云海上旋。"又说："晨曦光晦若，东壁石巍然。"对那块无字碑，郭沫若"摩抚碑无字，回思汉武年"。如实记录了其时的情景与心态，他大概没有杨那样"为时著文"的缜密心思。当然，就文章而言，《泰山极顶》也有特色，至少是逆向思维，曾经入选初中课本而影响颇大。杨朔在文中把泰山比为一幅规模惊人的青绿山水画，山一层比一层深，一叠比一叠奇，绿荫森森，浓得好像要流下来，在对松亭里听听流水和松涛，心情是放松的。在泰山，当然也不仅如此，我曾经看到，在松林背后的旷地上，也有不少普通人家的坟丘，正是清明前后，有些坟丘的顶部放了一沓白纸，压着一块青色的石头。若是缺少了这些，泰山似乎也就缺少了什么。

泰山前麓有一座小山，海拔只有一百九十八米，称"蒿里"，是古代帝王禅地的处所。1931 年,该处出土了唐宋时期的禅地玉册。古代的"封禅"有两层含义:所谓"封",是在泰山之顶聚土筑圆台,祭祀天,增泰山之高以表功于天;所谓"禅",是在一座小山上聚土建方坛,祭祀地,以增地之厚而报广福之恩。这座小山就是蒿里山。在古人的信仰中,东岳大帝既主生也管死,是所谓的幽冥之神。西汉初年田横自刎后,有门人为之挽歌,汉武时乐师李延年将其分为两章。其一曰《薤露》:"薤上露,何易晞,露晞明朝更复落。人死一去何时归?"薤,是一种植物,花朵紫色,叶子丛生而细长。朝露易逝,何况是落在薤上的露水呢!其二曰《蒿里》:"蒿里谁家地?聚敛魂魄无贤愚。鬼伯一何相催促,人命不得少踟蹰。""蒿",是指物体精气冉冉蒸出的样子,没有了精气物体便枯槁了,人也是如此。因此,"蒿里"指亡人所处之地。在当时,《薤露》送别王公贵人,《蒿里》则送别庶人与士大夫。曹操在《蒿里行》中痛惜:"白骨露于野,千里无鸡鸣。"又叹息:"生民百遗一,念之断人肠。"我旧时读这诗,不明白为什么以"蒿里"为题,而现在明白了。

蒿里在泰山火车站南侧,作为曾经的魂魄归宿地,不知现在怎样了。

碧霞元君祠在玉皇庙东侧,始建于北宋大中祥符年间,是碧霞元君的祖庭,紫殿瑶阶,檐牙高啄,俨然天上宫阙。相传,碧霞元君是东岳大帝的女儿,是保护妇女的神祇,庇护她们生育,保护她们的幸福,而且有求必应。在北方,碧霞元君相当南方的妈祖,当然也可以说南方的妈祖相当北方的碧霞元君。全国有一千多处碧霞元君祠,以山东河北为多,北京妙峰山上的碧霞元君祠是京津冀香客的进香之地。1925 年,顾颉刚与北大同仁,用田野调查的形式对那里的进香活动做了详细记录,后来顾颉刚将此记录出版,书的题目就是《妙峰山》。

在北京市区与近郊,曾经有五座著名的碧霞元君祠,根据方位简称"五顶"。因为碧霞元君的祖庭在泰山的山顶,因此北京的碧霞元君祠简称"顶"。其中位于奥林匹克体育公园内水立方南侧的北顶,在历史上,是北京中轴线北向延长的唯一地标性建筑。2006 年,在举办北京奥运会之前,我建议把北顶与周边多处古迹保护起来,这样就可以将历史与现实通过人文景观相结合,从而展示北京的人文奥运精神,这个建议后来被有关部门采纳,而且不仅是北顶,包括龙王堂(奥运会时作为村主任办公室)、兆惠(乾隆时平定天山南北的英雄)墓等地,也被保护起来。

现在这座碧霞元君祠,依旧供奉碧霞元君的神像,与泰山峰顶的碧霞元君祠一样,而妙峰山也是如此,只是不知偏殿是否还供奉王三奶奶。这位王三奶奶的神像

"青布的衫裤,喜鹊窠的发髻,完全是一个老妈子的形状"。据说王三奶奶是天津人,的确"是做老妈子的,因为修行而成神。这里边一定有一件很大的故事,所以才会从天津传到北京"。她做了什么大事不得而知,但肯定是于人们有益的事情吧!当然,王三奶奶属于民间宗教的神,在神的队伍中排在末尾的末尾。然而无论何种神,包括佛教、道教中大大小小、尊贵与不尊贵的神以及碧霞元君,原本也是人们按照自己的希冀所创作,是芸芸微尘的叹息与情感折射。让花朵绽放的是风雨,让花朵凋谢的也仍是风雨,即便处于春云暧靆的碧落之外,泰山之巅,其根底还是红尘间阎。

薛林荣　陇山访古记

陇山，又称关山，别名陇坂、陇坻，既分界了陕西关中平原与陇西黄土高原，又分水了渭河与泾河，是鄂尔多斯高原游牧文明与中原农业文明的交汇地带。甘肃简称"陇"，即自此山命名。

访汉碑记

陇山之西的松林中，有一通汉碑，叫《河峪颂》，是甘陇境内汉刻最古者。

小雪节气前，请向导王成科先生入陇山腹地勘察陇关道，探访古碑。

王成科戴着一顶标志性的黑色礼帽，还带着水果、酸奶等物，说是进山后的"用物"。

顺樊河而东，越东山而上，渐至山巅。向来路望去，西边山顶有一圆形平整地块，据说以前是吐蕃人的寺庙，名叫黑番寺。东边可见晴云垒垒，而白雪皑皑，分外壮观。转弯处，俯瞰河峪村一带，两山夹峙，屋舍俨然，前有溪水，后有松林，肥田千顷，牛羊成群，即便路边大规模堆积的一坨坨牛粪，也足以让外人称奇。时近傍晚，村童散学回家，屋顶炊烟袅袅，烟气相接，好一个世外桃源。

沿河峪村继续东行，约两里处，可见松林山脚有一蓝色防盗门驻守的拱形石洞，此即《河峪颂》也。

王成科是《河峪颂》的发现者，他幼年随父母逃荒之时便见到此碑。那时，他父亲常对他说：千年的古碑会说话，你好好认字，以后就知道石头上写的是什么了。"此碑余自幼便从草莽中常窥遐想，后稍识字，便在寻柴采菜之时流连忘返，不灭斯文。赐予我一乡文化管理之机，经多方奔走禀报，引起文物部门重视，拨款护持，以传后世之高见者，并为深山遗一人文景点，汉代赵公可以舒心矣，余亦借此了却多年心病也！"他写道。

碑洞处麦田中，四周以树枝罩樊篱。钻篱而过，即来谒碑。此碑现由张家川县文物局管理，因为文物贩子盗拓，县上加强了防范，新装了防盗门，有明锁五把，暗锁一把。村人掌管两把，文物局掌管四把，需掌钥者同时在场方能开洞。时钥匙尚在途中，王成科即履行他进山的一套程序——他对着碑作了揖，并将随身带来的酸奶状包装的三个瓷杯打开，飘出浓烈酒味。原来不是酸奶，而是金徽酒！

王成科在汉碑前将三杯酒分别泼了小半部分，大半部分则交于众人各喝一口，同时对着古碑说：我们看你来了！

那一刻，我感受到了一种莫名的庄严。

掌钥者先后赶来。因其中一把锁已生锈，虽经奋力开锁，仍无效果。自村中取来钢钎、铁锤等物，众人齐力破之。最后一把锁打开后，碑洞中传来警报器的声音，因电池电力不足，其声宛如婴儿啼哭，吱吱嘤嘤，在荒野之中，颇有惊悚之感。

这是我第一次见到《河峪颂》原碑，颇觉震撼。碑石浅褐色，为当地原石，直接摩刻于山体之上，可见密密麻麻的阴刻文字。碑身下部涂有"护林光荣，毁林可耻"八个大字的"文身"，当是护林员所为，不懂敬畏粗野至此，令人叹惜。

王成科说，1994 年维护汉碑之前，碑上就涂着这八个字，文物部门曾试图抹掉，但因时间已久，墨汁渗入石碑，极难完全清除。碑身保存完好，碑额独居一隶书"汉"字。碑身为每字方圆六厘米左右的汉隶，共十四行，每行约二十字，共计三百余字。惜剥落较多，下部漫漶严重，可辨者约占一半，且经多次破坏盗拓，左边局部有损伤痕迹，料将越来越严重，视之心痛。

摩崖起首刻有"和平元年岁庚寅"七字，以是观之，当为东汉和平元年（公元 150年）之摩崖，距今一千八百多年，比成县《西狭颂》（东汉建宁四年，公元 171 年）摩崖早二十一年。兰州大学古籍研究所吴景山教授考察拓片后称其为"甘肃摩崖最古之珍"。

据可辨认之碑文，内容记述的是汉阳郡（天水）太守刘福在此地修筑道路、建造关山驿城、造福一方百姓的事迹。

汉代摩崖多记修路事，补证了史书记载的不足，具有重要的交通史价值。如著名的"汉三颂"摩崖石刻《石门颂》《西狭颂》与《郙阁颂》，记录的均是西秦岭蜀道的发展历史。其中《石门颂》在汉江流域的褒斜道上，《西狭颂》与《郙阁颂》在嘉陵江流域的嘉陵道上。宋代石碑亦有关涉交通者，如徽县大河店乡瓦泉村白水峡《新修白水路记》碑，碑文颜体正楷，是贯通青泥道后记述北宋时期"高速公路"的史料。相较而言，《河峪颂》则是陇关道交通史料，极为珍贵。

此碑书法，结体雄迈浑穆，开张宽博，气韵高古，气度雍容，堪称汉隶正则。

汉代是由篆书向隶书过渡的历史阶段，其书法中最具典型意义的是碑刻隶书。东汉后期隶书成熟，书碑者多为当时的书法高手。至东汉桓帝、灵帝时立碑最甚，已出现带有明显波磔特征的隶书，称为"八分书"（亦称"分书"或"分隶"），结构生俯仰之势，笔画变骏发之美。这一碑碣即诞生于此期。

王成科谙熟此碑文字，以手机电筒补光，为我一一指识。此碑落款有"赵亿建造"字样，王成科认为，此赵亿即东汉辞赋家赵壹。

按，赵壹（公元122年至196年），字元叔，古汉阳西县（今甘肃天水市南）人，东汉辞赋家，是与书法家敦煌人张芝、思想家镇原人王符齐名的"陇上三大家"之一，著有《穷鸟赋》及《刺世疾邪赋》。

博闻强记的王成科为了给外人讲清楚汉碑，张嘴就能背一段赵壹的辞赋，且一口一个"赵大人"。

但此赵亿是否为东汉辞赋家赵壹，学界颇有不同声音。据刘雁翔先生考证，赵壹的出仕时间是汉灵帝光和元年（公元178年），此碑的刻制年代是汉桓帝和平元年，相距二十八年，故赵壹不可能是此摩崖建造者。此说甚是。

我想，此处既有修路碑，则碑前河谷必为陇关道无疑；山脚既有摩崖石碑，则古道当在石碑左近。乃俯身寻找，竟然如愿发现了一条陇关人行古道！

这条古道在摩崖石刻脚下，沿关山林场一片松林的山脚绵延至少五公里。

如何分辨出山脚存在一条不易察觉的古道？首先，依据常识，汉代摩崖石刻大多与交通有关，有碑便有路；其次，从考古的角度讲，发现了清晰异常的文化层。这条人行古道，是古人千千万万的脚印叠印、累积起来的，一年又一年，古道就有了年轮。这年轮的横切面层层叠叠，无比精美地暴露在那里，像一只时间胶囊，封存了大量汉唐以来的信息。古人穿着布鞋、草鞋、麻鞋，从长安翻越陇山，"遥望秦川水，千里长如带"，然后满腹心事地西行，一寸一寸地丈量着这条路，终于将其走成了一条丝绸之路、兵驿之路、诗歌之路。更令人称奇的是，它居然没有在风中消失，完整得和一千多年前一样。

我兴奋莫名,觉得应该请专业团队将这条古道小心地拨开,让它重见天日。几乎不用动一锄一斧,就可以将陇首古村落、陇关古驿站、高山草甸、关隘,以及甘陇境内汉刻最古者《河峪颂》串起来,展示灿烂光华,让游客瞻仰真正的陇关古道的仪容。届时,满山都能听见花儿:"关山里发黑云了,张家川落了雨了;庄稼买卖不管了,一心扑着你来了!""我一回娘家转三天,想着你转了两天。"那一川干净的空气,那一河干净的水,那头顶秦时的明月汉时的关,河谷上下,朗朗乾坤,何其高贵,不是陇右度假胜地又是什么!

仲冬傍晚,山中气温骤降,陇山那一侧飘来一团朦胧的团云,似有雪花望空而降。碑洞对面山丘,有大本之木,我揣测当亦有古道,惜未能亲自登临勘探,假有时机,必当再次进山,以遂吾愿。

访烽火台记

虽然已近芒种,但季节似乎一直停留在暮春,气温忽高忽低,乍暖还寒,最难将息。

今日雨后新晴,阳光灿烂,傍晚光线十分柔和,遂于晚饭后赴关山麻山梁烽火台一视。

烽火台,汉称烽燧,多用狼粪作燃料,点燃后,白色的烟雾直上云霄,所谓"大漠孤烟直",在很远的地方都能看得见。烽火相传报告军情,胜于人力。

陇山烽火台之中,以麻山梁烽火台最为完整。

这座烽火台,最早出现在美国传教士毕敬士1936年所拍的照片中,旁边还停着一辆美式吉普车,说明当年汽车可以开到烽火台脚下。如今公路自山腰经过,毕敬士镜头下的陡坡地也变成了茂密的树林,禁止车辆入林。

过恭门镇,沿盘山公路往马鹿方向,地势升高,林野清静,荒原弥望,使人陷入沉思。近代环保之父奥尔多·利奥波德说:"这个世界的启示在荒野。"关山深处的荒原不但贮存了资源,贮存了生态,也贮存了精神,为我们营造了思考的氛围。

上坡拐过一弯,忽见东山有突起之堆,圆锥形,即为麻山梁烽火台。陇山一带烽火台众多,因风吹雨蚀、人畜践踏、取土造田等因素,多被夷为平地,但这个"狼烟接力站"仍巍然屹立,如同护卫着一个保守千年的秘密。烽火台的功能消失了,但史书赋予它的文化内涵经久不衰,成为一个化石般的存在。

弃车沿山侧细路向山顶徒步,见山脚苜蓿地里有割草的农人,询之,称沿此细路可登山顶。

但我们还是走错了方向。明明可以顺着一条已经踏出来的小路迂回到山的另一侧,那边只有草地,没有树木,视野开阔,可一层一层攀向山顶,但我竟然带头穿过铁丝网,走进了茂密的森林,仿佛受到了某种野性气息的召唤。

我们吃尽了苦头。这条路荆棘丛生,落叶松长势旺盛,伸开的枝丫像守山的臂膀,每向上攀登一层都极其艰难,且无法判断方向,也看不到尽头。

露水很快湿透了我们的鞋袜和裤子。但从未意识到的神奇感官此刻突然全部打开。

我们听见众多无名的鸟鸣,此起彼伏。我们显然干扰了鸟群的清静。几只受惊的锦鸡拖着笨重的身躯沉重地起飞,又像坠落的飞机一样跌跌撞撞在森林另一端着陆。满鼻都是雨后青草的香味。一种俗名"狗牙苔"的红花,花朵像一簇簇火柴头凑到一起,在树木的根部灿烂地燃烧。落叶松伸开的针叶像阔大的绿毯,即便人工也无法排列得如此整齐。

这是被铁丝网保护着的无人涉足的自然,无言,又自成系统。万物之间都有着密切的联系,如果我们信奉生态学首要的定律的话。

但是,烽火台究竟在哪里呢?

当我们后来站在烽火台向这片森林俯瞰的时候,才知道,我们当时正处在森林的腹地,正试图通过调整方向,奔向烽火台。

在我们明显感觉到太阳即将西沉前,透过松树的缝隙,一个巨大的夯土堆隐约出现在面前。

那一刻,真有一种水手望见了陆地的感觉。

尽管从另一侧草坡爬到烽火台会容易得多,但我们选择了这样一条路,使烽火台的出场,经历了一种极力的排比铺陈,最后集中爆发出排山倒海的戏剧力量。

当它完整地站在我们面前时,我依然有一种抑制不住的激动,几乎想跪倒在地。

圆锥形台体由夯土筑成,看上去比照片中更加挺拔,也因为绿色的映衬而更显年轻。

一抹夕阳投在烽火台上,使它更像一个历史的守门员。

这是秦代还是汉代的烽燧呢?

资料载,秦昭王时,派大将白起在弓门(今恭门镇)始筑堡寨,驻兵防御西戎侵犯,弓门堡寨附近有四座烽火台遗址,自东南向西北排成一线,应当是弓门堡寨的卫星堡寨。

如此,麻山梁烽火台极有可能是秦人的烽火台。

1935 年,瑞典学者斯文·赫定自新疆横穿甘肃全境至西安,完成对中国荒凉萧条的西北高原的考察后,在其巨著《丝绸之路》中曾写到过河西境内矗立的无数烽火台:

> 烽火台一座接一座,似心跳一般有规律地隐现在道路的尘土和冬天的寒雾之中,似乎铁了心要和事物消亡的法则抗拒下去,尽管经历了多少世纪的沧桑,却依然挺立在那里。

以是观之,陇山的这些烽火台,便如秦汉古人的心跳。

在当年毕敬士停车的地方,有一处公路碑,证明这一带的公路最早就是经过烽火台的,现已变更为中石油管线标志牌。

烽火台朝西的一侧被游人踩出了一道深渠,沿着这条深渠手脚并用爬上去,越过森林的顶端站在烽火台上,只觉眼前豁然开朗——

我站在了群山之巅!

我看到了关山的地平线!

举目远望,浩荡关山,尽在脚下,千沟万壑,排列如仪。一座大山,突然展示出了它的横切面。

这是"山岭圣人"斯奈德的瞭望台啊!

在华盛顿州的北喀斯喀特山脉(North Cascade Mountains)中,依然保留着一些用于森林防火的瞭望台。这些位于高山之巅、云雾之中的瞭望台,令登山者举首仰视,心醉神迷。有人把它们形容为"移置山顶之上的梭罗小木屋"。

斯奈德将森林防火员审视群山、发现险情的工作,转化成一种对山的守望。他在《瞭望台日记》中,像山一样思考,阐明了山的静与动的哲理。比如 1953 年 7 月 17日的观察:

这是一处观云飘舞、观雪融化的地方……因为山里没有日历。只有变化莫测的光和云,那是混沌中的完美,交错中的辉煌。

而在我们的面前,一场壮丽的关山落日正在上演!

夕阳驱赶着云朵,使它们的颜色每秒都发生微妙的变化。彩云缓缓移动,一切妙不可言。白色,红色,然后是镶金白,最后是黑色。山峰是静止的,又像在运动着。远处的平安牧场升腾起大面积的白雾。

这个角度的关山,当然是苍茫的,但首先是平缓的,没有任何陡峭的样子,它们构成了一个穹庐,而烽火台,就像这个穹庐的中心。四周的山,像圆规的一只脚画出的图形,而烽火台,就是圆规固定的另一只脚。

美的感觉在血液里奔涌灌注,我想起了爱默生的一段话:

在荒野之中,我发现了某种比在街道或村庄里看到的与我们更亲密无间、同根同源的东西。在宁静的风景中,尤其是在遥远的地平线上,人们观察到了大致像他的本性一样美的东西。

方丽娜　　**哭泣的色彩**

一

在维也纳有个说法：如果我不在咖啡馆，就在去咖啡馆的路上。而在曼德勒，当地人也有个说法：我不在乌本桥上，就在去乌本桥的路上。

那一年，也是个雨季，英王伊丽莎白二世的胞妹玛格丽特公主来到曼德勒，她是一个比较前卫的皇室成员，对这里的一切都兴致勃勃。作为公主的英文导游，阿翁陪伴她穿过长长的乌本桥，美人和乌本桥的落日剪影，穿越历史与岁月的迷雾，永远留在了曼德勒。阿翁说着，蓝光灼灼的眸子里泛起一丝冥想。

阿翁是一位缅甸学者兼导游，跟我们坐在桥下茶室里聊天时，他神态清癯，面色棕褐，赤脚穿一双凉鞋，身上裹了条绛紫色长条纱笼裙。阿翁对英国作家奥威尔、吉卜林和毛姆都相当熟悉，谈起他们，阿翁那患了轻度白内障的眼中，不时闪出牡蛎色的蓝光。

英国诗人吉卜林在《通往曼德勒之路》中这样写道：

你要回到曼德勒，老船队在那里停泊，
你难道听不到哗啦啦的桨声从仰光一直响到曼德勒？
在去曼德勒的路上飞鱼在嬉戏，
黎明似雷从中国而来，照彻整个海湾。
毛淡棉古塔旁，慵懒地面对大海，
那里有一位缅甸姑娘，我知道她想念着我，
风吹过棕榈树林，塔上风铃在吟唱：
"归来吧，英国大兵，早日重回曼德勒！"

这首诞生于 1890 年的诗里,弥漫着殖民者猎奇的色彩和情调,却也留下了不断回旋的东方副歌。一百多年来,一代又一代西方旅人,深受召唤,远渡重洋来到缅甸。曾经有一位新时代的英国背包客来到这里,当地导游表示可以卖鸦片给他时,年轻人惊讶而失望,拒绝了导游。缅甸人反而大感不解:你不是为了鸦片才来这里的吗? 这名愤怒的青年说:不,我是因为吉卜林,才来这里的!

夜宿曼德勒郊外的幽静地,庭院式的阁楼掩映在飘逸的竹林中,石径上的杧果和枇杷树果实累累。门前的柚木回廊外,一泓狭长的池塘被紫红的猪笼草簇拥着。青苔密布的小池塘里趴着粉的白的睡莲,露珠盈盈之下,斑斓的锦鲤川流不息。

次日早上,我们在犀鸟的歌声中醒来,之后沿一条曲折的山道盘旋而上。陡峭的山崖上,满是青筋暴突的榕树和罗望子,还有躲在叶片下尾巴撅得像小龙一样的蝎子。高耸处有座阴柔怡静的庙宇,墙涂成深橙色,好似碰伤的桃子的颜色。庙里供奉着一尊女妖,若干年前她因割下自己的双乳献佛,感动了佛心,从而转世为王。

缅甸人的生活与景色往往融为一体,旅人杂乱的脚步并未惊扰他们的生活,忙碌中的男女,总是用平静的笑意来回应陌生的面孔,以缓解旅人的不适。2013 年的缅甸,还没有被现代社会所侵蚀,汹涌的物质和商业狂潮在这里尚未落地生根。就是这个雨季,我们在游客大军攻陷缅甸之前,有幸体验到了它的原貌和真味。

二

记得初抵缅甸的那个上午,穿行于仰光街头,烈日炙烤,空气闷热,蚊子如影随形。乌泱泱的人海中,充盈着诱人的热带水果、小吃和工艺品;大大小小的书摊前,喜欢读书的缅甸人埋头翻阅着;披着橙色袈裟的小沙弥,抱着僧钵穿街走巷;根雕似的缅甸老人,慢悠悠从漆盒里拿出槟榔,一面吃一面回想旧时光,灿烂一笑时,露出一口血红的"槟榔牙"。

有一年,热衷旅行的毛姆来到仰光,他坐在乔治时代的英国人俱乐部里,喝茶聊天抽雪茄,不时眺望窗外维多利亚式样的塔楼和不远处的大金塔。彼时的缅甸,是一个向世界敞开胸怀的国度,西方人慕名而来,醉心于这里别样的风情和文化,又徜徉于繁华街区里的中国城和"小印度"。

告别仰光后,毛姆骑上一头骡子,踏上了漫长的北方旅程。在伊洛瓦底江边,他搭上一艘前往蒲甘的帆船。在波澜不惊的水面上,毛姆的目光落在一个独自摇着船桨的渔妇身上，而后继续捧读赫兹里特的《论旅行》，并感慨于书中的一段话：

> 挣脱世俗和舆论羁绊做个当下之人，清除所有累赘，只凭一碟杂碎维系万物，除了晚上的酒债什么也不亏欠。不再寻找喝彩并遭鄙视，仅以"客厅里的绅士"这一名衔为人所知。

来到缅甸的"万塔之城"蒲甘后，毛姆随即沉迷其中。森林般莫测的塔林里，千年的石雕上绿苔敷面，苍翠的古树虬枝盘旋，无论多小多不起眼的佛塔里，都供奉着佛像，无论外面怎样炎热，一步入佛塔内，恍若换了个季节，在佛的低眉浅笑里，人也变得心平气和起来。

对于缅甸人来说，蒲甘的意义不仅仅是佛塔，还是国家的历史符号、文化象征乃至精神殿堂。从蒲甘时期到今天，缅甸一直是世界上座部佛教的中心。缅甸是一个佛教观念深入骨髓的国度，僧袍遍野，佛塔林立。贫瘠和耐心是这里的主旋律。良善温厚的缅甸人深信佛教中的生死轮回和因果报应之说，而要摆脱轮回之苦，主要途径就是毫不吝啬的布施、敬佛，积功德。独特的布施文化，使缅甸成为世界上最乐善好施的地方。

一阵不紧不慢的低吟，海潮般从佛塔背后传过来，这是僧人们上早课的时间了。伴着熹微的晨光，老和尚冥思静坐，小僧们开始了一天的功课，念经文，做晨修，无视外界的喧嚣与繁杂。圣殿之下，一只流浪狗无精打采地蜷缩在阴湿的角落；屋檐下驻扎着一个鸟窝，叽叽喳喳的小山雀在人类的殿堂里，悠闲地过着自己的小日子。

三

大英殖民统治日薄西山之际，奥威尔曾在缅甸做了五年的殖民警官，但他是一个反殖民主义者。英缅之间的关系岌岌可危时，奥威尔亲历了势如水火的民族隔阂、冲突甚至杀戮，作为大英帝国殖民机器上的一个部件，他感到自己背负了难以承受的道德罪责。

今天的缅甸人把奥威尔当作先知。奥威尔的杰出，在于他直面真相的勇气，以及洞察精微而犀利的批判现实主义精神。他的《缅甸岁月》是英国殖民史的一部分，他的笔下不仅有热带丛林，也有英国人虐待缅甸人的情景；《动物农庄》呈现出缅甸独立后新兴执政者的作威作福；而《1984》则撕开极权统治令人窒息的本相。

人类文明的进步早已是浩浩荡荡，而许多地方，许多角落，仍旧笼罩着野蛮而骇人的阴影，这阴影不时盘旋于缅甸上空，更深入社会的肌理。缅甸曾是一个古老悠久的王国，1886 年沦为英国殖民地，1948 年获得独立，在长期的国内纷争后，军人发动政变执掌政权，进而采取国有化政策，实行缅甸式社会主义，从此开始了长达半个世纪的军人统治。

在茵莱湖的岛上小住时，我们在驶离湖心岛的船上，目睹无数缅甸妇女划着独木舟，向船客兜售香蕉和手工艺品的场面，成交后的纸币因舟船起伏而不慎飘落水中，妇女们宛若抢食的鱼儿，欢天喜地地扑进水里。这种讨生活的方式，独特而别致，却令人心酸、怅惘。多年闭关锁国，导致物资极度短缺，缅甸乡村的贫瘠、荒芜和破败，显而易见。都说天道酬勤，可勤劳善良的缅甸人仍是多灾多难，举步维艰，然而他们别无选择，只能逆来顺受。阿翁给我们讲了这样一个故事：缅甸人千里迢迢到邻国去看牙医，医生惊讶地问道：干吗跑那么远，你们国家就没有牙医吗？

有啊。男子回答道：当然有牙医，可问题是，我们不能张嘴啊！

智利诗人巴勃罗·聂鲁达，在二十世纪三十年代，曾出任智利驻仰光的领事，从而得以近距离观察这个"不幸的人类大家庭"中的一员。现实中所看到的一切，让聂鲁达对神秘东方的幻想逐渐破灭。他的诗《大地上的居所》，在时间中寻求永恒，在大地上寻找边界，浸透了孟加拉湾孤独的海风，染上了"麦子、象牙和哭泣的色彩"。

四

晨光中的伊洛瓦底江突然提醒我，缅甸的这条生命长河，其源头之一，是彩云之南的独龙江。今天的缅甸，其主体民族缅族，是公元十世纪从云南迁徙而来的。缅族则起源于中国西北，是古羌族的一个分支，隶属于汉藏语系。

缅甸的地缘环境举足轻重，自古以来便是大国博弈的战场和焦点。

作为中国人，我们怎能忘记八十年前的那支中国远征军，在民族危难之际挥师远征，在南亚的崇山峻岭间，用年轻的生命和鲜血，保住了抗战的最后一条生命线。

1942 年，中国著名诗人和翻译家穆旦，随国军将领杜聿明率领的中国远征军，赴缅抗日并担任翻译。在可怕的南亚雨季，进入可怕的热带森林，山险林密，瘴疠肆虐,诗人亲历了其中最惨烈的一战——野人山战役。"野人山"位于缅甸胡康河谷,相传有野人出没,因而得名。这是中国抗日战争史上最酷烈的一幕,也是中国人民无法忘却的一页。

从缅甸死里逃生日后回到祖国的穆旦,怀着满腔悲戚和痛惜,提笔写下了这首撼天动地的诗篇《森林之魅》,以祭奠告慰十多万血洒缅甸的年轻的中国英灵:

> 在阴暗的树下,在急流的水边,
> 逝去的六月和七月,在无人的山间,
> 你的身体还挣扎着想要回返,
> 而无名的野花已在头上开满。
> 那刻骨的饥饿,那山洪的冲击,
> 那毒虫的啮咬和痛楚的夜晚,
> 你们受不了要向人讲述,
> 如今却是欣欣的林木把一切遗忘。
> 过去的是你们对死的抗争,
> 你们死去为了要活的人们的生存,
> 那白热的纷争还没有停止,
> 你们却在森林的周期内,不再听闻。
> 静静的,在那被遗忘的山坡上,
> 还下着密雨,还吹着细风,
> 没有人知道历史曾在此走过,
> 留下了英灵化入树干而滋生。

王剑冰　太行大峡谷

一

八泉峡不大好见，要先体验过山车般的艰难。无数的盘绕，无数的翻卷，才猛然间一个大怀抱，把无数惊艳抱在里边。那可真是四围山峰挤压，八方云气漫卷，使得一个个来人仰起脖子，嘴里发出声音。再往前，钻洞过涧，猛然一汪深蓝！声音终于变成了惊叫。

当碧水遇到峭崖，就成为北中国最奢华的盛宴。我已经发生了视觉颠倒，觉得直上九十度的峡谷是一框巨大的太行之窗。水的窗帘在徐徐拉开，碧蓝的帘布上，缀着缥缈的云霞与明暗的天光。

壁立的石峰，我的惊讶一点点爬上去又掉下来。这是所有的石头的聚集，不，是所有的石头聚集后又被重新挤压，重新锻造，重新削斫。石峰那么宽，那么厚，发挥想象也想不出到底有多宽多厚，反正让这太行隔出来山西与山东，连带着隔出河北与河南。一山隔着的人，也都是以宽和厚相交，以宽和厚称颂。

水波撞向山崖，撞得八面开花，却一波复来。没有谁能阻挡住水，水有的是深沉与激情。峡谷间，有的源泉从壁端的岩洞泻下，有的从谷底的溶洞喷出，有的自石隙间横溢，有的从树根处渗漏，最终汇成八道水，汇成六十米深的清流。清流中长出莫大的石笋，石笋一个个往上蹿，蹿成直插云霄的峡谷丛林。

望着的时候，又觉得那些水是巨石砸压出来的，巨石太重，结结实实砸向大地，砸得水花四溅，砸得欢声四起。你就听吧，到处都在响着回声，你已经弄不明是水的力量还是石的力量。这是水与石的诗章，是石与水的奏鸣。它阐释着柔软与坚硬，表达着向远与向上。

二

　　岸上看水,有红鳟鱼在游戏,一条条要么接龙,要么独耍,把水立体地解析出来。

　　树在接力地往上长。一株株崖柏和红豆杉,尤其显得身手不凡。不时有连翘从崖壁上垂下,将一串串黄,递给扫来扫去的风。党参也在摇着白色的铃铛,党参因上党而名,这里的党参自古就是上品。

　　小小的睡莲,一个个团着身,还在水中长睡不醒。外来的红蜻蜓,来回拉着直线。蓝色的蝴蝶,把蓝抖成了弧形。怎么还有苇,浅滩里跳着群舞。哪里起了蛙鸣,没有看到身影,却有群蝌蚪,聚成墨色的莲蓬。

　　踩着八道水中的石头逆流而上,攀悬崖上高岩,过龙洞再过朱砂洞,就感觉天际越来越远,渐渐远成了一线天。峡谷在收窄,两侧峭壁就要合起来,水流被挤得急速涨高,眼看天地昏暗,无处可逃,却发现崖上一条栈道,急忙手脚并用,攀援上去。岩石上有凿出的踏脚和把手,还有高处垂下的藤蔓,可作荡索摆渡。悦悦说这叫九栈道,段段惊险,要格外小心,踩稳抓牢。真让人一忽儿屏气,一忽儿惊颤,眼看自己的影子,慌乱地掉下崖去,人却还留在上边。

　　听见鸟的鸣叫,恰恰的音声荡来荡去,最后在哪里消逝。

　　拐上一个斜坡,激流正将一处处岩石冲成漩涡状。像是在做壶,且是流水线作业。一个个壶都是半成品,多少年过去,还在细致地打磨。一道道回旋,一道道亮闪,不怕不细润。

　　另一处山体,是水带着石块在石凹里打转,直到将石壁磨穿钻出。钻出去的地方,水变得丝一般光滑柔曼。

　　忽而一处山泉,从平整的岩石层涌出,如纱机吐出的布幔。悦悦说,这样的山泉已经过山体自净,富含多种矿物质,可以直接喝。有人立时就伸了脖子。

　　好容易到达八道水发源处,峡谷猛然宽阔起来,东侧绝壁露出黑龙洞的威严。

　　悦悦说,如果坐缆车就可以一览众山。那是一个峡谷之上的世界,辽阔,奔放,沉静。放眼望去,苍翠的油松在推波助澜。云气被它们一点点推升,而后泻向一道道山谷,山谷满了,又翻上来,变成淡蓝的飘带。

三

亿万年前，这里还是一片海，躁动的海翻涌，直到翻涌成今天的模样。造物主要留给中原一个神奇的屏障，以制造某些豪情与志向、感慨与诗章。公元 206 年，八泉峡不远的峡谷间，来了一队辚辚车马。曹操率大军一路驰骋，到了这里却不由得慨叹："北上太行山，艰哉何巍巍。羊肠坂诘屈，车轮为之摧。"又过多少年，经历过蜀道难的李白豪情满怀地来了，那个遗世独立、洒脱飘逸的灵魂，在这里竟然也有了苦楚："北上何所苦？北上缘太行。磴道盘且峻，巉岩凌穹苍。"

这里是太行山的腹地，是太行山的精髓。东坡有话：上党从来天下脊。得上党即得天下，所以日本人一次次觊觎，却从没有达到目的，居住在此的太行山人，用坚硬的石头做碾，做磨，做石磙，做成世世不灭的生活，也做成生生不息的性格。早在 1938 年，八道水发源处就建立了兵工厂，支前、参军当模范，太行山上，始终昂扬着民族气概。

秋天还没来，有些树已经红了，一片片地渲染了这个初夏。高处看到，麦浪正在山的那边泛黄，如若将画幅再放大一些，就成了八泉峡的另一种光色。

我想，八泉峡是八扇屏，屏蔽之间，有幽之意味，画之妙境；八泉峡是八卦阵，沉入其中，如入迷宫；八泉峡是八面鼓，沉郁紧凑，激越浑厚；八泉峡更是上党人的八段锦：左右鸣天鼓，二十四度闻。微摆撼天柱，赤龙搅水浑。

没有谁能一下子消化这些深沉、这些荡漾。这里没有杂质，只有纯净。这里没有污浊，只有透明。真的，梨花月，烟花雨，寸断柔情泪，不如来这太行大峡谷走一回。

黄昏降临，夕阳以它庄严的表情，将这片山水做成一道黄金如意。

是谁在唱：最好不相见，便可不相恋；最好不相知，便可不相思……

李晓君　釜底游龙

　　龙游地处江山—绍兴构造带上。十亿年前,浙东南与浙西北分属两块被大洋隔断的地块(华夏地块和扬子地块)。在漫长的地质演进中,古华夏洋逐渐消失,两个地块终于携手,拼合成华南陆块。我来龙游在夏日。满目苍翠,南面仙霞岭、北面千里岗巨大的山麓余脉拱起一个马蹄形盆地,中间河流纵横,丘陵起伏。暑热的风中传来稻香,凝碧的水面荷影迤逦。如此梦中之城仿如故里。这里去赣不远,山川面貌、建筑形态,甚至嗜辣饮食,与相邻江西上饶各县颇为相似。然而,龙游终又别有一种风致。除了地处著名的江山—绍兴构造带上,那板块在遥远的时间深处碰撞出天崩地裂的巨大声响,耸起山麓,衢江自西向东,流经县城时,像一条盘龙环绕其间,尽可能泽被更多的土地。这条游龙颇有气势,让我想到博尔赫斯小说《永生》中那条被寻找的象征永生的河流——"我寻找的是另一条河,使人们超脱死亡的秘密的河。"

　　衢江赋予龙游以灵气,像巨大的镜面反射历史的余光,约一万年前,荷花山与青碓之间的先人,开始驯稻,点亮农业文明的曙光。这些头顶瓦釜、身披兽皮、言语不详的人,如水底游鱼,朝着文明启蒙的晨曦举起兴奋的火把。雨量丰沛、光照充足、草木葳蕤的大地,一支被称为姑蔑的人群开始建立方国。江河劈开山麓,吞吐天光云影,人们伐木为舟,筑土为室,烧造陶器,开始吟唱赞颂生命与自然的歌谣。我站在衢江边,漫无边际地幻想——江岸树木葱茏,我的脑海中依然回味着在博物馆中看到的刻符陶片:其中一枚刻写着"田"字,另一枚在"田"字内多加了一笔。人们依照在土地播种时的画面,刻下最初的文字,并以此指向赐予万物生长的太阳(一种崇拜和信仰)。或许,人们也可以解读为栖息在江边的人编织渔网——田,也是网格的象征,是一种渔猎生活的符号化想象。总之,文明的曙光在浙西南的河岸升起,有如炊烟,象征着人类在大地上烙下自己的生命意志和文化属性。

在博物馆,另一块石头引起了我的注意,其上以浮雕的形式镌刻着先人对万物生灵的敬畏与欢喜:一匹奔马、一只长尾鸟、一条游鱼,三只动物朝着同一个方向,展开了欢快的竞逐。一切充满着生的热望和活力。无须多言,所有的秘密都似乎藏在这拙朴的雕刻中。它是关于生命、信仰和时间的图腾。人类的童年,总给人以一种有着无限可能性的葱茏可爱的形象。他们每刻下一个符号,描下一个图案,都是一种创造,都在更新和演进着人类文明。在这样时间之河的段落,没有世故、暮气、虚无的戾气,人类童年时期发出的啼声鲜嫩而动人。他们仿佛就是博尔赫斯小说中永生的人,从洞穴和坑里出来,爬到树上,在地上搭建屋子,形成村落和国度。博物馆里的文物,无声地述说他们的故事,你感到他们依然活在你身边——他们其实从来没有死去,以血缘的纽带,代际相传,在衢江边建立了新的城市。

起初,我并未意识到这种釜底漫游的状态,除了衢江引起的历史想象之外,也和地下石窟带来的视觉震撼有关。龙游石窟至今留给世人诸多未解之谜。这个沉睡千年地下宫殿的发现源于偶然。1992 年 6 月 9 日,村民吴阿奶与其他三个村民动用四台抽水泵连续十七个昼夜的抽水,将一个沉睡在时间之外的地下石窟暴露出来。这个村现在叫石岩背,背山面水,衢江环绕而过,临江禅院的钟声雨声般洒落。数十个大小不一、明显经过精心布局的人工洞窟,被发现前均为水淹土埋。巨大的方形撑顶石柱、截面似熨斗状,细密、规整的凿刻斜纹水流一般,在静谧、阔大的地下暗室里游弋,仿佛水凝固成时间的雕像,而真空的部分则是需要靠想象填充的巨大的历史谜题。暗红色石质仿如凝固的火焰,烧灼在大地深处,一道道纹路状若虎斑。洞高达四十米,石柱粗者需四五人合抱。洞口到洞底,凿有流波形石阶。可以想见,要动用多少人力、需要怎样的智慧才能建出这规模宏大的地下建筑。人们对石窟的用途提出看法:采石场、墓穴群、地下宫殿、藏兵室、储冰库,不一而足,没有定论。起初,人们认为这里是一个"废弃的采石场",但随着衢江北岸类似的近五十个洞窟被发现,这些星罗棋布的地下工程,显然难以采石场定案。在科技水平不发达的千年以前,要完成如此工程浩大的地下设施,实在让人匪夷所思。

奇特的地理空间必孕育不凡的人。博物馆展示的《衢州徐偃王庙碑记》引起我的注意。此记为唐代韩愈所撰。徐偃王是历史上少有的仁义之君。同为嬴姓之国的徐、秦,其命运不尽相同。法家代表人物韩非子曾说:"周文王以仁义得国,偃王以仁义失国,是仁义用于古而不用于今也。"徐偃王在和平时期"弛甲戈,坠城池,修行仁义",徐国境内,老有所养,幼有所教,一派祥和;在战争时期,"不忍斗其民,故走死其国"。偃王说:"圣人不可杀人以逞己欲,君子不处危邦,楚患者,诞一人而已,我去,则刀兵可息。"徐偃王去国,走彭城,自愿追随的民众数万人,居住之地,是为徐地。韩愈说,虽偃王失国而其子孙复得国,使徐国历史绵延至千六百年,且嗣后子子孙孙繁盛;秦以暴,将六国收归囊中占有天下后,仅二世而亡,而后代也凋零。评论可谓中允。

姑蔑之墟,太末之里。不单龙游至今留有不少徐国后裔,现中国东南的苏浙皖赣,徐偃王南迁留下的印记比比皆是。江西靖安和高安、江苏丹徒和六合、浙江绍兴等许多地方出土了不少带有铭文的徐国青铜器等文物,如徐王鼎、徐王庚儿钟、徐伯鬲、徐偃侯旨铭,以及其他生产、生活、祭祀器具等。古代,浙赣闽皖苏境内徐偃王城池、行宫、防地、墓碑以及带有"徐""泗"字样的地名繁多,徐偃王庙也不鲜见。徐偃王不仅是徐国文明的奠基者、开拓者和领袖,更是古代帝王施行仁义的代表。后世之人对其不尽甘棠之思的爱戴与敬重。据说徐偃王"生有异相……目不能缩视细物,望远乃见","其状偃仰,故称偃焉"。古代明君贤人多有异相,徐偃王不能看清近距离的微小事物,却能目光远大,高瞻远瞩,委实是他精神的写照。

古称太末的龙游,文风鼎盛。《文心雕龙》的作者刘勰、"初唐四杰"之一的杨炯,都曾任太末令。他们注重梳理太末历史,以文化人,注重教化,一时之间,家颂诗书,儒风遍地。刘勰为官清廉,公道正派,任期届满,吏部考核"政有清绩"。杨炯才华横溢,这位从小被称为神童的边塞诗人,外放太末,不能算是重用,但他以自己的勤勉与才华赢得了龙游人的尊重。

龙游地方著名人物,有称为"龙丘三贤"的龙丘苌、徐伯珍和徐安贞。龙丘苌是西汉末年著名的隐士,与严子陵、钟离意等名士相好,德高名重,躬耕陇亩,屡召不应。时会稽都尉任延敬贤礼士,其属官出主意,拟请龙丘苌出山,任延说,龙先生有古高士之风,我亲自去洒扫门庭,尚怕损其名节,这样的主意,还是不出为好。于是经常派人送医送药,如是经年,龙丘苌终被感动,出任仪曹祭酒,直至因疾辞归。徐伯珍出身贫寒,苦读数年,成为经史大家,学问深厚,从其学者上千人。徐安贞唐中宗神龙二年(706)登进士第,有诗名,文采出众。1960年,广东韶关发掘出唐朝一代名相张九龄墓葬,墓志铭便是徐安贞所撰。

衢江岸边,蝉声如沸,白日吐焰,绿荫铺地。这是一个江南小城,是中国少有以"龙"命名的县。如果你看到巨大的江龙如何将小城环绕——江面与大地之上升起一股浩大的古意与灵气,你便会感到,她担得起这个名称。而斯地人民,亦是釜底游龙,自有一种矫健、豪迈之气。这股气势,爽爽有让人感奋、振发之意。

傅菲　**荒路去远山**

荒路去远山

　　去鬼打坞，只有一条路。余师傅骑一辆电瓶车，去鱼塘喂鱼，见我深一脚浅一脚走在泥浆路上，停了下来，对我说：坐上来，我带你一程。我摆了摆手，诚恳地说：脚走了，才知道远山有多远。

　　从竹鸡林进山垄，是一条被推出来的机耕道，坑坑洼洼。路是 2018 年春推出来的，路基也没修。其实去山垄的人很少，只有几个养鱼和种菜的人。他们通常骑车，空着手去，劳动工具藏在木屋里。我可能是唯一徒步去山垄的人。余师傅见过我几次，友好地问相同的问题：你是哪里人？你干什么去？

　　上饶人，就去山里走走。我说。但我的回答没有取得他的信任。世上哪有这种人，三天五天去山里，啥事也不干？山有什么值得天天看呢？假如别人这样回答我，我也是不信的。他停下车，我就掏口袋，给他发烟。余师傅精瘦，皮肤黝黑，眼睛很有神，说话也很麻利。看一眼，就知道他是一个十分精明的人。他穿劳动布短袖工装，纽扣扣得很齐整，说话语速有些快。他骑骑停停，回头看看我。他是个模板师傅，在工地钉一天模板，赚四百块钱。他对他的收入很满意。

　　机耕道路面宽，尘土飞扬。雨天，尘土化为黄泥浆。土是沙积土，贫瘠、坚硬。靠山边，有人沿路种了罗汉松、杨梅，大部分种下去的树都死了。沙积土蓄水力太弱，新栽的树很难扎根。但有很多植物，轻易就活了下来，且活得丰茂多姿。如楤木、艾、大青、野苦荬、茅、七节芒。每一种生命体活着，都遵循着天道，无论草木，还是昆虫，或者菌类，概莫例外。楤木是五加科灌木或小乔木，树皮棕灰色，疏生粗壮直刺，叶肥，叶背有刺芒，鸟也不敢栖于树上，故称"鸟不宿"。在其他树木难以存活的地方，它存活了下来。它根系发达，蒸发很少的水量，充分地接受阳光。它是树中的"仙人掌"。我用木棍劈檫木的枝杈，脆生生地断下一排。过了半个月，断杈上又发出嫩芽。春天久雨，姑娘背个腰篮，去山野采香椿幼芽、春笋、野水芹、蕨芽、蘑菇，去河边采地耳、枫杨树木耳，取山珍做野菜，餐餐吃。

挖机耕道，是因有人在取土方。村里有一个叫死鬼的人，满口烟牙，走路跟跟跄跄的样子，上午醉醺醺，下午醉醺醺，晚上醉醺醺。他醉醺醺地谈事，却毫不含糊。他偷偷摸摸取土方，拉到工地卖钱。一个矮山冈被他挖完了，留下一块麻骨地（地贫瘠如麻骨）。他把城市建筑垃圾拉到麻骨地填埋，盖上浅浅的一层黄土。一个雨季下来，瓦砾、水泥砖、水泥墙板裸露了出来。长满杉树林的矮山冈成了杂石乱陈的废墟。废墟长不了树，浅土层蓄不了水，便一直荒凉着，像脸上的一块黄疤。也不知是谁，在废荒地上，种枣树、杉树、樟树、桂花、桂竹，树全死了，只有十几株桂竹不死不活地长着，黄哀哀的，不发新枝，也不长笋。有人在废荒地建了一个水池（约二十平方米），垦出一片地，种芝麻种棉花，也种不起来。水池干涸着，无水引进来。竹鸡林人彻底废弃了这块地，任何东西也种不了，便骂死鬼：为了挣几个钱，把饭碗砸烂了，迟早有一天死在酒瓶里。

废荒地有十八亩，村人便取地名"十八亩"。长了不多的几株白背叶野桐、几丛沿阶草，和稀稀拉拉的鬼针草、小蓬草、苘麻。一个半米多高的泥垛，像个打禾桶，长起了芒草，蓬蓬勃勃，一棵木姜子独抽而上，有了圆圆大的树冠。

我每天傍晚会去十八亩走走，除了荒凉，也没东西可看。这是中土岭与小打坞两条山垄围过来的垄嘴，可以清楚地眺望两边倾斜的山梁。夕阳从小打坞的山背落下去，跳荡着，浮出一片夕光。夕光很长，散射，抹在山脊上。山脊之下是清澈的薄暮。薄暮中一缕缕薄雾，往山尖飘摇而上。夕阳瞬息的壮丽，以桃花般的云彩披挂在山巅。远山凝重而浑厚。一根烟抽完，云彩蜕变为深蓝色、深灰蓝色、浅蓝色，飘散而去。天空空，成了茫茫苍穹，蝼蛄和蟋蟀此起彼伏地唱起了小夜曲。暮光消失，夜色海水般荡漾。夕阳沉落的过程，令我无比震惊。

斜长、狭窄（仅容一个人行走）、杂草丛生的小路，从十八亩通往一片枫香树林。2017 年冬天，我远远见过这片枫香树林。我站在竹鸡林后山的坟地远眺，枫香树林围住了山脚，红红的枫叶如一束火。一棵树就是一个竖立起来的火堆。火堆叠着火堆，如一圈篝火。

小路两边的杂草，是红蓼、苍耳、地胆草、蛤蟆草、马泡瓜、半枝莲、犁头草、石茅、猫爪草。从春分到冬至,它们按节气排着队开花,争先恐后似的。走在这样的小路上,人是不会寂寞的。我常常觉得自己是一个从天边归来的人,又将去向天边。我是自己的天边。我是天边的分界线。海子是一个伟大的抒情诗人,他在《四姐妹》中写道:

> 到了二月,你是从哪里来的
> 天上滚过春天的雷,你是从哪里来的
> 不和陌生人一起来
> 不和运货马车一起来
> 不和鸟群一起来

　　海子是寂寞的,高洁的。令我伤悲的是,遥望远方,遥望天空,而鲜少凝视脚下的土地。土地埋着铜长着麦子,也埋着鸟长着白茅。作为具体生活的人,我不会脱下脚上的鞋。鞋是路上的船,我自己摇橹。

　　事实上,这条小路我走了无数次,但我始终不敢说有多么熟悉它。看到遍地野花,我也不会激动。有一日,我遇上一个挑水浇菜的人,他挑着一担水桶,往山边走。水桶太沉,他个头太小,不断地换着肩膀。他的肩膀很宽很厚,扁担在他肩上嚓啦嚓啦脆响。我问他:这条小路,你走了多少年了?

　　他低着头挑担,说:这块菜地,我种了四十七年。我吃的蔬菜,都是从这里种出来的。吃不完的,还分给邻居吃。我还种了番薯、芝麻。

　　我跟在他后面,脚踩在路面上松松软软。我说:路边野花很多,你平时会不会采野花回家啊?

　　草长草的花,我走我的路。挑水的人说。

　　嚓啦嚓啦。他的扁担在颤响。我一直跟着他去了菜地。他浇水,我看;他拔草,我也看。他问我:你平时没事吗?

　　在山里走,就是我最重要的事。我说。我发烟给他,给他点烟。他的手抱着我的火苗,看看我,说:你是个奇怪的人,我没见过比你更奇怪的人。

　　菜地边是大片的枫香树林。浇水的人说,十五年前时兴育香菇,枫香树是育香菇最理想的树,村人便在山边种枫香树,香菇价贱,无人再育,枫香树长成了一片林。

我粗略数了一下,枫香树有四百多棵,沿山脚往山塘延伸。枫香树胸径在十五到二十五厘米,树高约十八到二十二米。远望树林,觉得密匝匝,密得挤不进人。进了树林,才知道有多空旷旷。树距约有五米,树冠与树冠却毗连着,有的树冠还压着树冠。在林缘,有与枫香树等高的木荷、山矾和毛枝柞木。木荷与山矾都在暮春开花,毛枝柞木在仲夏开花。2021 年 10 月 8 日,我和饶祖明去长田村小平家吃饭,他带我参观他的苗木场。他是一个爱种树的人,种下的树有一部分他叫不上树名。他指着一棵阔叶树,说:这个树,4 月开花,花比桂花还香,开一个多月呢!

我摇了摇树干,树叶沙沙响。我说:这是山矾。

在去雷打坞的路边,我看到很多山矾。它一般生长在海拔五百到一千二百米,喜阴湿,和槭科树、杉科树、松科树"居住"在一起。看过山矾开花的人甚少。枫香树遮蔽不了它。它是缓生树,拼命往上冲,树干直而细,直条条的,在树缝间炸出树冠。枫香林下,是厚厚的积叶层。在靠近菜地边,有一棵枫香树腐朽霉烂了,剩下一截树干,上面长满木耳。木耳一层叠一层,密密麻麻。树干约有四米高,木耳叠了几百层。木耳在硬化,颜色也在褪,黑灰灰。

枫香树林的入口,堆了很多垃圾:白色的泡沫箱板、易拉罐、塑料袋、塑料油壶、饮料纸盒、塑料饼干盒。长尾山雀在垃圾堆里跳来跳去。树林里,长尾山雀非常多,在树梢嬉戏鸣叫。我没看到其他鸟,也没发现枫香树上有鸟巢。

山梁在收缩,往上收缩成一个山尖。乌青青的杉树林覆盖了山梁。一条宽阔的黄土路顺山坡而上,消隐在杉树林里。黄土路却无法行走,长了芒草、野山茶、葛藤、鹅掌柴、牡荆、山鸡椒。蜘蛛横七竖八地拉起了蛛网。这是深秋,蜘蛛被冻死在网里,晒干了,壳空空且透明。蛛网上的知了和蛾也被吃空,被风吹得来回荡。

我只好劈开一条路,以木棍探路,登上山梁。山梁之下的东坡,便是鬼打坞。据当地人说,鬼打坞是一个阴邪的山坞,晚上会有鬼打架,如一群野猫在厮打,边打边吱吱吱叫。当然,我是不相信什么鬼打不打架的。东坡是一片更为茂密高大的杉树林。站在山梁上,可以看见西边山坞向南延伸,越伸越阔,有了平坦之地。泊水河从东向西弯流,弯过凤凰山,消隐在群山与丘陵之间。群山苍莽,沧水横流,远处的人间寂静。

这条路,我是每个星期都要走一趟的。午休之后,一个人,四顾茫茫地转着山走。山之外的事情,我既不打听,也不关心,值得我关心的事寥寥无几。我仅仅是一个在山间或田野走路的人,没有任何目的,没有任何想法。我穿着皮鞋或球鞋,穿着夹克或衬衫,戴着太阳帽,拿着手机。有一次,在枫香树林,我看见一只鹞子,飞着飞着突然掉了下来。我不知道它为什么会掉下来,去找,在山塘边的灌木丛找到了。它死掉了,身子还是热的。它飞得好好的,吁吁吁地叫着,怎么死了呢? 它死得毫无征兆,这让我莫名伤悲。很多事无法预料,正如很多事也无法改变。我原以为自己是一个从容平静的人,心仍不免悸动、抽痛。

容得下脚的地方,都可以称作路。去鬼打坳,还有另一条路。但我一直没有走过——从罗家墩翻山上去,过两个山头,便是雷打坳。太远了。

一次暴雨之后,我去鬼打坳。雨歇了,但雷声滚滚,绞肉机一样的风贴地卷起。机耕道淌着黄黄的泥浆,被开挖的山体坍塌,杉树、泡桐树、乌桕树塌下了山坡。高压线在呜呜吼叫。苎麻、苘麻、大青、楤木,被风拦腰折断。秋雨似乎比春雨更疯狂。泥浆挟裹着烂树叶、断枝汩汩而去。风把树叶上的雨珠扫过来,打在人脸上,打在草叶上。如果肉身是泥胎,人必被秋风挟裹的雨珠,冲激得瞬间垮塌。我在路上走,云在天上散。山菜地灌满了水,水上漂着沉渣烂叶。

山坳只有我一个人。我走走停停,四处瞭望。上了山梁,太阳出来了,番茄色的云彩盘踞在山巅之上。天空一下子华贵了起来。云彩就在我头顶,我伸出手,想把云彩拉扯下来,做我的围巾,在胸前飘起来。我跳起来,也不如一棵杉树高。啊啊啊,我叫了起来。假如这时有一个女人,可以听到我的欢叫,那她必是深爱我的人。我愿与她相伴此生。

在去远山的荒路上,我心里有这样的想法:每走一次,都是在重塑自己。

冬剧场

"叽叽叽,叽叽叽",灰树鹊在板栗林叫得慌。听得出,至少有六只灰树鹊在叫,起哄似的一起叫。板栗林在山腰斜坡上,约有三五亩,林下是伏地的茅草和枯败的紫苏。一条陡峭弯转的黄泥机耕道一直往山高处盘上去,如一条腐烂的泥质盲肠。我站在一棵剁了头的枳椇树下,可以俯视整个花鸟畈。板栗林就在我右边,光光的枝丫突兀,却不见灰树鹊。雨丝织得密,遮住了远景之物。雨阴冷诡秘,不放过任何一个需要淋湿的地方,也不放过我的雨伞、裤脚、鞋子和我简单的下午。

这是什么鸟，叫得这么心切，也不怕雨淋伤了。许健平说。他不知道，灰树鹊不惧微雨，它的羽毛会溢出油脂，雨珠自然滑落。红嘴蓝鹊、黄嘴蓝鹊也是这样，可以在微雨中觅食、飞翔——只需抖一抖翅膀，雨水便没了。

许多鸟都这样，下小雨，异常地兴奋，抖着翅膀高声鸣叫。雨荡起了清新的空气，激起了树叶草叶的颤动，给山林添了几分喧哗。这是一种纯粹的、静谧的、朴实的喧哗。鸟兴奋了，就唱歌。"咿咿咿，啊啊啊。"唱调当然不是这样的。鸟不唱美声，也不唱流行歌曲。鸣禽自成一套声乐体系，吟虫自成一套声乐体系。虫鸟鄙视人的声乐体系。鸟多用复调，多用滑音、连接音和转音。

花鸟畈是大茅山南麓的一个坡面，有五户人烟，已废弃二十余年。花鸟畈有另一个地名：火烧畈。坡面三百余亩，先人开垦出梯田、旱地和茶叶地。梯田已撂荒多年，芭茅遍野。灌木丛芭茅丛钻出来，壮硕魁梧。虎斑地鸫缩在胡秃子树的叶丛，嘘嘘嘘地鸣叫。它的鸣声具有重金属音质，声调上扬，柔滑而富有感染力。虎斑地鸫吃蚯蚓，吃甲虫，也吃野果子。它翼下棕白色带斑，与胡秃子浅褐白的叶色相衬。

入户的小路已消失，被沿阶草和茅草覆盖。一些树留存着，黏附着曾在此生活的人烟气息。人的脉息在四处流布，即使人已离开数十年。人的痕迹寄生在树上，在荒野依稀生动。棕树、枣树、茶树、梨树、柚树，在路边或断墙下活得无人问津。它们曾参与了人的生活，也渗入了人的生命。树在长，也在衰老和败枯，我却在树上找回了散去的人声。小仙鹟在枣树上排成一排，计七只，不断地抖着翅膀，翘起黑绿色的头，不时地叫上几声：嘻嘻，嘻嘻；嘻嘻吱，嘻嘻吱。它黑灰色的短喙完全张开，如钢琴的两叶簧片。它以二拍的节奏鸣叫。

枣树有两棵，一棵长在瓦房前的石墙上，一棵长在田埂头。山是黄泥山，山民挖山取土，平出一块地，夯土建房。屋是木料屋，两层，盖瓦，木门被一把链锁锁着。门和廊檐木柱，锈出了铜绿色，青苔爬上了墙根。窗户腐烂，窗格脱落下来。灶房结满了灰扑扑的蛛网。一只白额高脚蛛的空壳挂在网中央，肢脚朝天地张开。雨从破瓦中落下来，嗒嗒嗒，瓦垄水白白，空屋里有了回声：当当当。阁楼上，有鸟在低叫。咕噜噜，咕噜噜。听起来是山斑鸠在酣睡，打呼噜。我仰望阁窗，很仔细地听，觉得不是山斑鸠打呼噜，而是草鸮在暖窝里说梦话。

山斑鸠很少在白天睡觉，而草鸮昼伏夜出。夜幕苍茫，垂挂四野，草鸮破开暮色，低飞在山谷、丛林、丘陵、田间，捕食蛇类和野兔，以及蛙类、鸟类、鱼类。它是林中杀手,却以修士模样装扮自己。它的棉袍橙黄色,衬里是斑驳的灰色羊绒,袍边白色,饰以暗褐色斑点。它戴着白羊绒面罩,露出一双乌珠眼睛,射出亮绿的精光。白天,它几乎都在打瞌睡,眼睛视物不见。它在隐蔽的草丛或废弃屋舍营巢。它是个肉鬼,只吃鲜肉活肉,吃空猎物脑壳。食源越丰富,它育雏越多。食物决定了它的生育。冬日,窝暖,一晌贪欢,它在打饱嗝。

枣树枝头空荡荡,小仙鹟不知飞去了哪里。它惧人。断墙之下,是一片见方的荒田,茅草被风压断,齐整地倒伏。荒田边是两栋大瓦屋,被冬青、苦槠等乔木遮盖了。乔木林之下是一条山涧,涧水在湍急地流淌,哗哗哗。

机耕道淌着水流,冲出了浅沟。一群棕颈钩嘴鹛在一棵苦楝树上,瑟瑟地抖,秃枝在轻轻地颤动。金黄色的苦楝果串在枝丫上,挂着饱满的水珠。"鸟也没个地方躲雨。"张孝泉说。他是绕二镇人,他家距此约十公里,但他并没来过花鸟畈,甚至都没听说过这个地方。他因此略有自责,说这么小的山坞,冬天还有这么多鸟,以后要常来。

一条老公路横在峡谷边,但也废弃多年,并无车辆往来。再深入峡谷五公里的山坞,便是里华坛——桐溪的源头。原住民已外迁三十余年,只有背包客和茶客进去,搭帐篷,看一夜星星,听一夜涧鸣。好友万涛在微信里提示我:里华坛有老房民宿,可住一夜。万涛是野外旅行家,骑一辆摩托车,走遍赣东北、徽州、闽北、浙西北。每一座高山,他都露营过。

但我并不打算去里华坛。花鸟畈足够大,可以容纳并验证我对冬日野山的想象。老公路起始于花鸟畈,一栋白墙瓦房在路头。门关着,院子被篱笆挡住,木柴齐整地码在屋檐下,几只鸡鸭在屋外淋着雨。我赶,它们也不动。它们冻麻木了。一块约半亩大的菜园,被篱笆围着。菜地种了大白菜、青白菜、萝卜、大蒜、芹菜、荠菜、菠菜,葱茏油青。我对种菜人起了猜想,很渴望认识这个种菜人,渴望和他促膝长谈。

老公路之下是萧瑟的落叶乔木林,和斜陡的桐溪。苦楝树、枫香树、榆、鹅耳枥、黄檫、梓树、山乌桕、野柿、野荔枝等,遍布溪谷。乌鸫和小嘴乌鸦在树梢喳喳叫。下了溪谷仰头望,才知道树有多高。树冠虽是光光的,但密密的枝条交错。树高十丈,把溪藏得深深的。乌鸫吃果子吃蚯蚓,溪鱼则是它至爱的食物。它是逐溪之鸟,贴溪飞行,边飞边叫,嘘里呱啦,嘘里呱啦。它的鸣叫悠扬婉转,以百变之音模仿百种之鸟。它穿过雨瀑,穿过水瀑,翻上一座座崖石逐溪。它不停歇地鸣叫,以克服对溪流的恐惧。在森林中,我不知道还有哪一种鸟比乌鸫更勇敢。有时水瀑很急,折断它的翅膀,使它落水溺死,被蛇鼬吞食。但水瀑无法阻挡它翅膀的舞动。它是一种超越自我挑战死亡的鸟。

绵绵细雨的冬月,在人迹罕至的花鸟畈,一群乌鸫暂时放弃觅食,临时组建了合唱队。它们穿着黑色的演出服,打着黑色领结,挺胸昂首,唱起自编的多重奏。它们是唱诗班的孩子,来自神圣优美的大自然教堂。

这里是桐溪的上游,溪宽约三到五米。大茅山卷轴一样垂挂下来,壁立巨大的裸岩和墨灰色的混交林,给溪谷以挤压感。溪石是花岗岩和石灰石,巨如饭甑,小如板凳。菖蒲和兰草丛生。芒萁青青。潮气和雨水,在岩石上滋生苔藓。朽木和树根也滋生出苔藓。一双遗落在山道上的解放鞋也滋生出苔藓。山道穿林而上,无踪无迹。山鹧鸪在林子里咕咕咕叫。

雨不大,也不小,雨珠密集,足够发育一条溪,足够洗去我的脚印,足够安慰冷冬。虽是枯水期,溪水量却大。发音器由溪石取代,共鸣箱由溪谷替补。溪水叮叮咚咚,喤啷喤啷,哗哗啦啦。这是一种让人安静、让人忘我的声音,淘洗我皮囊上的泥垢,淘洗我眼睛里的灰尘。约翰·缪尔在《夏日走过山间》中这样写道:

> 又是山间岁月里美好的一天,人在其中仿佛被消解、被吸收,只剩下脉搏仍在向着未知的远方推进。生命无增无减,我们不再去留意时间,不再匆匆忙忙,宛如树木和星辰。这是真正的自由,是可实现的不朽。

在溪谷,人如冬雪慢慢消融,化为溪水。人生何为?何谓人生?这样的高深问题,暂且放下。溪水匆忙地奔流,沿途收集着雨。溪边丛生柳槐、刺槐、荆条、赤楠和鸢萝藤。水花莹白,溅落下来,如一地碎银。黄鹂鸰和白喉红臀鹎活跃于溪石与枝头之间。一根或两根原木横架在溪上,成了短桥。木是松木,吸水不腐,却生育出苔藓和地衣。

在溪谷回望,花鸟畈有了隐身术,除了茅草和稀疏的林木,别无其他,瓦房也不可见。两山之间的最低处,才有溪和涧。溪是地理的分界线。花鸟畈之上是针叶林和混交林。坡面的两边是斜深的山坳,乔木参天,山涧激流陡悬。我几次试图深入山坳,却缺乏勇气——灌丛太密,无路可寻。树冠遮蔽了山坳,只有繁盛的树叶露出来。山尽可能空出地方,给树木安身立命。或者说,树木占领了任何可供根须深扎的地方。植物何其强大。

花鸟畈怎么会有这么多鸟呢? 许健平问我。我也不知该怎么回答。这里确实鸟多,不太符合常理。一般来说,冬雨的山林,鸟会躲起来,很少外出觅食和嬉闹。但花鸟畈是个特例。这里荒田开阔,视野明朗,杂草遍野,适合鸟筑巢。果林和苦楝树林为鸟提供了过冬的粮食,在食物匮乏的冬季,是何等宝贵。这是大茅山南麓为鸟类建起的粮仓。溪谷里,我们可以看见非常多的鸟窝,挂在乔木上,盘在灌木上。"花鸟畈",顾名思义,就是野花遍地、聚鸟鸣唱的地方。

这是一个僻远、无人居住之地。在四十年前,居住在桐溪上游的山民以伐木为生。他们把松木、杉木、扁柏砍下来,扛到五公里外的公路边,卖给过往的货车司机,拉到四十公里外的小镇做家具料和棺材料。禁伐之后,山民失去了谋生之本,迁移山下生活。我上百次经过桐溪坑,也十数次在桐溪坑路边店吃饭,却未曾上过花鸟畈。我不知道桐溪畔有花鸟畈,但知道火烧畈。在 2021 年 10 月,我才知道火烧畈就是花鸟畈。我祖父手上建的老房子,木柱和大门的木料就是来自火烧畈。木柱有水桶粗,都是老杉木。在孩童时代,我对这片山林有过丰富的想象:千年的森林才能生长出如此粗壮的杉木。

因此,火烧畈与我有了某种隐秘的勾连。到了火烧畈,却鲜见杉松,连一棵扁柏也没看到。阔叶林披盖了山体。沿桐溪而上,原始次生林绵延无尽。曾在深山安居的人,去了城市和集镇。他们不再回来,永远也不会回来。树木在山中生生死死,化为泥土。山,回到了山的本原。我站在山腰远望四野,除了山还是山,除了树还是树。鸟是树的一部分,在春夏是树上盛开的花朵,在秋冬是树上颤动的叶子。

会鸣叫的花朵,会飞翔的树叶。冷雨并没有使得花鸟畈更荒凉,而是使它更野性和纯粹。万物勃发,谓之野;无人生产,谓之野。桐溪加剧了野性。湍急、洁净的水流在激荡,鸟鸣于林,如一道神谕:森林竭尽所能地赓续生息,福泽万类生灵。雨是森林的一种形式,鸟也是森林的一种形式。这一切,都被溪涧容纳着。

树叶唰唰唰,雨珠脆响。那几栋瓦房,在以后的时间里,也终将颓圮,长出杂草、灌木、乔木、刺藤,彻底消除人的痕迹。人是渺小的。我们得承认。大茅山是一座神殿,孜孜不倦地供养生命之神。

雨声,鸟声,溪声。神殿荡起合唱。

王雪茜　鸟劬于泽

　　我们这次拍摄的目标是一对黑翅长脚鹬。同伴跟拍一对黑翅长脚鹬十几天了，她数着日子，算准了这只长脚鹬的四只卵这几天就会孵化。长脚鹬一般一次孵四只卵，同伴说，如果因意外不足四只时，它会补齐四只再孵卵。雌鸟雄鸟轮流孵卵，孵化期在二十天左右。我还没有亲眼见过小长脚鹬破壳，难免有点兴奋。雏鸟破壳多在清晨，大约此时环境静寂，亲鸟不容易受到惊吓吧。况且，一日之计在于晨，新生命如朝阳初起，一切都是新的。

　　此时正是 5 月末，芦苇还在展叶期，翠绿绿的苇叶密密地挨着，仿佛一大片新鲜的玉米地。这个季节，我喜欢在太阳下山以后到这片水塘听鸟。顺着土坝向北，慢慢踱步，彼时万籁俱寂，水面上一只鸟也没有，可我知道，它们就安歇在芦苇丛中。月亮渐渐升起来，风声减弱，天边红黄相间的灯火，像一簇簇火苗不停地闪烁，透着遥远的暖意。鸟鸣时断时续，仿佛古老的催眠曲，漫不经心又舒缓有致。间或能听到"扑啦、扑啦"的声音，为寂静的画面平添有力的一笔，那是鸟的翅膀拍打水面发出的声音。白骨顶鸡的叫声比白天显得稍弱，像小时候肺活量不足吹出的柳哨声；野鸭子一声不出，也许早睡着了；小鹏鹏的叫声很有辨识度，"科科、科科、科科"，快速而连续，带着一丝丝颤音，多么像赖在母亲怀里撒娇的幼儿。更多时候，我判断不准听到的到底是哪种鸟的叫声，不过那又有什么关系呢？在夜晚，鸟鸣比白天稀少得多，鸟儿们也很少同时鸣叫，常常是东边的鸟叫一声，西边的鸟应和一声。让我意外的是，彼此呼应的也不是同一种鸟。这反倒令我的耳朵格外灵敏，充满期待。

　　当你真正沉浸在这样的一个世界中时，耳朵会飞上风中的苇尖，眼睛会嵌入澄碧的水底，喉咙会忍不住发出一声含混的鸟鸣。演奏者们好像知晓了我的来临与关注，鸟鸣声开始交错模仿，声音里加入了某种有意识的音调，谈不上惟妙惟肖，我却听出了歌喉中若隐若现的自豪与喜悦、嬉笑与戏谑。它们有一种天然的能力，可以分辨出谁是它们喜爱和认可的听众，并以独特的曲目表达善意。那一刻，城市的霓虹与人类文明的自负，都显得无比廉价而脆弱。

　　"是我最先发现这里有长脚鹬的。"同伴打断了我漫出的思绪。在离水塘稍远一点靠近芦苇丛的一块平地上，她熟练地用泡沫板自制了一个小筏子，筏子前插了四根竹竿，似乎想安慰水塘们的鸟，看，我们给自己画地为牢了，绝不会靠近你们哦！最初筏子上要铺设伪装网。观鸟人都知道，鸟类在繁殖期非常敏感，任何一点人为的干扰都会让它们惊慌失措。只是，时间久了，鸟儿们知道拍鸟人并无恶意，也不会刻意打扰它们，见惯不怪，便不再躲避，甚至毫不顾忌地在离拍鸟人几步远的地方觅食。伪装网的铺设环节省略了，同伴把相机的脚架拆掉，用泡沫板做了一个类似大枕头的东西，将相机放在上面，趴在泡沫筏子上调整角度，我则蹲在一边，摆弄望远镜，一声不敢吱。

　　出乎我意料的是，不远处的几只鸟——两只斑尾塍鹬、一只落群的滨鹬，还有三只环颈鸻，其实早就看到了我们，却全都做出视若无睹的样子，那只滨鹬甚至还对着我们的镜头连摆了几个pose（造型），可爱极了。嗨，谁忍心去惊吓这些自由轻盈的精灵呢？

　　"这里的鸟已变成'老江湖'了。"同伴笑着小声说。

　　从望远镜里看去，我们的目标，那对黑翅长脚鹬的巢筑在水塘北边搁浅处，像一只棕色的碟。这只巢主要是由芦苇茎构成，为了牢固和严实，间缠着一些树根、树叶和水草。亲鸟竟然不在，四枚卵丝毫看不出要破壳的迹象。

　　"亲鸟不会走远，很快就会回来。"同伴颇有经验地对我说。

　　果然，三五分钟不到的样子，两只黑翅长脚鹬匆匆飞回水塘，雄性长脚鹬先是看了一眼鸟巢，确认鸟蛋还在，便落在鸟巢近处的浅滩。雌性长脚鹬并没有直奔鸟巢，而是悠闲地先觅起食来。两只亲鸟一前一后在塘泥里昂首阔步，寻找食物，它们不慌不忙，步履稳健，身姿轻盈，不时将长长的黑喙插入浅水里。深红色的双腿修长、挺拔，让人想到芭蕾舞演员曼妙的肢体。不远处，三只环颈鸻迟疑地跟在黑翅长脚鹬后面，缩手缩脚。环颈鸻体长仅有十五六厘米，体重仅有四五十克，在体长近四十厘米、体重近两百克的黑白色涉禽长脚鹬身边，简直像麻雀一样小，仆人似的自惭形秽。吃饱肚子的"红腿娘子"立刻飞回了巢,也许离开鸟巢时间有点久了,找不到孵卵最佳体位的雌鹬不断站起又蹲下,努力调整它的两条大长腿,两三分钟后,它终于找到一个最舒适的角度,蹲下了。雄鹬并未离开,在周边警惕地巡视。

鸟在孵卵期,要面对重重危机,故而有"十巢九覆"一说。黑翅长脚鹬的巢,筑在浅滩上,虽然形状、颜色如土丘,又间杂以腐叶、泥土和草根等,极具迷惑性,但仍处于裸露状态,危险还是无处不在。这对"红腿娘子"对周围环境保持着高度的警觉状态,因为危险并不仅仅来自可目视的范围。同伴说,他们这几年一直在保护黑翅长脚鹬的巢。去年他们就为五对黑翅长脚鹬的巢架设了保护网——用竹竿渔网等将鸟巢几米范围内的地域简单围起来。

"四年前,6月初,大洋河湿地,有一对黑翅长脚鹬选鸟巢的运气不够好,雌鸟刚开始孵卵没几天,就开始连续下雨,眼看着河水涨上来,鸟巢即将被淹没,我赶紧趁亲鸟离开的片刻,搬来一些碎石头把鸟巢垫高,黑翅长脚鹬才得以继续孵卵。"同伴说。

"我拍摄了雨中孵化的视频,每每看着它在雨中安然暖巢孵卵的画面,我心里都会一暖。天下做母亲的莫不如此,人鸟同心。可惜啊……"同伴低下了头,"后来我去拍摄别的鸟,大洋河河水持续上涨,朋友告诉我,那窝雏鸟全部夭折了。那以后,我再跟拍鸟们孵化,就从来没有中途易辙过。"

"亲鸟不能自救吗?比如重新筑个巢?"

"重新筑巢几无可能,时间上也不允许。"同伴顿了一顿,"不过我曾拍到过一对黑翅长脚鹬抗洪自救。就在这片水塘。"

我看过那组照片和视频。大雨过后,黑翅长脚鹬的巢被淹了,鸟蛋都泡在了水里,两只亲鸟心急如焚,它们不断地用嘴从水里打捞能加固鸟巢的东西,小树根、苇茎,可捞出最多的是毫无用处的腐叶。雌鹬围着鸟巢打转,它不敢离开鸟巢太远,雄鹬被伴侣派出去寻找建材,它叼回来几根七八十厘米长的苇茎,啄断后斜搭在鸟巢上。可同伴没有拍到最后孵化的画面,结局不难猜到。

她沉默了,我也说不出话来。看看手机,已经九点多钟,看来今天不可能拍到长脚鹬的小宝宝了。

白尾鹞就是那时出现的，离我们不到十米的距离。白尾鹞雄雌在外形上差异特别大，很容易辨别。我们一眼就看出这是一只雌性白尾鹞，它的上体暗褐色(雄鸟上体一般蓝灰色)，腿黄白色，爪子黄色，嘴上面也带一点黄色。它在水塘靠近芦苇丛的地方扑腾着翅膀，我们发现它的同时，那对长脚鹬也发现了它。不过这只白尾鹞有些反常，我们没有发现它是从哪里飞来的，好像它是从芦苇丛边突然出现的。雄性黑翅长脚鹬先受了惊，它马上飞到高空盘旋，发出拉长的警报声"啾——啾——"，像警笛似的。很明显，这只黑翅长脚鹬属于色厉内荏型，看起来威风凛凛，实则是只"黔之驴"，除了大声尖叫，并没有其他招式。但我知道，鸟类极有智慧，它们可不止有三十六计。黑翅长脚鹬个体战斗能力虽然极弱，却是很有谋略的军事家，遇到危险时，比如猛禽、犬类或人类靠近，它会腾空而起发出尖叫，反嘴鹬、燕鸥等其他鸟听到警报，会联合起来一起抗击敌人(这也是黑翅长脚鹬常常与其他鸟类混居的原因)，靠着"狐假虎威""滥竽充数"的战术，常可化险为夷。

　　奇怪的是，这只白尾鹞并没有靠近鸟巢的意思，反而向芦苇丛的另一边扑腾。长脚鹬停止了尖叫，它并不想在局势未明的情况下挑起战争。看得出，白尾鹞急于脱离我们的视线，它努力抖开翅膀，扑棱几下又落了地。我正看得纳闷，同伴却已迅速脱下外套，三步并作两步窜到芦苇丛中，用外衣一下扣住了它。

　　对我们而言，白尾鹞并不陌生。小时候，大人吓唬爱哭的小孩子，最常用的口头禅便是："不要哭了，再哭就被老鹞子叼走了。"小孩子并不知道老鹞子是什么，大约以为是妖怪之类很骇人的东西。而我七八岁的时候，常住在山沟里的姥姥家，已经可以识别白尾鹞了。白尾鹞属猛禽，体型稍逊于老鹰，脸型像猫头鹰，喙十分锋利，一些小鸟小鼠小虫小蛇常会成为它的口中食。

　　可以断定，这只白尾鹞的翅膀受了伤，可伤口并不明显。我们找不到它的伤口，也就无法判断它伤的轻重。目测这只白尾鹞体重在五百克左右，体长差不多五十厘米，携带不便。同伴用装泡沫板的黑色塑料袋捆住了它的一双翅膀，拎着它，打算把它送到车上，拉到宠物医院去救治，未料，刚打开车门，把它放到地上的一瞬间，它就一下子飞跑了。被捆住了翅膀的白尾鹞当然飞不高也飞不远，它拼尽全力扇动翅膀，连飞带跳。我们放下设备，跟在它后面追。

　　受了惊的白尾鹞尽管翅膀受了束缚，在这片湿地上还是比我们跑得灵活，只要我们靠近，它就飞一段。它忽上忽下，忽左忽右，我们追得气喘吁吁，力不从心，可无论如何不敢放弃。折腾了两三个小时,白尾鹬转移了阵地,扑腾到土坝的另一边去了。人追不上,车也开不进去。我们眼看着它飞进了一片废弃的黄泥地里,无能为力。白尾鹬暂时摆脱了我们的追踪,可它的焦虑和烦恼丝毫没有减少,它趔趔趄趄地爬了几步,将翅膀完全张开,转过头用嘴去啄塑料袋的系扣,用力撕拽,可塑料袋依然紧紧地勒着它的翅膀根。同伴的眼圈红了。

那是一片不毛之地,不知道谁填了土又弃置不用,被几只蛎鹬暂时占作了领地。蛎鹬是中型涉禽,体型也较大,这几只蛎鹬长得很漂亮,黑色的头,红红的长嘴巴,红红的眼睛。自己的床榻之侧岂容他人侵入(它们当然不能预料,这里也许很快就会开来挖掘机),几只蛎鹬发现了白尾鹬,起初亦步亦趋,后来可能发现白尾鹬受了伤,一哄而上,受了伤的白尾鹬不如鸡,被蛎鹬赶得狼狈逃窜,东奔西突,最终窜进了芦苇丛,从我们的视线里彻底消失了。

在这片湿地里,我从没有见过船。但是有一刻,我会突然想起弥尔顿的一句诗。其实我想说的是,如果湿地或家园是一艘旗舰,那么,鸟就是旗舰上的一支桅杆。

<h1 style="text-align:center">简枫　致山中书</h1>

一

秋其,想给你写信。我几乎刚知道你不久,可是感觉想给你写信好多年了。有些事情,需要有个宽阔的河流隔开,才能够妥帖地说出来。秋其,我没有牛皮纸信封没有精致的花笺纹样更没有你的门牌号码。你给了我一个四壁挂满青苔的悠长隧道,让我重返一种年少的情怀里,絮絮叨叨自言自语,说给你也说给自己。

秋其,昨天我看见成群的喜鹊俯冲下来啄食花生果,低头啄三两下仰脸看看,再继续。十几二十只的样子,那一小片花生是春上我亲手种下的。哪想到了秋凉连着下雨,天灰暗得扒不出一条缝来。穿雨靴进地里都险些没了,后来花生秧子轻轻地能带下来,那些角就都落在地里了。邻居家四个人坐着小板凳一步一挪蹭耙了一天才耙出四袋子,我们碰面说着白搭一个秋了。

黄豆白豆红小豆都不行,捂着闷着不见光亮,在豆荚里发了毛。偶尔有晴天都会拿出来晒,挑挑拣拣地扒拉。但是晚了,即使豆荚绵软无力地炸开了,豆子的颜色也不好。听说今年没好葱,又瘦又空精细老高,还老贵。

秋其,替我使劲地闻闻桂花香吧。我从地里干活回来,也能路过好些花开的场景,我看四下无人就藏一朵在衣兜里。衣兜里装了花香,人也美气起来,野外有太多的劈柴干枝杈,冗柴更多。

秋其啊,我的一小片菜田西边是别人的马场。几百匹马被木栅栏铁丝网圈养,我一点也不讨厌马粪蛋子的味道。但是它们竟然冲出来,用奔腾不息的姿态在我的地瓜田里撒欢儿。你看见过地瓜开花吗?粉紫色的小喇叭羞涩地藏进地瓜秧里,得细看,扒开看,带着晚秋的露,嫩嫩的。马群离开后,一朵都不见了,有的地瓜叽里咕噜滚出来,有的出来半截子,直挺挺地杵在那里,看起来被惊着了。

我头一眼看到，也愣住了。韭菜畦里有两摊新鲜的马粪蛋子，它们有着光滑的表面。

二

秋其，当喜鹊俯冲下来的时候，我感到一种暖心的震惊。我何其有幸能够和这些黑白分明的小家伙共同享用一小片花生果——如果我能在它们中间，和它们抢着吃就更好了。我有小耙子有小铁桶有雨靴子，我尝试过了，只要挨近，它们就呼啦啦飞起来，落到不远处的白杨树上。留下我吃力地一下下耙，手上都是水泡，有的芽子粗壮，我揪下来尝尝味道不错，甜津津的。一上午就这么耙过去了，小铁桶刚满。我感觉有好多双眼睛在杨树上看我，它们在等我离开。好吧下午是你们的了。恰巧黄昏我又去菜地割韭菜，喜鹊把花生地闹腾得一片狼藉，细细碎碎的花生壳子到处都是。我那口子很愤怒，我说就当我吃了。他说这鬼天气百年不遇，一秋八夏都白忙活了，都填补给喜鹊了。我说你预测一下咱这一片地往好里说能收多少花生，他说二百斤不止啊。我说按照市场价我给你发红包，然后花生出来多少算多少，是榨油是下酒随你安置，我再搭上一条利群牌香烟给你。他说那地里的就送给喜鹊了吗，我说正有此意。他狠狠地剜我一眼，赶过去轰跑了喜鹊。

秋其，我的被雨水灌烂了的葱在那里湿淋淋，它们东倒西歪的样子让人揪心。拔葱的时候，黏糊糊的着不住手，有的勉强拔出来也是腐烂的气味。人和植物一样，渴望明亮。长久的阴暗会滋生有害物质，但是今年的秋末天像是漏了，怎么都补不上。我们在自然面前无能为力的那一刻，是多么悲凉。

我的菜田距离我的居所不算远，步行需要四十分钟。穿过一大片新建的厂房，穿过铁路隧道，穿过养马场，就到了。很小的菜田里，我种了紫苏薄荷藿香九重塔，我喜欢被这些浓郁的味道笼罩。去年我的倭瓜长得好，有一天我去摘阳坡上的倭瓜，看见一条青蛇。我拔腿就跑，跑出有二百多米，感觉那蛇就在裤管上挂着，不住地跺脚甩胳膊。后来那倭瓜长成了种，我也没再去过。

三

我感觉你应该和我一样喜欢写信，喜欢一个人自言自语。在人间行走我们能够拥有自己的小世界，这多么好啊。菜田北角有一个避风拐口，我想用废弃的砖头垒一个简易土灶,风和日暖了带孩子们过来做东西吃。我想了好多回,也没形成事实。附近也有种菜的,他们是附近村里拆迁的,说是天上偶尔飞过无人机监视着呢,划一根火柴都能知道。笼火还不得挨罚啊。我向往的煮玉米烤地瓜炖排骨,都成了纸上谈兵。·

菜田里的活计没完没了。浇水拔草掰叉子翻秧子,总是翻来覆去地没尽头。我常偷懒坐畦头的水泥板上歇着,东张西望想些闲事。仰脸看天,流云舒展蓝白清晰。我有点不相信,我支一口大铁锅咕嘟咕嘟炖着,土豆倭瓜茄子豆角都是地里揪的,真能有人赶过来罚我一沓钱。我让他坐下来吃饱肚瓜不就得了嘛。但我终究还是没有勇气尝试。只有关上自家房门,在厨房耍起十八般兵器折腾出色香味俱全的一锅一盆一桌,然后对孩子们说除了肉蛋虾这一餐都来自菜田。

我不知道你有没有在野外烤东西吃的经历,我是有的。或是荒沟或是土坎,要背着风口才好,捡一些生的吃食回来,多是栗子地瓜之类的,也有带着青浆的玉米棒,挖出一个坑,预留一个通风口,腾空架起来烧火,慢慢地烟熏火燎过后就有香气出来了。我们把嘴巴啃得黢黑,手和脸蛋也是一块块的黑烟渍,每人都分到几个半生不熟的战果。秋其,你也和我一样越来越喜欢回忆吗?旧时光里那个自己多好啊,虽说人不能永远那么无忧无虑,可成年后的世界不仅仅是负累还有伪善啊。

我都记不得从什么时候开始不和自己较劲了,学会了宽容自己而不是苛责。如果这世界为我们预设了无数的关卡,我们冲出九九八十一还有七七四十九,那我们何必再为难自己呢?秋其,我的菜田已经种了第六个年头了,这对我来说是一个疗愈的过程。周遭还是那个周遭,只是我很少生出抱怨心,我的情绪在和草木稼禾的接触过程中得到了转化。我相信这样的转化也是升华,我体内的触角伸向未知的地方,而那未知里充满了草木青翠的汁水。

四

我料定你在我的南方。每当我在心里怀想一些温暖的事物,我的触角就会不自觉地伸向南方。以我住的小城为例,以南是一片汪洋都不见的蓝色海湾,以北则是逶迤连绵的纵横沟壑。你喜欢听风吹叶响的声音吗?尤其是白杨树和五角枫,透亮的颜色翻过来好看背过去也好看。

今天是霜降,多年来我都固执地以为霜降的霜是天上落下的月光。我刨地瓜,去得早了些,野外有些凉,我把手揣在兜里。紫菀花沾满白霜,看起来沉沉地簇拥在一起。风还没过来,菜田周围寂静无边,喜鹊也没飞过来啄食我的花生果。我在菜田周围小跑了一圈,搓搓手心手背,做出一副要干活的样子。把经了霜的秧子扯到别处,蔫蔫巴巴的却是筋脉柔韧,怎么扯都不断。开始刨,一镐抢下去地瓜一分为二,闺女大呼小叫直喊可惜了的。我说回家先把受伤的地瓜洗干净烤吃了。有几只小狗撒欢儿,这里嗅嗅那里嗅嗅,应该是附近村里的。太阳升高了,紫菀花上的霜不见了,喜鹊也嘎嘎地欢叫起来。白杨的叶子翻过来调过去,风摇晃成片的紫菀花,摇着野外的蒹葭苍苍。

向阳的墙角还有巴掌大一块韭菜,勉强能做几个韭菜合子,萝卜和大葱都被雨水泡烂了。

秋其,我最会做馅儿,尤其是饺子,水煮锅贴都不在话下。我烙了一大盘子韭菜合子,吃饱了斜靠沙发上畅想来年春天。人生原本这样子,失败常有,但我们不因为失败就不去尝试。

幸好还有来年可期。秋其,我已经不大说来日方长了,怕来不及。

五

如果我们都按照各自的轨迹按部就班地活,从理论上讲有交集的可能性不大。不知怎么回事,我以为我们一直都有交集,丰盈的内心为我们营造了一个鲜为人知却又无比美妙的精神领域。秋其,冬雪来临之前,我总是在忙一些事情。都是贴近大地的事,比如刨地瓜。还是因为雨水的盛大,地瓜被黏糊糊的土块包裹着,一镐下去能带起一坨子泥,蹲下先要把泥巴掰下来,放在太阳下晒一会儿。这事太累了,我怕把我累坏了,剩下几个小短垄我就放弃了。因为我发现,不远处有个男人举着三齿钉耙在刨过的地瓜垄上翻腾,我想留给他。

把地瓜装箱,置放于温暖中,留着过冬。

还要捡新姜,要到很远的地方去捡。叫万庄,听说地里遗落的姜特别多,我去捡,切片晒干冬天泡脚。你去乡下捡过秋吗? 我劝你去试试,是有趣的事。

我的菜田紧南边是京哈高铁,往来的火车像一枚白色的子弹头,去往秋尽处去往冬初处。我常叉着腰拄挂着农具偷会儿懒,看火车带起一阵风迅疾地不见了,我把对未知的全部念想都寄托给一列火车了。

秋其，你有没有觉得一个人的苍老是不能阻止的。年少时我们总是觉得自己有别于旁人，是那最特别的一个。到头来才知晓自己是人群里不起眼的那个，生的苦难一样不落。闲来无事，想想一路走来的路，我脚下这一条是我不曾后悔的一个选择。做过的干吗要后悔啊，与其后悔还不如认真去走好当下每一步。张三李四王五木头六是不同的人，他们分别在不同的年龄段里向我表达过爱慕之心，我听到张三去世的消息很惊讶。后来李四就差些了，到了王五我几乎做到了不动声色。后来木头六的消息传来，像旷野的风，很小，不妨碍任何了。但是我知道，我自己的某一部分也追随着不在了，我的细节一点一滴地被剥离直至后来轰然倒塌，捡不起扶不来。

六

秋其，霜降已过北方尤凉。我知道你能原谅我突发奇想的小冲动，和你无主题变奏曲一般的闲聊。从我知道世间还有文学这档子事开始，我就把写字当成一个人来爱。能说说话的一个人。我无铁肩担不了道义，那些涌向我的词语和意象，我愿牵起她们，起舞，飞翔。

今秋叶子落光之后，我将离开工作了三十六年的岗位回转到属于自己的轨迹中，做个自由人。我们不断地丢失不断地捡拾，不断地看着死亡和新生。挽留不得又阻挡不得，这是生生不息的世界。我在菜田踩了葱苗压了菠菜，将架杆一摞摞捆扎好倚在背风的墙角。大蓟和苍耳疯狂地拓展领地，黄昏的太阳穿过黝黑的草木，喜鹊和乌鸦各自归巢，人间安宁。我积攒了一些零散的时间，和你絮叨这一年的菜田和我，心里舒坦了。远方迢迢，过犹不及。彼岸之后依旧有彼岸，苍山之外还是苍山，而我们的日子，正一点点缩小。

很多的黄昏，我从菜田往回走，能遇见迎面开过来的垃圾车，他们蒙着绿色的网纱，向我的菜田方向奔过来。我知道他们要去的地方，铁路隧道底下城市建筑垃圾几乎要填塞满了。破旧的花盆雨鞋沙发孩子的毛绒玩具，用久了用旧了的世界挪移到了这里。我心里不住地呼喊：不要把垃圾卸这里。但实际上我是无动于衷的，我是那片并不无辜的雪花。

我忽然喜欢上了白色，一条一条地买白裤子，一双一双地买白鞋子。那是一种干净到透亮的舒适。看着剩下的半箱千金净雅牌卫生巾，体会到死掉一部分的茫然失措。我能在菜田浇水的间隙静默独坐，阳光捧起我的脸，我便任由这光芒时刻穿透我的身体。

我会想象你的样子，然后对镜，日渐增多的白发皱纹雀斑，日渐增多的病痛，按下又浮起来。多好啊，眼不花耳不聋还能迈开腿。就像此刻我说你听，光阴呼啦啦。

<h1 style="text-align:center">陶灵　川江船志</h1>

纤藤

　　我遇到过的川江老桡胡子,不论大河的、小河的,还是沟沟河的,他们一律称拉船工具为"纤藤",从不说纤绳。大河指川江,支流是小河,小河的分汊即沟沟河。这是过去川江桡胡子约定俗成的叫法。

　　"绳"与"藤",在川江木船上有很大的区别。绳,桡胡子喊缆绳、绹绳或棕绳,材料主要是棕丝,其次是麻丝与蓑草,用手工或借助工具搓绞而成。绳的质地柔韧,结实耐磨,但成本比较高,沾水后笨重。船靠头时拴桩子、升降布条和捆绑物品用绳。纤藤,着重在编,用多根篾条如麻花状编织,也叫"错编"。纤藤不吸水,沾水后很快就能沥干,不然最长者三百米,那重量可想而知。纤藤质地较硬,收拢时要绾成大圈。

　　木船一般配备三根纤藤,有粗有细,都比较长,达百丈(约三百米),甚至更长,故称"百丈"。最粗的纤藤由南竹或斑竹篾条编织,称"坐藤",重载船过激流大滩时使用;中号的用斑竹或慈竹篾条编成,称"二行",过一般险滩时用;小号纤藤拿慈竹或水竹篾条编结,称"飞子",空载或过缓流时用。纤藤的粗细是相对的,按船只大小选用,大船的二行能当短航船的坐藤,小船的坐藤则可用作短航船的二行。

　　湖北旧属湖广行省,出川木船因此称"打广船",水路遥远,纤藤在岩石上摩擦得厉害,只能用一趟水(往返一次)。明代和清初,打广船在三峡里上行,纤藤不是篾条编织的,把一根根南竹破成四片或六片,用麻丝绑扎连接后拉船。《天工开物》里有两处记录竹片拉船的文字,说三峡沿岸皆石头,利如刀口,篾条编织的纤藤不耐磨。《蜀语》中还提到了具体尺寸:用大竹劈为一寸宽的竹片。

　　纤藤曝晒后容易脆断,夏天不用时要经常用水淋。新买的纤藤,使用前用烟火熏,熏得黄黄的出油。旧时,西陵峡一带河街铺子,都用石灰水浸泡着纤藤出售。而支流澎溪河的纤藤在编织前,篾条卷成一圈一圈地先用水煮。篾条都用立冬后砍伐的当年生竹子划破、细剥而成,水煮并浸泡过冬腊月再用,韧性好,不生虫,故称"腊篾"。

桡胡子拉船,纤藤并不直接套在肩上,而是挎一个布套子连接,称褡裢。它在大河、小河、沟沟河上还有很多名字:褡布、褡背、褡帕、连肩、拉帕等。褡裢用一条白粗布做成,叫纤袋或串带,两头绾接一根两三米长的麻绳,名"八股绳"。八股绳另一头绑着一截小木棍,或是系着一块带洞的小铁块,称"钻钱"。冉白毛说,新社会铜壳子(铜圆)没得用了,我们钻个洞当钻钱用。钻钱在纤藤上打活结,拉纤时,越用力活结越紧,不会松脱。

拉纤时,一群桡胡子低头弓腰,手脚并用,倾尽全力,艰难前行。旁边的号子工"妖艳儿"(得意)得很,一手打撑花(伞),一手摇油纸扇,逍遥地喊号子。突然一跃而起,落在纤藤上,像要杂技走钢丝。如果有桡胡子"踩假水"(装样子),立马摔个四仰八叉。这一招,行话叫"踩诈"或"上诈"。

1883年3月,与川江结下不解之缘的英国商人立德第一次入川,他搭乘的木船过三峡泄滩时遇到激流,船头横向江心,并向下游冲去。岸上拉纤的桡胡子被拉倒,有两个没来得及松开褡裢,被拖撞上岩石,摔在江边乱石堆上,一死一重伤。幸运的是,江面这时起起上风,船上的桡胡子迅速拉起布条,船速慢下来,奋力划到岸边,才没被冲到下游撞石而毁。罗老匠年轻时在乌江拉船,有一次船在滩口也被激流冲打横,像一匹狂奔的烈马,拖着纤藤上的几十个桡胡子冲向下游,谁都没来得及扔掉褡裢,纷纷从半崖的纤道被拖下来,摔在乱石堆中。罗老匠幸好滚在一小块平地上,只觉得眼睛直往外鼓,心口十分难受,好一阵子才缓过气来。他抬头一看,同伴们有的碰得头破血流,有的脑浆迸裂,还有的被撞伤后又被拖进江里淹死了。惨叫呻吟声一片,情景惨不忍睹。船被激流冲打横的情形,在行船术语中称"打张"或"打戗"。

江中和岸边的石、礁,错乱、密布,拉纤时,纤藤很有可能被卡住,船不能前行不说,还很可能被磨断,激流会把船冲下滩去而翻沉。遇到这种紧急情况,专门有人立即凫水过去,动作十分敏捷,挪开纤藤,称之"抬挽"。在江中操作叫"抬水挽",在岸上挪开被卡的纤藤为"抬旱挽"。挽,拉、牵、扭转与恢复之意。抬挽由三桡(工种名)

负责,一开始拉纤时,他赤裸身子或身着单衣,在船前方的岩石上蹲守。一会儿又朝前跑,追赶上拉纤走远的桡胡子,再站到高处,始终留意纤藤的状况。

1898年,那个英国商人立德已经六十岁了,终于把轮船第一次开进川江。说是轮船,其实长不过十六米多,宽不到四米,一路上遇到激流大滩,还得靠人力用纤藤拉上去。当行驶到云阳兴隆滩时,雇用三百个专门拉船的"跑滩匠",并卸下备用燃煤和物资,才把轮船硬拉过滩。

桡胡子长年低头拉纤,抬眼看路,额头往上皱,留下深深的抬头纹,像一道道水波。冉白毛调侃道,别个都说我们额老壳上刻了"水"字,一看就晓得是拉船的。云阳与奉节两县交界处的北岸,沿江有一条长长的溜石皮(光石板)坡,江中有险滩,桡胡子拉纤爬过,连蹬脚的石皱褶、石缝都没有,常累得精疲力竭,曾有人躺在溜石皮坡上再也没起来。坡因此被喊成"拖板",滩也跟着叫成"拖板滩"。溜光的拖板上,虽然流淌过桡胡子的血和汗,但干净得没落下一点痕迹,川江上则留下这两处地名。

筏排

乡村人的团年饭不能少了鱼,生产队队长派工到堰塘打了来分。堰塘大,水深,几个人忙了半天,只打到两三条。鱼被惊扰后,都跑到塘中间,更不好打了。冬腊月雨水少,开春后马上要整秧田,又不能放些水再打。大伙都眼巴巴地望着打鱼人。

这时我爷爷出主意:扎"浮子"。三爸和幺爸抬来一块大门板,又有人提来四只水桶,放在门板四角位置,用扁担做支撑,牢固绑扎在一起。然后反扣过来,抬进堰塘里。打鱼人站在门板上,用扁担划到中间,撒网打鱼。

漂于水面为"浮"。爷爷他们的打鱼工具因此叫"浮子"。

1981年夏,川江特大洪水。我们单位屠宰场靠江边,东西没搬完,退路被淹。屠宰场桶和木板都多,我提议扎几个浮子,从水上转运。场长连声说好主意。洪水退后,单位开抗洪抢险表彰会,我被评上先进,奖品为一条床单。

上古时代,居住在川江的先民,或从落叶浮于水面得到启发,或遭遇洪水意外抓获漂木而获生,这便是最早的"航行"概念。久而久之,意识到树木在水上漂浮不沉,便试着附木渡水。经过漫长岁月的演变,先民们发现几根树木捆绑在一起,比单根浮力大、稳定性好。于是,出现一种称为"桴"的渡水工具,便是最早的"船"。史书上有"伏羲氏始乘桴"之说。

桴很小，载人与物也少。川江两岸多竹，砍来做成大桴，称筏，或竹筏。北宋《广韵》解释说："大曰筏，小曰桴，乘之渡水。"

川江上竹筏最早的航行记录，是用于军事争战。东汉建武九年（33），公孙述割据益州（现四川）称帝，担心光武帝派兵讨伐，便遣将率万余水师，从鱼复（现奉节）乘坐筏与舫（连体木船）直出三峡，在宜昌虎牙与荆门两山之间的江面架浮桥，水下布木桩，断绝航道。而较为详细的一次记载是在三国末期。吴国在西陵峡的江上设置三根横江铁链，又在江中暗置上万根铁锥。驻守上游的西晋益州刺史王濬探得情报后，命两名副将率千名士兵，从山上砍伐大量南竹，制成几十张竹筏。每张筏铺扎五层南竹，六十米见方，并连成一个整体。然后挑选数十名水性好的士兵，在江中附筏操纵。峡江水流湍急，竹筏漂速迅猛，江中的铁锥扎在竹筏上，被连根拔掉。随后士兵又点燃竹筏上饱灌麻油的数百根绳索，熔断铁链，战舰随即长驱直入。

竹筏作为民间运输工具，常在水浅的小河与沟沟河漂放，水流平缓与激流河段都无所谓。竹筏制作简单、成本低，多用南竹，去掉前端细弱部分，再刮去青皮，火烤矫直。筏头要上翘迎浪，事先也用火烤，扳翘成形。一只竹筏，长的约三十米，短的十五米左右，宽三至四米，用几十上百根南竹并排绑扎，又因此叫"竹排"。筏身两边重叠绑扎两三根南竹挡浪，筏中间搭绑竹架子，货物置放其上。筏上配有艄、桡和篙竿、纤藤等工具，上水下水都走。

采伐树木造筏，称木筏或木排，一般多叫木排。不过很少用作运输工具，本身直接就是货物。明永乐年间始建紫禁城，朱棣先后命工部尚书宋礼、监察御史顾佐等官员多次入川，督办树木伐运。支流乌江两岸原始森林生长着上百年甚至几百年的巨树，特别有一种楠木，呈浅橙黄色，纹理淡雅，雨天散发阵阵幽香，做建材几百年不腐不蛀。在山上砍伐后，剔净枝丫，按一定的规格尺寸截成木段，称"原木"。先用人力搬运至山涧小溪，等山洪暴发冲进乌江，一根根顺流漂放到川江口的涪州（现涪陵）。再收拢聚集，每八十根扎为一张木排。扎排时，原木一排横、一排竖，整齐叠放，用短木方打榫头，拿纤藤牢固捆扎。每张排雇水手十名、民工四十名，朝廷派员押运，从川江一直漂放至京杭运河，然后北上转运进京。清代，紫禁城仍大兴土木，朝廷在涪州设督木道，专办伐运。几百年来，川江上木排漂放不断。

川江流域居民世代靠山吃山，靠水吃水，每年农历三四月桃花汛的时候，借助水流漂放木排。放排是力气活，一路充满惊险，排佬个个身强体壮，又都熟悉水性。

每年漂第一张排的黄道吉日,排头右手提着锋利的开山(斧头),左手虎口卡住一只大公鸡的翅膀,把鸡头平放在木排前舵桩上,砰地一开山斩下去,鸡头落下,血喷溅在舵和桩上,以祭拜各路神灵。趁黏稠的血还没凝固,沾上几片鸡毛,可一路避邪。溪河中随处可见石头,最怕遇激流撞石而散排,拿不到工钱不说,性命都难保。开排前,面对岸边的大岩石,排佬们还要点香燃烛,祭拜一番。

夜晚来临,木排停靠在平缓的河滩。排佬从岸边砍几截嫩竹筒,在竹节中间戳个小孔,灌进米和水,用竹叶和泥巴敷塞口子,放到柴火上煮。然后去河里找下饭菜。在齐腰的水中放上竹篓,压几块卵石,把油纸包着的猪血丢进去,一股股红的血水冒出来,不一会儿,小鱼循着腥味纷纷往篓里钻。简单的办法是,搬起一块卵石,朝浅水里的石块猛砸下去,搬开,总有几条被震昏的小鱼,直接捡进竹篓里。小鱼剖肚洗净后,选一块光滑的石头,贴在上面,石头周围点燃一堆柴火。小鱼炕熟后,蘸上家里带来的自制辣椒酱,就着清香的竹筒饭,再来几口老白干,简直是一顿让人直吞口水的美味野餐。酒醉饭饱,天黑尽了,排佬在山坡地边抱一捆麦秆、稻草,铺开,倒下,一会儿鼾声四起,暂别白天的忧愁与艰险。

放排拢码头,排佬一般都步行打道回府,叫"打旱"。如果遇上熟悉的返程木船,或者好说话的船主与驾长,可搭一程便船,走到哪儿算哪儿。搭便船不能空闲,一路上要帮着撑船、拉纤。小河放排,只到入江口,打旱的路程相对近些,几天,最多十天半月就到家。大河漂放,木排送到川外的交货地点,回家路就漫长遥远。排佬分别从武汉、沙市、宜昌一带打回转,三峡沿岸又大都无路,须绕道鄂西走大道,要走一两个月,甚至半年。路上时常夜宿岩洞,渴了喝溪河水,饿了偷吃地里熟或没熟的庄稼。开始大家结伴一块儿走,途中因为各种变故,走着走着就散了,在路上生了病,客死异乡也无人知晓。有一首川江民谣恰当地再现了这种景象:

去时哟嗬嘿,转来岩洞歇,
没有铺盖盖,扯把黄荆叶,
没有枕头睡,石板都要得。

后来,川江大河的木排不再人工漂放,改用货轮拖,拖到武汉、南京、上海一带去。有一天,大河、小河、沟沟河上全没有了漂放和拖运的木排。漂放人,都植树去了。

项丽敏　鹭鸶飞过初夏

栖鹭山

以斑嘴鸭飞在天空的视角看,那绕着池塘的道路就是一个"S"。

被强脚树莺的鸣叫引着,走到"S"的尽头,看见村子。两位老人在村口用方言说着什么,见我走进村,显出诧异的神情。不知从哪里跑出三只花狗,冲着我狂吠,简直要扑上来,大概许久没见过陌生人了。

"叫什么叫,不许叫。"

老人喝止了花狗们,我微笑着道谢。村子很小,有两间屋子已经塌了,剩半边屋墙,另几间屋子也透着长久不住人的荒寂。

村子中间的一户人家倒还整洁,房屋低小,院子却不小,院墙是用石头垒起的,墙角整齐地码着柴火垛,一群鸡在院子里啄食稻谷,咯咯的叫声给村子添了不少生气。

村里也有新筑的楼房,门锁着,门口长着一年蓬和蒲儿草,显然屋主已很久没有回来过。

沿着村路继续往前走,绕过一片菜地,眼前的视野豁然打开,原来这个村子坐落在岭头,岭下是一亩亩水田,翠色缎带般向远处铺开。另一端是黄山北海的群峰,云雾缭绕其间,影影绰绰犹如神仙出没之境。

一行白鹭从远处的云雾山峰里飞出,向着水田这方飞来,嘴里的鸣叫声像是在喊:"天不早了,回吧回吧。"

目光跟随白鹭的翅膀,落在水田一侧的山间,这才发现那座山已停栖了很多鹭鸟,如同白玉兰花苞,一朵朵错落有致端立在树上。

这不就是栖鹭山吗?

脑子里，一扇记忆之门豁然打开。怪不得刚才进村时有几分眼熟，仿佛以前来过。确实来过，几年前跟随朋友的车从另一条路上过来的，特意来看白鹭。

　　那时以为栖鹭山很远，原来就在这里，无意间走着走着就到了。

　　从岭头往下走五百米，栖鹭山完整地立在眼前。鹭鸟是山林隐居者，也是田园诗人，好安静，好闲逸，天生优雅，对栖息地的选择讲究又严苛，堪比环境鉴定专家，它们在春天到来时并不急着筑巢，先在田野里静静勘探一番，确定有洁净的水源和足够的取食地之后，再筑巢于偏僻安静的山中，山上要有竹林、杂木林和松林，山下要有水田与湿地的环绕。

　　栖鹭山正是这样的地方。

　　又飞来两支回归山林的鹭群纵队，一队是白鹭，一队是牛背鹭。它们落到树上时，引起一阵小小的骚动——树上原先落着的鹭张开翅膀，大叫着，驱赶晚到的鹭，对峙了片刻，晚到的鹭就绕到山背后的树上去了。

　　山腰间一棵树上的鹭鸟叫得格外起劲，有四五只挤在一起，吵吵嚷嚷，白色的翅膀不停扑打。在它们旁边站立的几只鹭却很安静，仿佛已习惯了这种吵闹，不受影响。起先以为那些扑腾的鹭鸟是在打群架，后来看见一只披挂着繁殖羽的大白鹭站在它们中间，这才明白，原来那是一处鹭巢，叫个不停的是雏鹭。当大白鹭给雏鹭喂食时，雏鹭需要把长长的喙插进亲鸟的喙里，站立不稳，翅膀就免不了扑打。

　　喂食结束，雏鹭们还是一个劲地啼叫，以彼此打闹作为娱乐。大白鹭这时站到一边，安详地梳理起羽毛来，将垂挂在胸前和背后的美丽繁殖羽膨开，抖动，闪耀出令人目眩的一团银光。

　　又零星飞回几只鹭鸟，翅膀是褐色的，没有长长的弯曲成 S 状的脖颈，喙也比白鹭粗短，是夜鹭。

　　夜鹭带着它鼓凸的食囊回到巢里，原先安静的夜鹭雏鸟大叫起来，伸长脖子向亲鸟乞食。原来这山上也栖息着很多夜鹭，几乎每棵树上都有，数量一点也不比白鹭少，只不过夜鹭的羽毛和环境色太接近，不像白鹭和牛背鹭，一眼就能看见。

　　山上的雏鹭鸣声响成一片，还真是挺聒噪的，若是不明情况的人天黑经过这里，听到这些像小儿啼哭又像猫鸭叫唤的声响，定会头皮发麻，汗毛一根根从手臂上站立起来。

　　成年鹭鸟白天在周围的山间田野里活动觅食，傍晚时分，就披着夕光和暮色从四面回到栖鹭山。栖鹭山是鹭鸟的大本营,也是它们的小王国,它们世代栖息在这座山上,在这里繁衍后代,是对这一方田园山林的信任依赖,也是对这一方水土之上生活的人的赞美——人对田园辛勤耕种和守护,才有鹭鸟的栖息地。而鹭鸟选择栖息的地方,也是人的安居之所。

离开栖鹭山时,远处的山峰已看不清了。经过村子,闻到炊烟的气味,胃里一阵痉挛。那些花狗又一次冲出,对着我狂吠。"别叫别叫,下次带火腿肠给你们吃。"我试图讨好它们。花狗们似乎听懂,停止吠叫,跟在我身后,将我送出村子。

那座山其实不叫栖鹭山。它叫什么山我并不知道,但我愿意叫它栖鹭山,第一次来的时候这么叫,以后也会这么叫。但愿这座山能一直保留它的蓊郁宁静,为鹭鸟所钟爱,春来秋往,年复一年。

鹭鸶田野

小满第四日清晨,看到一片正在翻耕的水田里,白鹭、牛背鹭、池鹭携家带口,欢度节日般聚在一起,围着它们的老朋友——和耕牛差不多大小的犁田机飞起飞落,享用着老朋友从泥下翻出来的美味点心。

近处有条可容一人行走的田埂,踩着田埂向鹭群所在的水田走,怕惊动它们,走一段就停下,过会儿再走,慢慢靠近。

此时的鹭群对人类不像往常那样疏远,警觉地保持着安全距离。挽着裤腿的农夫就在它们近旁,鹭鸶安之若素。对鹭鸶来说,农夫和犁田机一样,是值得它们信赖的老朋友。

我走到水田边,蹲下,鹭群有所警觉,有几只飞到远一些的水田里,观望片刻,又飞回来,落在伙伴们中间。从没有这么近距离看过鹭鸶,这让我欢喜又忐忑,担心稍有不慎惊扰了它们。

太阳出来了,田间弥漫薄白的雾气,刚犁开的泥土黝黑油润,有着让人安心的皱褶,在初升的日头下泛出陶质的光。

鹭鸶是天生优雅的鸟,即使在一起进食也保持着优雅的风度,没有争抢,也不发出声音,吃饱了就静静地站在一边,梳理羽毛,做日光浴。

一只纤细幼小的白鹭发现了我,带着颇为好奇的神情,伸着细长的脖颈,正脸看看我,又侧脸看看我,盯着我好一会儿。这大约是第一次跟随亲鸟出来觅食的幼鹭,身上透露着不谙世事的稚气。

被幼鹭盯着看的感觉,与被幼儿盯着看的感觉相同。那是一双还没有沾染尘埃的眼睛,通透清澈,在这样的目光面前,内心充满柔光,又有种敬畏,仿佛面对一尊小小的神。

幼鹭身边站立着两只披挂蓑羽的白鹭,神态像是幼鹭的家长——刚刚完成哺育使命的亲鸟。蓑羽,是成年白鹭的装饰羽,作为美与健康的象征,在繁殖季到来时被它们披在胸前、肩颈和后背,到了冬天,为了节省能量,就收藏起来(美丽是消耗能量的)。中医讲究"冬藏夏放",大自然中的生灵也深谙此道。

饱餐过后,鹭鸶在阳光里亮开双翅,一副心满意足的样子。另几只白鹭开始跳"抖蓑舞",将一身颀长洁白的蓑羽蓬松开来,有节奏地抖动,再抖动,顷刻,一团银白色的光晕将白鹭笼住,是名副其实的"自带光环"。

鸟类都爱惜自己的羽毛,日常最重要的事除了觅食,就是羽毛的清洁与护理。白鹭的"抖蓑舞"就是它清洁羽毛的方式。在蓑羽下长着一种特殊的羽毛,当白鹭抖动时,羽毛的先端会碎成粉末,如同滑石粉,将沾附在体羽上的污物擦除干净。

那银色的光晕就是羽毛粉末,这特殊的羽毛,因时常破碎,也会不停生长,使得白鹭能够"出淤泥而不染"。

水田已经犁好,农夫将犁田机开到田埂上,熄了火。有几位农夫提着秧苗走来,经过我身边时问:"大清早的,蹲在这里干吗?"

我举了一下手里的相机,指了指田里的白鹭。

"她在拍鸟。"另一位农夫说。

起身给农夫让路,待他们走过去,再看水田,鹭鸶已经飞走了,也没飞远,在一片隆起的田埂上端立着。

在鹭鸶的背后站着农夫。在农夫背后,站着他们的村庄和房屋。阳光强烈起来,空气里荡漾着泥土和植物的香气。天地宁静,万物沉浸在初夏金绿色的光芒里。

草白　浮世即景

一

爱德华·霍珀的画作,让我想起美国作家理查德·耶茨或雷蒙德·卡佛,想起《十一种孤独》《当我们谈论爱情时我们在谈论什么》等书中的人物;当他们来到某处公共或私人空间,大概便是霍珀画作中神思恍惚、缄默不语的时刻。

几乎所有观看者,都可从中辨认出自身踽踽独行的身影,在旅店、咖啡厅、电影院、车厢,甚至自家餐室里。这些画面指向同一状态,指向孤独、冷峻、寂寥、疏离等人类共通情绪,但它们不仅仅关乎情绪。

爱德华·霍珀的画作呈"凝聚"状态,有人物和聚焦点,哪怕是风景,也给人强烈的在场感,是某个人物眼中充满情绪化的风景,而不是对景物、树木的罗列式呈现。故事被藏在暗处,光也在暗处。每一笔鲜亮色彩的背后,都隐藏着一个深渊或一座冰山。

霍珀是捕捉场景氛围的高手,就像一个出色的短篇小说作家所做的那样。与短篇小说家不同的是,他无须任何渲染和铺垫,只须将那个最重要的场景和盘托出。大多是密闭空间里的人物,通常还有一扇通往外部世界的窗户,那既是阳光进来的地方,也是人物远眺的方向。那些人物即使身处人群之中,彼此间也毫无交集。他们习惯性地选择某个临街的咖啡馆或餐馆作为旅途中的休憩地,就像《夜鹰》里的人们所做的那样。

《夜鹰》很像海明威的短篇小说《杀手》,诡异、紧张的气氛,给人一触即发感。梯形玻璃隔出的通宵餐厅里,共有四个人:背身而坐的神秘男子,一对郁郁寡欢的青年男女,以及吧台后面的服务员。他们神情、姿态各异,哪怕近在咫尺,彼此却被一种无形的东西阻隔。观者的目光与画面中的人也是隔绝的,不仅有梯形玻璃——它很像热带鱼缸，还有夜色与阴影在此氤氲、涌动。

关于这个作品，所有生活在都市丛林里的人大概都有话可说，但每个人说出的东西又截然不同。它很像一个人回望时所看见的世界，既无法进入其中，又觉得那里面孑然一身的人很可能就是自己。这样的画作，要求观看者参与其中，在此场景中停下脚步；与此同时，又另有一种力量在促令前行，不允许出现任何逗留。正如美国诗人马克·斯特兰德在《寂静的深度：霍珀画谈》一书中所言，这两股力量之间产生了一股张力，它们贯穿于霍珀作品的始终。

浮世即景。人们很难忘记《纽约电影院》里敛目支颐的女引座员、《科德角清晨》里前倾着身体的粉衣女子、《四车道公路》里呆若木鸡的男人以及《自助餐厅》里垂首沉思的女子……他们很像同一个人在不同时空场景里的演绎，那是我们每个人所过的生活，游离在现实生活之外，就像幽闭恐惧症患者那种被漂白过的生活。

二

很多次夜行路上，车灯所照的路边出现一张凝滞而若有所思的脸，辨不出更细微的表情，却有一种莫名的震动。车子从他（她）身边驶过，早已疾行而去，脑子里滞留的画面却持久不散。那表情的主人自然不会在意曾出现在自己脸上并一闪而逝的东西，更不会意识到自己的存在已被一个陌生人看了去；好像发生在一个人身上的某些东西，要由另外的目光来审视和看见，如此才具有额外的意义。

某种意义上，画家扮演的便是这“另外的目光”，将这注定逝去的场景以几何图像的方式截留下来。观看者被牵引、带入其中，他们来到安静的车厢、午夜的自助餐厅以及剧院里的过道上。过于明确的所在并没有减弱人物身上的梦游性质；他们似乎在等待什么，更多的时候却是无所事事。人物的神情动作停留在某一时刻，与周遭的物体、光线、阴影，形成某种呼应。即使在没有人物的画面里，我也能感受到这种气息，一个被禁锢的角色正在离开，还未走远，或许仍站立在暗影之中；那里残留着等待者散发出的气息。比如《宾夕法尼亚黎明》。空无一人的站台，轨道和出现在轨道上的火车尾部，画面左侧是巨大的近乎方形的灰白色柱子，右下角则可能是之前的等待者所站立的地方——一架装有轮子、可移动的推车。画面正前方则是两幢工业建筑，也是黎明的曦光最先穿越的地方。

霍珀作品蕴藏着强烈的等待者的气息，景物、建筑、静物以及光线都像人物一样孤立无援,代替人在时空的流宕中无所事事,无处可去。观者想要知晓那空间里发生的一切,却无从得知。或者说,这空间或场景本身已将一切和盘托出。最熟悉的场景里潜伏着不可知的秘密,也有隐匿的不安。霍珀没有任这些情绪发酵壮大,变成蒙克画作中声嘶力竭的呐喊,他做不动声色的冷置处理,永远都不会去露骨地揭示什么。

《海边的房间》是被各种宣传资料引用最多的一幅,也被无数爱好者观赏并临摹。这里面的空间,不再是《宾夕法尼亚黎明》里所呈现的充满对抗与不安的空间。《海边的房间》里,来自门外湛蓝海面上的光成了主角,它打在墙面和地面上,形成一个光的梯形,也是那个通向大海的房间里唯一的陈设物。透过门缝隐约可见另一空间里的场景,摆放着满满当当的日常物品——那已然成为过往岁月的残存。霍珀让门外出现宽阔的海面,而不是黑暗的密林或者灰蒙蒙的建筑物,《海边的房间》由此从禁锢感中释放出来。这是一种全新的感觉,似乎房间里经年生活的人早已从那敞开的门扇里跳下大海,泅渡而去。

值得一提的是,有个叫劳伦斯·布洛克的美国推理小说作家,邀请霍珀画作的热爱者撰写以画家作品为题材的短篇小说,最后结集成《光与暗的故事》出版。其中,一个叫尼古拉斯·克里斯托弗的作家写了一个同名小说《海边的房间》。那座荒凉而人丁稀少的海边宅子,其惊人之处在于每年都会自动增加一个房间,任当初的承包商和建筑师如何探寻都无法获知原因。宅子的女主人属于一个隐秘而古老的两栖家族,当他们停止漫长的陆上生活后就会变成海洋生物。生命中的最后一年,他们要待在海水里,直到从那里消失——就此返回生命诞生的源头。

这个小说对霍珀同名作品进行了美妙的回应,尤其是那些无法解释、处于不断增殖中的房间, 以及女主人公家族来自大海又将回到大海的宿命轮回。霍珀的画作、尼古拉斯·克里斯托弗的同名小说以及写作本身——它们都是可绵延、通达的领域,它们通向湛蓝的大海,通向风声和未知的旅程。

三

霍珀有一幅画作叫《铁路旁的房屋》。阳光下,那幢位于铁轨边的灰蓝色房子,投射出灰蒙而深重的阴影。天空也是灰蓝色的。底部的铁轨则是丝绒般的暗红和深褐。不仔细辨认,根本察觉不出那就是铁轨。没有火车经过时,它更像是一段无用的摆设。那幢房子完全占据了画面中心，给人岿然不动之印象。风格繁复的欧式门窗似还贮存着往昔时日里的荣光。即使时间流逝，它兀自存在，不被摧毁。

它让我想起生活中那些孤零零的房屋。城市化进程中，它们拒绝被拆迁，拒绝接受遽然终结的命运；站在数十年、上百年来所站立的土地上，以近乎荒腔走板的行为，维持着某种近乎颓败的尊严。而在现实生活中，它们不过是在苟延残喘，是在进行堂吉诃德与风车之间的交战。

画面中，房屋与铁轨离得如此之近，就像我们在坐火车旅行时经常看见的风景。每个人看到它，大概都会想起一些什么。童年所寄居的房屋，随着最后一位亲人离世，已然完成人世的最后使命。沐浴在记忆之光里的过往片段变得极不真实，就像发生在一个遥远的梦境里，而每一次凝视，都在将其推向日常生活之外。

除了铁路旁的房屋，霍珀还画无人的教堂、空荡荡的城市屋顶以及海上灯塔。他最喜欢画空房间，那些剔除了使用功能的空间，被光线和阴影重新占领，光线愈是强烈，它们就愈是散发出与世隔绝的气息。

《海边的房间》似乎漂在海面之上，但落在墙壁和地板上的光线又可感可触，没有海边空气黏滞、湿漉的气息。一扇很大很大、接近于门的窗户——或许，它本身就是门，直通大海。属于那个房间的神秘气息便来自湛蓝幽深的海。海是所有神秘感的来源。霍珀画作中的房间很少面朝大海，这或许是绝无仅有的一次。在此之前，他房间里的窗户对着延绵的远山、幽深的密林、高楼一隅、漆黑街景，或干脆是对着另一扇窗户。它们很像是另一种禁锢场景。而大海不是。大海指向远游、遁走，可回溯至生命的源头。

《空房间里的光》是霍珀的晚期作品。

没有大海。只有一个寂静、空无一物的房间。只剩下光。窗外有树影摇曳，却不能进到屋里来。室内，象牙色墙壁上落着一大一小两块方形光块——那是光"在同一房间里两次跌落"。一种近乎禅意的表述，一切尽在空白和光里。这是一幅难以言喻的杰作，无法被陈述和归类。

霍珀曾说过这样的话：

　　当还是孩子时，我就觉得照射在房屋上部的光与照射在低一点地方的光是不同的。当看到上部的光时，我感到无比的愉悦。

《空房间里的光》落在房屋一侧，那近乎散淡的光好似对虚无和空的抚触，后者正是霍珀式美学的核心。它们的存在柔化、消隐了人生之困顿底色。相比《夜鹰》强烈的电影镜头感，《空房间里的光》则像一帧照片，或一组空镜头。摄像机跟随着光，缓缓移动，好像随时可以终止。

《空房间里的光》是霍珀作品中的尤其空灵者，剔除了人物、画面张力、叙事性，还原为一束光线的旅程。

四

艺术家兼作家布莱恩·奥多尔蒂认为霍珀的画作是"一幅巨大的自画像"，从个人自画像逐渐过渡到对群体心灵的描摹，将主观的情绪、情感，以一种艺术的方式传递给特定环境中的个人。

某种程度上，霍珀由笔下人物感知到自身存在，并与自我相遇，他们是——旅馆房间里无所事事的女孩、四车道公路上抽烟的加油站老板、酒店高窗前穿茜色连衣裙的女人，还有城市夏日里深陷悲痛之中的一男一女。从这些人身上，霍珀辨认出某种熟悉的气息——一种贫瘠而荒凉的精神生活本身。

对艺术家而言，创作从来都是一种私密经验，霍珀本人也说：

> 很难解释它们是如何形成的，但在头脑中孕育是一个漫长的过程，是一种不断上升的情感。

作为艺术家的霍珀身兼数职，既是明里暗里的旁观者、特许时刻的目击者，更是人类情绪、情感的深度体验者。霍珀以绘画反观自身，将自身完全地置于画作之中，正如福楼拜所言，"我就是包法利夫人，包法利夫人就是我"，当他写到包法利夫人服砒霜自尽时，嘴里也感到一股难言的苦味。霍珀也说过："一个艺术家的才华建立起的作品就是他本人。"

霍珀在创作《两个喜剧演员》一年后辞世。画面中，两个穿白色演出服的喜剧演员站在深蓝的背景前，站在舞台临界处，向着不存在的观众谢幕。这里面的人物就是霍珀和妻子约瑟芬。两个白色的身影宛如精灵，仿佛随时可跳出深暗的空间去往任何应许之地。酷爱戏剧的霍珀将舞台上的人物与自身进行角色融合，表达了生命即将落幕时的感受。

作为一名深度目击者，现实生活场景从爱德华·霍珀眼前潮水般逐一退去。曾经有过的孤独、悲伤、苦闷、疏离等情绪，就此化作谢幕时的身影。画面中，霍珀与妻子兼模特并肩拉手，互致爱意。曾有过的寂寞与深恸亦不过是人生舞台上的剧目，当黑夜降临，人们自可离去，从此获得解脱。

艺术没有通行的规律，一个艺术家只有在自己的灵魂深处，才能找到所谓的"规律"。爱德华·霍珀的秘诀或许就在于表达自身情感的能力。关于何为创作中的"情感"，毛姆的看法是：作家不是去同情笔下的人物，更重要的是去体会。他还说，作家没有同情，有的是心理学家所说的称作"移情"的心灵相通。

艺术的世界按照人类的情感通约来运作，人人都可以凭借独属于自身的情感密码进入其中，并畅行无阻。情感之于创作，就如露珠之于青草，漫天星辰之于无尽的夜晚。

郑亚洪　不确定的宣言

　　"但你不再有湿润的欢愉了……"这句话不是本雅明说的，它来自法国诗人雷翁·费雷的诗歌《我还看得见您：魏尔伦》。这个"你"，指的是帕雅克。帕雅克出生前父母就离了婚，父亲是位画家，在他九岁时死于一场车祸。帕雅克小时候深受祖母溺爱，"睁开眼睛看到了爱、温柔、热烈的亲吻"，他在她小小的爱的气味里，如同大作家普鲁斯特小时候等外祖母一个湿润的吻。《不确定宣言》在小说、诗歌、自传、他传、绘画、现实、梦幻中翻页过去，每一页黑白绘画占去五分之四篇幅，下面浓缩为四五行文字，有时只有一行："诸如此类。"像在看一部欧洲老电影，主角是瓦尔特·本雅明，他的三张脸谱出现在前三卷的封面上：《本雅明在伊比萨岛》《本雅明在巴黎》《本雅明在逃亡》，一个即将踏上邮轮、回眸中无限忧郁和留恋的本雅明，一个出现在他最爱的巴黎街头的"游手好闲者"本雅明，一个逃亡中伏案写作、不断老去的本雅明。本雅明最爱巴黎，希望潜入著名的"法兰西精神"里去，但巴黎不爱他，将他驱逐出去。

　　费德里克·帕雅克十岁就想写一部把文字和图画混杂在一起的书——"一些历险、一些零碎的回忆、一些警句格言、一些幽灵、一些被遗忘的英雄、一些树木，以及怒涛汹涌的大海。"我想起自己写的一部书，为什么不学学帕雅克？"我积攒着句子和素描"，写书并不顺利，"书每天都在死去"。读到这个句子我心一惊，只有把词语攥在手心里的作家才会这样写，词语会带着你一同死亡。"《宣言》在没完没了地死去"，《不确定宣言》出了九卷，前三卷写本雅明。帕雅克四十岁才出第一本书，却是一次惨败，因为它不够商业化，四年后再出一书，书名叫《巨大的孤独》。你想到《百年孤独》了吗？多好，作家若是在孤独的地盘上深挖下去，迟早会得到他想得到的。这本书写哲学家尼采、作家帕韦泽，将两个人的生平搓揉在一起。它不是关于尼采、帕韦泽的传记，不是历史书或故事书，也不算是绘本，当然它也不应该列入小说、诗歌、散文或传记，它是帕雅克独创的一种文体。然后，这本书奇迹般的畅销，他时年四十四岁，属于大器晚成，他毕竟走出了自己的路子：他撷取好几百页笔记本，用图画连缀起来，它们经历着各自的生命却什么都不阐明。帕雅克的书在确定和不确定之间摇摆，犹如我们的命运，谁知道它下一刻会摆向哪里。每天我们都处在"使时间消失的时间战争"中，"以碎片化的方式，唤回被抹去的历史和对时间的战争"。这是帕雅克写作《宣言》的目的。

　　本雅明，二十世纪九十年代末就让我着迷的德语作家。我为什么喜欢他？他晦涩、难懂。他比直抒胸臆的作家高明吗？或者，我应该学学他的晦涩吗？他是一位文学家、哲学家、艺术史批评家、马克思研究者、文献学家和翻译家。他是德国犹太人，他的一生是逃离家园、颠沛流离的戏剧性的一生。巴黎是他向往的自由之地，他的梦幻游荡之地，因为犹太人的身份，他不得不逃亡，最终到达与自由之地相距几公里远的西班牙布港小镇，自杀身亡。我记得有一张照片，一堵漆黑的墙通往蓝色大海，对岸是本雅明求生的法国山冈"阴间之犬"。这是布港镇 1994 年建成的献给本雅明的建筑：在自由、不自由之间始终隔着一堵墙。这幅照片刊登在《万象》杂志创刊号上，标题叫《一个叫作"卜港"的西班牙小镇》。通往蓝色大海的黑色通道经常出现在我脑海里，以至于某天我来到一个大湖泊，也会感觉有那么一条狭窄通道抵达蔚蓝：照片、记忆、现实的碎片，来回闪现。

　　《发达资本主义时代的抒情诗人》。波德莱尔。游手好闲者。为什么本雅明会写波德莱尔？二十多年前我读的第一章《波希米亚人》，对第一句"波希米亚人是在马克思文章中的一段揭露性文字中出现的"看不明白，这位难懂的作家为何从马克思入手写波德莱尔？从文学史中流放出来的本雅明转向了大写的历史，却又不愿彻底脱离它的存在主义维度，他是一个矛盾体，去世之前都在写一些奇怪的断章。这一切开始于对诗人作品的翻译，他翻译了普鲁斯特《追忆似水年华》七卷本中的三大卷，写作明显打上普鲁斯特的印记，他在文学和历史之间摇摆，在大众和个体之间摇摆，在我和非我之间摇摆。他写波德莱尔，其实是写他自己——所有的他传都是自传。"当一位作家走进市场，他就会四下环顾，好像走进了西洋镜里。"《游手好闲者》开宗明义点出本雅明写书的目的，作家在一个新奇的世界里开始他漫无目的的游荡，确定自己的方向，即写作。让我印象最深的一句是："司灯人在大街上从头到尾，一盏接一盏点燃汽灯的节奏让人沉思。"二十世纪九十年代我从居住的建设东路巷子里逛出，有意识地向着遥远而陌生的西街、北街漫游，想象出一些并不存在的欧式建筑、拱廊街，从相向而来的人群中辨认出熟悉的口音。有那么一段时期，我浸润在本雅明的游荡中。"她使这条街穿过作者"，被我直接引用，《音乐为什么》序《一百三十弄十六号》，是对《单向街》一文标题的模仿。本雅明写了很多有趣的标题：《内政部》《降半旗》《合格的书籍鉴定者》《十三号》，文字很短，有些是警句格言式的，比如"书和妓女都可以被带到床上"，当时读来很奇怪。帕雅克告诉我们本雅明是这样一个人，他酷爱书，也经常从站街女那里买春。

帕雅克在《不确定宣言》里还写了贝克特、海明威、赛利纳、布勒东、布莱希特、庞德、肖勒姆等等，他们像闪光的亮点穿梭在黑白纸页间。超现实主义诗人安德烈·布勒东出现在第三卷《本雅明在逃亡》里，1926 年的布勒东，三十岁的布勒东，已婚的布勒东，他爱上了年轻女郎娜嘉，像"缝纫机和一把雨伞的相遇"。她有一双"蕨菜般的眼睛"，这个比喻太亮了，的确如此，我在小说《娜嘉》里看见她蕨菜般的眼睛。从相遇相识到做爱，顶多经历了十天时间，娜嘉疯了，女人死于斑疹伤寒，却成就了男人超现实主义的伟大梦想。"雨仍在落，屋中阴晦，心在深渊，理性已死"，娜嘉是现实，也是破灭的梦幻。

帕雅克除了写本雅明，还写他自己，这部分无疑是他写得最好的（当然写本雅明的部分已经够好了）。这时候他更像一位作家、诗人和小说家。第一卷《无事之风》写巴黎地铁上的金发女郎，"她的美丽包裹了整个车厢，车厢里鸦雀无声"。她年轻、漂亮，让人无语，她的美就是恐怖和战栗，在下页里，女郎小便了，"最后，她站起来，摇晃了一下她的胯部，离开了车厢"，美到极点，美到作者都无法谴责她，"她的尿现在滴到了地面上。闪闪发亮"。他写死亡又那么惊心动魄，写两位恋人的坠海，女的死了，男人侥幸活下来。"大海是一种纪念、一个伴侣、一个杀手。海浪，就像闪闪发光的金手指。"多么瑰丽的比喻，只有诗人才会观察得到，写得出。"千万具身躯结集成群，垂死的白色头颅一望无际。"他是写大海的一位高手，而我们依然说得太多，我们的语言都是徒劳的。

帕雅克。帕雅克的父亲。帕雅克的祖父。本雅明。本雅明的父亲。我。我的父亲。到现在我才明白了"弑父"是怎么一回事，虽然之前我在许多书里读过，可直到我的父亲去世才明白它真正的含义。帕雅克九岁死了父亲，他来不及体会父爱，做儿子的爱心却有增无减,他祖父是一个软弱的男人,喝酒赌博,孤零零地死。帕雅克始终停留在九岁的年纪,这是一个最终的年龄,对作家来说恰到好处。本雅明有一位专断的父亲,他从未停止过杀死父亲的念头,他参加父亲的葬礼也没有丝毫动情。他母亲也很专断,随意指责他,使本来就笨手笨脚的他更加笨拙。这两位很像我的父亲母亲,我父亲是位印刷厂工人,二十世纪八十年代担任过厂长,浙江大学光学系毕业,他这张金名片一直笼罩在我和姐姐头上(我们都是杭州大学毕业),他动不动就用学历来压人,我们只好不响。母亲也站在他一边,虽然她只是中学毕业,可她有个光荣的爹,外公毕业于同济大学。她说自己考不上大学完全是因为家庭成分不好,并非自己读书不力,说完后就挖苦我的爸爸,他的工资比她低。两个人争吵起来。我从小就在吵闹的家庭里长大,我的家长式权威影响到我女儿,我们一家五口都住在一幢楼里免不了争执,有时从四楼父亲的房间一直吵到一楼大厅。直到父亲中风,疾病磨平了他,将他带走,就在去年冬天,我看见父亲在高温炉里化为灰烬——上个月我去行政中心将户口簿上父亲的名字注销掉,压在我头上的"父山"才仿佛消失。那天是我生日。

"本雅明生命中的一切都跟死去了一样",他的生活乏善可陈,他是个赌徒,经常输得精光;他吸毒,跟波德莱尔一样被债主逼得紧,不停地换住所,所以不要看他的作品《关于大麻》《巴黎拱廊街》,他基本上是个生活不能自理的家伙,还得靠女人资助。这得感谢不断给他寄来"小小的玫瑰色汇票"的葛蕾坦,他也躲避着她,只好跳进书籍里。可不久他又会遭遇阴暗,再次乞求小小的玫瑰色汇票。他在巴黎,就是在废墟堆里,一具干瘪的尸体被警察用绳子吊起拖走,或许就是他,连同他的乌托邦。

1940 年 9 月 23 日,本雅明开始巴黎的逃亡之路,9 月 26 日服毒自杀,这三天时间,是书里写得最惊心动魄的章节,第三卷花了四十六页写本雅明之死,从他准备的五十片吗啡开始,到他订的旅馆,与他一起逃亡的小分队名单,到剩下的四名逃亡者,到"四座山峰,四个十字架",到他俯身要喝下不洁之水,到他最后写三封信给三位好友(其中一封是谜题),到他自杀的 4 号房间(多么像侦探小说),到人们发现他时半赤裸的身体……一切都已经备好了,你们来吧,死亡并不可怕,害怕的是那些看见死亡的人。如果说,作曲家马勒之死是一部高潮不断被延宕的交响曲,那么本雅明之死就是一出情节编排得异常惊心的戏剧,且一次到位:他备的吗啡足以杀死一匹大马！三大卷《不确定宣言》留给我们一张狗的绘画，它在马路上寻找着什么，它的右肢停留在抬起和放下之间的那个瞬间。

最近得到本雅明诗集《十四行诗》，他还会写诗，太意外了。诗集献给一位青年亡灵，所有的诗都是悼亡诗，所悼者是同一人，本雅明年轻时候的同学克里斯托夫·海因勒具有诗歌天赋，一战后因抑郁症陷入绝望，携女友一同自杀身亡。七十三首诗连成一个整体的回旋，"和爱情一样，死亡具有揭露的力量"：

> 从没有你的时光里挣脱
> 从与你亲密的内心逃离
> 如黄昏时分的玫瑰
> 从温柔契约里解放

宇秀　久远的种子依然在近处开花

　　女儿小时候每天早上去上学，一定要跟我紧紧拥抱，好像要久别。我就笑她 Play drama（演戏）。她却一本正经地说了一串"万一"，我急忙捂住她的小嘴。尽管在成年人的世界里，"世事无常"几个字仿若达摩克利斯之剑，但人们总是侥幸那剑是悬在他人的头顶，而非自己的脑袋上。

　　今年 2 月突然爆发了俄乌战争，我从震惊、愤怒、悲哀，到疑惑与忧思，看到新闻里那些瞬间失去家园、生离死别的人，幼年的女儿紧搂着我说"万一"的情形闪回眼前。那么小的孩子就隐隐感知灾难可能随时发生，此刻想来特别心悸。尽管我们远离战区，但谁又能永远置身世界之外独享岁月静好呢？每天看到听到新闻里令人一再震惊的消息，以及种种谎言、谣传，扑朔迷离，真让人惶惶不安提心吊胆。这种时候，谁又能安慰谁呢？

　　战争把一个个鲜活的生命变成屠刀，砍杀他人，也被他人砍杀。血腥暴力之下，文学艺术何其脆弱，似是无用之物。诺贝尔文学奖得主爱尔兰诗人希尼说过："从来没有一首诗能抵挡住一辆坦克……但从另一种意义上说，诗的功效又是无限的。"最柔弱的事物偏是最坚韧的，惊涛之下，静水深流。历史上多少渴望其寿永昌的王者，却终究没人比一篇美丽的诗词、一曲动人的乐章更加长命。不妨让我们暂且从纷乱的现实里抽身，把视线转移到经典的文学和艺术，透过前电脑时代的文字，我们发现，那些昨天已被揭示的道理，在今天和明天仍有一席之地。

　　自人类历史有了国家之后，霸权与强权的丛林世界从来就没有真正的平等和睦，地球这个本该由人类共同安享的家园，就如明月空悬，成为一个可望而不可即的美好愿望。或许正因此，一代又一代的文学家艺术家们仰望星空，不懈地寻找着人类共享的精神家园。罗曼·罗兰曾借用克利斯朵夫之口说过这样的话：假如这世上没有太阳，艺术家便要去创造一个太阳。而再大的强权，再强的霸主，也不能把太阳据为己有。

想起数年前一则旧闻，是2009年伟大的批判现实主义作家果戈理诞辰二百周年时发生的事。这位世界文学史公认的俄国现实主义文学的奠基人，生于俄罗斯帝国时代的乌克兰波尔塔瓦省。于是，在纪念大师诞辰之际，围绕大作家的国籍归属权的战火，从各自的学术期刊一路烧到网上的维基百科。民族主义意识强烈的译者把俄罗斯语的原作翻译成乌克兰语，甚至擅自改动了书中的句子，将"伟大的俄罗斯大地"变为"伟大的乌克兰大地"。

果戈理出生在乌克兰，他绝大部分的创作和生活都在俄罗斯，最后也是在莫斯科去世。然而同时不能否认的是，果戈理满怀深情地书写了乌克兰的历史，也深情回忆了他在乌克兰的一些往事。《大师和玛格丽特》的作者、著名作家布尔加科夫同样生于乌克兰基辅，深受前辈同乡果戈理的影响，并终生用俄语写作，自他二十岁时去了莫斯科，直到1940年在莫斯科去世。类似果戈理的国籍归属问题也同样发生在布尔加科夫身上，两国学界不断为此发生争执。俄裔美国作家纳博科夫曾慨叹："我们都是从果戈理的外套下钻出来的。"实际上，分裂果戈理或是布尔加科夫，就如乌克兰小说家、国会议员弗拉基米尔·亚沃里夫斯基所说，是"企图将空气或永恒不变的苍穹一分为二"。

在现实中，领土争端、自然资源和能源争端，已成人类和平的梦魇。只有在伟大的文学和艺术世界里，才没有国界疆界，没有种族隔阂，没有高低贵贱，充盈着悲悯、真理、美与爱。那些文字，如小小的种子，不管落在哪片土地的哪个角落，只要生根开花，便是人类共有的风景。

我们耳熟能详的许多伟大的作家、诗人、艺术家，他们都与乌克兰有着不可分割的血脉渊源，很多人原本就是出生在乌克兰土地上的。比如出生于乌克兰敖德萨、继卡夫卡后又一位震撼世界的二十世纪无可非议的文学大师、以《红色骑兵军》闻名的苏联籍犹太作家伊萨克·埃马努伊洛维奇·巴别尔；又如生于苏联时代乌克兰的斯坦斯尼拉夫、2015年以非虚构创作荣获诺贝尔文学奖的白俄罗斯女作家 S. A.阿列克谢耶维奇；还有，出生于乌克兰基辅的伟大的钢琴家霍洛维兹，画家列宾、康定斯基、库因芝等。

这些年为汉语世界读者非常熟悉的俄罗斯"白银时代"代表性诗人阿赫玛托

娃,也出生于乌克兰敖德萨,而被誉为"俄罗斯诗歌的月亮"。这令人马上联想到曾被称为"俄罗斯诗歌的太阳"的普希金。阿赫玛托娃的名字和作品,并不能因为现实中的国际地缘政治而被分割。她的《安魂曲》,仿佛就是为现代战火之下丧生的亡魂所写的一曲悼词与挽歌。她在《恐惧》一诗中所描述的"月亮的光线涂抹着斧子"的惊惧画面,刻画出任何时代战争与白色恐怖之下人们的普遍心理。

被视为二十世纪继里尔克之后最伟大的德语诗人保罗·策兰,其出生地泽诺维奇,原属奥匈帝国,后归属罗马尼亚,如今则在乌克兰境内。父母丧生纳粹集中营和他自己死里逃生、多年流亡的悲惨经历,使策兰把揭露人类历史上最残忍的纳粹集中营罪行视为自己身为诗人的职责,其伟大的反纳粹诗篇《死亡赋格》,是欧洲战后诗歌史绝对绕不过去的名作。这位始终顶着死亡和暴力的诗人,最终患上精神分裂症,自沉于塞纳河。策兰很早就以诗的方式切入难以洞悉的命运,给世界贡献了关于反抗死亡和暴力的绝唱,在今天读来依然震撼。

谈到乌克兰文学,必定绕不过的还有塔拉斯·谢甫琴科。作为诗人和艺术家,他被视为乌克兰近现代文学的奠基人和乌克兰文学语言的建立者。在他短暂的四十七年的生命中,二十四年是农奴,而后十年流放,其他十三个所谓自由的年头,则是在沙皇的宪警监视之下度过的。他的作品表现的都是沙俄专制暴政下的反抗,和鼓舞人民争取自由和民族独立的精神。曾以诗篇为自己留下"遗嘱"、按照诗中的愿望死于彼得堡的谢甫琴科,最后获葬于乌克兰第聂伯河畔的故乡土地上。1854 年 12 月 25 日,在乌克兰的古城彼烈雅斯拉夫,诗人卧病时写下:

> 当我死了的时候,
> 把我在坟墓里深深地埋葬,
> 在那辽阔的草原中间,
> 在我亲爱的乌克兰故乡……

此诗原本没有标题,是后人按照诗里的遗志,将其称为"遗嘱",曾被很多乌克兰作曲家谱成歌曲。谢甫琴科生前靠绘画吃饭,死后以诗歌永生。

电影《钢琴家》中,那个纳粹军官发现了躲藏在炸毁的大楼废墟里的钢琴家,命他在残垣断壁里幸存的一架钢琴上弹奏一曲。钢琴家在惊恐中坐到钢琴面前,而当他的手触摸到黑白琴键,恐惧消失了,肖邦著名的反战作品《G小调第一钢琴叙事曲》从他枯瘦的指间流泻而出。至此,被感动的纳粹军官下决心帮助钢琴家,终于使他成为战争幸存者。这个故事并非虚构,而是"二战"时期波兰钢琴家瓦迪斯瓦夫·什皮尔曼的亲身经历。这曲由乌克兰出生的美籍俄罗斯作曲家、钢琴家霍洛维兹演奏的跌宕起伏、悲愤激越的钢琴诗,充分体现出俄罗斯经典艺术厚重的悲剧性的特质,是我听过的多个版本中,表达得最为深刻和富于震撼力的。听过这位古典浪漫派钢琴的最后一位巨人演奏的肖邦,你才能领会深沉痛楚的悲剧中的浪漫。

斧头能轻易地砍掉脑袋,却砍不断一首诗篇;炮弹瞬间就炸毁一座城池,却炸不消一曲乐章。想起俄乌战争之初,曾发生过一段这样的对话——

乌克兰妇女:"你会杀死我吗?"

俄罗斯士兵:"不会,除非我不得不这么做。"

乌克兰妇女:"那请收好这包葵花子,这样,无论是你或者我死在这片土地上,这里都会开出花来。"

今天,当捧读和聆听那些美丽的诗篇和音乐、凝视那些动人的画作时,我们一如看到久远年代里的种子,依然在近处开花,在眼前全新地绽放。它们,超越了乌克兰,超越了俄罗斯,也超越了岁月和历史。让我们现世里日渐麻木的人性,在这些伟大的文学和艺术的灵魂一次次全新绽放中复苏吧!

方磊　**无解的圈套**

一

　　热内一生都在出走,这颠沛之旅正是他对自己的寻迹。他所有的旅行、出逃、写作、拍电影,包括对性的沉溺,无非都在执行着对自己的确认。1910 年 12 月 19 日,一个未婚女子生下热内,把他交给了收养所,从此杳无音信。作为被遗弃的私生子,热内从未能确认父母是谁。热内作品里所有母亲的形象,都如同羸弱的烛火,细微摇曳、明灭不定,仿佛任何一刻都可能遽然熄灭。热内对母亲的意识致命般影响了他对人类生命形态的判定,对母亲的表述,寄寓着他对人类命运夹杂着诅咒的悲怜。热内的作品里,母亲形象变幻不定,甚至会变更性别和种族,有时是未成年人,有时又是垂老的妇人。令人玩味的是,在热内最后的著作《爱之囚》中,他以一个在十多年前照料过自己一夜的年长的妇人为原型,塑造了一个短暂而永恒、洞悉一切的母亲形象。而作品中的儿子是一位敢死队战士,最终在执行任务时死去。

　　因为年少聪慧,学习成绩出众,十三岁的热内作为优异少年被公共救济局送到巴黎郊外阿朗贝尔工艺美术学校学习印刷技术。正当人们欣慰于热内登上这个难得的向人生高处攀升的阶梯,期待又一个昂扬的少年励志故事时,热内却过早过猛地反转了自己的命运。他开始反复盗窃和出走,近乎于无来由地从一个被树立的值得赞叹的成功榜样,变成一个声名狼藉的问题少年。1926 年 3 月,在他十五岁时,热内被关进了巴黎东部的小罗盖特监狱。这是他第一次入狱,也是他后来与牢狱纠缠不清的开端。出狱后,热内继续不安分地生活,他的身上已经荒诞地积累了挥之不去的犯罪气息,难以挽救,他内心被遗弃的怨毒种子在生根之后早早发芽,反规则的生命观,在热内心底正含苞欲放。

　　离开小罗盖特几个月后,热内再次入狱,被投入梅特莱教养所,教养所里正是离经叛道和变态错乱生命的鲜活现场，激化了热内的同性取向。身体，仿佛成为最直接叛逆于社会准则与规范的战斗工具，年少的热内似乎格外享受囚禁中同龄人之间有关情欲和忠诚的制度。囚徒中的恣意妄为使他从一个不谙此道的新人长成一个经验十足的老手。纵览热内生平，身体性能量的肆意，带动整个心魂对被压制的反叛与抗争，贯穿于他的整个生命，那些小说与电影剧本中狂烈的性表达，是最忠诚于他的攻击性武器。在梅特莱教养所，热内对他的这个武器开始了认知。梅特莱也是他一生永不能抹去的阴冷印痕，但成年后的热内甚至眷念这里，在热内后来的小说里，几乎所有主人公年轻时都被关押在梅特莱。

离开梅特莱监狱之后的将近七年里，热内进入了军营，并在后来的访谈和写作中尽力回避这段光景。在军营里，他从未晋级也未走向战场，他感受到的迟钝、懈怠的时光都是在普罗旺斯军营里度过的。1936年，实在无以忍受的热内从军队出逃，这给他早已备受指摘和批判的生活又蒙上一层罪孽。从1936年7月到1937年7月的一年里，热内像流浪汉一样徒步旅行，穿越于欧洲各国，被多个国家屡次逮捕。从1937年到1943年，热内浪迹欧洲过程中的所有牢狱之灾都是源于盗窃。与当兵的日子一样，热内在监狱里也总共度过了七年，正是囚徒的生活，使他的生命状态有了彻底的改变，在监禁中写作，成为他生命的核心指向。正是写作，让热内仿佛对牢房心存感激。在热内的著作中，我们几乎找不到任何军旅痕迹，但牢狱生活被他不断地写进小说、电影剧本和戏剧中。他的小说处女作《鲜花圣母》和第二部小说《玫瑰奇迹》辗转在三座监狱里完成。这个被遗弃的私生子为了报复命运，极力挥霍着自己早年的时间和空间，他不断拓展自己跨越欧洲各国的游历，来抗拒压缩自己的当兵时日。而在监狱里，在与世界的隔离之中，他无比戏谑地嘲弄与挑衅了自己的命运，他的所作所为使他确证自己拥有了完整的自我。

二

热内的小说处女作《鲜花圣母》可以说是二十世纪第一部具有煽动性的作品，它甚至改变了世界范围内的性文化。此后，热内作品的影响波及无数的小说、绘画、电影和舞蹈，牵引着后世的很多艺术通过图像和语言来挑战禁忌。热内的小说用一种此前从未有过的极度诱惑和纯粹神秘的语言完成，其中有关性爱、犯罪、死亡的主题骇人听闻。世界文学和艺术中的易装者形象就是从《鲜花圣母》中开端的。在热内的创作中,所有的语言和感觉似乎都直接镂刻在身体上。在牢房里,热内找出任何可以写字的纸张、硬纸壳和破烂的本子,坐在床边,把纸张压在膝盖上写作。

热内对作品毫无出版或其他公之于世的想法,他保有着写作的自由和纯粹,他只为自己而写。然而,在《鲜花圣母》出乎意料地得以出版面世的时候,不单单是文学艺术界,连同整个世界都将被热内所冒犯,为热内的来临而紧张、忐忑、局促和恐慌。而热内,也不得不慢慢习惯从独自的阴郁角落里走出,被这个世界所捕捉。

热内的牢房里容纳着他的身体以及他所创造的自由。同样在监狱里完成的第二部小说《玫瑰奇迹》里,盛满了热内所经历的巨大记忆变迁和思维震颤,他的孤独感不断蔓延,跨越时间,自始至终,只有对性爱,他的迷恋一如既往。

热内在 1944 年 8 月完成了他的第三部小说《葬礼仪式》,他坦言这部作品是献给情人德卡宁(热内一生中最为看重的两个情人之一)的,《葬礼仪式》俨然是热内献给德卡宁的挽歌 (参军服役的德卡宁死于战场)。与热内的其他所有作品一样,《葬礼仪式》是一本关于死亡的书。热内所有迷思于死亡和哀痛的行为,都和他自身对性爱的沉溺息息相关。同时,热内笔下也总是有大量的被社会抛弃者,他对这些被抛弃者的爱尤为深切, 总是假借着他们讲述自己——一个被遗弃不获承认的私生子的情与欲。显然,《葬礼仪式》对他的读者形成了诱惑、挑衅,也得到了他们最后的拒绝,它的存在与诞生,仿佛只是为了激发热内自己更深层的生命意识。

把热内托举到欧洲文学更高位置的《小偷日记》,是热内写作的最后一部小说。这本书气质孤寂至极, 热内在书中叙述了自己自二十世纪三十年代起游历欧洲的经历, 阐释了他到过的每一座城市和他做过的诸多叛逆行径。他躲进一个狭小阴暗、地牢般的小旅馆,记录下自己的生活。仿佛只有与他者彻底隔离,才能把悲惨境遇的崇高意味聚集在自己身上,就像他自己说的:"我是从逆境中走过来的,所有的时间和空间,都只服从旅途本身的迫切需要。"对热内而言,只有流浪般的孤旅,才能实现和完成对存在与生命的求证。

热内一生的大部分时间里,要么穿粗麻布织成的带条纹的囚服,要么就穿士兵的军装,或者在穿越欧洲的旅行中衣衫褴褛。而现在,热内的着装是手工缝制的西装,有交织字母的衬衣和丝质领带,显得肃杀冷漠。这显然是他刻意为之,热内以此戏谑与嘲弄着现实,暗示他所经历的无非是转瞬即逝的梦幻泡影。甚至到了四十年代末期,热内又换上了花花公子般的带拉链的夹克和紧身套衫。直到生命尽头,热内的着装在人们眼里一直是混乱的。和他叛逆桀骜的作品一样，他同样在以外表的混沌错杂抗拒和驳斥着世态的秩序。

自《小偷日记》之后，热内进入了电影的丛林，这似乎自然而然，他的小说从一开始就具备成为电影的可能——在形成语言之前，按照电影化方式构思，充满复杂的闪回和闪前手法、特写和密集的叠印画面。从童年时期在村里看露天电影起，直到生命尽头，比起小说，电影仿佛更接近热内毕生的追求。开始创作之后的经年时光里，热内留下了几千页电影笔记、论述和剧本，他把所有的时间都用来推动自己的电影计划。然后，当这些计划无法实现时，他又毫不犹豫地把它们丢进垃圾桶。最终，只有他的小说《雾港水手》被拍成了电影。

三

1955 年，热内结识了被他看作生命里另一个至关重要的情人本塔加，这个在马戏团驯马的只有二十岁的阿尔及利亚与德国混血的男子，直接影响了热内此后九年的生命进程。热内几乎停止写作，出钱让年轻的情人学习表演高空走钢丝。热内高蹈地表示，走钢丝艺术家必须与钢丝有着极其亲密的关系。

> 这种爱几乎是玩命的，但充满了温情——你必须向钢丝表明爱，你将会拥有的力量，与钢丝在托起你时展示的力量一样强大。我了解它们的敌意、它们的折磨，还有它们的感激。钢丝是死的——或者，如果你愿意，它也是瞎的、哑的——直到你的出现：现在，它将活起来，并且向你说话。

热内对走钢丝艺术家与钢丝之间的关系赋予温情，投射死亡的意象。热内在表达这些时，分明是将钢丝当作了身体，也激荡地注入了自身连接着写作的情愫。本塔加的结局充满对热内的暗示，在中东进行表演时，本塔加从高空坠落，双腿残疾——热内假借着本塔加令自己强大，最后陷入巨大的虚空之中。

认识本塔加之后，热内曾经有一个庞大的写作计划，要写一本题为《死亡》的巨著。然而最终，除了若干残破的片段，《死亡》只是沉潜在深不可测的沉寂里。1967 年5 月，热内自己践行了死亡。在意大利山区小镇的一家小旅馆里，他吃下大量安眠药，寻求死亡。在被救活的十二年后，热内罹患喉癌。面临真切迫近的死亡，一向怪异乖张的热内却选择用各种手段来抗争,倔强地多活了七年之久。

四

自 1958 年开始,历经二十五年凄迷、惨淡、暗哑而空荡的岁月,1983 年,热内开始了一次全新的写作。《爱之囚》也是他存留于世最后的声音,尽管此时他的喉管已根本发不出嘶喊。

1986 年春天巴黎的雅克旅馆里,热内被一点一点漫过的时间抽空,他的面容像被撕裂的纸屑,身体内余存的桀骜与怨毒也不再能令他握紧拳头。他的叛逆与恐惧都陷落在无涯的缄默里,而此时的他与世界只有一墙之隔,也正是这薄薄的墙壁,分隔了热内无言与光怪陆离的世界。

现在,原本洁白的纸张,从上到下爬满了微小的黑色符号:字母、单词、逗号、感叹号。黑色符号让这一页可以阅读。但随之而来的却是一种精神上的担忧,一种近乎恶心的晕眩,一种动摇写作信心的犹豫不决:这些黑色的符号都是现实吗?

热内最后一部著作《爱之囚》中的开篇激荡着无限铺展的焦虑,仿佛是在生死之间,投向写作与记忆的焦虑。在这部长达五百页的记忆片断里,热内构筑着他内心的最后一座文学楼阁,而一切都从以上的追问开始。《爱之囚》集中了热内生命后期的各种片断,囊括与映射了他毕生错综复杂而又从不刻意经营梳理的内心世界,脆弱不堪而又坚忍顽强,如同他的写作生涯。在生命最后的光景里修订着《爱之囚》手稿的时候,热内一定想到了险象环生的高空走钢丝表演。他想象自己生命旅程正如一场走钢丝表演,在绝境危机之中极端孤独,他的每一举手每一措足之间,都是无以掩饰的悲伤。

热内死前最大的心愿是看到《爱之囚》出版,命运驳回了这位生命逆子的最后念想。在热内去世数周后,他的这部著作才得以姗姗面世。

无论对于欧洲还是对于世界而言,热内都是文学史上一个持久令人惊悚和忐忑、尴尬的名字。他的传奇仿佛已然落幕,然而,即使今天在巴黎的街道上,他所留下的印迹纵然不够令人愉快但依旧依稀可辨。热内作为一个不被欢迎的私生子出生的塔尔尼埃医院，始终留存着时尚之都慈善事业的残酷性一面；还有 1986 年热内作为一名落寞房客哀凉死去的雅克旅馆，依旧委身于不为人瞩目的街角苟延残喘；只剩下残垣断壁的小罗盖特监狱，还记刻着热内一世潦草又辉煌、惨淡又热烈的起点，它兀自伫立，僵而不死。

热内在暮年曾写道："我的一生，就是给你们编织的一个精彩绝伦的圈套。"这似是热内对世人的讥讽，也仿若是他对自己的告白。这诡谲独一的生命，是热内献给世界的一个无解的圈套。

表达 你的 发现

○ 卷肆

散文

2022

精选集

THE
COURAGEOUS
COWARD

刘诚龙　**靖康耻雪不雪**

靖康耻是何耻,来看看靖康官僚是何举止。

官家天天有饭局,那天宋徽宗来参加。饭局后还是酒局前,没考证,反正搞了一次文艺活动。徽宗是文艺家呢,每次活动茅台搭台,文艺献艺,自是不能少的。

李邦彦亲自舞台演戏,穿了一套演出服,演出服图案是九曲盘龙加戴冠哈巴狗,龙加狗图,可以展现在皇帝面前? 李邦彦跳上舞台,演到半场,突然间把衣裤全脱了。徽宗笑得不行,举起权杖跑到舞台来打他,这厮噌噌噌噌,爬到了廊柱上。未几,太监传圣旨:可以下来了。李邦彦男声变女声,娇滴滴答:"黄莺偷眼觑,不敢下枝来。"

李邦彦其时是何人? 是小丑,还是流氓? 都不是,他是宰相。李邦彦人称浪子宰相,"喜讴、善谑,尤能为市井鄙俚之语,缀成小词,无赖子得之,喧传里巷"。这人做宰相,有个"三天下"宣言:赏尽天下花,踢尽天下球,做尽天下官。这般大流氓居然当了大宋宰相,这让女流之辈的皇后也自感慨:"宰相如此,怎能治天下耶?"——天下,确是这般人在治。

这干部谁提拔的? 宋徽宗。

童贯者,太监也。虽是太监,却长了胡须,不男不女,是变性人乎? 是变态人也。这厮能干何事? 能干奉承领导事,每日陪徽宗来打球,陪徽宗去青楼,居然官至西北监军,领枢密院事,掌兵权二十年。这厮领军后,天天制作任命书,任命书一张纸,没得交子莫想得这张帽子,送他交子便得帽子,送他交子者是何子? 呆子、傻子、痞子、混子、疯子、癫子、小子、猴子、溜子、无赖子、二流子、三狗子、兵痞子、浪荡子,有了交子,都是他儿子、孩子,都当了帝国台柱子——"厮台贱役自承宣使而下凡数百人,庖夫厮兵,亦官至防、团刺史。"

这厮曾领兵打仗,"粘罕南侵,惯在太原",他玩"内部矛盾货币解决"玩惯了,如法炮制,要将敌我矛盾也来个人民币解决,"遣马扩、辛兴宗往聘以尝金"。敌人不吃这一套,不要钱,要土地,不给土地就打。果真打过来了,童贯脚底抹油,逃之夭夭,太原张孝纯扯住他:金人背盟,您是前线总指挥,理应号令天下兵马全力抵抗,现在弃之而去,是把河东丢给敌人啊。河东一入敌手,河北怎么办? 童贯一脚踢开张:"贯受命宣抚,非守土者,君欲必留贯,置帅何为?"——打仗是你们的事,不是司令的事。不是司令的事? 设司令何为? 置司令是吃干饭的,是打起仗来跑路的;置司令是泡妞玩的,是泡酒喝的。

这干部是谁提拔的? 宋徽宗。

有个叫朱勔的,本是无赖,老爹卖药材,赚了些钱,开药店的从来都赚钱。这家伙当了富二代,也就当了霸二代。宋徽宗喜欢花石纲,他就在苏州府挖地搜刮,谁家有,他带一队流氓泼皮,不管三七二十一,抢来即往开封送——"所贡物,豪夺渔取于民,毛发不少偿。士民家一石一木稍堪玩,即领健卒直入其家,用黄封表识,未即取,使护视之。"

抢夺民财为己财,分一半给领导,便升官啦,这么一个流氓,这么一个烂仔,这么一个恶少,因此升为大吏,"流毒州郡者二十年"。在朱勔家,扫地的、种菜的、端马桶的、守门的、喂狗的,一个个都升了官,小舅子、小姨子、小侄子、小孩子,都当了八七六五四三品官,一人当官,家中当官者达一百五十多人。若说天下是赵家之天下,那么朝廷便是朱家之朝廷。江南半壁,都变成朱家的了,时谓"江南小朝廷"。

这干部谁提拔的? 宋徽宗。

有个叫王黼的,据说长得金发金眼,嘴巴巨大如狗窦大开,其他本事没有,唯一有的是会拍马屁,马屁拍得好,一路高升,升至宰相。宰相宰天下之官,如何宰? 宰者,宰也,会宰客也,会宰官也。"三千索,直秘阁;五百贯,擢通判。"县长、市长、主任、主簿,全都明码标价,老少无欺,帽真价实。买官卖官之外,开厂办企,一家两制,做大生意。生意如何做? 抢吧——"四方珍异,充于内囿;异国之珍,布于宫外。凡入目之色,适口之味,难至之瑰,违时之物毕萃。"

这个宰相,也是浪子,常与徽宗玩乐。他在朝廷开了集市,跟徽宗玩当老板游戏。王氏扮演恶商与奸商,强买强卖,被徽宗抓了个"垄断"之罪,要罚他大款,他跪在地上求饶:"告尧舜,饶一次。"徽宗绷着嘴,我非尧舜,你也不是稷与契,不能免罚。那就送领导五十万吧。还有一次,君臣两人玩把戏。徽宗踩在王氏肩膀上,演翻墙去李师师家的戏码,徽宗喊:"耸下来,司马光。"王氏答:"伸下来,神宗皇帝。"这模样,一个叫皇帝,一个叫宰相。成何体统?

这干部谁提拔的?宋徽宗。

不用说了,还有更著名的官,叫蔡京。蔡京不用说了吧。徽宗朝最著名的混账官僚,有六贼,曰蔡京,曰童贯,曰王黼,曰梁师成,曰朱勔,曰李邦彦。他们都占据朝廷要津,文官如宰相,武官如太尉,三公都是这般浑蛋,六部九卿也全是这般货色。您以为只有这些货当了大官?满朝几乎都是这些货,如杨戬,如高俅,如蔡卞,如张邦昌,都是鲜廉寡耻的家伙。整个徽宗朝,占据庙堂的,不是流氓大亨,便是混账王八,不是小混混做了帝国大官人,便是小痞三当了帝国大领导;不是乱臣贼子当了宰相,便是浪荡痞子当了太尉,文官流氓,武官痞子。陪徽宗打球的,陪徽宗玩牌的,陪徽宗喝酒的,陪徽宗上青楼的,都当了官。这些当官的,都是干吗的?都是玩的、贪的。有没有好的?没有。如果要选历史上最恶心的君臣配,我选宋徽宗之君臣。君是浑蛋,臣是粪蛋。

好好的北宋,被后来士子称为盛世的北宋,就这样被玩坏了。宋徽宗玩得开心吧?没有比徽宗玩得更开心的。宋徽宗玩得痛苦吗?没有比徽宗玩得更痛苦的。北宋被徽宗玩完,这家伙被金兵掳去,大帝王做了亡国奴。徽宗被押送去金国,连其妃子数千,连其子女上百,都被掳去。宋徽宗受尽屈辱,不值一说,便是老婆儿女也保不住,金军"选定贡女三千人",将一千四百人犒赏金国文武百官,可怜在宋朝享尽荣华富贵的后妃、公主、宫女与教坊文工团女演员,不是做了金军小妾与奴仆,便是被送到了妓院与青楼,金枝玉叶当了残花败柳,更有很多青春少女,从此"下落不明"。我读《宋徽宗》,读到徽宗当亡国奴,其中有三十多页码,不忍读——惨不忍睹啊。其中有一个七八页的表格,说的都是徽钦二帝的老婆与女儿的结局,不是当了人家之妾,便是当了人家之妓。天可怜见,情何以堪。

这就是靖康耻。

靖康耻,耻吗?没有比靖康耻更耻的了。

这耻何来?活该。

国君活该,国家不活该啊;男人活该,女人不活该啊。

单看徽宗在金国,无人不唏嘘流泪;看了徽宗在大宋,有甚眼泪可流?天作孽,犹可违；自作孽，不可逭。当亡国奴的悲哀，有如徽宗者。这国亡，谁弄亡的？不是他人，恰是宋徽宗。读宋徽宗故事，为其在金国而悲悯；读宋徽宗故事，为其在宋国而愤恨。

臣子粪，若不灭，那么靖康耻，就不用雪；臣子粪，若已灭，那么靖康耻，当大雪。雪不雪耻，不在臣子是不是粪蛋，关键要看徽宗是不是浑蛋。

可是，可是啊，想雪靖康耻的岳飞，终究冤死在风波亭。

<h1 style="text-align:center">海龙　西医的前身</h1>

医药的史前史

病与死,是地球人很难避开的题目,特别在史前社会,这更是困扰人们的话题。有病自然要就医。上古没有化学和生物学,医药只能就地取材。于是,医这种治病的方法就有了不同的来源。医字的前身是"醫",但它更早的前身是"毉"。

这两个医字外形相似,但内容却不同:它们泄露了医疗的起源和本质。"医"本字乃是由"匸"和"矢"组成,指从伤者身上取下箭镞,治愈创伤。上古人类生境艰难,靠打猎搏斗生存,时常遭受各种外伤,用箭镞代表。"医"右偏旁"殳"字代表着用手来执行取和挖的动作,甲骨文中的"又"字多跟手或抓、持有关。这一切都跟原始的手术操作有关。下面偏旁为什么是个"巫"字呢?这就透露了医疗起源的影子了。

很显然,最早的"毉"字说明,上古时期医疗行为跟巫术的关系是分不开的。中国史料文献中说古时巫、医不分。那时没有科学,人类对致病的原因无解,常常靠鬼神来驱邪治病。所以医的起源原始字是"毉"。至今发现当代原始部落中人们仍然用萨满和各种巫术来治病,就是活例证。

其后渐渐有了神农尝百草和使用酒类消毒并陶冶膏丸散丹,于是"醫"字就转成了"酉"旁——这一进化其实很不简单,它代表着中国的医药从迷信走向了科学。虽然那时科学得还不够彻底,但它毕竟已经开始渐离了迷信的成分。这一步其实比世界上其他医学早走了几千年。

拿今天"高大上"的西医来讲,它在十七世纪的时候还只是靠"巫+医"的模式治病。譬如说,那时候的荷兰名医、化学家荷尔蒙特宣称戴戒指可以治痔疮,用活蛤蟆做腰带可以治水肿,用蛇衣做腰带效果同样。治肋膜炎的神药是牡鹿或牯牛阴茎磨成粉,公羊的血也可以用,但必须是双角和两条后腿拴牢吊起来阉割取血才行。

而当时享誉巴黎、荷兰和西班牙等地的名医,法国科学院会员莫伊斯·查拉斯教授的名著《药物全书》教导:木虱和蚯蚓可以治痛风,孔雀粪可以治癫痫,蚂蚁油可以治耳聋。另一位著名化学和药学家尼古拉·勒梅里被翻印了十数版的《药物全书》药方更加离谱,其中治疗坐骨神经痛、神经麻痹和其他神经痛的一种油的制作方法是:取初生狗崽二只,切碎,调以活蚯蚓一磅,在有釉的锅中煮十二小时,至狗肉及蚯蚓烂熟即可。另外,他还有用梭鱼头里的小石子治疗膀胱结石及清血、用鲈鱼头的小石子磨粉做轻泻剂等秘方。

似曾相识,这是西医吗?——是。让我们来看看当年巴黎医学博士论文的课题吧:空气比食物和水更必需吗?(1589)水是否比酒更健康?(1622)害相思的女孩是否该放血治疗?(1639)每月醉酒一次是否有益?(1643)貌美女子是否比别的女人多产?(1648)女人是否比男人更淫荡?(1669)是否生性淫荡的女子比普通女人子息更多?(1720)

——上面的话题虽然可笑,但它们仍比当年神学的题目要严肃得多:那时的神学课题是"一个针尖上能够站多少个天使""骆驼如何穿过针眼"等等。

那时候管治病的不只是医生,教皇、主教乃至神职人员都包治百病,国王往往也是神医。欧洲记载教皇、国王抚摸病人头顶治愈各种疑难杂症特别是癔症、癫痫甚至瘫痪、麻风、恶疮的事迹史不绝书。这跟史前巫医治病也没啥不同。

欧洲中世纪瘟疫多发,据现代研究,跟那时卫生条件差有极大关系。中世纪人们多不洗澡,城市无厕所,大街小巷皆成便溺和倾倒马桶场地。据载连巴黎伦敦这样的大都会亦是全城臭气熏天,下雨则污溺没膝,成了蚊虫和细菌的最佳生存场地。连卢浮宫院子楼梯阳台和门后也人人可以随意方便,管理人员绝无干涉。中世纪欧洲尚未发明使用刀叉,用餐多直接下手,油污全部揩在餐巾和大襟上。肮脏导致虱蚤丛生,而抓痒致使皮肤溃烂传播传染病。史书载有人觐见欧洲史上著名君主亨利四世时嗅到他身上恶臭,犹如腐尸。那时连国王也不洗澡,为了遮挡臭味,才不得不发明了香水。

西医的进步得益于近二百年的科学昌明。化学和生物学的发达让西方为人类健康造福不小。中国古时医疗成绩不仅得之于治病还得益于卫生。传统的家庭礼仪和制度较早规范了中华民族的卫生习惯,虽然中医也赖草药治病,但敬畏天地遵从自然的传统对民族繁衍亦是贡献甚巨。仅从近年被大众感兴趣并提起的防疫话题,我们就可以知道,中国古代早有记载。防治天花病早在唐朝就有了"人痘接种"和"鼻苗"的方法,比西医类似方法产生的"牛痘",早了一千一百多年。

西医的前世今生

　　法国喜剧大师莫里哀有个名剧《屈打成医》,题材源于法国中世纪民间故事:某富农娶了个破落骑士的女儿,他怕自己的漂亮妻子在他下地干农活时受教士或登徒子勾引,就每天出门前打她一顿让她哭一天。他想,没人会爱上个哭哭啼啼的女人。傍晚回家呢,他就跪下向夫人赔罪。日复一日,其妻苦不堪言。可巧有一天国王女儿生了急病向全国征招名医。使者路过她家,她想了个计策,让人折磨虐待自己的丈夫报复他。

　　这聪明的妻子谎称她丈夫是个名医。但他有个怪癖是从不愿意承认自己是医生,除非你痛打他才承认。打人是使者的拿手绝活,他们劝女子不必担心,他们自有办法让名医招认。果然这粗蠢的农夫起先不承认自己是医生,但禁不起使者的一顿胖揍而招供——与其被当场打死,他想还不如多活几天看看下面的情形。到得宫廷,他更不敢承认自己是医生,在遭受另一顿毒打后,他被胁迫去给公主看病。没想到公主的怪病是被鱼骨卡住了喉咙,这农夫出洋相演杂技引公主爆笑喷出了鱼骨,名医的名声被坐实,从此在宫廷享尽荣华。

　　这类民间故事几乎各国都有,但主题却不一样。《屈打成医》突梯滑稽的荒唐背后泄露出了那时欧洲的医疗状况。

　　中世纪的西医分为内科和外科,两边互不服气。那时的内科有点像中国的巫医,只不过他们不用巫的术语而用"胆汁""黏液""气""元素"和"星象"等"高大上"术语唬人。那时候行医也要读医学博士,研究的课题多介乎于神学和巫术之间,荒唐无比。他们组成了医学会独霸一方。其实这医学会就是当时的同业公会,是用来欺行霸市垄断生意的。

　　而外科呢,它的基本来源是理发匠。当时所谓(内科)医生自诩身份高贵。他们不屑于动手术、放血、治创口、诊疗花柳病或解剖,这些工作都由理发匠操作。因此,那时西方的理发匠和外科医生基本上是同义词。人们有了病痛特别是外伤,多不相信医学博士而去求助理发匠,这惹起了医学会的同仇敌忾。他们端坐书斋和高背巨椅却生意冷清,而卑贱的理发匠竟门庭若市。可恼的是,这些会写拉丁文的医学博士虽然满口学问却几乎没有动手能力。在十七世纪,连被其垄断的解剖教学,他们都不能亲自操刀而要请理发匠代劳。其医学水平也就可想而知了。

这样,由饱读拉丁文毕业的医学博士和江湖郎中、理发匠组成的外科医生虽然构成了西医的前身,但这内外科行业之间龃龉不断,斗争一直没有消停。

1532 年的巴黎,理发匠出身的安布罗斯·帕雷终成名医的故事非常励志且有代表性。帕雷是个穷孩子,投奔理发店当学徒,他学会了刮脸、梳发、治伤口,后来又去医院混了几年,最终成了合格的理发匠兼外科医生。后来法国跟别国打仗,他成了军医。在战场上,他救人无数并且发明了全新的治病方法——那时候治疗枪炮伤要先用沸油烫伤口再包扎,这对伤者伤害很大,而且不利恢复。恰巧那时缺油,帕雷省去了烫疗却使伤员恢复得更快痛苦更少,意外得到了好的疗效。

虽然他被誉为"古今最伟大的外科天才",而且手术技艺高超为人谦和,可是医学博士们仍然迫害他。因为他不谙拉丁文而居然用法文著书——那时欧洲的官方语言是拉丁文,法文、英文、意大利文之类的只能算"土话"上不得台面。况且,帕雷是外科医生却胆敢谈及内科寒热病话题。他们谴责帕雷僭越了内外科的界限,巴黎医学会到法院去告他。幸好帕雷的医术高超名震贵族圈,且他是当时国王的御用外科医生。然而即使如此,这场诉讼也一直熬到国王亲自下诏才得以注销。

发现人体血液循环论的哈维医生,命运也不比帕雷稍好。他花费十七年心血写出的医学巨著《血液循环论》甫一发表,就被谤为"Circulator"(播谣者、循环者、游方郎中),遭巴黎医学会排斥,使他的病人与收入锐减。

西医进步依赖科学的昌明,也因吸取其他民族的成就。治疗寒热病的特效药金鸡纳霜源自南美,但欧洲医生一度十分抵制,最后科学证明它的意义并在全世界使用,消灭了疟疾。早期麻醉剂的发明也跟这故事相似。中国医学家屠呦呦发现的青蒿素被世界承认,也是医学进步的例证。

文明与医学进步很难一蹴而就。文化进步的路途总是任重道远。

介子平　古典爱情

玉镯扣栏

才子情史，自古两个版本，一正史，一野史。后人津津乐道者，定在野史，时过境迁，真假不再重要，一样地论世知人。

表妹纳喇惠儿进府，情窦初开的纳兰性德与之一见倾心，继而两心相许，海誓山盟，进而神魂颠倒，不能自拔。然好景不长，哀乐无常，惠儿应召入宫，此乃旗籍女子必过的一关，心存侥幸，却还是一选即中。纳兰遭此变故，从此萎靡退坡，一蹶不振。

惠儿入宫，起初为庶妃，康熙十六年（1677）八月升惠嫔，二十年十二月晋惠妃。为康熙育二子，死后葬景陵之妃园寝。此为正史。

文学作品中的演义，便精彩多了。据无名氏《赁庑笔记》云：

> 纳兰容若眷一女，绝色也，有婚姻之约。旋此女入宫，顿成陌路。容若愁思郁结，誓必一见，了此夙因。会遭国丧，喇嘛每日应入宫唪经，容若贿通喇嘛，披袈裟，居然入宫，果得彼姝一见。而宫禁森严，竟不能通一语，怅然而出。

传奇故事，妙就妙在离奇而能自圆。纳兰为能与表妹谋得一面，竟趁国丧之机，假扮僧侣进宫。天遂人愿，二人果见于回廊。

梁祝楼台相会，祝英台唱道："记得草桥两结拜，同窗共读有三长载，情投意合相敬爱，我此心早许你梁山伯。可记得，你看出我有耳环痕，使英台面红耳赤口难开；可记得，十八里相送长亭路，我是一片真心吐出来；可记得，比作鸳鸯成双对；可记得，牛郎织女把鹊桥会；可记得，井中双双来照影；可记得，观音堂前把堂拜。"然宫禁森严,惠儿已非民间女子祝英台,哪敢有这般大段唱词,吱一声都不可能,遂以玉镯扣栏,传递心声。

玉声丝微而清脆,无意者不闻,有情人自知。"她临去秋波那一转,铁石人,情意牵",此时的纳兰,盘腿蒲团,不能起身,双目远注,无限惆怅,先前说过的话,皆可当作承诺。这个手印打给你,愿你平安过冬夏。好事者推论,其《昭君怨》便是为惠儿所作:

深禁好春谁惜? 薄暮瑶阶伫立。别院管弦声,不分明。
又是梨花欲谢,绣被春寒今夜。寂寂锁朱门,梦承恩。

有关"玉镯扣栏"的词未查得,倒是一首《荷叶杯》,有"玉钗敲竹"的情节:

帘卷落花如雪,烟月。谁在小红亭。玉钗敲竹乍闻声,风影略分明。
化作彩云飞去,何处。不隔枕函边。一声将息晓寒天,断肠又今年。

此一面,终成生离永隔。之后的两年间,痴情纳兰借公务之便,时常探访回廊之处,始终未得再见一面,"人生若只如初见,何事秋风悲画扇"。理性提醒,无济于事,虽如此,不死心,企盼御沟流叶、破镜重圆式的奇迹再现。一样情怀,两处相思,痴心惠儿不堪情感折磨,吞金自尽,一命归阴。纳兰悲痛欲绝,为之披麻戴孝,并于闺房题壁:

谢家庭院残更立,燕宿雕梁,月度银墙,不辨花丛那瓣香。
此情已自成追忆,零落鸳鸯。雨歇微凉,十一年前梦一场。

此词为谁而作,待考,却是情感热烈到了十二分,刻画到了十二分。

一读兴叹嗟,世人争唱饮水词;再吟垂涕泗,纳兰心事谁人知? 打动他人者,必是打动自己在先,好诗好词大致如此。

曹植与甄宓也两情相悦一双,然有小人暗中施计,以桃代李,终使甄宓嫁曹丕。独占八斗的曹植陷入痛苦泥淖,昔时恋人成叔嫂,再有相见,无言以对,缘分未到,伤心仍在。数年后，曹丕称帝，逼曹植七步成诗，之后贬出京城。皇图霸业笑谈中，不胜人生一场醉，空遗满腔悲愤的曹植，过洛水，对河悲吟《洛神赋》。无人懂你，只因你不懂自己，千古传诵之文，起初也都是作者写给自己的独白。

　　明亡后，只有十五岁的恽南田随父兄至建宁参加义军。作战中，长兄战死。六万清军围困建宁百余日而陷，二哥不知所终，父因外出求援，幸免于难，从此离散。南田被俘后，开始了奴隶般的生活。时建宁城中有一青楼女子，城破为清军将领、闽浙总督陈锦收留。一次，总督夫人有意打造一批首饰，延请画师设计图样，均不满意。这青楼女子知南田画得好，荐之。总督夫人见其风神俊朗，进退从容，人品出众，且有丹青之才，膝下恰又无子，喜出望外，遂蓄之。世事无常，变化太快，南田便从一囚犯一跃成为总督义子。四年后，陈锦被家丁刺死，陈夫人携南田前往奔丧。南田自杭州灵隐寺为义父超度亡灵，恰巧在做法事众僧中，发现了父亲恽日初，欲趋前相认，却因养母及众多家将兵丁在场，只得相对而视，恍如隔世。随后南田暗自请住持具德法师出面，诳夫人说，此子寿命不长，若想保命，唯有出家为僧。老夫人抹泪不肯，欲带之回京继承爵位，但南田表示不愿享受荣华富贵，愿留在寺中，夫人无奈只好同意。此情节后为袁枚编成剧本《鸳峰缘》，于康熙十九年（1680）广为传唱，成一时佳话。与之类似，王闿运之妾莫六云幼时也被掳，"为贼妇所养"。其父寻踪至营中，请赎归，而"贼妇爱而不许"。两年后，"贼妇以谗被杀"，六云被卖戏班，习昆曲。七年后出师，至广州卖唱，一场堂会邂逅王闿运。"余在南海听歌，有南宁女子，言顷过旧寓，凄然伤心，众人痴笑之，余独心赏，赠以诗，买之同归"，诗云："旧馆荒苔迹渐深，向曾游处便沉吟。聪明最肯思闲事，愁损玲珑一寸心。"

　　几十年后，乾隆帝读《石头记》，只见其同，不见其异，遂惊叹："这写的是明珠他们家的事儿。"纳兰容若于康熙二十四年（1685）五月逝，撇下钟鸣鼎食、肥马轻裘，抛却膏腴遍野、大厦凌空，毅然追情而去，依依飘忽，年三十有一。

门当户对

　　既为标准，便适于多数，包括门当户对的择偶标准。

　　门当户对的未必都是财产，尚有三观，以及生活习惯、举止风度等等。橘生淮南则为橘，生于淮北则为枳，生长环境不同，思想自异，行为随之。婚姻是男女生物性与社会性的结合，表面看是自己的修为，实则是家庭的陶冶。差距稍大的话，格格不入，枘凿日甚，如此婚姻，岂能久远。长大后才明白，老话未必全错，据事言理，而非凭空臆断，尤其人性方面，社会百变而人性终一。

女扮男装、附身芳洁的祝英台，出身上虞祝家，与马文才一样同为门阀士族，两姓联姻，门当户对，自然不过。祝英台却看上了家贫寒、志有向、对缘法的同学梁山伯，并视其为灵魂伴侣、心灵朋友。心里有什么，看到的就会是什么，以祝英台的出身，能够启其心扉之人，或风流放诞、不拘绳检者，或饬躬励行、亢直端严者，梁山伯显然属于后者。十八相送，花不语，长亭短亭，风却懂，不被发现的心意，怦然心动的错觉，注定成就无疾而终的悲剧。有才而性缓，有智而气和，梁山伯的确是位好青年。看似被马文才横刀夺爱，抢了不属于自己的骨头，实则这块骨头即便马文才不抢，牛文才也会抢。还原东晋大背景，品级之间壁垒森严，纵使延至唐朝，仍以"五姓七望"为高贵。李世民自称出自陇西李氏，贞观年间修《氏族志》，强将其列为第一等，据《新唐书·杜中立传》载，开成初，文宗欲以公主降士族，谓宰相曰："民间修婚姻不计官品而尚阀阅，我家二百年天子，顾不及崔、卢耶？"即便有德有能，按照梁山伯的家境，绝无上升可能，此与掠人美、夺人利无关。所谓"应该"，便是执念，执念虽在，无奈阶层天壤，底气自虚。即便时至等级制度不再森严的民国，徐悲鸿与蒋碧薇的私奔故事依旧涉及门第。蒋本大户人家千金，家中因反对其与门不当户不对的徐悲鸿结合，毅然与之断绝来往。知识改变命运，改变不了阶层，梁山伯坐以待毙的弱德之美令人同情，文学作品只有将马文才塑造得不学无术，颠顸猥琐，方有反衬之效。

但凡事物，必有顺序，走得太慢，花会凋谢，走得太快，花还未开。席慕容《一棵开花的树》里便喟叹："如何让你遇见我，在我最美丽的时刻。"换个时间相识，便会有不同的结局。《红楼梦》中王熙凤打趣林黛玉："既吃了我们家的茶，怎么还不给我们家做媳妇？"林黛玉与贾宝玉倒是门当户对，也能在最美丽的时刻遇见，依旧情字致败，走不到一处。

无尘世界玉妆成，文学作品只写王子娶到公主，不写婚娶之后为琐事困扰的词色愤懑、恶语相加、大打出手，甚不谓然。按说选择谁做伴侣，等于默认且愿意接受来自对方的影响，但影响短暂，本性难移，有的人只适初见，不适在一起。求时相见恨晚，拒时唯恐去之不速，可惜请神容易送神难，送神的成本太高。情绪也有成本，浑身上下最硬的是嘴，一门婚姻就此损失掉许多的幸福感。即便如此，因为一个人、一件事而开始诅咒爱情，放弃生命，仍被视作不理智。

有不愿低就者，便有不愿高攀者。阎锡山次子阎志宽看上了当时的富家千金赵秀金。赵秀金是徐沟县赵家堡人，毕业于太原光华女子中学，家境殷实，人长得标致。为此，阎锡山托媒撮合，不想赵家以为门不当户不对，不愿高攀。阎家仍不放弃，多次请媒人前去，终于在1933年促成了这门姻缘。

旧时代，子女抗不过父母；新时期，父母拗不过子女。就父母而言，万难认同，却是轻不得重不得，无破阵之法，最后只得由他去吧。就子女而言，只认情感为婚姻的前提，殊不知婚姻的基础是经济，经济决定阶层，尤其对女子而言，婚姻相当于二次投胎。自己的人生，本该由自己完成，但作为社会人，谁也做不到。

即便梁祝之间得豆得瓜，花好月圆，却是贫贱夫妻百事哀。穷人嫁女收彩礼，富人嫁女送嫁妆，彩礼即财力。王尔德说："在我年轻时，曾以为金钱是世界上最重要的东西，现在我老了，才知道的确如此。"无须理解，只须接受，未免武断，接受后理解，为时已晚。

我是小妖怪，逍遥又自在，烟云供养之外，尚须经济支撑。皆为平庸，大不相同：贫寒长大者，贫寒不过素常生活的延续；对于富庶中成人者，那便是吃苦。有时心情不好会爱物，却是无物可爱，久而久之，怨声载道，崩溃难免。旗鼓相当的互惠关系，最为稳定，此亦门当户对的基础。人生莫惧少时贫，说归说，由贫转富，难脱贪婪，与少年衣食无忧者，毕竟有别。经济问题褪色为婚姻问题后，反成文学作品浓墨重彩的一笔。敢与生活顶撞，敢与逆境直面，青年亚文化与主流文化若是对抗成功，以祝英台的娇蛮任性、小姐脾气，未必有好收场。河水一样的岁月流走，人不可能永久是少年，该说的似乎都已说尽，还有什么新意可探。烟花散去，无比寂静，执念之人到头来发现，只图感觉，忘了适合，娶谁都后悔，嫁谁都后悔，遂保留几分体面，默不做声地疏离。李清照在《金石录·后序》中谈及其婚姻生活中的有趣往事：

> 每饭罢，坐归来堂，烹茶，指堆积书史，言某事在某书、某卷、第几页、第几行，以中否，角胜负，为饮茶先后。中，既举杯大笑，至茶倾覆怀中。

李赵两家联姻，可谓门当户对，郎有才有貌，女有貌有才，极符合世俗的审美理想，然真正令其伉俪情深久长者，不在世俗的一套，在于相契的同好。

越是不允,越是向往,即便未把值得留给值得之人,还是嫁给了马文才。经济压力不复存在,仍会以过往的记忆,折磨当下的自己。可以来日不迎,恐难既往不恋,如遇不顺心,便会以泪佐餐,长夜哭恸,余生交叠,情绪压抑。难活不过人想人,以一遍遍坚定不死的心,写一封封发不出去的信。接屋成廊,连衽成帷,窖积金银,人拥锦绣,金钱究竟不能买到什么?拜伦说:"为爱而爱,是神,为被爱而爱,是人。"既是人间情爱,必会不尽人意。青春美女,却招愚蠢之夫,俊秀郎君,反配粗丑之妇,不圆满乃人生必须接受的一课,拆字先生也无解。

梁祝之间,只有人和,而无时利;马祝之间,天时地利,唯缺人和。这门婚姻无论祝英台选谁,都是悲剧。幸福比较而来:若二选一,与梁山伯结合,当下幸福;与马文才结合,长久安宁。从男子的角度,佟振保之于红玫瑰、白玫瑰,也是两难全的选择。人生多少有情事,世间万般无奈人。心动之人,心安之人,毕竟不是一个人,此即"门当户对"的合理性之所在。

储劲松　旧年的丝瓜吊在木兰上

洵美

　　蓝草染的浇花布真是清美,当年外婆拿来包头,有青白颜色,也有清白家风。

　　葫芦、丝瓜、黄瓜、月亮菜、瓠子,吊在豆棚瓜架上,静女其姝,洵美且异。

　　阒无人迹的山谷流泉好看。

　　农家女子壮硕的身板和黑檀似的肌肤,是妈妈年轻时的模样。

　　古民居的马头墙、鱼鳞瓦、瓦当、镇脊兽、天井、木雕人物,苔色苍苍的大青砖,逸笔草草的芝兰仙鹤图,墙上挂的草帽、蓑衣、竹篮子,是记忆里的故乡。

　　竹叶草洵美,板栗树洵美,玉米须洵美,水稻花洵美,在上面奔跑、追逐、求欢或者静伏的瓢虫洵美,甚至黑壳、黄壳、铜绿壳的金龟子也洵美且异。

　　流霞好看,腾雾好看,卿云好看。飞鸟好看,蚂蚁好看,潜翔水底的鱼虾好看。泥土好看,毛石头好看,松竹连它们在日月天光下的影子都萧然动人。

　　清晨的茅草和石菖蒲,叶片和叶尖上的凝露映射朝阳,其姿色与风情,可谓泠然,可谓清绝,美好得叫人无可奈何。

　　钱锺书当年鄙视吴宓之为人,骂其无行,顺便牵连到他苦恋的毛彦文,用英文讽刺她是"年老色衰的风骚娘儿们"。其实这个风骚娘儿们年轻时是养眼的,即使老了,也有清气,乡语谓之"清丝丝的"。

　　天空之下,大地之上,一切原生之物,本质、天然、朴素、至美,没有不好看的。不好看的,往往是过度变异的人,迷失了天性本心的人,被欲念和利益禁锢的人。不好看的,是人发明制造出来的诸多反生命反自然的物事,譬如枪炮、塑料、地沟油和海洛因。

　　在大别山里,一个从前几乎是大荒之境而今依然存有古人遗风的小城,我活了很久。居住在青山之中,浣洗在绿水之畔,日日与草木鸟兽、白云苍狗、园蔬篱落为伍,感觉不到日月飞逝老之将至,以为这一具皮囊,可以与草木同春,与鸟兽同秋。

梅雨季初来的一天,一夜风雨大作之后,第二天望见满目夏花,石榴、荷花、玉兰、女贞子、一年蓬的花,又望见满树膨大的果实,毛桃、五月桃、红梅和红叶李的果实。这些夏日习见的花果,我见过数十回了。从前见了,觉得好看而已,心里喜悦而已。那一天见了,忽然想到《知北游》,庄子在文章里说:"忽然而已。"天地自然不老,任他白驹过隙、黑驹过隙、枣红驹过隙。山川草木不老,由他冬春夏秋。人生易老,一回相见一回老,一生能见此情几遭,能见此景几回?

那一天,晨光明亮洒了一身,一念至此,眼前忽然就暗淡了一些。

生活仍然继续,貌似隆隆其实是寂寂地继续。

在山野里,我以草木鸟兽为师,尽量遵从生物的本能和本性生活,衣但求暖,饭但求饱,住但求安,行但求稳,以为如此就好。安妥肉身之外,以书籍喂养精神,以文章抒发怀抱,以为文章载道,文章也载性。

我是说,尽量,因为这种遵从很显然是不可能的。长安米贵,居大不易,活着并不容易,遵从本心活着更是痴心妄想。但写作的人,都是耽于妄想的人,所谓妄想,姑妄想之。也都有程度不同的痴心与痴气,像大观园里的香菱学诗艺。曹雪芹于这一节写得尤其细微:"香菱听了,喜得拿回诗来,又苦思一回作两句诗,又舍不得杜诗,又读两首。如此茶饭无心,坐卧不定。"

写作将近三十年,持续许多岁月而痴心不改,根子里,是有与时间抗衡的执念或者说妄想的。与时间抗衡,这显然更加不可能。岁月如驰,驰驰啊,"日驰驰焉而旬千里"。古今人的传世文章,浩浩汤汤,留在石头、兽骨、龟甲、竹木、绢绸、纸张中,锲刻在时间之上。转念一想,古今那些以文章为性命的人,痴痴复痴痴,有几人活过了百岁? 又有几人文章传世?

但愿文章老厚,但愿肉身长葆草木精神,但愿年年写得几篇好文章。

草木温柔敦厚,朴素质直,一如上古的大人君子。《周易》《山海经》《诗经》《楚辞》《汉乐府》《古诗十九首》里,篇什草木华滋。自此而下,古今人的诗词曲赋和文章,一路草木荟茂。风行草上,风行木上,时间的风吹过草木,吹过人世。草木不言,生来离离繁盛,枯后养息待发,生死荣悴等闲视之。与上古的大人君子相比,草木更符合《周易》之"易"的内涵——简易、变易和不易。

古人说，要多识草木鸟兽之名，又说，要多识前言往行。

久居山野，人在草木鸟兽间，草木鸟兽之名，我识得的万不及一。某一天，我看见一只大鸟走路，像人一样迈开前后脚，左右左，一二一，又看见一只小鸟走路，它是双脚并立蹦跳着走的，一跳又一蹦。这两种鸟在大别山中寻常可见，我不识其名倒也罢了，当时还好奇它们走路的姿势竟然如此不同。后来一拍脑壳，哦，它们的脚有长有短。

至于前言往行，前代圣哲的言语行事，也与草木一样，敦厚温柔、质直朴素，像先秦的诗歌一样，更是难以效仿和企及。

草木朴素，世道人心原本素朴。从孩提时起，就与青梅竹马的伙伴一起埋锅造饭：杜仲的叶子锤得像丝绸，拿来当菜；红芋的茎块用石片切一切，拿来当饭；折断蒿子的茎秆，拿来当筷子；松针搂一抱，拿来当柴。五六开裆童子，做饭吃饭装腔作势，吃得快活，耍得快活，像草木鸟兽一样快活。

后来渐渐长大，身条渐舒，喉咙渐粗，心渐大，渐渐不可收拾。渐渐不可收拾的，不仅是容颜，这旧日的好河山，还有心性，这与阴山岩画一样古老的本心。

热爱草木，景慕草木，亲近草木，是本心本性。我们的祖先以草木为衣，以草庐为屋，脚穿芒鞋手执木杖，都很闲，像草木鸟兽一样闲，像雨点、朝雾、夜星、流水一样闲，闲得夜夜天天思考来处和去处。我们都很忙，忙得忘记来处和去处，忘记自己本质上是一只动物。

愿心常常闲，愿文章常常有草木气，愿活着常常有草木心。

我也有一时苟且，我也有一些草木文章。

放胆

日月星辰，这是天的纹理；山川原野，这是地的纹理；"素履之往，独行愿也"，这是心的纹理。天的纹理谓之天文，地的纹理谓之地理，心的纹理录于纸上谓之性情文章。

我有几卷性情文章，你有陈年老酒不？若有，何不学古人慷慨，"我有好爵，吾与尔靡之"。

据说，有青楼鸨儿向苏东坡虔诚讨教写文章和饮酒的秘诀。

鸨儿问曰："先生向不善饮，而以文名世，何以臻此，愿闻垂教。"

坡公稍稍沉吟，道："文章无窍，唯率性耳；酒事无量，唯放胆矣！"

这段对答，是我从他人文章中拾来的，似乎不见于史乘和前人笔记。但书海泱泱、文山苍苍，这一典故或许就藏在哪一部我未曾读过的书里也未可知。即使是后人杜撰，却也杜撰得好，很接近坡公的言语行事风格。

言行，君子之枢机；文章，心迹之表露。

一人有一人的言行，一人也有一人的文章。

近年时常温习坡公著作，越发以为东坡文章是天人之合，有仙怪相帮衬。又时常读张岱，越发以为张宗子文章离经叛道超凡入圣，亦有神鬼暗中撮合。苏子《记承天寺夜游》《文与可画筼筜谷偃竹记》《超然台记》诸篇什，张子《湖心亭看雪》《扬州瘦马》《琅嬛福地记》诸作品，放胆直下，率性成文，令人翩跹欲舞呕哑欲歌，妙不可言。我愿效仿郑板桥和齐白石膜拜徐渭，文章以苏东坡和张宗子为师，甘做其门下走狗。

席上饮酒，古人以戎事作比，谓之"酒兵"，凶险之事也。放胆，就像霍去病率汉家轻骑出陇西横扫匈奴，夺其焉支、祁连二山，使其六畜不蕃息，令其妇女无颜色，非胸中有文韬武略又胆子极肥者不能为也。

率性，顺其本性，从其天然之性，于三岁童子容易，于尘垢蒙了身心的成人却难。这本性，原是天所赋之，在尘世里几番滚爬早已失去，想捡拾回来，得靠后天不懈的涵养、修为。如《周易·系辞上》所言："成性存存，道义之门。"不断蕴存和涵养，以成全天性，让它存续不断，就找到了进入道和义的门户。

因之，率性和放胆，貌似信手拈来人人可为，实则，能率性写出绝妙文章的人，与能放胆喝得雄姿英发如坐春风的人，都信非凡人，风徽足式。于前者，我心有所慕，虽明知前辈风仪难以企及，但既然视文章为盛美的事业，就只有放胆、放蹄直追，此外似无他法。我心恒定，如乡语所云：瞎子看牛——死拽着。

自家意思

檐雨落在青石板上，作木鱼声。

旧年的丝瓜吊在木兰上。

金丝桃黄花照眼明，色艳而气清。

夏水浑浑茫茫，一路波折东进，站在河边望大水的婆娑老叟藏往知来。

檐雨、丝瓜瓢子、金丝桃、逝水和出尘又入世的老者,都有自家意思。天地化育万物,万物各有天命。所谓天命,自然禀赋也。仔细体察,日月星辰雷电霜雪,山岳湖海草木鸟兽,屋漏之痕,折钗之迹,冰凌之锋,晨露之凝,玉石之横纹,娇俏佳人之眼波,西楚霸王枪戟之厉风,莫不有自家意思自家面目。所谓自家面目自家意思,一家之言行,独有之风貌也。

我友习书廿三载,以古今妙手为师,以北碑南帖为师,以造化自然为师,手摩心画日习夜练,砚中墨不干,手里笔常秃,主攻篆、隶之外,兼习楷、行、草诸体。观其字多年,以为篆、隶二体,风力雄朴气势端凝,渐近古人,渐近自然,也渐有自家意思自家面目。

习书之余,他课徒设教,诲人不倦桃李芬芳,山城书艺后有来者,有其功劳。

当年,张旭在邺城街市观公孙大娘舞西河剑器,豪荡感激,得自家草书心法。索靖传张芝草法而变其形迹,骨势峻迈妙有余姿,创自家银钩虿尾字势。卫夫人《笔阵图》言:"自非通灵感物,不可与谈斯道也。"她说的是书法之道,其实一切文学艺术之道,"六艺"之道,旁及耕读渔樵之道,木、漆、瓦、铁、篾、锔、庖诸百工之道,莫不如此:非通灵感物,不可与谈斯道之神妙。所谓通灵感物,通而后灵,睹物兴感。

通灵,不是不易,而是太难。以书道言之,文字者,象形也,故而首当通文字之学,也即"小学",知字形之所以然。其次当通古今书法源流,知字势之所以然。又当通文章典籍、山川地理、自然物象、人情世事,尽窥众妙之门,养器识与气度。博而通,通而感,感而激,激而灵,然后才会成一家面目一家意思,才可以神游于尺幅之上,泻胸中之丘壑,泼纸上之云山。

大匠通灵。匠本是技,但匠之大者,其所操之技也是艺,也是道。大匠,可以通天地鬼神。

我友心地纯朴,人也灵醒勤苦,其书艺精进指日可期。愿他通灵感物,符采克炳,早成大匠大艺大方之家。

左中美　**舍离**

　　"卖炸烤的娘娘告诉我，我寄养给她家的那只狗死了。"女儿从外面回来，带回来这样一个消息。

　　刚好，我的饭已经弄好，摆在桌上。女儿习惯地在我对面的位置上坐下来。她低着头，眼里有努力忍着的泪光。

　　那只哈巴狗，女儿叫它核桃，是一只母的，毛色白地带棕色花。我后来想起来，女儿在带它回来之前，已经在我这里做了较长时间的、大量的铺垫。她先是告诉我，在她学校里（有时候在学校外）有一只流浪狗，它很可爱，她经常逗它玩。后来，她说它很懂事，因为她经常给它东西吃，那狗见了她总是特别欢喜。她已经给它起了个名字，叫核桃。然后，她的同学们也都跟着这么叫它。再后来，她说它在外面流浪很可怜。总之吧，做了大量的铺垫，因为，她知道我最不喜欢狗。

　　"妈妈……我想把核桃养起来。"终于，有一天下晚自习回来，女儿把这狗给带回来了。那时的情景，就像电视剧里谈了男朋友的女儿，知道父母不同意，却还是小心翼翼地把他带回家来，努力地想得到父母的认可。

　　这狗欢欢喜喜地，跟着女儿就进了家来。进来，眼睛在客厅里逡巡了一圈，之后走过去，一下跳到了沙发上。

　　"下来！"我一声大喝。它一身脏脏的，还一来就跳到沙发上。太讨厌了它！

　　那狗有些惊吓地看了我一眼，讪讪地下来了。之后，讪讪地摇着尾巴，进了女儿的房间。

　　进了女儿的房间后，过了分把钟，想必是这狗意图跳到她的床上——想来是已经跳上去了，只听得女儿在里面温柔地对它说："下来下来，快点。"之后，女儿去卫生间洗漱，它也跟着出去，一会儿，又转了进来。女儿在外面洗漱的水声还在响着，它站在客厅里重新打量着左右。经过了我刚才的那一喝，它这会儿不敢再跳到沙发上去了。

这狗带回来了。女儿极力要养，我极力反对，先生的态度中立，这狗于是在我们家待了一段时间。在这段时间里，先生几乎每天都要在我和女儿之间极力调停。

我根据这只狗第一次进我们家门的样子以及它的智商得出判断，这只狗曾经在一个好的家庭里被养过。它对沙发这东西很熟悉，并有一种自然的拥有感，它的动作表明，它觉得它躺到沙发上是理所应当的。而之所以被人遗弃，则可能是因为它的眼睛。在它的右眼角，有一小坨想来是因为什么变故而造成的突出的红肉，极大地影响了它的形象。先生说，看到它的眼睛总感觉有点不舒服。

而我对狗的不喜欢，落实到这个具体事件上时，被我列为两点：一是女儿平时卫生就不够好，再养了这只狗，情况势必更加糟糕；二是这狗，只要我们人一不在客厅里，它就立刻跳到沙发上，怡然地蜷卧着，把沙发上弄得到处是狗毛。我一次次厉声地把它从沙发上赶下来，等我一离开，它又一次次执着地爬到沙发上。为此，我每回在沙发上坐下去，站起来的时候，一屁股都是狗毛。扫地的时候，那畚箕里一层都是。我鬼火透了，一天天对那狗厉声呵斥，与那狗势不两立。

因为这狗的恶习，先生也不同意我们不在家的时候把狗留在家里。于是，女儿每天早晨出门去学校的时候就把狗带出去，她回来的时候，狗又跟着一块儿回来。那个时节是冬天，女儿说狗在外面冷。她找了一个纸箱，把我买给她的小垫褥铺在里面放在她的书桌下，让狗晚上睡在里面。下自习回到家里，她不敢让狗留在客厅，而是直接带进房间，她去卫生间洗漱的时候，把门拉上，不让它出来。这狗仍然一次次地爬到她的床上，她一次次温柔地哄它下来。

之后的情况是，女儿每天早上起来，衣服上总有许多狗毛，那些狗毛甚至沾到了她的头发上，让她整个人看着邋遢极了。我有些忍无可忍地告诉她，她一身都是狗毛，她竟不以为意。我对她如此的邋遢亦深恶痛绝，对狗和对她一起恨着。

后来更严重的事件是，有一天早晨，女儿出去的时候没把狗一块儿带出去，还关着房间门。她后来解释说是她出门早，外面太冷了，她怕它冷，所以把它留在了房间里。结果是，等女儿回来的时候，那狗在她的床上屙了一泡屎。那天刚好表姐来家里，遇上了这个事件。表姐在帮她收拾打扫之后，也批评了她，告诉她别这样养着狗了，太影响卫生了。

至此，事情有了一些缓和。女儿多数时间在逗逗它之后把它留在了门外。我们在吃食上也没亏待它，先生还给它做了一个食盒。这狗你别看它之前流浪，只要那食盒里有肉，它就不吃米饭。

女儿早上虽带着它出门，但等女儿进了学校，它在外面转悠一会儿，也就回来了。大多数时候，等我们下班回来，它会在家门口等着，听到脚步声，赶紧咚咚地跑下楼梯来迎接。在我拿出钥匙开门的当儿，它不断地蹭我的裤腿，嘴里哼哼着撒娇讨好。事情到这份儿上，没法，只好让它跟着进了家里。然而之后，一不小心，又是它跳上沙发，我照例地呵斥，把它赶下沙发，甚至赶出门外。

有时候是它早上"送"女儿回来，我出门上班，在小区门口的路上遇着它，它很亲热地跑过来，我于是在旁边的早点店里买三四个小笼包给它，包子烫，它不着急吃，一路目送我。有时候下了班，在更远一点的路上遇着它，它见着我又亲热地跑过来，蹭我的裤腿，照例地撒娇哼哼，之后，跟着我一路回家。

有时候，连我自己都搞不清楚自己了，只觉得这狗和女儿还有点像，怎么骂都不记仇。我偶尔也逗它，当它在街上亲热地向我跑来的时候，我叫它："狗狗！"

事情又来了。

那是在这狗来到我们家两三个月之后，它怀孕了。

看着它的身子日渐笨重，我着急起来。和女儿几经商量，加上先生的动员，最后，女儿同意把它送回乡下老家生产。"它会没伴的吧。""它会吃苦的吧。""家里的大狗会欺负它吧。"女儿这样担心着。

狗被送回老家期间，女儿打电话给她大伯问过情况。后来听说，这狗生了八只小狗，家里把它们都送人了。又过了不久，在女儿的一再要求下，狗狗核桃被重新带了回来。只是，它看上去消瘦了许多。女儿怜惜得不行，一再地说"它都瘦了"。

狗狗仍然每天等在我们家门口。我们有时候让它进来喝水，还有吃东西。当然，夜里还是不许它待在家里，因为它上沙发的毛病仍然没有改变。好在，天气已经暖和起来了。

为着这狗的矛盾仍然还常常出现着。终于有一天，女儿回到家来，神情落寞地对我说："我把核桃寄养给学校门口卖炸烤的娘娘家了。"之后，默默地进了她的房间。我知道她那句没说出来的话："这回，你满意了吧！"

我先是长长地舒了一口气。是的，今后，我终于不用再为这只狗烦恼了。只是，不知怎么,心里又有着些许的落寞,也或许是愧疚。这就——这就走了吗?

从小区到学校离得很近。女儿说,这样,她还可以常常见到核桃,另外,娘娘家开着炸烤店,它可以经常有东西吃,不会饿着它。我猜不出,女儿在把狗狗寄养的时候是怎么交代它的,虽然离得不远,虽然它一定还记得我们家,但是,狗狗真的再也没有回来。

我偶尔也见着那狗狗,它依然认得我,只是,看着我的时候,它的神情是想表示亲热又带着一点点的距离。它有时候会在街上跟着我走一小段,然后,在某个地方停下来,慢慢转过身,有些落寞地离开。又有时候是它停下来,看着我继续走,我回过头的时候,见它还在那里站着。

先生有时候也说起,说在街上遇见这狗狗,每回都对着他亲热地哼哼。说着的时候,我们便无言地惆怅起来。

倒是女儿,像是终于卸下了一包爱的重负,她惆怅但也渐渐变得轻松起来,有时候去学校门口那位娘娘家买了炸烤回来,一边让我吃一边告诉我说:"娘娘家把核桃养得很好,它胖嘟嘟的,见了我就来蹭。"我有一回在街上见着那位娘娘骑着电动车,把那狗狗放在她的脚前,狗狗的毛被风吹起来,它怡然地看着街边的风景。

那一幕还是隔不久前的事。在那之后,我也去那位娘娘家买过一次炸烤,我喜欢吃她炸的酥皮香蕉,淋上炼乳,香脆甜美。那次狗狗也在,我去了,它看着我,短短地哼了两声,像是想过来蹭我,又犹疑地转过身去,嗅那些掉在地上的炸烤碎屑。那娘娘还说了一句:"这狗它还认得你呢。"

"怎么……这就死了呢? "

女儿的眼里还盈着泪光,听到我的问话,她感觉出了我的愧疚,转来安慰我:"核桃它年纪大了,它应该,有十多岁了吧。"这孩子,她的心一直还是那么善良,她明明自己那样地伤怀着,却还来开解我,想要减轻我在内心里的愧疚和罪责。

没有办法。有些事,注定是没有办法的。

核桃去世后的第三天,吃饭的时候,女儿仍然坐在对面,低着头。她小心地对我说了一句话:"妈妈,我想,再养一只狗。"

"你……别养了。"

女儿的眼里又盈出了泪光。

我们,各自默默地吃着饭。

程耀恺　乡愁与奇葩

乡愁：黄连木

这世上有一些草木，可以涵养、固化、引发乡愁。最典型的，莫过于张翰的莼鲈之思，"见秋风起，乃思吴中菰菜、莼羹、鲈鱼脍"。菰、莼、鲈鱼，我的故乡也是有的，但少时家境清贫，没那口福，所以印象不深，反倒是无关饮食的黄连木，每一忆起，思乡之情便油然而生。

黄连木亦称楷木，为漆树科黄连木属落叶乔木。树皮裂成暗褐色小方块或小长方块。偶数羽状复叶互生，小叶五至七对，披针形，全缘。花小，无花瓣，单性，雌雄异株。雄花排成密集总状花序，顶生，雌花疏散圆锥花序，腋生，紫红色。倒卵状球形核果，先青后紫红。

明代谢肇淛《五杂俎》里有则笔记，说尽黄连木的前尘影事，有风光，亦有无奈：

曲阜孔林有楷木，相传子贡手植者，其树十余围，今已枯死。其遗种延生甚蕃，其芽香苦，可烹以代茗，亦可干而茹之。其木可为笏枕及棋枰。云敲之声甚响而不裂，故宜棋也。枕之无恶梦，故宜枕也。此木……圣贤之遗迹也，而守土之官，日逐采伐制器，以充馈遗，今其所存寥寥，反不及商丘之木以不才终天年，不亦可恨之甚哉。

黄连木分布甚广，不过我总疑心秦岭、淮河与长江之间，才是其老家。我幼时在六安东乡的汤庄读私塾，汤庄以外公家族姓氏命名，学堂是三间茅屋，几乎被一棵巨大的黄连木掩隐起来。在那个动荡的年代，这棵黄连木将硝烟与烽火阻挡在外，让风声雨声读书声在树下回旋。黄连木的北边，是土坡与竹园，东南面是稻场，稻场之外，是一方柳塘，往西有一条土路。打场的、赶路的累了，便到树下休歇，方桌、凳子、茶水，外公一应预备。教书的郭先生，偶尔也迈着方步，到树下望云，或与外公饮茶闲话。

汤、梁两姓世居汤庄，东西各有一棵黄连木，像是两姓的标志。岁末年初，人们分别到自家的黄连木下烧香祭拜，之后再到另一棵树下行礼。都说树老成神，物老成精，而黄连木即使成了参天古木，也没人拿他当神当精，却是把他视为祖先的化身。一个村庄，往往有上百种草木，只有黄连木被视为人，只是有姓无名。一棵黄连木，就是保佑那一姓子孙的老祖宗，故在六安、合肥乡下，一村有多少姓，便有多少棵黄连木。

外公生于1893年。外公说他记事时，两家的黄连木已浓荫匝地，高不可攀。然后到了1958年，汤庄及附近的黄连木，通通遭砍伐、解体，旋即化作炼钢小高炉里的熊熊烈焰。没了黄连木的汤庄，一下子就成了没有柱子的屋舍，没有祖宗的后裔。

那一年我在伏虎寺读高中，放假回汤庄，外公已经变成沉默寡言之人了。临别，外公用近乎哀求的口气跟我说：以后无论到哪里，要是碰见黄连木，别忘记行个礼。外公的话，我一直记在心里，此后每到一处，免不了寻寻觅觅。

我先后在秦岭山麓、江汉平原、江淮分水岭、皖东丘陵、大别山区、苏北里下河流域、环巢湖岸，不止一次与黄连木邂逅，可惜碰见的，论年龄多比我年轻。唯有那次去湖北黄冈，面对东坡博物馆里的两株黄连木，我一边鞠躬，一边老伯、老伯地喊个不停。前两年因为陪读，寄居合肥一中南面的滨湖明珠，小区里竟然有十来棵黄连木，看上去十来岁光景，跟我的孙子相若，青青子衿，可我仍旧一一行礼，为自己，也为外公，毕恭毕敬地弯腰施礼。施礼毕，观察、记录、拍照，一丝不苟，务使至微之理、至著之理一以贯之。那三年，因了这些黄连木陪伴在侧，我好像回到汤庄，回到村学，回到童年，耳边琅琅的是书声，眼前绿绿的是浓荫。

然而好景不长，孙子高中毕业，负笈游学，我与老伴搬到大蜀山南麓的一个小区定居。小区里红楼绿树，柳暗花明，唯独没有黄连木，而最近的黄连木，则在大蜀山北坡的山腰上，思之念之，须得绕道，须得攀登，真是尝尽"相见时难别亦难"的苦楚。

张翰远在洛阳，一起莼鲈之思，命驾便归。我虽有他的情味，却没有他那福气，他回到吴中，菰菜、莼羹、鲈鱼脍，应有皆有，而汤庄离我不过百里，以车代步，一个时辰。无奈即使回乡，外公没了，黄连木也不见了，徒劳往返、徒乱人意而已。

奇葩：七叶一枝花

我很早就知道七叶一枝花是山中奇葩，听到过龙门冲的父亲说过，在表叔家藏的医药书上见过，却不曾谋面。我自幼就对琪花瑶草情有独钟，一想到七叶一枝花那迷雾般的身世、袅娜的身姿、奇妙的药效，自己却与之缘悭分浅，又怎能不对月伤怀、临风洒泪。

带着这份遗憾，辗转到了1983年，事情有了转机。那一年的夏末，我参加大别山北坡自然资源及生态考察，是课题组一员，还有幸与安大生物系教师何家庆分到一个小组。那时的何家庆，虽说和我一样骧服盐车，但毕竟已是出类拔萃的植物分类学俊才，我跟他朝夕相处，自然是受益良多。对草木，他似乎怀有独具只眼的异禀，时不时在荒烟蔓草间给我们带来惊喜。考察是从舒城的山区起步的。一天午后，我们野外作业时被一群黄蜂追袭，只得奋力奔跑，边跑边挥动褂子，以驱蜂自卫，自是精疲力竭。正要稍喘一口气时，何家庆突然大喊：停，停，七叶一枝花！

就是这样，我与七叶一枝花不期而遇。当时是9月下旬，早已过了花期，蒴果裂开后，艳红的种子业已脱落殆尽。予人印象最深的是轮生的叶序，数一数，每轮恰好是七片，一共三层，一层叶片，宛若一层楼，看来古人叫她"重楼"，倒也恰如其分。我们那次野外考察作业，从舒城，经霍山，再往金寨，历时一整年。说来也怪，此后我们再也没有与七叶一枝花碰到过。

岁月倏忽，那个项目的参加者，退休的退休，谢世的谢世，何家庆已成为万人景仰的教授，而他的生命，竟也接近终点了。我退休后，居然成了不可救药的草木爱好者。霍山东西溪乡利用旧三线厂厂房搞了个作家村，我作为写作这一行当的票友，也跟着作家们进山。乡里有位叫巧玲的公务员，家住本乡九里沟的大山深处，引我们去她家的老屋，看溪谷、看茶园、看古树。巧玲家地处万山丛中，上有六龙回日之高标，下有冲波逆折之回川，树木琳琅，百草丰茂。不是仙境，胜似仙境；不是世外，宛然世外。在巧玲家，我自然不放过好山好水，但更在意的是草木。恰在巧玲家的屋后山坡上，我再次与七叶一枝花邂逅，而且正赶上花期，不由得喜出望外。这次几乎是与这山中的奇葩独处，我贪婪地观看她的根、茎、叶、花，细心观察她的生长环境，心想，这样好的地方，这样适宜的环境，我若是七叶一枝花，肯定也会选择在这里生根开花。

我有个习惯，对于草木，最好是先地上看，然后书上看，不得已，也可以颠倒过来，总之是看实物与看书，相辅相成。我的书房里有《本草纲目》，有《植物名实图考》，还有一大批描绘草木的古代诗文。我时常在典籍中看到七叶一枝花更为清晰的面容：

> 多年生草本。一茎独上，常带红紫色，根状茎粗厚，密生多数环节与须根。叶似芍药，轮生，凡三层，每层七叶。4至7月开花，花单朵顶生，具长花梗，内轮花被片线形，外轮花被片，叶状，绿色；花两性。8至11月结果，蒴果，三至六瓣裂开，具鲜红色种皮。根若苍术，外紫中白。根状茎药用，味、性大苦，治湿热瘴疟、下痢。

七叶一枝花在各地叫法不一，但出于叶片数的缘故，大多不脱一个"七"字，诸如：螺丝七、海螺七、灯台七、土三七、七叶莲，不一而足。其实，这个"七"只是个约数，不同的植株，茎上轮生的叶片，是有差异的，从四片到十四片都有，七片居多，便成了她的符码。

七叶一枝花另有两个名字，脱略了她这形态：草河车、蚤休。

草河车是中药名，躺在药柜的药斗里，是她的根茎，并非她的全身。

蚤休之名不可解：跳蚤休息了？跟花草有什么关系呢！然而诗人却喜欢这个匪夷所思的名字。宋代有个叫楼阴的诗人，其《书葛氏诗卷》有一联："未年六十蚤休官，海角投闲尽自安。"另一位也是宋代的诗人叫孔平仲，用草药之名赋得一诗，颈联为"欲蚤休陈事，须甘遂陆沈"。而明代金幼孜《岁暮祀太庙宿翰林奉简胡杨二学士·其二》的头两句，是"吏散蚤休衙，斋居夜不哗"，其中的"蚤休"是早早休息的意思，跟花草风马牛不相及。

重楼，是百合科的一个属名，七叶一枝花位列该属，学名为 Paris polyphylla。

七叶一枝花的株型别具一格，花很美很奇特，引无数植物爱好者竞折腰，许多人拿来盆栽，但是成功的极少，养花高手也许能营造出适宜的温度、湿度、酸碱度，然而海拔高度呢？难矣哉！

大前年清明时陪一位乡贤去霍山，住迎驾贡宾馆，次日回城，主人设宴饯行。我不胜酒力，溜到外面凉快。朦胧灯火下，有两个山里的年轻人在卖一盆花。一人问我，我说不认得。另一人说：难怪，你们这些人，怎认得山中奇葩！我跟他俩开玩笑道：认得就白送？那两位交换了一下目光，说：行！我慢吞吞地把七叶一枝花的名字，雅的，俗的，今的，古的，中的，洋的，挨排说了一遍。他俩笑了，带着诧异。我也笑了，自是会心。

女真 树的和声

树唱歌

有风的日子,树会唱歌。

北方的落叶树在冬天看上去有些落寞,站在光光枝头上偶尔唱几嗓子的是喜鹊或者麻雀一类留鸟。有着细长苍绿针叶的松树,春、夏、秋三个季节不露声色,把风头让给其他树兄弟,到冬天方才显出树家族男子汉的品格。当寒风像一只无形大手弹奏松枝时,高低错落、时起时伏的松涛之吼,让人既对大自然顿生敬畏之心,也会对风抚松针造成的奇妙音响效果产生探讨究竟的愿望。寒风与松林合奏的大自然乐章,天然地带有一种苍凉、肃杀之气。

树叶在秋天唱得最欢快。经过春暖、夏热、秋雨洗礼过的叶子,在秋风的弹奏之下,窸窸窣窣、哗哗啦啦……树叶在唱什么,人可能听不懂,燕子大概能听懂,蟋蟀和云朵大概能听懂。树叶唱得最热闹的时候,有的鸟儿成群结队向南飞,有的虫儿抓紧时间繁衍后代或寻找过冬的场所。秋风一阵紧似一阵,树叶拍手作歌,努力唱出自己的最强音,直到最后一片叶子悲壮落地,众树的大合唱戛然而止,留下松树家族坚强逆行,站立在冰天雪地里静默或者吟唱。

夏天也能听到众树放歌。暴雨来临之际,劲风有时会打前站。被骄阳晒得不耐烦的树,像人一样被酷暑烘烤得几近中暑、蔫头耷脑的树,一旦与暴风雨联手,就会奏出湿淋淋带有温度的热曲。当然,夏天也有细雨和风轻抚树叶、枝干,或者有风无雨的时辰,坐在丝瓜、葡萄架下,听知了喊热,观树叶耳鬓厮磨。微风中叶子细语呢喃,俨然童声无伴奏合唱,似有似无近天籁,配上花朵的艳丽,佐以瓜果的甜香,嗅觉、听觉、视觉谱成田园小曲。这样的音乐,让人心安。

这一切都因为有春风。从冬天走来的春之风坚定而有力,摇晃光秃秃的树枝,将落叶树从冬眠中唤醒。春风将僵硬的枝条摇成少女的腰肢，摇出满树花朵或者新叶。树是有个性的，有的先开花后长叶，有的先长叶后开花，有的开花但你可能看不懂花在哪里。如果不是春风敦促树枝摇曳出丰茂的叶子，就像钢琴没有键盘，提琴没有弦，树怎么唱得出歌？

风，是将树枝、树叶弹奏出美妙音乐的大自然之手。

但不是所有人的耳朵都能辨识来自树冠的音乐。松涛阵阵，有人说那是大自然的尖啸。这没什么。树该做什么做什么。总有树在欢唱。也许逢山火，也许遇斧砍，而风吹落地或者经过飞鸟传递的种子，会在别处生根。树有自己的原则，什么时候长出叶子，什么时候拍手欢唱，什么时候落叶归根，什么时候应该静默不语，树自己都知道。

我到处游走，登山，走路，或者静坐自家小院，树不断进入我眼帘。我喜欢聆听、猜想树在唱什么歌。不同的季节，不同的树下，不同的心境，和不同的人在一起，听到的树之歌总是不同的。

天地有大美而不言。

树会唱歌。但树不说自己会唱。

叶缤纷

忘记在什么地方看到，说在有的地方，幼儿园老师画一个圆形，如果老师告诉孩子这是"圆""0"或者类似的什么明确概念，对不起，老师犯错误了，有的家长甚至可能要把你告上法庭——因为你破坏了小孩子的想象力，把成年人固有的概念强加给了孩子。

很惭愧，我就是那个曾经把"圆"或者"0"当作标准答案告诉给孩子的人。

儿子很小的时候，我不止一次谆谆教诲他：树叶是绿色的。他上的是东北大学幼儿园，每天早上我们进东北大学的东门，穿过阔大的校园，抵达西门外的幼儿园，晚上再从西门进入校园回到东门。校园里有很多景物，我每天一边走一边像天下大多数亲妈一样对儿子进行所谓早教。这些是某某树、排球场，那些是准备去上课或者刚下课的老师和学生。记得有一次我指着树叶问他：这是什么颜色？他犹豫了许久，说不出来一个"绿"字，当时我心头有火，着急啊——我生下来的这个小孩是怎么回事？是不是不够聪明啊？是不是色盲啊？联想到我一个中学同学，大学考了几年,好不容易考上一所很有实力的工科大学,体检时才发现自己是色盲,心仪的专业一个都报不了。他硬着头皮去念了自己不喜欢的专业,最后到底退学复读改学文科,重新参加高考。如果像我同学那样真是色盲,那咱就要早点发现哪!

很多年之后的现在,我有些瞧不起当年的自己。上幼儿园的小孩子搞不懂什么是"绿",很正常啊。你指给儿子看的那些树叶的颜色,真的就是你所谓的"绿"吗? 树叶其实有很多种颜色,不是一个简单的"绿"能概括的。且不说春天有些叶子初生时是偏红的,比如紫叶李,秋天有很多红叶、黄叶,即便同样是"绿",也有深浅的不同,中间的过渡色很多。同一片树叶,在不同季节、不同光线下,呈现出来的颜色也不尽相同。同样一片叶子,人处在不同的心境之中,看上去可能也是不同的。如果我不是用一个简单、粗暴的"绿"引导他,让他用自己的眼睛去慢慢发现、体会、抽象概括进入眼帘的一切,会不会让他看待事物的方法更多样、想象力更加丰富? 我拔苗助长、自以为是的教导,对这个小孩认识世界有没有造成伤害?

如果现在让我再带小朋友,我肯定再不会简单地告诉孩子树叶是"绿"色的。至少,我会让他自己先去比较这一片叶子和另一片叶子有什么不同,或许我还会小心翼翼地告诉他,树叶多数是绿色的,但这一片的绿和另一片的绿是不同的,绿也有很多层次。世界上没有完全相同的两片叶子,除了形状,可能也因为颜色不完全相同,或者看树叶的时间不一样。也许,我还会告诉小朋友,雪不能用一个"白"字简单概括,海水和天空也不是单纯的蓝色。为什么不是呢? 小朋友自己慢慢去发现、去研究吧,我不会假装自己是百科全书。

回忆当年对儿子的教育是否武断时,我也在反思自己看这世界的眼光是否僵化、概念化,是否经常拾前人牙慧,而没有主动、自觉地瞪大自己的眼睛。后人当然离不开前人的智慧和经验,但如果目光总是停留在前人的眼界之中,这世界早该停滞不前了吧? 况且前人无疑也是有局限的,就像我们自己总有局限,就像我们人类对这世界的了解总有局限一样。宇宙如此辽阔,世界缤纷多彩,关于自然万物,日月星辰、风霜雨雪、树木花草、鸟兽虫鱼……关于我们自己这个族类,我们身体的奥秘,我们的思想、灵魂,乃至肉眼看不到的细菌、病毒……我们其实知道得很少,对吧?

城中树

如果让我说出一样最能代表我生活了三十多年的这座城市的树木,毫无疑问,我会首选古油松。

位于沈阳城东、城北的福陵、昭陵,沈阳人俗称东陵、北陵,分别埋葬着清初皇帝太祖努尔哈赤、太宗皇太极以及他们的后妃。清朝顺治年间,为修建皇陵,建造者从千山迁移了一批古油松到陪都盛京,也就是今天的沈阳。古油松很快顽强生长,适应了沈阳的气候,几百年岁月流逝,这些古油松早已遮天蔽日、蔚为大观。离我家较近的北陵,有编号的古油松目前还有两千多棵,这里被誉为世界上最大的人工古油松林。据《大清宝典》记,北陵内古油松有山树、仪树、海树、荡树之分。山树种植在隆业山周围;海树种植在风水红墙以外,这些树量多而分布广;仪树是指隆恩门前神道两旁的树,共有八棵,如同大臣垂手恭立,所以又有"站班树"和"八大朝臣"的别名;荡树是指风水红墙以里的树,这些树纵横有序,十分整齐。我无数次在北陵公园里漫步,特别喜欢端详那些古油松。古油松高大俊朗,像八旗兵士守卫皇陵,或修直挺拔,长成标准的松树模样;或别出心裁,长成因形得名的夫妻树、观音树……当然,最有名气的肯定要数那棵大神树,通往宝城北面的林中小径上,慕名而来的游人可以顺着有心人系的红绳前行,走累了或者疑惑自己误入歧途,蓦然出现的大神树会给你惊喜。大神树没有按照松树通常的样子笔直向上生长,而是在距离地面不到两米高的地方任性地分出六个枝杈,枝杈再分别向上,巨大的松枝如伞似盖,遮盖了老大一片土地,以不似标准松树的形状成为树之神。络绎不绝前来许愿的人在神树的围栏上系满红绳,成为昭陵一景。据说大神树已经有六百多年的树龄,比那些移植来的古油松历史更久。

沈阳地处关外,冬季漫长。深秋,众树知道凛冬将至,以满城飞叶向这里的居民报告冬天将要到来的消息。这消息自然令人身冷心寒,而古油松以针叶笑傲即将到来的冰雪严寒,让这里的居民身处银色世界时,仍旧对春天抱有期望。古油松是树家族中的爷们儿,呼啸北风中不折腰、不气馁,代表了沈阳这座关外城市的精气神。

如果再选一种树木代表我生活了三十多年的这座城,我会选择柳。

沈阳有公园名万柳塘,位于市区东南部,因柳树多而得名,在清代以"柳塘避暑"名列盛京八景。"夹道浓荫直到城"是嘉庆年间诗人张祥河咏赞万柳塘风光的诗句。清代和民国时期,万柳塘是沈阳人郊游、避暑的好去处。沈阳还有一个带"柳"字的地方非常著名——柳条湖。清初，盛京城东北部天然大水池中生长着蓬勃的莲花，莲花盛开时，这一带芳香四溢，有如仙境，因此有了"盛京八景"之"花泊观莲"。柳条湖名带"柳"字，据说是因为这一带湖水的形状犹如柳树枝。清朝末年灌溉农田、兴修水利，在城北部的浑河古道开凿水渠，柳条湖水渐渐消失，地名却保留下来。1931年，这里发生了震惊中外的"九·一八"事变，也称"柳条湖事件"，柳条湖以此名载史册。

柳树对这座城的意义，不单是一种遍布城里城外的自然树种。满族人曾经在这里建都，而柳树是满族人的生育神，满族人崇拜柳树。柳树易于生存，生命力旺盛，象征着子孙后代繁衍不息。萨满神歌中，满族始祖与柳枝变的美女结为夫妻而生下后代，因此满族人把柳树称为"佛朵妈妈"，也就是老祖母的意思。旧时的满族人，在院子里栽柳树，在柳树下祭祀、祈祷。柳树对于满族人，有着不同于其他树种的特殊意义。

古油松阳刚挺拔，大柳树扎根民间，而银杏树代表着这座城市鲜活的另一面。有"植物活化石"之称的银杏是移植栽种的时尚树。飒飒秋风中，金色的扇形落叶在街路上舞蹈翩跹，许多人陶醉树下，互相拍照留念。这样的仪式，是对温暖夏天的留恋，是进入银色寒冬之前的狂欢。我对这城里银杏树印象最深者，是在长安寺——长安寺初建于唐朝，"先有长安寺，后有沈阳城""庙在城里，城在寺中"，这是老沈阳的传说。我第一次去长安寺那天风大，气温陡降，街面落叶纷飞，寺中却似无风，只有三两僧俗无声游走。寺中几个角落，银杏树满枝金黄，树下少见落叶。初以为出家人勤快，早起打扫过，但仰望树冠时，不见天日的浓密金黄色让我相信，这里的叶子确实还没成批掉落。何以寺中会有小气候？我想到如果从建筑角度解释，长安寺四面被高楼围挡，风势到这里自然减弱；但从心理上，我更愿意相信"心静自然凉"，闹市中的修行地，曾经破败又重建的所在，与外面的喧闹世界别有不同，其实也不必大惊小怪。

沈阳不是我的出生地，但我越来越喜欢这座城，喜欢这城里的树。这里春天丁香花醉人、槐树花香甜；夏天大柳树遮阴蔽日、白杨树高耸入云；秋天五角枫、银杏树形色皆美；冬天古油松笑傲风雪严寒。有一些树，如果不是亲睹，我以为不会在这寒凉之地生长又或不会如此壮观，比如中医药大学校园里居然长着高大的玉兰树，开着粉白的玉兰花。北陵公园里面有一棵高大的稠李，春天满树白色繁花甚是壮美，吸引我年年去造访。我和那棵树仿佛有了约会，忍不住把它写进小说。这里还有一些树种叫不准名字，假我时日，我愿慢慢辨识。曾经烟囱林立、厂房众多的工业城，因为有各种树在，让我多了一个安心此处的理由。

疫期不远行，我常去附近拍树、识树。蒲河两岸、七星公园一带绿化好，树种多，每当晴日，缤纷的树叶在蓝天下分外妖娆。我在这里认识了以前不熟悉甚至叫不上来名字的一些树种：白杜的蒴果那么娇小且粉嫩，看上去更像盛开的小花；金黄色的槭树叶比吸引无数眼球的银杏叶更透亮、娇美；紫叶李的叶子经过春夏洗礼，颜色从红变成深沉的紫，无论单株还是成片都耐看；栎树厚密的叶子在秋风中哗啦啦唱歌，像永远不知疲累；而在《群芳谱》中著名的垂丝海棠，继春天奉献紫红色的花朵之后，又以橘黄的果实丰富秋色，待落雪之际，渐变成红色的厚密果子不但更加靓丽，还给冬天的留鸟奉献美味小吃。我在这里爱上秋天的火炬树，她以火苗一样的叶片点燃了暮秋透澈的蓝天，流转着不亚于成片枫树的热情。

习习 春光四月半

在西北，四季中最叫人欢欣的莫过春天。但今年，不得已错过了初春。初春，外面怎样？应该是生机勃勃的，又是稚嫩的、小心翼翼的、喁喁细语的吧？那天，疫情解封后的第一天，我的邻居兴冲冲地从外面进来，说，我先去河边看了看花。我想，真的没有哪个季节如此热切地召唤过人。不过已是四月半的春光。

活过十九年的老猫去年深秋的一个傍晚走了，把它埋到河边一棵柳树下，柳树枝干粗大，小小的坟茔像背靠一座大山。天明时再去看，坟茔前立着一根落尽枝叶的灌木，像个细瘦的碑。在冬天，没有枝叶和花朵的标示，很难辨清它是哪种灌木。我于是盼着它在春天活过来，柔软过来，甚或开出花朵来，让我知道是棵什么小植物陪着地下的猫。但那根灌木依旧冷冷清清地枯立着，也许四月半对它来说为时尚早。实际上，我和那根灌木一样，时常在那里站着，望着那一小块鼓鼓的地，好像有想不完的事。老猫化归到了地下，而植物们不断往高处长着。粗大的柳树，枝叶蓬乱，先前或许受过涨潮的河水浸泡，长成了一棵歪脖子树。树的脖子都歪了，它在张望什么？我每次去看猫，发现不是落雨便是刮风，心想我还是在担忧它。有一天，一场大风后，厚厚的落叶覆盖了那个坟茔，这叫我安慰，觉得老猫已经和地长在一起了。

四月半的春光里，这么一个小角落，能望得见生死。

半绿过来的草地上撒满一层榆钱，干枯的榆钱纸片一样轻薄，跟着风飞。我想起去年疫情期间在一个小区门口守卡，从深冬到初春，那时心里多么期盼涤扫一切的春天快快到来。眼睁睁盼到花坛里一棵瘦小的树鼓起深紫色的芽苞，种树的人给花坛松土，说是榆树，两年前用榆钱种的。很多树木和动物一样，幼时的样子和它成年后大相径庭，就像蝌蚪和青蛙。榆树枝条上先结出紫色的芽苞，然后绽开猩红的碎花,接着,碧绿的榆钱脱颖而出。榆钱半落着,枝条上才长出锯齿形的榆树叶子。等叶子满树时,榆树完全脱胎换骨了。和它相似的还有杨树,杨树发芽时,芽苞像鼓鼓的小拳头,衬着天空,能看到鼓满芽苞的枝条都在努力着,然后,树上挂满毛毛虫一样的"杨吊吊"。"杨吊吊"起先绿中带紫,再到深紫,藏满种子的"杨吊吊"悬悬地吊着,就是为了落到地上,尽量落到更远的地方,于是,虫子一样的"杨吊吊"软耷耷地落满一地。落完"杨吊吊",杨树才吐出嫩绿油亮的新叶子来。古人说,听风便可知树长着的模样。四月半,杨树叶子已经很大了,风吹过,一片喧哗。

鸢尾花的叶子剑拔弩张,刀戟般的叶子上,紫色的鸢尾花格外柔软,一朵朵翩翩欲飞。鸢尾只有一天的花期,但这朵败了,别的一朵马上续着开了,鸢尾的花此起彼伏地开,就觉得鸢尾花似乎能开很久很久,其实今天看到的一朵已经不是昨天那朵了。凡高画的鸢尾花,繁稠得要命,地上的鸢尾花、瓶子里的鸢尾花,一律浓艳到让人不安。花们在土地上长着刀戟一般的叶子,不会太怪异,但把那锋利的气息画在画里,便有了不一样的氛围。黑泽明在电影《梦》里,让做梦的人走进凡高的画,全是浓烈的色彩。戴草帽的凡高头上裹着纱带,拿着画笔在田野里,做梦的人问:先生的耳朵怎么了?凡高说:我怎么都画不好这只耳朵,就把它割了。凡高画里浓稠的色调似乎一直留在春天,后来麦子熟了,黑乌鸦们遮天蔽日地飞来,凡高就告别了人间。现在,我眼中四月半的鸢尾花,四散在刀戟般的枝叶上,开得有些孤单,而且枝叶下露着黄土,看上去有些干涸。

冬天里,叫得最响的是树尖上的喜鹊,麻雀在低处飞得仓皇,但它们的叫声大都是单音,嘎嘎嘎,或叽叽、喳喳。四月半,开始有各样的杂鸟了。低处飞的还是灰褐的麻雀,飞高一些的有燕子、喜鹊,再高一些的是不知名的鸟。有些鸟能发出两个甚至三个音节的叫声,它们藏身树里,声音十分婉转悠长,仿佛在说很复杂的话。我想起每到盛夏,楼下那棵顶着一个巨大冠盖的旱柳上总会来一只鸟,到深夜,发出曲折有音律的叫声。夜里,大多数鸟和人一样都睡了,但它叫声明亮,夜色在它的叫声里一下子会变得很深远。我一直猜想,它会不会就是人们说的夜莺?鸟们的来去多寡表面上看是跟着时令在变,但根本上大抵是跟着植物种子和虫豸小鱼在变。比如河面上,上下翻飞的雪白的河鸥明显少了,水里成群结队的赤麻鸭也少了。四月半,天暖和起来,河水就要浑了,大概因此,它们就去别的理想国了。

四月半,一定已不见初春时开得最明艳的碧桃、连翘了。但还能看见最后一点丁香花,也几乎要枯萎落地了,凑近闻,还能闻到一些香气。所以得名丁香,一定因为碎小的花朵儿太像"丁"字,又加上它独特的香气。有些花儿只能小嗅。我在南方第一次见到栀子花,雪白袅娜的小花朵,香气馥郁,摘几朵到寝室,就几朵小花,一夜间被浓香逼到无法安睡。丁香的香是可以深嗅的。西北的冬天,常绿树木无非松柏,松柏虽绿着,但还是觉得它在冬眠,因为看不到那种活动的绿色。四月半,雪松和侧柏的新叶子发出来了,老旧的枝叶前端冒出一簇簇新鲜的绿色来。我才知,松柏是这样蓬大起来的。我很喜欢松针的味道,折一根,味道果然浓郁。我没闻到过松柏味的香水,但知古人早就用柏子和松针做香薰。写了"大江东去浪淘尽"的苏东坡,就很耐心地用松针和柏子做香薰,一个环节又一个环节,精工细作,好像合着植物生长的节奏。四月半,最懒的槐树也醒了。西北的每个初春,我都会看着槐树是怎么偷懒的,碧桃浓红、连翘金黄、柳条柔软、"杨吊吊"快落完了,深褐色的槐树还长睡不醒。不过现在望去,槐树枝头,新生的叶子极是精致可爱,像雏鸟的羽毛。

这个四月半,人世格外不平稳。除了疫情,地球上还响着枪炮,人心也一直仓皇着。封闭在家时,格外念想已来的春天,读了约翰·布罗斯几十年前写的一篇题为《一棵老苹果树上的鸟的生活》的文章,那棵老苹果树就在布罗斯的书房外面,树上的鸟们像他的邻居,他不厌其烦地写着树上的鸟,让人读出人和世界多么和谐安详。但这个四月半,走在春光里,来往的人们一边欣慰地看着春天,一边还在议论疫情,还有战争。

回到家,蓦然发现窗台下落了一地碎小的褐色花梗,一堆小伞一样。原来是球兰开败了。球兰藏在窗帘后面,竟不知不觉地开了又败了,落地的花梗叫人心里恓惶,家里的春天也躲着人。球兰是友人从她的花盆里剪给我的,第二年她病逝了,那一年球兰也开始开花了,粉白干净的花,藤上挂着一朵一朵。我每天仔细看那些花,到最后,看到每一簇花蕊旁浸出一团晶莹的水来,眼泪一样,我蘸一点舔了一下,蜜一样甜。

孙敏瑛　**花岗雨夜**

农历十月末，我与几个诗人同去温州一个叫花岗的渔村，在那里住了一宿。

那是一个很小的村子，站在村中往四下里瞧，不过片刻，便已看遍。

除了石墙上牵扯不断的野藤，在小巷里看见最多的，是一丛丛叶子花，紫的红的一片，热情似火。我认得这种植物，其实紫红色像花朵一样娇艳的并不是它的花，而是它的叶，它真正的花是黄绿色的，非常细小，在明媚的叶子间探出来，却常常被忽视。

到达渔村时已是傍晚。在暮色里，踩着鹅卵石铺成的小径往上走，周遭一片寂静。一直到住宿的地方，不曾遇见一个出来闲逛的村里人，也没有鸟鸣或犬吠传来。屋和屋之间的夹角，巴掌大的泥地或浑圆的土缸里，蔬菜和小葱皆安静地生长。道旁竖着木向导，各个木箭头明明白白地指向不同的分岔路——我们要去的客栈在西南边，是一幢两层楼的民宿，没费力，一找就找着了。路口丛生着蒲苇，苇花已经开过，只剩下青色的苇秆，轻轻地在冷风里摇晃。

客栈外围着一道石砌的矮墙，墙上有简单的木门，门上的锁锈住了，来开锁的人捣鼓了好一阵子，我们就在他身后等着，看门口一丛高过人许多的仙人掌，掌上抽出溜圆的小刺球——只要掰下这种小刺球放在土里，明年很可能又会长成这么大一丛——不过，也不一定就很容易——刚掰下的小刺球得先晾几日，等切口干缩了再扦插。有些人性子急，会直接用微火烧烤切口处，这样处理过后的仙人球不太会腐烂。但是，刚种下的刺球，只要雨水一多，它们照样难逃腐烂的命运。很多时候都是这样，一样看似简单的事，做了，才知道并不容易。

我和阿阮住在底楼的第二间，开门进去，扑面而来的不是通常海边屋子常有的咸潮的气息，而是山间才有的清气，果然，窗子正对着一大片青色岩石，石上丛生着细长的茅草，挂下来，像帘子，也像懒于梳洗的女子的长发。明明是渔村，给我的感觉却像是在深山里。先前看过地图，知道花岗村所在的是一座孤立无依的小岛，所以，无论在岛上哪里，只要一直往下走，最后总能遇见茫茫的海水。

窗边设着一张榻榻米，上面铺了软垫，中间摆着一张四方的小茶几，茶几上搁着一个托盘，托盘里有茶壶，也有杯子，可以供两个人对坐喝茶、聊天。

阿阮去洗漱了，我静静地在榻榻米上坐着，看那巨大的青色岩石一点一点暗下来。渐渐地冒出来一些神秘的气息，不经意的，竟让我想起《搜神记》里"山精倏囊"的故事。故事说，古时候有个太守，一次在山间打猎，看到两山之间出来一个像小孩的东西，伸出手来要拉人，那个精怪的名字就叫倏囊……山间的精怪们喜欢在夜色里显形，这里会不会也出来一个？想到这个，我吓了一跳，赶紧起身将百叶窗放下，遮蔽住窗外所有的黑，只让柔和的光晕包围住自己。

小丽过来找我们。原先我们打算住在一起，但是没有三个人的房间，只好分开来住。她见我们房间里有榻榻米，很是喜欢，用手机找了一段音乐，脱了鞋便上去做瑜伽，还让我们也一起做。我和阿阮虽然羡慕她的好身材，却躺在那里没有动，只是有一搭没一搭地互相说着话。我们彼此之间相识已有二十余年，相处起来从来都是随意舒心。看着小丽在许多飘浮的音符里像一朵睡莲缓缓地将身体舒展或合拢，我觉得内心安稳。自从她先生病故后，她很是消沉抑郁了一段日子，人瘦得脱了形。安慰她的朋友不少，但是，我总觉得不大有用。而且，我也怕突然的出声安慰反而会再一次剥开她内心的伤口，所以，聚在一起的时候，我多半只是默默地陪伴，有时也会东拉西扯说一些别的。她的先生江一郎是一位非常著名的诗人，留着长长的胡子，爱喝酒，笑声爽朗。他病后，去上海做了手术，以为可以救回来的，我们都希望他能继续与我们相聚，也能继续写诗。可是，丁酉年农历十二月二十，立春前一日，他最终还是离去了。在他的葬礼上，许多素不相识的诗人自发从全国各地赶来为他送行，许多诗歌类的刊物都为他推出纪念专版，那自然是因为他身上闪耀的诗歌的光芒。他写出来的诗，差不多每一首都动人。前些日子大雪节气，我在朋友圈里读到他那首《松鸦》，只有短短的七行，却意绪无穷：

就是那只松鸦/悄无声息地飞来，落在林外的雪地上/那点小小的黑/压着无边的白//雪地是一页巨大的白纸啊/不压着，就要被风掀起/在斜阳下飞去

小丽以前是她先生的第一读者，但是他去世后，她自己也拿起笔写诗了。我看过她的诗作，感觉她虽然算是初写，却比许多写了二三十年的老诗人都写得好，像那首《冷》：

雨是冷的/泪是热的//墓碑是冷的/爱你的心是热的//名字是冷的/喊你的声音是热的//爱人啊，请原谅/我无力改变那些冷只能等待/等待那些热/彻底变冷

简短的诗里，饱含着无限的深情。天人永隔之后，不知道她独自度过了多少个凄清无助的白天和夜晚。那些在痛苦里熬出的诗句，是那样的让人悲伤。比起世间那些薄情的夫妻，他们是真正的灵魂伴侣。如果没有可恶的病魔夺去他的生命就好了，他们可以幸福相伴一生，到哪里都在一起。可是，世事总是那样难料，缺憾的人生，不能遂心的人生，总是这样把人过得支离破碎。

小丽回房间后，我去门外看了看，附近的几幢房子，没有几盏灯亮着，不知道诗人们在哪一盏灯下围桌夜话。周围一点声息也没有，我怀疑或许这一刻他们并没有交谈，只是在静默地喝茶，或者抽烟。我没有加入他们。中年以后，越来越怕和人交谈了，尤其是陌生人，尤其是诗人。我有时候会有些郁闷，我的周围有那么多的诗人，但是，我读到的好诗却少之又少。很多人，怀着热烈的情感，写出来的却只是诗的空壳。我并不想与他们谈诗，我觉得倒不如听他们谈谈自己的人生经历来得爽快。但是我终究不会当众那样说，因为我并不是一个浑身长刺的人，平日里也不善于与人唇枪舌剑，许多时候，只会默默地生气或欢喜。再说，写不出好诗也不是那些人的错，一首好诗需要很多因素才能成就，除了韧劲，还需要灵气。

这样想着，我望见村后墨色的山影，从低矮的屋背上不断地吹来有些冷的风。这会儿，在朦胧的路灯下，小雨竟然淅淅沥沥地又落下来了。

朱鸿　一言

　　回首当年，每每一言之得，使我顿然醒悟，避免了歧途或弯路，思之以为神助。

　　这样的事，起码有三次，都发生在人生的选择之际。

　　大学毕业，是要分配工作的。虽然喜欢文学，也已经有作品发表，不过毕竟是政治教育系的学生，似乎无法超越固有的一种分配方案。我有了一定的心理准备，打算在一所市级或县级中学教政治课，并以余力发愤而为，争取做一个有艺术特点的作家。我甘心给中学生上政治课吗？不甘心。

　　我见到了中文系的老师刘路先生，他低着头，手按下巴，沉思着小声说："唉，在基层单位，谁会发现你呢！"接着说："不要紧张，我想一想办法。"我终于至陕西人民出版社文艺部做了编辑，不仅是刘路先生，凡作家路遥、李若冰、白描和刘成章，悉在推动。我就这样进入了社会，至诚的感谢之情一直荡漾在胸。

　　刘路先生的教诲，也变成了我的认识，我总是对学生说："争取到大城市去，争取到大机关去。在中国，什么地方文明程度高，就到什么地方去。"当然，青年到基层去，大有作为，我也由衷地支持和推崇。

　　应该是 1996 年吧，我起念停薪留职。单位强调赚钱，遂使员工无所不用其极：奉承领导，攀附领导，以使权力孵金，从而分肉、分糕或分粥。如此风气，渐渐形成。我颇为煎熬，暗忖着离开单位，独立经营。具体办法是：以文化创意跟出版社、杂志社或报纸合作；清静了，精神活动，包括写作，才能得意地进行。

　　有天参加一部小说的讨论会，碰到了商子秦先生。这个诗人善良、圆融，总是笑容可掬，遂能无限作业。我和他并没有深交，虽然如此，我仍可以向他透露自己的运筹，或是向他讨教，因为我是真的困惑，不知未来如何。听闻我要停薪留职，他断然劝阻，说："兄弟，不能，不能。情况比你想象的要复杂，情况比你想象的要困难。冒险发财，你又不为发财，冒险干什么！单位就是资源，还是待在单位吧！"

我便采取保守原则，继续待在单位，然而也敏感地观察着那些以文化创意致力于产业的人。我注意到，他们要项目，要审批，要结账，没有一件不是向权力恳求。奔波倒也罢了，关键是不折腰不行，不屈尊不行，不违志不行。时间证明，在单位不易，若离开单位，也许更是不易。

2008年，我受命到西安市长安区任副区长，本质上是以作家的身份体验生活，并非摇身出仕。我早就决计不接受分工，因为写作计划已经排满，我至大学任教也有六年，写作课一节也不能落下。分工就是分享一份权力，分管一个部门，当然也意味着分担一种责任。然而我觉得自己的本分应该是以副区长的角度广泛观察，用副区长的优势深入调查，以发现新的生活，丰富自己对生活的感受。不过区长希望我能接受分工，主管文化之事。他约我相晤，十分认真，强调分工的意义，一而再，再而三。我不禁彷徨了，不清楚拒绝分工会有什么结果，因为这毕竟是政府部门。

我想到一位王先生，他在这里当过副区长，是一位浪游宦海的智者。我刚刚披露了自己所忧，王先生便说："组织派你来又不是要你在此主持政务的，你何必接受分工呢？术业素有专攻，你的专攻就是文学啊！"这个建议增强了我的自信，遂理由充分地论证了何以不接受分工。区长同意了，看起来也没有什么不悦。

二十四岁，得刘路先生一言，接着经他介绍，我认识了路遥，使我的职业生涯有了一个顺风的起点。三十六岁，我得商子秦先生一言，没有轻率脱钩于单位，遂使我的生存有了基本的经济保障，我追求的文学艺术也能坚韧提升。四十八岁，我得王先生一言，从而完全排除了官场上的一些麻烦，虽然门前落寞，甚至为我开车的司机也眉染情绪，不过我天大地大，轻松自在，体验了可遇而不可求的生活，足矣！

布衣出身，关键之际能得一言，以使我的人生流畅向前，这是一种幸运。

实际上，怕是只有王者，才能充分明白一言之重即是千钧之重。秦失其鹿，唯项羽和刘邦成为高才，并捷足而争之。

范增是项羽的谋士，他说："沛公居山东时，贪于财货，好美姬。今入关，财物无所取，妇女无所幸，此其志不在小。吾令人望其气，皆为龙虎，成五采，此天子气也。急击勿失。"项羽不听，不但没有兴师进攻刘邦，而且刘邦赴宴至鸿门时还混混沌沌，飘飘忽忽，放其走了，摒一言而丧国祚。

刘邦拜韩信为大将军以后，韩信说："项羽王诸将之有功者，而王独居南郑，是迁也。军吏士卒皆山东之人也,日夜跂而望归,及其锋而用之,可以有大功。天下已定,人皆自宁,不可复用。不如决策东乡,争权天下。"刘邦从之,率兵辞南郑,过陈仓,平定三秦。俄顷便出函谷关,联合诸侯以伐楚,败之,项羽自刎。刘邦得一言而当了皇帝,且使汉有宝鼎四百零七年。

一言之重,关乎谁据江山,其不以楚汉之争而始,也不以楚汉之争而终。拒之或败,采之或成;拒之或亡,采之或存。一贯之则也。

希腊人视神谕为律令,但有时神谕也不过是一言而已。

克瑞透斯统治爱俄尔卡斯,他的儿子埃宋应该继承王位,然而埃宋有同母异父之弟珀利阿斯,这个人竟窃取了权力。

伊阿宋是埃宋的儿子、珀利阿斯的侄子,依情理,伊阿宋应该是爱俄尔卡斯王位的合法继承人,不过珀利阿斯误以为侄子伊阿宋已经死了。尽管如此,他仍觉得不安,因为有神谕称:必须警惕穿一只鞋的人。

有一天,一个青年过河,有老妪也要过河。老妪似乎衰弱,自己过不去,便请此青年背她。青年遂背老妪过河,当时是也,他的一只鞋竟为泥淖所陷,他便成了穿一只鞋的人。

这个青年正是伊阿宋,老妪是赫拉,宙斯的妻子,众神之母。伊阿宋在喀戎生活了多年,学有种种武艺,也特别忠恳。他回到爱俄尔卡斯,郑重地向叔叔珀利阿斯提出,王位属于他,当还于他。

珀利阿斯并没有拒绝,不过他要伊阿宋做一件事:取得金羊毛。珀利阿斯知道,要完成这个任务,伊阿宋必死无疑。此乃珀利阿斯的计谋,目的就是要让伊阿宋毙命。不料有赫拉及雅典娜的支持,美狄亚竟爱上了伊阿宋。美狄亚是科尔喀斯的公主,金羊毛正是她父亲埃厄特斯让恶龙看守着的。她不但帮助伊阿宋取得了金羊毛,而且替伊阿宋杀了珀利阿斯。遗憾的是,伊阿宋并未讨得王位,反之,是珀利阿斯的儿子阿卡斯托斯坐上了。

这个故事意味深长,其总的启示是:神谕是明确的,甚至可以是简约的一言,不过人并无办法一定能达到自己的目的,因为人不能掌握自己的命运。在此,一言尽管简约,却也是玄奥莫测的,珀利阿斯似乎是错误地理解了它的意思。伊阿宋固然是一个英雄,但王位却不在他的命运之中,便一切归于徒劳。

常食五谷,宜有远虑,所以我仍需要关于人生的一言之肯定,或一言之矫正、一言之告诫，或一言之提醒、一言之指点，或一言之批评。其甘言也行，苦言也行，雅言也行，俗言也行，酸言也行，辣言也行，若存基本的善意，我皆敬纳，可惜已经久无一言之得。诚惶诚恐，遂读历史，以发现支持人生的至理。

许由有一言，曰："鹪鹩巢于深林，不过一枝；偃鼠饮河，不过满腹。"尧欲让天下给许由，许由认为天下对自己没有什么用，遂拒绝了。

老子有一言，曰："知足不辱，知止不殆，可以长久。"疏广领悟了老子的大义，便决定退出朝廷。他和侄子疏受晋升到了千石，宦成名立矣，基于此，他打算辞职，否则恐怕将来要后悔。他就以病老获汉宣帝允许，离长安而去。

孔子有一言，曰："其恕乎！己所不欲，勿施于人。"在孔子看起来，推己及人，这一点当下就能做，并可以终生行之。孔子之论，显然是古今通用之道。

许由、老子和孔子各一言，越琢磨越感到属于至理，虽然其中并无一言助我占尊位，攫重利，偷荣耀，不过它们使我平安，且使我脱俗和超逸。

我知道自己不能跳出社会，浮于海，隐于穴。在这个红尘弥漫的世界上，循之实难，做到更难。然而念之，思齐，总是一种鼓励，因为中国的贤士们，毕竟追求过一种清明的境界。

虽然　　**冀中风俗二题**

坐席

我们这里结婚的席很大,异常丰盛。从小到大,我记不清坐了多少回,习以为常,以为全天下的席都是这么壮观,原来不是。

据说有的地方异常简陋,就一盆子熬菜,还比不上我们这里办丧事的吃喝,去了就是每人各拿一碗自己盛,甚至连桌子也没有,蹲着吃,吃完滚蛋。月子席更简单,简直不像待客,像招呼叫花子。匪夷所思,为这传说中的简陋席,村里人抬了好长时间的杠。正方说不可能,哪里有这么潦草的,结婚是人生大事,怎么也得好好操办。平时细些也罢了,这时候万万不能省,省钱就是丢脸,脸丢了便不能做人,不能做人就没法在村里混。反方说,万事都有可能,世界这么大,十里不同风百里不同俗,这种怪事也是有的。离此不到百里,还兴着土葬呢,再远的地方,人家叫娘为"波",你说怪不。所以,什么样的席都有,吃什么的都有。据说很远的南方,那里招待贵客更是稀罕,宰一头牛,不让吃肉,也不让喝血,而是从牛胃里掏出一碗搅磨净尽又没进入肠子的东西,绿乎乎的,臭臭的,蘸着吃。反方说,这不就是屎么! 他们来招待贵客? 还有吃蛆的呢,房顶上吊块肉,专让蝇子下蛆,底下接一水缸,那蛆扒不住肉了便掉入缸内,想吃了用笊篱一捞,沥沥水,向油内一炸,叫作"炸肉芽"。这两样东西放里城道能吃么? 但天底下就有用这东西招待贵客的。所以,要说有的地方婚席就是一大盆子熬菜,绝对可能。

我们的酒席异常讲究,上来先是安席的面,又细又白又长的面条盘在碗内,浇着红乎乎油乎乎的汤头,然后一大碗炖肉菜,伴以炸得酥脆的大麻花。吃了这些,重擦桌子另开张,一道一道大菜流水似的端上来,必有鸡鱼肘子和牛羊肉。羊肉是压桌的,没有羊肉这席就不够档次。上过羊肉,你以为没了,不,余韵袅袅,随后就是著名的八大蒸碗，最后以饺子结束，算下来二十多道。我们从小这么吃席，已吃出经验，每样不过略动筷子，浅尝几口，悠着吃。饶是悠着，席散时也已大饱二饱。

有一年亲戚中娶了个沧州媳妇，来了一车送亲的人。那里风俗与此不同，他们不知道这里席大，以为与他们一样，就是一顿熬菜。开席之后，先上压桌的面条，已让他们暗自诧异。随后是大铁锅硬柴炖的肉菜，一大盘子麻花，这回和沧州一样了，他们埋头吃起来，以为吃完就要返程，尽力吃了个饱。吃饱之后，却见又上菜，先是八个凉菜，随后是一道一道的炒菜，每道中间杂以各种点心各种饮料，层出不穷。他们从没见过这种阵势，以为是格外优待，悄悄问当地人。当地人淡然地说："都这样啊，我们这里从来这样啊！"后悔得这一帮人直想抽自己嘴巴。但肚里已满，没奈何，使劲吃，过了这村没这店，除非再有谁嫁过来，否则一辈子甭想再吃这么丰盛的席。吃到后来，他们实在拿不动筷子，只好痛苦地看着菜发呆，盼着煎熬快些结束。谁想后面花样翻新，牛羊肉又来了。牛羊肉之后，以为没了，谁知门帘一撩，送菜的端着条盘又进来了，条盘上八个蒸碗，分别是：甜肉、喇嘛肉、蘑菇肉、酥肉、八宝甜饭、四喜丸子、白菜裹肉、金针菇。八个蒸碗往桌上一放，沧州人一阵绝望：原来这就是久闻大名的"八大蒸碗"啊！没想到能在这里吃到。无奈实在吞咽不下，只能望洋兴叹。

与此相对的，是村里人去外地赴席。也是聘闺女，去了一车人，都憋着去了好好吃一顿。谁知不是这么回事，先是不见摆席，去了的人都安排在长凳上，再就是不见陪客。陪客嘛，重大场合都该有，每席都要穿插几个能说能喝的，以活跃气氛，让客人尽兴。可是这里没安排。他们等啊等，好容易等到近中午，见抬进几大盆熬菜，盆里扔着几把大铜勺，又抬来几大筐碗。伸头看那菜，内容不多，无外乎白菜粉条豆腐肉。送亲的人们疑疑惑惑，没想到这饭如此古董，吃吧不乐意，不吃吧又饿得慌，只好自己拿碗盛菜，不多盛，小半碗，点补点补就放下了，摩拳擦掌等后面的硬菜。

但后面没菜了，什么也没有。这就算赴席结束了？真是闻所未闻。返程路上边走边骂，深感受辱。回来又骂又讲，宣扬得全村都知道，这世上竟然有坐席不让吃饱的，天下少有。都说竟然有这么抠的地方，结婚是大事呀，怎么操办得如此古董，一盆子菜就打发了？姑娘的家里人很没面子，再三再四地解释，又出钱请了族里一顿，才搂回点脸。

如今坐席不比从前。从前在家里摆，院内支起大灶，请来厨子。这些厨子身怀绝技，就那么一口大锅，蒸煮炒炖，样样皆能。人们坐在席上，叙叙旧，讲讲趣事，各村信息大汇总,慢条斯理地消磨多半天,席罢缓缓而回。那时的席多在冬天,冬天无事,食物也易于保存。现在坐席多在婚宴大厅,一个半小时即告结束,那菜赶命似的送来,摆一大桌子。人们都忙,吃饱各奔东西,不待席终人就散差不多了。能带的菜全带走,有人来时已备好塑料袋,就打算弄点什么回去。表弟结婚时,在婚宴大厅摆了四十余桌,席将结束,备好塑料袋子的各路亲戚蠢蠢欲动,只是碍于脸面不好下手。恰在此时大厅没电了,一片昏黑,只听窸窸窣窣一阵响,碗盘叮当,一分钟后灯再亮时,席上碗盘皆净,人们相视而笑。

报丧

报丧是个好差使,轻省,有油水。

管事和丧主坐在里屋,商量报谁。这个环节很重要,有的亲戚该报而没报,会挑起事端增加矛盾,有的不该报而报了,也会闹出麻烦。亲戚嘛,像水心荡起的波纹,越远圈越大,圈越大水纹越淡,关系越疏远,淡到没有,这亲戚就走动不起来了。人说"五百年前是一家",确实。我曾大致梳理过几个亲戚,发现里头真是盘根错节。比如,我母亲的姥姥家姓王,那一拨老亲凋零之后,久不走动,我都不知那边还有什么亲戚。等我弟弟结婚,兄弟媳妇是那里子人,也姓王。细论起来,竟然是王姓姥姥一族的后人。我家原来有块地,与那里一家的地紧挨,有回因浇水发生争执,来了个调和人,调和中论起双方关系,才发现两家是往上推三代的姑表兄弟。所以,报丧时得把那些久不走动的亲戚剔除出去,但如果人家曾在同辈的丧事上报过这里,这次也得还回去,免得来论理。

报丧的一大早来领活,问清让去报谁,赶紧地去。被报的人家接到报丧才启动吊唁程序,办供,找族人去吊纸。不见报丧的可不敢擅动,生怕中间有差池。曾有个乡亲去城里买东西,偶遇一亲戚,刚从医院出来。两人说起话,乡亲才知道本族内一闺女的丈夫重病住院。他很关切地问病人怎么样了。亲戚说,没事了。乡亲一听,没事了,这不就是死了吗?也不多问,赶紧回村把这消息告诉了闺女的娘家。这一家心急,也不求证,也不等报丧的来,立即组织族内人马,买了花圈、白布和炮,前去吊唁。才进村子,先点个二踢脚,意在告知吊纸的来了。正往村里走,路旁一人纳闷地问:你们这是去谁家啊?村里没落人啊。说去谁谁家。路旁的人连声说:快回去吧,人家才出院,正养着,你们听错了!吓得这群娘家人大气不敢出,加足油门往回跑,归来互相埋怨。

　　报丧的行情是报谁谁出钱，至少二十块钱跑腿费。越是至亲出得越多，五十、一百、二百，都有可能。报丧人不知足，又要烟和酒，于是每人再给两盒烟，再喝点酒，晕晕乎乎地回去。也有前去报丧喝醉了的，沦为笑柄。人人愿意给至亲报，图的是油水大，招待得好。

　　去年公公去世，要往我娘家报。里城道与大户村相隔八里，关系近地方也近，这么个好差使让两个年轻小伙子得到了。他们十分高兴，也不多问，骑上摩托就走，见个村子就拐，拐进了与里城道相差二里的赵正寺。赵正寺是个小村，他们满村子转着打听我弟的名，转完村子也没打听着。只好回来，对管事的说找不着这一家。管事的十分纳闷：怎么会找不着呢？叫过我来问，才知去错了村子。两人一听，恍然大悟，这回记准了，骑上摩托又走，到了里城道，一去去到村东。里城道是个大村，好几千人，他们在村东打听来打听去，又是白忙活。打听了一个多钟头，一无所获，又回来，再问我具体地址，又去，这回从西口进村，到教堂附近，才打听到了。

　　本来很好办的事，让他们弄成了很难办的事。

朱成玉　旧信的折痕

旧信的折痕

　　一封旧信，辗转于时光。如果它有脚，它应该像小鹿的蹄子，踏着月光与花香；如果它有翅膀，它应该如蝶之翼，携着露珠，飞过草丛。当然，这必须是一个男子写给心仪的女子的信，或者是女子写给爱慕的男子的信，它可以满足我对美好事物的所有想象。

　　信的内容已无关痛痒。泛黄的信纸，有了毛边的纸端，以及那略有讲究的折痕，无一不在剧透着那段旧时光里的情事。

　　我认为，通信是爱情里必不可少的浪漫。当你读到那些面对面无法说出的话时，会一下子把信反过来扣到桌面上，双手紧紧捂着，生怕别人窥到了你的秘密，而我更担心的是你滚烫的红晕，将它们点燃。

　　一封信里可以读出山河，读出琴音，读出酒酿，所以，在一些怀旧的电影里，你总会看到这样的镜头——一个女子在窗前，把一封信贴在胸口，闭紧双眸，头微微后仰，酒窝里泛着陶醉的光芒……此刻的女子遍览山河，心头琴瑟和鸣，如饮琼浆，与其说她被男人征服，不如说被一封信征服。

　　写信，等信，收信，是一个美好的循环，在这个循环里，慢慢抻出爱情的轨迹。

　　有信至，捎来万颗红豆，菩提的叶托着。日子很薄，但它，总是会把日子垫厚几分。

　　可是这么美好的信，我们却烧掉了很多。年轻是一头冲动的小兽，它时而暴怒，如乌云里的闪电；时而安静，如一座废弃的庄园。一些误会，一句伤人的话，便会累及这些无辜的信。多年以后，我们谈起那些被烧掉的信，总是忍不住心疼。

　　那是我们最初的信，信里有诗，有啤酒和烟灰缸，我们以哥们儿相称，大千世界无所不聊,知晓你是个女孩之后,我们的信才有了香气。可是我们烧掉了它们,香气亦变成焦味。有人说,青春禁得起折腾,分分合合也无伤大雅。可我总觉得,烧掉的那些信,还是在我心上烫了个洞。

有一首歌,名字很有诗意,是讲"我"在下午烧信,可为什么偏偏是下午呢? 有人解释说:早上烧,像清洁工;中午烧,像做错事的文员;晚上烧,像毁灭证据的犯罪分子;只有午觉醒来后烧,才刚好和最伤感的时段应景。

有人则对"烧信"有这样诗意的描写——

我在旧居烧信。烧掉第一封,那是十三岁的道歉。烧掉第二封,十五岁夏天的告白。烧掉第三封,十八岁的所有。如果可以,我也想把过去的某些东西毁尸灭迹。我在这里可以一口气写下长长的单子,甚至恶狠狠地说:"哦,那一整年都忘掉最好。"但下一分钟,恐怕又要伸出手一条条划去。我想要忘了那一次的出丑,但要记得之后你给的安慰,可是忘了前面的难过,我如何再去体会你带来的温暖和快乐呢。记忆是如此麻烦缠人的东西,蜷缩在心上连我也无从控制的角落,依附在身边无数细节里。唯一能做的不过是接受和喜爱自己,从久远开始,并一直下去。

看,烧掉的又何止是信呢? 那是一段一段的回忆。烧掉之后呢,又是一封接一封地写,就像那即将织好的围巾,拆了,又织,织了,又拆。青春啊,就像一部动人心魄的小说,一波三折,让我们欲罢不能。

你任性地烧掉那些你写给我的信。可是,你知道吗? 你烧掉的信,正以另一种方式,飘散在风里,由风念给我听。由此,我有理由认定,你烧掉的信,正以另外的方式,被书写和阅读。

比起被烧掉的信,我更在意那些信的折痕。那时候,要把写好的情书叠成各种形状,以寄寓不同的情境。其实,叠出多少形状,最终也只有一个心的形状。情书为什么要折叠呢? 因为要叠起所有的缱绻,暖你。

折叠,这是一个多么好的意境啊。一封信的折叠,像不像一种拥抱呢? 一张纸的上半部分,拥抱着下半部分;一封信的开头,拥抱着结尾;一些美妙的词,拥抱着另一些美妙的词;一种香味,拥抱着另一种香味;相思拥抱着相思;眼泪拥抱着眼泪;

叹息拥抱着叹息;爱拥抱着爱。无所不包的信啊,又如此单一,因为那"折痕里,只有你的马车缓缓经过"。

风吹开哪一页,就读哪页

　　有一次去青藏高原,高原反应令我头晕目眩,呼吸急促。这再一次让我明白一个道理:有些高处,不适合自己。就如同看到老狮王被赶出狮群时,我们也毫不意外:选择了称霸,也同时选择了承受没落。

　　老了,不再喜欢往高处爬,喜欢往低处去,喜欢和小摊小贩们聊天,喜欢扎堆在一棵老树下,观棋不语。喜欢家里饭菜的味道,推掉的应酬越来越多,手里拎着的果蔬一次比一次新鲜。

　　老了,终于明白,要认真去爱在世的亲人,卸掉心里的那些敌人。愤怒时尽量控制分贝,听到不雅之语也不轻易皱眉和离席。坚定地认为蟋蟀和梅花一样可爱,愚笨比聪明更为金贵。

　　心情烦闷的时候,麻雀的叽叽喳喳也令人恼怒,不禁拿起一颗小石子,轰赶它们。心情平复的时候,鸟声又是一种美好的调剂,幸运的是,我愤怒的石子并没有真正赶跑它们,它们依然在我的阳台上方叽叽喳喳,它们的宽容令我欢喜,也令我羞愧不已——生命中,另外一些被我"赶跑"的人和事,多久不曾回来过了?

　　这让我想起孩童时家里养的两头驴子,它们关在同一个马厩里,相互发泄着不满,很是闹腾,可是牵走一头吧,另一头就变得焦躁不安。原来,那些不满,也是它们在一起的意义。

　　远的地方叫远方,更远的远方叫遗忘。人过中年,我开始收获越来越多的遗忘。慢慢地,我终将变成一个失忆的老人,胸牌上的电话号码是我与世界的唯一联系。迷路的时候,只能求一个路人拨通电话,等着电话那头的亲人,前来把我认领回去。

　　柴静说,即便开的是一辆老掉牙的破车,只要在前行就好,偶尔吹点小风,这就是幸福。幸运的是,我留下过一些文字,还有人记得,哪怕很短暂。所以,我也没有理由悲伤。

人到中年口才极好的女教授,一句话好长,甚至不带喘气。她的牙齿让我联想到,她丈夫面临的压力。

我们希望领导在会上长话短说,可是面对自己心仪的人,却希望短话长说,巴不得把一个词拉上半个钟头的长音。

我平翘舌不分,有时候着急还会口吃,这也不妨碍我对朗读的热爱,我依然会无比虔诚地读我自己的诗篇,并不介意人们的嘲弄。

从前,遇见空的东西,总喜欢往里面填充另外的东西,以使其丰盈。比如:遇上一面白墙,总喜欢涂鸦;遇到一块平整的雪,总喜欢印上脚印;遇到一只空瓶子,总喜欢插上花,或者灌入烈酒,顺便泡点中年的枸杞……

如今,见到空的事物,喜欢让它们就那样空着。

在我的读者群里进行过一场小讨论:你是希望成为一棵草,还是一棵树?读者们莫衷一是,我的答案是:只有成为小草之后,才会想着去成为大树;或者成为大树之后,才想着去成为小草。

只有贮存满了小草的温度,才会去梦想树的高度。或者是,只有领略了树的高度,才会去惦念小草的温度。这几乎就是人的欲望轨迹。人的欲望总是在经历了一些事,以及一些时间之后,有了顿悟,才会收紧。

多少人拼命努力,其实就是为了拔掉内心那棵自卑的野草,可是它的生命力实在太过强大,你获得再多的金钱,得到再多的赞美,它都不会消亡,你永远无法对其斩草除根。

有时候我的委屈,大于泪水,小于河流;但更多的时候,我的喜悦,大于河流,小于大海。

生命最后,总是避免不了要谈到死亡。死又何妨!不过是从烟火人间,走进拥挤的星群。我仍旧需要为了占领一个可以更好地发光的位置,费心劳神。

活着不相识的人,死后聚到了同一片星群。彼此遥远的灵魂,因为死亡,而成了亲密的邻居。

看吧,从生到死,一路上充斥着光与影的游戏。沟沟坎坎,跌宕起伏,任何一种剧情都有可能上演。往往是有心栽花花不发,生命,顺其自然就好。如果每个人都是一本敞开的书,那么风吹开哪一页,读哪一页就好了。

王冷阳　大地上的语法

猫

一只猫运来黑暗。

月亮只是一种公共经验。

需要写下清风和花香。需要把枪口藏在词的背后。需要在路灯的上方安装星星的按钮。猫一开口，星星就歌唱。

午夜，人被梦境接走。猫是一种幻象。

夜行者酩酊大醉。他侧耳谛听，只听到时间的流淌。

这由时间和流水构成的睡眠，重新赋予猫以血肉。

它的叫声悬挂中天。

这世界过多的法则倒向物质的黑暗。

象征幸福的倨傲而博大精深的火焰女神，从不认为这世界给予辛苦的劳作者多少光亮和爱意。

火焰住在木头的心里。

那是猫凝固的叫声，被一个词锁进纸的内部。

猫有时恨不得飞起来。假如它有翅膀，它一定会飞到星空，避开人和老鼠。

人如果重获青春与爱情，一定恨不得迁居至梦境深处，避开这多舛的一生。

每只猫都有一颗星星对称它的灵魂。

每个人都有一颗星星解读他的一生。

人所缺乏的，或许正是对事物的认知能力。在肉体深处，灵魂的颗粒照耀每个日夜。在这种特殊符号照耀下，人被自己的心笼罩、统治。

活在宿命般的尘世，我们像一个个孤单的词，遭到语法的围困，被押解至意义的本源,返回生命黑暗的核心。

一只猫的孤独,加上另一只猫的孤独,无非是两把锋利的刀子,以尖锐对抗疲惫,以光亮对抗荒芜。

猫是一份黑夜的提纲、语言的召唤、心灵的巫师。

生而为人,我们给自身佩戴枷锁、花环,脆弱而孤单。

一滴雨水熄灭高处的悼词。

哭泣的柿子

雨水贮存在身体里,成为经验。

我们都是凭借经验的本金汲取生命利息的人。

从车里钻出来,抬头看见石榴从雨水中伸出黄中透红的表情。

雨滴从它们眼中涌出来。

我想念它们的时候,它们同样在想念我。

这一切我是知道的。

人在世界上行走,学会了外交辞令、世故、左右逢源,关心粮食和蔬菜,关心政治和市侩、亏损和赢利,皱纹和道路首尾呼应。

暌违多年,递上一支烟。交谈明灭可见,烟雾升上头顶的天空。

植物是通灵的。它们比人更懂得沉默。

即便年龄有限,它们也知道我在想什么。

雨水其实就是没有锋芒的语言,被天空说出来,说给大地上的一切:苦涩、甜蜜、亲切、辛酸……

石榴以北,仅隔几米,就是山楂树微微晃动的声带。

实际上是风从雨水的空隙里小声催促着山楂。

那么红的果子,压弯了假期。我们的焦虑在山楂树面前不堪一击。

近视的山楂果实透过镜片,深入语言的核心——山楂多么内敛。

真正统领院子的主角,是柿子。

密密匝匝的柿子树,沉甸甸的方言披着雨水站在十月深处。

雨水尚未来得及渗进泥土,柿子树的根部深入黑暗的土壤汲取冰凉的水分。

我不想动用太多的形容词来对待这些柿子。

说实话，人的语言对于柿子，未免有些不近人情和些微的残酷。

但为了准确说出它们的气质和外表，我不得不这样做。

人在异乡待久了，回到故土就会有奇异的陌生感。

至少这些植物保持了贯通内心的语境。就算是梦境本身，你也不会觉得它们不够逼真。

那些悬挂的雨滴在果子的底部集结。

有太多话，在柿子的内部集结。被解散的，只有表达的迫切性。

我在屋子里望着蒙尘的相框出神。

我只能出神。除了这件事，没有什么能让我从植物的语气中获得更高层次的宁静修养。

我从那些被贮存的时间建筑中感受那些稀薄的光阴。

相框的边框有擦拭的纹理，但灰尘现在主导着它们。

与相片纸相比，灰尘永远不会老，光线永远年轻，永远有穿透黑暗的力度，从雨水覆盖的泥土深处，从河水般流逝的岁月深处，就算我能抓住一缕光，张开手，它就逃走了。

我相信那些光就住在植物的体内，光一直在生长，那些柿子本身，就是光的身体。

光是沉默的。柿子是沉默的。逝去的亲人，是沉默的。

柿子挤满了整座院子。

那么多的柿子，没有一个开口说话。

或许它们之间有语言在传递，只是我听不见；就算能听见，我也未必能听懂。

它们把声带出租给了风。

风是人间过客。风永远没有固定住址。

给风写信，收件人和地址始终是谜。

但柿子永远不会那么不靠谱。就像一种方言，它们绝不会凭空从这片土地上消失。

柿子吃到最后，小小的、坚硬的核，就是一条路的尽头。

你会在拥挤的柿子树中间听见风在嬉戏或哭泣。它悲戚、幸福、隐而不显、莫衷一是的言辞，在柿子中间流传。

柿子们在开阔的语言磁场里心领神会,永远不会误解彼此。

我在西屋望着照片出神。柿子树在屋外。

密集的柿子树占据着院落的空间。

从大门进来,需要躲开密集的枝叶。

稍有不慎,雨水就从繁密的枝叶中钻进脖子里,落进头发里。

雨水中的院落,青苔隐约可见,墙外的白杨和墙里的柿子树在数十米之内,彼此呼喊,绝不会惊扰到栖身其中的鸟雀。

柿子被摘下来,装满了几个袋子,旁边是散落的枝叶。

几个小时后,这些携带着亲人体温的柿子,将被带到数十公里外的城市。

那些看不见的基因的光芒,将在数十公里外闪烁。

那些本土方言的质地,具现为柿子的光辉,在唇齿间留下苦涩与甜蜜的余味。

语言的本性是沉默。

它的沉默,正是雨水的沉默。照片的沉默,也是灰尘的沉默,逝去的亲人的面容,在那片安详的柿子树中间隐没,和雨水一起涌入眼眶。

柿子没有悲伤和喜悦。它们散落的枝叶,只是语言的碎片,被我收集在文本中。

只有不便说出悲伤的人,才会在柿子的伤口中寻觅词语的光线,并试图从黑暗中找到光的出口,在夜晚的底片上呈现白昼的影像,获得合理而不失优雅的哭泣理由。

火车

我喜欢火车鸣笛的声音:巨大、粗鲁、辽阔,不由分说,把其他所有事物发出的声音通通覆盖。

我住在父母隔壁房间。彼时我四五岁,常常半夜被划破长空的火车笛声惊醒。我一动不动躺着,街灯昏暗的光透过窗棂,停在墙壁上。

有时会有野猫的叫声,与树影一同落在墙上。

童年是没有时间概念的。我不知道那是几点钟,火车把噪音砸进我的房间,像一柄硕大无朋的铁锤,把声音狠狠砸进我的房间。

我住在离铁道很近的一座大楼里,我的窗户朝东,可以看见残月高悬,那是春天,槐花的香味暗含着一种遥远而恐怖的成分。

在这寂静无眠的时辰,会有青年男女窸窸窣窣的低语从我窗下飘过,有时他们会停在我窗下,站住。我听见火柴迅速摩擦纸的声音。我知道那个划火柴的人,与我划火柴的方法是一致的:都是火柴头朝前倾斜,轻轻向外侧划——哧的一声,那声音让我有了认同感。

我听见女子隐隐的低泣,以及男人嘤嘤的嗓音,似乎是安慰。一阵风吹过,她哭泣的声音是被捂住嘴发出的声音,星辰一样遥远、闪烁,时有时无……

童年的梦境大多是这样的场景。长夜里沉闷而极具穿透力的火车鸣笛,破窗而入,暗夜里种种的幻象,都是火车布下的迷津,缠绕我的无眠与想象。

和我住在同一座楼的女孩叫萍,与我同岁,生日比我早半年。父亲让我叫她姐姐,我坚决不叫。我小时候经常欺负她,她却从来都让着我,从不生气,有时会拿出两块糖,给我一块。跟我说话时,她的嘴有着淡淡的奶香味。

几乎每天我都让她陪我去看火车。

两个四五岁的孩子,手拉手站在十字路口,等着拉煤的卡车和洒水车经过,然后直奔工厂墙外的铁轨,站在离铁轨很近的地方看火车经过。而火车站,距离我们玩耍的地方,只有两百米。

车轮在铁轨上刹车的火花,是我见过的花朵中最美丽的。

它的目的地是——远方,一个人的成年。

火车头喷出滚滚浓烟,我嗅到了煤炭的气味。水龙头在户外的空地上喷出抛物线的水流,工人师傅戴着安全帽走来走去,谁家养的小鸡叽叽叫着,桐花的香味让这个城市有了慢下来的耐心。

叫萍的女孩如今不知在哪里。我只记得她的糖很好吃,还有,无论我叫她干什么,她都听我的。

如今火车开走了,而她却待在我童年的月光里,不肯出来见我。

如今蒸汽机车业已在我的嗅觉中死去。作为一种隐喻的力量,火车就是童年暗夜的残月和野猫的凄厉,是恐怖的树影、窗下的男女,是不可捡拾的记忆的拓片。火车的气味就是那些死去的人的气味,也是被风吹远的女孩嘴里淡淡的奶香味。

火车笨重而宏阔的声音,或许许多年后,我可以在我的皱纹里听到。

麦田里的野菜

一株野菜在麦苗中间,犹如一个词组违反了语法。

这孤独的害群之马,一出生即被过继给小麦。

生来是野种。麦田的逆子。

之于麦苗,一场雨是恩赐;之于野菜,一场雨形同"助纣为虐"。

置身麦田,它的身份、背景、学历,通通是赝品、下等货。

在"良莠不齐"中承担了"莠"的角色,被粗暴焊接为成语,接受词典庄严的审判。

法律保护良民,良民排斥异己,直至野菜被拔除,似异乡人被取消户籍。

一大片绿色围攻一小片绿色。

在大地上,在人民中间,它身份不明,一生被囚禁。它葳蕤的灵魂途经我们的语言与手指,直至被生存法则盘剥殆尽。

但也许,它的前世与神毗邻而居。

天空察看了这一切,用一场雨鼓舞它的子嗣繁衍生息。

谁会省察一株野菜脆弱的灵魂,谁会疼惜它孤单而蒙辱的身份印记——这是谁的规定?

命运给予一株野菜生存的权利,同时也赋予它终生蒙羞的命运轨迹。

如果不是因更换口味的需要而允许"野菜羹汤"建筑我们的胃、物质的快感、精神的愉悦,谁会在野风四起的语境中救赎一个乏善可陈、形迹可疑、被驳回上诉的植物寂寞的灵魂?它暗含的审美与良知的内驱力……那是怎样令人崩溃的文本张力!又有谁,会将它和迁居都市的异乡人进行血淋淋的比较,并给出某种神秘的关联与暗示?

上帝累了,需要在对与错、明与暗之间,在善美与私心、彷徨与决绝之间,给出一套讨巧、折中的方案——既解救了微甜的荒谬,又兼顾了有毒的真理。

而穿行于本体和喻体之间的,是野菜,是我们的身体与灵魂的一次讲和——我们内心的黑暗与奇迹。

尘世太辽阔,生命太匆忙。我们愉悦也悲伤,孤独又彷徨。

一撮野菜摆上餐桌——我们大快朵颐,我们相谈甚欢,我们的筷子与言辞在空气中并行不悖。

悲剧有助于口渴与哭泣,野菜有助于消化和遗忘。

西洲　芙蓉生在秋江上

　　小区门前公路旁绿化带里，胡乱长着草花，诸如石竹、黑种草、亚麻花、蛇目菊、百日草、金鸡菊、大滨菊。高矮参差，花色杂陈，新栽的悬铃木刚刚成活，树皮斑驳，枝干萧索，颇有野地风貌。

　　大约是觉得不好看，这片绿化带就被重新布置了。有一片种了小叶女贞，两片小叶女贞之间，埋下了一墩一墩的某种植物的根。

　　我常常猜测这是什么，但花叶全无只有光秃秃的枯根，甚至连是否是活的都不知道，如何猜得出来。

　　然而日子匆忙，一次散步路过，突然发现那绿化带里居然开出了硕大的五颜六色的花朵。叶子硕大、花朵硕大，仿佛一夜之间，那些根变魔术一般，一下子就抽出了叶，开出了花。

　　这些颜色丰沛的花，花瓣大而单薄，五片花瓣将一柱花蕊围住，猛地一看，有点像大号的棉花。只有根的时候不认识，现在花叶俱全，仍旧不认识。拍照百度，搜索对比，才知道它们叫芙蓉葵。小孩把鼻子凑近，那花朵居然像一只大碗，可以"装"下一张脸！他一边闻一边问：妈妈这是什么呀？我现学现卖地说：是芙蓉葵呀。他听到便立刻说：妈妈妈妈是"芙蓉生在秋江上"的芙蓉葵哦。我一时有点愣，许久才想起，这是高蟾的诗句。

　　这首诗我曾经给他录过，但一读即忘，他自己每天听，居然会背了，还能在说到芙蓉葵的时候联想到芙蓉，尽管是"指鹿为马"，但老母亲的心也真的有几分安慰了。

　　平常觉得自己会背不少古诗，但是秋天来了，叶子黄了，想教小孩一首什么秋天的诗，脑海里忽然就一片空白，想很久才想到一句"雨中黄叶树，灯下白头人"。这凄凉,这晚景,也就不太想读给孩子听,只好等孩子睡了翻翻手头的书,翻到觉得简洁明快的诗,就录下来,一边自己熟悉,一边让小孩听着玩。

不过,小孩所说的"芙蓉生在秋江上",其中的芙蓉和眼前这芙蓉葵,也不能说毫无关联,毕竟都属于锦葵科嘛。木芙蓉初开时是白色或浅粉色,再渐渐变成深红色,一朵花上白色粉色、粉色深红的比例不同,就似乎生成了许多不一样的花。它们长在高高的枝头,花瓣簇拥在一起,有点骄傲地随风摇曳。

我趁热打铁,就问小孩:这首诗是谁写的呀? 他口齿不清地说:唐高蟾。还没等我夸,就接着一溜烟全背了出来:天上碧桃和露种日边红杏倚云栽芙蓉生在秋江上,不向东风怨未开。(只在第三句停下来喘了口气。)他又接着问:妈妈这诗什么意思呀? 我又一愣。诗是好诗,言是好言:有碧桃,有甘露,有日出,有红杏,有芙蓉照水,有秋水绵绵……但诗中表情过于丰富,向两岁多的孩子解释起来有点费劲。好在他并未到疑心重重的年纪,三言两语打岔也就过去了,只是深夜细想,心潮澎湃,意绪难平。

高蟾这个人,如果用他的一句诗来形容,那大概就是:"一片伤心画不成。"

《唐才子传》中关于高蟾,叙述不长,转录如下:

> 蟾,河朔间人。乾符三年孔缄榜及第。与郑郎中谷为友,酬赠称"高先辈"。初累举上不,题省墙间曰:"冰柱数条搘白日,天门几扇锁明时。阳春发处无根蒂,凭仗东风次第吹。"怨而切。是年人论不公,又下第。《上马侍郎》云:"天上碧桃和露种,日边红杏倚云栽。芙蓉生在秋江上,莫向春风怨未开。"意亦指直马怜之。又有"颜色如花命如叶"之句,自况时运蹇窒,马因力荐,明年,李昭知贡,遂擢挂。官至御史中丞。蟾本寒士,遑遑于一名,十年始就。性倜傥离群,稍尚气节。人与千金无故,即身死亦不受。其胸次磊块诗酒能为消破耳。诗体则气势雄伟,态度谐远,如狂风猛雨之来,物物竦动,深造理窟,亦一奇逢掖也。诗集一卷,今传。

关于这首《上马侍郎》,大概是因为记录或者其他什么地方出了错,与平常见到的题目并不一致——至于《下第后上永崇高侍郎》,这首诗究竟是写给高侍郎抑或马侍郎,于我来说并不紧要。

《唐才子传》中这不到三百字的一段，说完了诗人的一生：命运，累举不上，时运蹇室；性格，倜傥离群，稍尚气节；诗作，气势雄伟，态度谐远。

这样的人，在唐代生活必然是不如意的。那首《瓜洲夜泊》，这样写：

> 偶为芳草无情客，况是青山有事身。
> 一夕瓜洲渡头宿，天风吹尽广陵尘。

管芳草青山何事？广陵又有什么尘？

白发无人能医，年华逝去，人无再少年啊。然而，即使"鬓欲渐侵雪，心仍未肯灰"。

他真是天地间一个可爱可怜的天真的人，即使鬓发渐白，却还明知故问：何事满江惆怅水，年年无语向东流。

人生境界与心态，实在不如他之后的东坡豁达。

深陷乌台诗案，被贬任黄州团练副使，政治生涯遭受如此大的打击，苏轼仍能在偏僻、遥远、陌生的他乡的潇潇春雨、声声子规中写道：谁道人生无再少？门前流水尚能西。

高蟾的"平生心绪无人识，一只金梭万丈丝"，在苏轼那里，也许就是一句——谁怕！

所以，在金陵的秋日黄昏，高蟾极目四望，傍晚苍翠之景中，鸟鸣虫唱，风吹叶摇，云朵浮动，心内怅然，无人可表，只好说：世间无限丹青手，一片伤心画不成。

其实高苏两人并没有什么可比性，只是晚间小儿走进卧室，光洁的地板上映出一轮明亮的圆月，他大声呼喊：妈妈妈妈你看看地板上明月几时有！这才想起苏轼。

一个人命途多舛，于其自身来说是不幸。他自己当然可以说：我于苦难中得到了另外的恩赐，但旁人若不痛不痒地说这些苦难是财富，是历练，可苦心志劳筋骨云云，听来未免有些不是滋味。

纵观苏轼的一生，你所能看到的，都是在无论怎样的逆境中闪耀的永恒的光亮。命途多舛，却极富创造力，那样一个放任不羁的潇洒的灵魂，即使在他生活的时代，亦令人倾倒，追随者众。

苏轼一生中多次被贬，却从未潦倒。

王巩告别岭南,命歌妓寓娘劝酒。苏轼问寓娘:岭南风物如何?与家乡相异,恐怕很不习惯吧?那歌声如雪花飞舞在炎夏的"点酥娘"笑语盈盈:此心安处,便是吾乡。

此心安处是吾乡,也可以说是苏轼对待生活的态度。

他似乎总想在谪之地安下家来,耕田锄禾,饮酒作诗。也许他每到一处,总将他乡当故乡,使此心安。但人的命运并不常常在自己手中,于是常常奔波劳苦,在大地上辗转,而正是这种漂泊不定的无归属感,给了他无数的诗意和灵感。

在黄州,他像当地真正的农人一样,头戴斗笠、手扶犁耙,在田间耕作,把陶渊明的《归去来兮辞》句子重组,教农人按照民歌小调吟唱。我读后久久不能忘怀,那田地在青山绿水之间,或许还在青山之上,放眼四望,到处是春天的翠绿和希望,而四野歌声渐起:归去来兮,胡不归?

不能说是苦中作乐,因他天性豁达如此。也是在黄州,他写下了名篇前后《赤壁赋》。明月夜泛舟江上,他心意宽广豁朗。世间风物,耳得目遇皆为己有。贬戍之地,或许风景不如别处,但风景美否,多半在于观风景之人的心意吧。

后来苏轼又遭贬戍,这次是更偏远的广东大庾岭以南。他以六十岁高龄长途跋涉,风雨兼程,从北至南,并非不苦,但于他来说,绝不寂寞。在岭南,他酿桂酒,烹羊脊。阳春三月,他在一座不高的小山山顶盖房,房屋雅致至极,共有二十间,北望河水;南面,他植上橘树、荔枝、栀子、枇杷、杨梅……他在春风里微醺酣眠,又在房后寺院钟声中悠然醒来。

这哪里像贬戍之人的生活,没有丝毫的落魄。然而细想,又怎会不落魄:俸禄少且不按时,一大家人要生活,所谓房子也不过是因时因地制宜而已。然而,也只有他,有这种化落魄为旷达的能力。

新居落成仅仅两月,他又被贬谪,这次却是到海南岛!海南岛在那时怎么会是好地方!尤其是对一个花甲之人而言。他其实也已做出最坏的打算,在给友人王古的信中说:

> 某垂老投荒,无复生还之望。昨与长子迈诀,已处置后事矣。今到海南,首当作棺,次便作墓。乃留手疏与诸子,死即葬于海外,生不契棺,死不扶柩,此亦东坡之家风也。

这段文字不管何时读来,都令人鼻酸。

然而他住下后便说:

> 此间食无肉,病无药,居无室,出无友,冬无炭,夏无寒泉,然亦未易悉数,
> 大率皆无尔。惟有一幸,无甚瘴也。

因此,他还说:问汝平生功业,黄州惠州儋州。

用林语堂的话来说,像苏轼这样的人物,是世间不能无一、人间难能有二的。

是的,拿苏轼来和高蟾对比,很不公平,太不公平。高蟾永远不会像苏轼那样,
"尚有此身,付与造物,听其运转,流行坎止,无不可者"。

所以有时我想,如果不是生活在唐代,而是在眼下,高蟾,会是什么样子?

想来想去,我发现很难为高蟾想象出一个现世生活。

一个人的想法和生活、观念和心态,与他身处的时代密不可分,你怎么可能脱
离他所生活的时代来谈论他呢?

高蟾家贫,是寒门学子,高考未必考得上,也许复读好几次终于考上,但又只会
读书作文,只好学一个文科的专业,毕业找工作勉强糊口。考公务员?也许会吧,但
也大约会常常"下第"。

工作之外的高蟾呢?情感之中的高蟾呢?我没有找到更多的诗句,他诗名不大,
诗作留存下来的不多,仅有的二三十首诗中,也只有"天上碧桃"和《金陵晚望》比较
出名。

关于生活和情感,远在异乡的杜甫在月夜直接写道:今夜鄜州月,闺中只独看。
遥怜小儿女,未解忆长安。常以忧愤面目示人的他,也有清爽闲适的夏日生活,与家
人相亲相近:老妻画纸为棋局,稚子敲针作钓钩。

苏轼这样情绪丰富、感情丰沛的人,自不必说,即使是诗歌中秘密最多的李商
隐,也有雨夜里直白隽永的相思:何当共剪西窗烛,却话巴山夜雨时。

在高蟾的诗歌中找不到这种情感的流露,我读到最多的,是缺少知音的伤怀。
读多了,让人有种感觉——他像一个才华并不是特别丰满的人,却常常抱有怀才不
遇的心绪。

很多年后,韦庄写过一首《金陵图》:

> 谁谓伤心画不成? 画人心逐世人情。
> 君看六幅南朝事,老木寒云满故城。

伤心画成画不成,其实并不重要,重要的是,心已然是伤了啊。

李集彬　**古县村记**

树木在地底下生长

冬天,树怕冷,不在地面上生长了,藏进土里。

地底下暖和,树缩在地底下就像人缩在棉被里一样舍不得出来,在被窝里舒舒服服睡上一个冬天。

北风刮起来,树林里安静下来。树木冷得瑟瑟发抖,候鸟飞到南方去过冬了,松鼠钻进树洞里冬眠了,四处游走的蛇不见了,蝉早已不见踪迹,喧闹的树林,静得连风轻轻拂过树叶的声音都可以听见。

地面上,树叶黄了、落了,树枝被冻得生硬,就像铁。这时候,地底下,树根却蓬蓬勃勃滋长起来,四处伸展。

风吹不到地底下来,树根在地底下自由穿行,遇见蝉——蝉在树林里鸣叫了一个夏天,把所有的声音都盖过去了,风的声音,树叶拍打的声音,小动物的叫声,鸟的歌唱,都被蝉声盖过了。这时候,地底下,蝉是个蛹,光滑,透明,栖息在土里,就像悬停在半空,静默不语。

树根在地底下,遇见蚯蚓——蚯蚓与世隔绝,长年居住在土里,很少到地面上去。蚯蚓在黑暗的地底下默不作声,日夜忙碌着,松土翻地。只有在夜里,人们都睡下了,鸟也在树上睡着了,连风声也停止了,世界太安静了,蚯蚓才出来鸣叫,打破那种很深的寂寞。先是一声,接着又一声,听见风吹草动停住了,看看没事又叫一声,叫声婉转悠扬。

树根在地底下,遇见从地面上落下来的叶子——黄的,红的,一层层摞起来,就像是一页页的册簿。冬天的一批树叶落下来,春天又萌发新的一批。

树根在地底下,遇见蛇——蛇盘成一团,像草绳。树根在地底下,遇见青蛙——

青蛙不叫,沉默得像一块石头。树根在地底下,遇见老鼠——它们在洞里储存了充足的粮食,一个冬天都不出去,吃喝拉撒全在洞里。

冬天,树林里一切生物都停止了活动,它们都转移到地底下。

刮过一阵北风,又下过一阵严霜,连蚯蚓也停止了冬天里的最后一声吟唱,地底下便只能听见树根伸展的声音了。

牛有牛路

这叫古县的村庄里,牛有牛路,羊有羊路,猫有猫路,鼠有鼠路,车有车路,马有马路。

村庄的路枝枝杈杈,就像一个人身上的血管,四通八达。村庄里,没有路到不了的地方。连路都走不进去的地方,那个地方就荒废了。

村庄有大路,牛在上面走,羊在上面走,车在上面走,马在上面走。到了小路,就分岔开了,各走各的路:牛走牛的路,羊走羊的路,猫走猫的路,鼠走鼠的路,蛇走蛇的路,虫走虫的路。有时候,蛇闯到牛路上去,便会停在路边等牛过去。牛不过去,蛇呼一下就过去了,不挡牛的路。有时候牛踏进蛇路里去,不小心便会被蛇咬一口。

村庄的路四通八达,你闭着眼睛都能回到家去。那时候,其实不是你在走路,而是路把你带回家去。牛回牛棚,鸡回鸡巢,鼠回鼠洞,蛇回蛇宫,它们从不会走错路。一只鸡,不会跑到牛棚里去。一只老鼠,不会跑到蛇宫里去。它们熟悉自己的路,这里上山,那里下涧,这里拐弯,那里转角,这里一条沟,那里一个坎,它们闭着眼睛都能走过去。

一个人无事可做,扛上一把锄头,这里开个沟,那里挖个坎,便把路砍断了。牛走到这里,不知道怎么回去,在山里转悠,结果走失了。一个人开出一条新路,人在上面走,牛在上面走,后来人不走了,牛不走了,等到长满草,蛇就把路占据了。

牛走大路,羊走小路,虎上山冈,蛇进深涧,猫走房顶,鼠走墙脚。因为各有各的路,虎要抓羊,就要在羊路上等,埋伏在路边草丛里,羊从路上过去,便入了虎口。猫要抓老鼠,就等在鼠路上,老鼠看见猫,离开鼠路,不知道怎么走,慌不择路,便被猫抓住了。

路有人在走,便是活路。路没人走,连牛羊也不走,蛇也不走了,便成了死路。

我们村庄的石头

走到哪里,我都认得我们这个叫古县的村庄的石头。它们全都长得一个模样:憨厚朴实,憨头憨脑。

村庄的北山全是石头。村庄的石头,原先全住在山上:或者站着,或者卧着,或者躺着,闲散地在山坡上晒着暖和的阳光。它们历经风雨和时光的侵袭,有的像一头猪,有的像一头牛,有的像一只羊,有的像一只鸡,有的像一条狗。村庄里的所有牲畜,山上全都能找到。

有人开了路往山上去,山上的石头便跑出来了,沿着村庄前面的河岸络绎不绝跑到外面去,铺成石路,架成石桥,垒成石屋。无论走到哪里,我都认得我们村庄的石头,它们见到我,总对着我笑。我一摸它,它便开心地笑。那时候,我一眼就认出,它是我们村庄的石头。在这样的石路上走,我总是轻手轻脚的,生怕踩疼它们。见我蹑手蹑脚走路的样子,它们挤眉弄眼,笑得更开心了。这时候,我就更加认定:它的确是我们村庄的石头。

踏上一座石桥,桥墩上站着数十只石狮子,我刚要过去,一只石狮对我眨眼,对着我笑,我一眼就认出,它是我们村庄的石头。踏上一条石板路,走着走着,脚心痒痒,低头一看,地上的石头仰着头,憨头憨脑地对着我笑,我一眼认出,它是我们村庄的石头。登上一座石塔,塔高十丈,登上塔顶,上有石佛,我看石佛,石佛对我拈花微笑,我一眼认出,它是我们村庄的石头。

这些石头,你把它雕成石牛,它就像我们村庄的牛;你把它刻成石羊,它就像我们村庄的羊;你把它刻成石佛,它就像我们村庄的人。无论多少年风雨侵袭,我一眼就能认出,这是我们村庄的石头。

没有路,石头全都住在山上。开了路,石头全部跑下山了。这些村庄的石头,下了山就回不去了。

山上的石兽全都跑光了,只剩下一只石鸡。鸡跑了,没有了鸡鸣,太阳出不来,村庄便要停留在黑夜。村里人一害怕,把山路封了,石鸡,就留在山里了。

风是山谷里最顽皮的孩子

风呼啦啦刮起来。

风是山谷里最顽皮的孩子。花自鸣得意,款款摆动娇美的身躯,惹得蝴蝶、蜜蜂围绕着它转。风吹过来,把它扯过来又扯过去,吓得它花容失色。草的头发被雨水洗得很干净,正在惬意地晒着太阳。风跑过去,把它的头发扯得纷乱。高大的树木趾高气扬地仰着头,似乎什么都不放在眼里。风跑过去,硬是让它弯腰伏低。

风刮过辽阔的田野,刮过相思树林,从一座山跑到另一座山。一阵风过去,又一阵风来,无有尽止。风刮起山中的一切,风还刮起天上的乌云。风不知从哪个角落赶来乌云,就像赶来一群黑色的山羊。人们见风起,赶着割禾打谷,弯着腰,撅着臀,把打谷机踩得哗哗响。风跑来,把稻谷压倒一大片,山里打谷机的声音于是更响了。

天空中,鸟被风吹得一顿一顿的,像是被谁扔出去的小石子。地面上,牛回棚了,羊回圈了,鸡不肯归巢,被风一推,脚步踉跄,吓得躲进屋檐下。只有鸭不露怯,还待在池塘里,不慌不忙,风扬起池塘里的波纹,它就像一条小船随波荡漾。

风卷起村道上的尘土,从村道这一头跑向那一头,沿街的窗户啪啪关上。起风了,云聚拢,雨就要来了。村里的老人和小孩,慌忙收拾晒在屋顶的粮食:有稻谷,有豆子。风一刮,他们的脚步更乱了。

风在这村庄里跑了一阵,玩够了,又跑回山里去了。

风跑过田野,钻进树林,扬过山冈,跑到天上去,想想,也把乌云推走了。

风一来,山间便乱了。风一走,山里又静了。山间一静,雨就来了。

人种地里能重新长出来吗?

庄稼种地里能重新长出来,人种地里能重新长出来吗?

我们辛勤劳碌,流了很多汗,种下庄稼,你养活了庄稼,庄稼也养活了你。

人种下一茬庄稼,一茬庄稼成熟了收割了,接着种下一茬庄稼,没有停歇没有休止。庄稼养活一茬人,一茬人老了不在了,接着养下一茬人,没有停歇没有休止。人看上去像一棵庄稼,庄稼看上去像一个人。

人和庄稼的区别,只是一个居住在村庄一个居住在田野。人和庄稼,吹着一样的村庄的风,沐浴着一样的村庄的雨。鸟从田野飞到村庄,又从村庄飞到田野。蛇从野地进入宅院,老鼠从村庄进入原野。人和庄稼,都离不开这个叫古县的村庄。

村庄里居住的人口稠密了,田野里的庄稼便显得拥挤。村庄里的人口稀少了,田野里的庄稼便显得稀疏。人每天吃着庄稼煮的饭,也把吃下的东西再还给庄稼。

村庄是人神共居的村庄,也是人畜共居的村庄,更是人与庄稼共居的村庄。

人居住在村庄里,吵吵嚷嚷,为了一块地、一片瓦、一斤米、一口饭大打出手。庄稼从不这样——你长得壮,挤占了位置,我就退让一下,露出谦和的微笑。

　　人居在密不透风的房子里,庄稼却经受风吹、日晒、雨淋的历练。庄稼种下去能重新长出来,人种下去,能重新长出来吗?

张慧谋　小城词条

趁城

　　小时常听父母说去趁城,那时我所理解的"趁城",就是去城里买菜、买肉,节日时买鸡鸭,过年前去市面剪布料,做过年新衣,有时也会去药店拾中药,却极少走亲访友。据我所知,西街除了"打锡伯",黎百巷除了父亲的一位结拜兄弟,就再也没有亲朋好友了。所以父母趁城,基本都是购物。城里演的戏、放的电影,父母也没看过一场,想想,他们的日子过得真是单调。

　　我家在南门头下村,后来在我文章里叫"南村",没别的意思,这样顺口。但原村名更有特色,地域性明显。也就是说,出了南街口,就是城门头,城门头再往下走,就是南门头下村了。

　　下村人去趁城,也不远。出村口,走过一段铺满煤渣扎脚的土公路,路东西两侧平整开阔,清一色水田。靠南城门外这段,路左右都是池塘,天后宫塘因天后宫而得名,这座天后宫,建于明末,至今也有六百余年历史了。庙还在,过去庙里有庙祝,打理庙堂里的事。前年回去,进天后宫看块老碑,却不见庙祝了。

　　天后宫,村里人常来这里上香祭拜,前些年,庙前的戏台还演大戏,只是天后宫塘早就没有了,填平搭了个简易戏台。

　　下村人,包括南厂盐场总部的"同志",过去趁城是必经天后宫的。"农业学大寨"时,我十多岁,还在庙墙上用"篱苋根"蘸着石灰水写过标语。

　　父亲每天都去趁城,有时我也跟着去,但都是过年过节,父亲才让我跟着去提蔬菜。特别是过年过冬,父亲必买只大大的黄芽白,让我托着跟着他走,买完别的菜才回家。那时的冬天特别寒冷,南街是冷冷清清的,临街人家有骑楼,全是砖瓦房,木门木窗板,古旧暮气,就和小人书连环画里的老城一个模样。

南街这条老街从小到大走了几十年，老街面拓宽了点，临街的房子拆掉骑楼，特别是近十年间，拆旧建新，老房子没了，新建的五六层甚至七八层的新楼拔地而起，街心就显得比先前更狭窄压迫了。

趁城，依然是城外人的一种生活状态，从尘土飞扬的泥路到硬底化水泥路，从明末清初民国到现在，几百年过去了，城外人依然改不掉趁城的习惯。父辈，包括父辈的父辈，未必就清楚他们日常"趁"的这座小城是有着几百年历史的老城，未必知道这座城的前身叫神电卫，未必知道神电卫是明清两朝驻军打仗的地方。

"趁城"这个词，在城外人的口头中，就是带着小城历史走了几百年的一个活动词。

生理园

极少有人知道生理园就是指菜地，或菜园子。

种生理、买生理、卖生理，在小城人口头中是常用语，谁也说不清它的出处，更说不清种菜为什么叫"种生理"，买菜叫"买生理"。奇怪的是，吃菜却是吃菜，炒菜就是炒菜，不曾有人叫作"吃生理""炒生理"。

老辈人有句口头禅：生理生理，你不理它，就不理你。这是在"理"字说事。也就是说，生理是靠人去呵护料理的。只明白一点，道理是，种菜要勤劳，不然就没有收获。

但这又与生理有什么关系呢？

少年时常跟着父亲从上村进城，在护城河东头上了环城公路，父亲挑着两大箩筐鱼走在前面，要穿过一片菜地才能到水产站。这片面积不小的菜地，就叫"生理园"。菜农浇菜水叫"压生理"，当地方言"压"就是淋的意思。生理园里什么菜都有，季节不同，时令蔬果也不一样。比如冬季，种黄芽白、卷心芥、萝卜、小白菜、芽兰豆等。冬春交际，种葱、蒜、菠菜、韭菜、椰子菜、盐茜（香菜）等。夏天，以瓜类为主，冬瓜、丝瓜、甜瓜、苦瓜，还有红豆角、白豆角、晏菜（通心菜）等。秋天呢，印象中是油菜花、菜心、大葱、小香葱等。大概如此。凭印象，也记不太清楚了。

总之，生理园是极少有闲地的，由着季节时令，种下不同的蔬菜瓜果。但我始终弄不明白，为什么叫"生理园"而不叫"菜园"。"生理园"本是很字面的用语，三个字像出自古籍，但为什么一直在小城内流行，于我还是个谜。

查了万能的百度，也无解。宋代洪迈《容斋续笔·苏张说六国》里，有这么一段文字：

今夫主一家之政者，较量生理，名田若干顷，岁收谷粟若干，薮园若干亩，岁收桑麻若干；邸舍若干区，为钱若干；下至牛羊犬鸡，莫不有数。

"生理"与"谷粟""桑麻"有点关联，但与"生理园"未必有关系。

吃夜灰

一日三餐，小城人的叫法也与众不同。吃早餐叫"吃白早"，吃午饭叫"吃日到"，吃晚饭叫"吃夜灰"。过去不深究，觉得也没什么特别之处。年岁大了，对这些日常用语有了兴趣，遂深究一番。

一深究，就觉得这些口头用语非同一般。三种叫法，看不到一个"饭"字，都是与一天的时序变化有关。比如"吃白早"，也就是吃早餐，小城人习惯天一亮就吃完早餐出门，这个时间正好是日出时分，白天的早晨刚刚开始，所以叫"吃白早"。"吃日到""吃夜灰"同理，只是时间段不同，字面表达同样有着时序变化的明显特征。"日到"，就是说日到中天时吃午饭。"夜灰"，即近傍晚天色渐灰时吃晚饭。道理简单，却也有些学问。

这些口头用语从字面上讲，都非常有古意，有文化内涵。也不知从何时起，这些有着独特语境和古文韵味的用词，就已经在小城一带流行开来。

满汉全席

小城筵席首推满汉全席为之最。老一辈人说，满汉全席唯独摆过一次，也就是说空前绝后了。

那是民国时，城里的邵氏大户人家，在城东有处建于清朝的大宅院，少爷大婚摆满汉全席，在地方上轰动一时。方圆几十里的官员豪绅、名人雅士、四亲六戚都请了过来，宴席连摆三天，共计一百零八道菜式：南菜五十四道，北菜五十四道，有咸有甜，有荤有素，山珍海味无所不有，属清朝时宫廷盛宴。

说起邵氏满汉全席，城中老人津津乐道，那场面气派呀，简直是世间无与伦比。

三天不同菜式，早中晚各有区分。早宴以茶点为主，中宴山珍海味，晚宴南北菜摆"龙门阵"，各显神通。南人吃北菜，对于小城人，也算是换了回新口味。

席间搭着大戏台，从早到晚连演，吃菜听戏，品茶敬酒，交杯碰盏，真是其乐融融。老一辈人每每说起邵氏的满汉全席，羡慕之情溢于言表，但似乎并没有一人真正吃过。

陈老是小城走出来的书画名家，师从岭南画派大师关山月、黎雄才，是小城出了名的"神童"。陈老说他五六岁时，被邵家人请去写春联，对子写好了，邵家人只请他吃了碗糯米糖粥。小时的陈老不懂世事，一怒之下把写好的对子撕了，屁颠屁颠回家。陈老说起这段往事，哈哈大笑。

邵氏确实了得。后因时势变迁家境衰落，但邵氏后人多有出色，从教经商，移居海外，留下大片老宅，残砖败瓦，门庭冷清，昔日风光不再。早些年去过一次，只是邵氏当年摆满汉全席的地方，空留一地荒草瓦砾，景况寂寥，残阳如血。

去城河洗身

明末，一京官公务来到小城，时值盛夏，有次他从衙门回住处时，发现他的随从失踪了。头天不太在意，以为年轻人刚到一地，四处走走也无所谓。可是第二天，他的随从又失踪了。他纳闷，这小子究竟去了哪儿？

第三天，随从照样"失踪"。他不问，留个心眼儿，尾随默默跟踪，看你小子搞什么名堂。随从穿过石板条老街，一直往城外走，出了城门，来到护城河边，终于真相大白。原来这小子是来此处看当地人在护城河里洗澡。光是洗澡也没什么新奇，奇就奇在男女同河洗澡。对于京城来的他来说，这是破天荒的大新闻了。后来京官为此事写下一文大叹，不想南方边陲小城如此开放，竟然可以男女同浴一河。

在小城，男女同浴一河不是什么稀奇事，这一风俗持续到二十世纪八十年代。护城河是活水，清澈见底。一到夏天，小城男男女女都带上浴巾衣服，到护城河洗浴。但有一规矩不能破，虽同河洗浴，但男女不能混在一起的。女的在护城河上游，有树木隐身的地方更衣。男的在下方，基本看不清上方的女人。几百年来，都是如此。

"去城河洗身"，也成了小城人的口头语。整个夏天，这座方城周边的护城河，都是小城人的天然浴场。二十世纪九十年代后，护城河水受污染，再也没人去洗澡了。如今，连护城河也徒留其名，已全都填平造房了。